U0708090

史夢蘭集 ㈡

止園筆談

燕說

（清）史夢蘭◎原著
石向騫◎點校

天津出版傳媒集團
天津古籍出版社

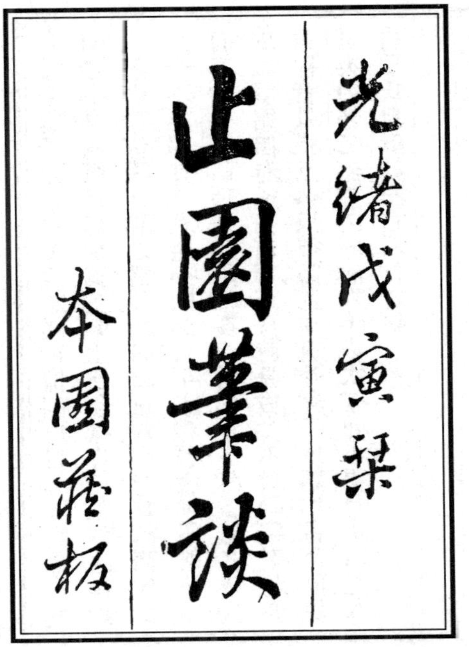

光緒戊寅栞

止園筆談

本園藏板

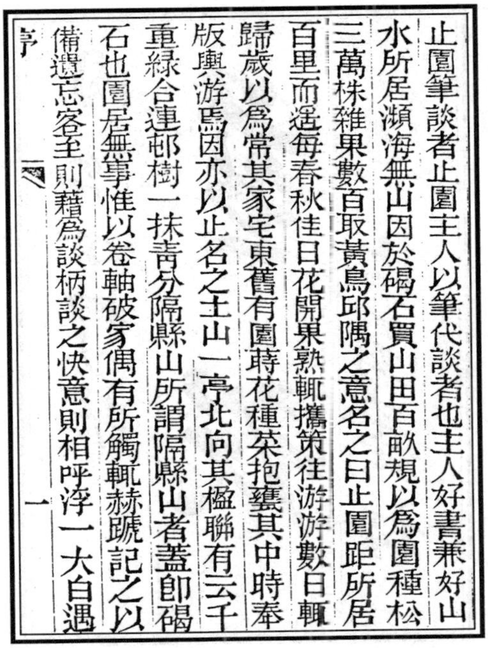

止園筆談者止園主人以筆代談者也主人好書兼好山水所居瀕海無山因於碣石買山田百畝規以爲園種松三萬株雜果數百取黃鳥邱隅之意名之曰止園距所居百里而遙每春秋佳日花開果熟輒攜策往游游數日輒歸歲以爲常其家宅東舊有園蒔花種菜抱甕其中時奉版輿游焉因亦以止名之主山一亭北向其楹聯有云千重綠合蓮邨樹一抹青分隔縣山所謂隔縣山者蓋卽碣石也園居無事惟以卷軸破家偶有所觸輒赫蹏記之以備遺忘客至則藉爲談柄談之快意則相呼浮一大白遇

序 一

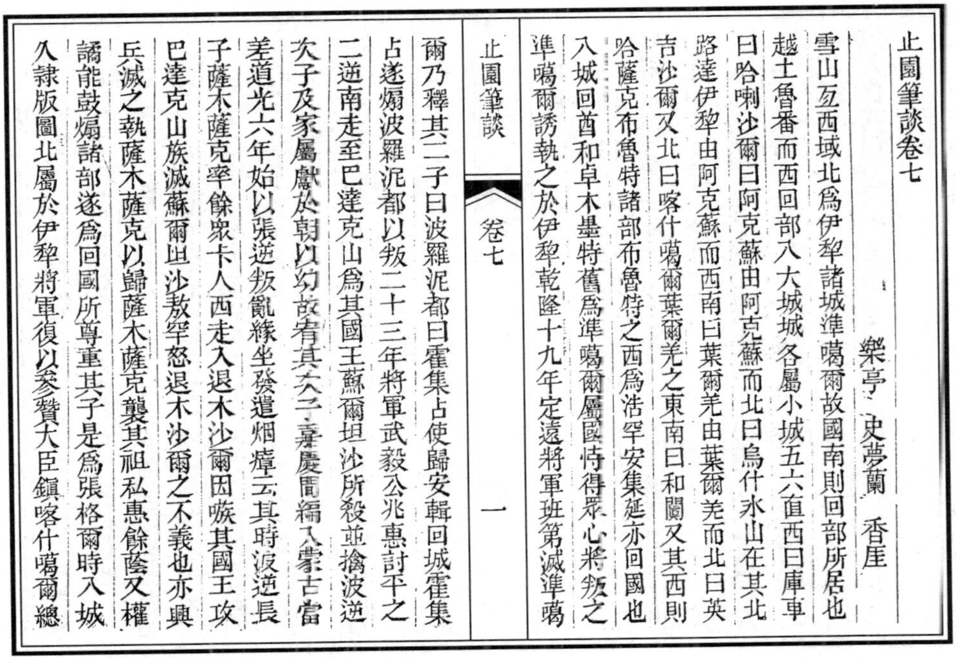

止園筆談卷七

樂亭 史夢蘭 香崖

雪山亙西域北爲伊犁諸城準噶爾故國南則回部所居也越土魯番而西回部八大城城各屬小城五六直西曰庫車曰哈喇沙爾曰阿克蘇由阿克蘇而北曰烏什冰山在其北路達伊犁由阿克蘇而西南曰葉爾羌由葉爾羌而北曰英吉沙爾又北曰喀什噶爾葉爾羌之東南曰和闐又其西則哈薩克布魯特諸部布魯特之西爲浩罕安集延亦回國也入城回酋和卓木墨特舊爲準噶爾屬國恃得衆心將叛之準噶爾誘執之於伊犁乾隆十九年定遠將軍班第滅準噶

止園筆談 卷七 一

爾乃釋其二子曰波羅泥都曰霍集占使歸安輯回城霍集占遂煽波羅泥都以叛二十三年將軍武毅公兆惠討平之二逆南走至巴達克山爲其國王蘇爾坦沙所殺並擒波逆次子及家屬獻於朝以幼故宥其死嘉慶間竊入崇古富差道光六年始以張逆叛亂緣坐發遣烟瘴云其時波逆長子薩木薩克率餘衆卡人西走入退木沙爾因嗾其國王攻巴達克山族滅蘇爾坦沙敖罕怒退木沙爾之不義也亦興兵滅之執薩木薩克以歸薩木薩克襲其祖私惠餘蔭又權譎能鼓煽諸部遂爲回國所尊重其子是爲張格爾時入城久隸版圖北屬於伊犁將軍復以參贊大臣鎮喀什噶爾總

◎《止園筆談》書影

同治丁卯栞

燕說

止園莊板

余嘗讀揚子方言知委巷之談動關訓典習焉不察遂忘其祖吾鄉爲幽燕舊壤輔弼王畿土風所操豈煩象譯然辨物稱名之際傳聲寫貌之間往往有蒙童齠妄習其語而學士大夫不能舉其字者余心歉焉居平涉獵羣書凡遇載籍中有與鄉音里諺瑣語巵辭相發明者輒截小赫蹏記之積久成編釐爲四卷或据前言或參臆見古今不無異字秦越亦有同音以雅詁俗以彼證此斯真韓非子所謂郢書而燕說者矣因名之燕說云同治六年歲次丁卯小陽月止園主人香厓氏自識於左右脩竹之軒

孔穴曰窟竉一作庫露唐皮日休詩襄陽作髹器中有庫露真玲瓏空虛故曰庫露今諺呼書格曰庫露格是也

相距遠曰踔遠史記貨殖傳上谷至遼東地踔遠索隱踔音敕教反衞將軍傳逴行殊遠而糧不繼逴與踔同說文作逴今誤作窵按窵爲窅深非遠也元典章大德間奏過受了宣勑嫌地遠窵不赴任的後不敘用已如今誤

空廓曰曠蕩後漢書馬融傳恢昭曠蕩亦作盪

牢曰把穩晉書姚萇載記陛下將牢太過耳註將牢猶俗言把穩按今又有把滑語亦把穩之意

悞曰躭悞金史五行志興定童謠曰青山轉轉山青躭悞盡

少年人

言物相似曰活脫輟耕錄搏丸之伎一名活脫謂塑工也

辱詈曰謑落荀子非十二子篇無廉恥而任謑落謂詈辱也元曲有奚落語奚蓋謑誤

恨人曰譽惌焦竑字學俗以恨人陷害曰譽惌按漢書東方朔傳武帝令倉監榜郭舍人舍人不勝呼譽注譽自寃痛之聲也

譏人自誇曰賣弄後漢書朱浮傳浮代竇融爲大司空坐賣弄國恩免

以虛語搪塞人曰支吾本作枝梧史記項羽傳諸將慴服莫

◎《燕說》書影

目録

止園筆談

燕説

附録

止園筆談

自序

《止園筆談》者，止園主人以筆代談者也。主人好書，兼好山水。所居瀕海無山，因於碣石買山田百畝，規以爲園，種松三萬株，雜果數百。取『黄鳥』『邱隅』之意，名之曰『止園』。距所居百里而遥，每春秋佳日，花開果熟，輒攜策往游，游数日輒歸，歲以爲常。其家宅東舊有園，蒔花種菜，抱甕其中，時奉版輿游焉，因亦以『止』名之。土山一亭北向，其楹聯有云：千重緑合連邨樹；一抹青分隔縣山。所謂隔縣山者，蓋即碣石也。園居無事，惟以卷軸破寂。偶有所觸，輒赫蹏記之，以備遺忘。客至，則藉爲談柄；談之快意，則相呼浮一大白。遇有以雜事異聞瑣語相告，可以資勸懲、廣見聞者，亦收拾綴輯，付之毛生。積久成帙，遂亦忘其爲我談、爲客談，爲今人之談、古人之談，而概目之爲筆談云。至如誣謾失真之語、妖妄熒聽之言，則不敢闌入焉。嗣有以談來助者，尚當泚筆以竢。光緒戊寅二月。

止園筆談卷一

餘姚黄梨洲宗羲雖不赴徵書，而史局大案必咨之。《本紀》則削去誠意伯撤座之説，以太祖實奉韓氏者也。《曆志》出於吴檢討任臣之手，總裁千里貽書，乞公審正而後定。其論《宋史》别立《道學傳》，爲元儒之陋，《明史》不當仍其例。時朱檢討彝尊方有此議，湯公斌出公書以示衆，遂去之。其於講學諸公，辨康齋無與弟訟田之事，白沙無張蓋出都之事，一洗昔人之誣。黨禍則謂鄭鄤杖母之非真，寇禍則謂洪承疇殺賊之多誕。至於死忠之籍，尤多確核。如奄難，則丁乾學以牖死；甲申，則陳純德以俘戮死；南中之難，則張捷、楊維垣以逃竄死。史局依之資筆削焉。《地志》亦多取公《今水經》爲考証。蓋自漢唐以來，大儒惟劉向著述强半登於班史，如《三統曆》入《曆志》，《洪範傳》入《五行志》，《七略》入《藝文志》。其所續《史記》，散入諸傳。《列女傳》雖未録，亦爲范史所祖述。二千年後起而繼之者，惟梨洲一人。

梨洲在南京，社會，歸德侯朝宗每食必以妓侑。公曰：『朝宗之尊人尚書尚在獄中，而燕樂至此乎？吾輩不言，是損友也。』或曰：『朝宗性不耐寂莫。』公曰：『夫人而不耐寂莫，則亦何所不至！』時皆歎爲名言。及選明文，或謂朝宗不當預。公曰：『姚孝錫嘗仕金，遺山終置之南冠之例，不以爲金人者，原其心也。朝宗亦若是矣。』公固論人嚴，而未嘗不恕也。

崑山顧亭林炎武少有大志，耿介絶俗。雙瞳子中白而邊黑，見者異之。與里中歸莊善，共遊復社，時有『歸奇顧怪』之目。其遊也，以二馬二騾載書自隨。所至阨塞，呼老兵退卒，詢其曲折。或與平日所聞不合，則即坊肆中發書而對勘之。或徑行平原大野，無足留意，則於鞍上嘿誦諸經注疏。偶有遺忘，則即坊肆中發書而熟復之。戊午大科，詔下，當路爭欲致之。先生豫令門人之在京者辭曰：『刀繩具在，無速我死。』次年，大修《明史》，當路又欲特薦之。貽書葉學士訒菴，請以身殉，得免。或曰：『先生盍亦聽人一薦？薦而不出，其名愈高矣。』先生笑曰：『此所謂釣名者也。夫婦人之失所天也，從一而終，之死靡慝，其心豈欲見知於人？若曰：「盍亦令人强委禽焉，而力拒之以明節？」則吾未之聞矣。』

盩厔李二曲先生論朱、陸二家之學曰：『學者當先觀象山、慈湖、陽明、白沙之書，闡明心性，直指本初，熟讀之則可以洞斯道之大源。然後取二程、朱子以及康齋、敬軒、涇野、整菴之書玩索，以盡踐履之功。收攝保任，由工夫以合本體；下學上達，内外本末一以貫之。至於諸儒之説，醇駁相間，去短集長，當善讀之。不然，醇厚者乏通慧，穎悟者雜竺乾，不問是朱是陸，皆未於道有得也。』

於是關中士子爭向問學。關學自横渠而後，三原、涇野、少墟累作累替，至先生而復盛。

應潛齋先生撝謙，仁和人，生而有文在其手，曰『八卦』。左重耳，右重瞳。少即以斯道爲己任。其弟子甚多，因以樓上樓下爲差，如馬融例。里中一少年使酒，忽叩門來求聽講。同門欲謝之，先生獨許之曰：『來者不拒，去者不追，是孟子之教也。』其人聽三日，不勝拘苦，不復至，使酒如故。一日，其人酗，持刀欲擊人於道上，洶洶莫能阻者。忽有人曰：『應先生來！』其人頓失魄，投刀垂手，汗出浹背。先生至前撫之曰：『一朝之忿，何至於此。曷歸乎！』其人俛首謝過而去。

南嶽和上退翁者，名洪儲，字繼起，揚之興化人。姓李氏，早歲出家。其父嘉兆，志士也。甲申之變，貽書其子曰：『吾始祖咎繇爲理官，子孫因氏理。其後以音同，亦氏李。今先皇帝死社稷，而賊乃李氏，吾忍與賊同姓乎？吾之孫當復姓理氏。』先是，中州李光輝和寒石恥與賊同姓，上書請改理氏。嘉兆未之知也，而適與之合，天下傳爲『二理』。

桐城方望溪侍郎成進士七年，以奉母未釋褐，已有盛名。會有宗人方孝標者，故翰林，失職遊滇中，陷賊而歸，怨望，語多不遜。里人戴名世日記多采其言，姓而不名。事發，吏以爲公也。及訊知爲孝標，議以其已死，取其五服宗人，將行房誅之刑，長繫公以待命。賴安溪力救得宥死，隸旗下，以白衣直禁廷，共豫校讐。令與諸皇子遊，自和碩誠親王下皆呼之曰先生。是時，安溪在閣，徐文靖【一】公元夢以總憲兼院長。公時時以所見敷陳某事當行、某事害於民當去，其説多見施行。世宗即位，首免公旗籍。尋欲用爲司業，以老病力辭。九年，竟以爲中允，許扶杖上殿以優之。

校按：

【一】『徐文靖』，全祖望《前侍郎桐城方公神道碑銘》中原如此。據《清史稿》『列傳七十六』載，徐元夢卒謚『文定』。

臨川李穆堂紱好士出自天性，故校士則蒙關節之謗，察吏則遭鈎黨之誣。詞科之役，公方待罪書局，猶諄諄問天下才俊所長，登之簿録。是以丙辰復受薦舉過多之罰。偶取放翁詩題楹曰：『遠聞佳士輒心許，老見異書猶眼明。』蓋實録也。嘗有中州一巨公，自負能昌明朱子之學，一日謂穆堂曰：『陸氏之學非不岸然，特返之吾心，兀兀多未安者。以是知其於聖人之道未合也。』公曰：『君方總督倉場而進羨餘，不知於心安否？是在陸門，五尺童子唾之矣。』其人失色而去，終身不復與公接。

仁和趙尚書殿最，字奏公。喪偶三十年，旁無媵侍，其清静乃天性也。嘗渡江展先墓，小肩輿行蕭山道中。與縣尉遇，呵之避道。從者怒，公遽下輿避之。頗似魏文靖公故事。

彭城李敏達公衛之督浙中也，治尚綜覈，百城畏之。鮑辛浦爲長興令，癖在賦詩。每日陞堂理訟獄畢，諸胥吏見其搓手注目、神采如有所得，輒私相語曰：『老子詩魔至矣！』須臾，取故牘尾，題之殆遍。故其生平無日無詩。彭城一日謂湖守曰：『長興令日賦詩，吾且列之彈事矣。』湖守免冠，謝董率不謹，曰：『當令改過而恕之。』退而戒辛浦曰：『獨不爲百口計乎？』於是辛浦黽勉束筆皮硯者三日，謂其客曰：『下官忍不可忍矣！惟大吏之所以罪之。』賦詩如故。然百事修舉，部民誦之。彭城亦察得之，而不復怒。辛浦名鈐，字西岡，奉天正紅旗人。

《秋曹日録》載，熊襄愍公在獄中，卧用一藤枕，不分寒暑，未嘗以去身。每晚人靜，焚香再拜，禮北辰，則取此藤枕供之。莫能知其意也。已而就刃西市，神色不變。時奉有傳首九邊之旨，西曹郎俄録其首，則法場中空無所有，但見一藤枕。大駭，相戒毋洩。九邊所傳之首，蓋非襄愍真顱也。其事甚奇，詳見全謝山《鮚埼亭集》中。

周監軍元初字自一，一字立之，鄞人也，學者稱爲棲煙先生。嘗作《捉鬼者傳》以寄其憤。曰：『世有以善畫鬼名，予以爲不盡然。其以爲鬼之形似鬼耶？鬼不得見，於何得似？若以鬼之形似人，則人之形更厲於鬼。方日與人爲祟而人不知，人自入於祟中而鬼亦不知。雖日進巫史，操豚犬羊豕而尸之祝之，日邇日昵，且日以厲，彼畫鬼者何以似之？不過似其牛首馬面、瞋目露齦、夜叉羅刹，曾不能似其譸張險詖與抉人殺人一片腎腸也。吾先世有挾捉鬼之術者，每有病者延之家，見爲邪魅所中，則掀髯仗劍，挺視書符。視之若噓者、若吸者、若吐納者、若感召者，或如風雨奔赴、雷電飆馳者，或如坐戎車、排甲帳、獻俘馘者，或如囊頭三木、擢髮訊罪狀者。乃攝之瓮中，仍壓以符。甚者竟置之釜而烹之，否則錮之。聞其呼號痛楚之聲而病者以痊。嗚呼！惜世之畫鬼者不及受此術也；受此術，則無不似矣。不甯惟是，使是人在今日，必不使世上之鬼宵行晝見，無所顧惜，一至於此。雖然，吾所慮者，鬼形日多，鬼術日巧。能治無形之鬼者，未必能治有形之鬼。即能治之，豈能盡天下而捉之、而烹之？況不知其鬼，視其人即無形之鬼，或非復曩時之狀耶？雖然，安知是人在今日，其術不更有精焉者乎？』先生之文，大率皆此種。

毛户部聚奎字象來，鄞人。爲人慷直剛果，有節概。少與其弟聚璧並有聲，時稱『西皋雙鳳』。乙酉，豫於『六狂生』之列，幾爲降臣謝三賓所害，幸而不死。行營將士爭求識所謂六狂生者，聚奎笑語之曰：『夫狂者，不量力之謂也。量力則愛身，愛身則君父不足言矣。夫己氏是也。』聚奎詩古文詞皆倔奇，所著有《呑月子集》。其作《方石銘》曰：『赤城有方山，其巒方也。取而擊之，其石方也。取而碎之，至於如粟如菽，亦方也。人有以貽汪子伯徵者，汪子珍而藏之，有過於袍笏而拜之。呑月子曰：世人惡方而好圓，而汪子之獨好夫方也。雖然，汪子之好夫方也，特其好之適然而方也。使山之石隨所碎而皆圓，吾恐汪子之好猶是也。吾願汪子之堅所好也。昔人有惡圓者，終身不仰視，曰：「吾惡天圓。」或有喻之以天非圓者，曰：「天縱不圓，爲人稱圓，吾亦惡焉。」嗚呼！夫天亦惡得不謂之圓也！草有芝蘭，亦有蕭葛；木有楩楠，亦有荆棘；鳥有鸞凰[一]，亦有鴟鴞；獸有麟虞，亦有豺虎。且所謂蕭葛、荆棘、鴟鴞、豺虎者，常多而勝；而所謂芝蘭、楩楠、鸞鳳[二]者，常少而不勝。天亦委而從之而無如何。嗚呼！天亦安得而不謂之圓也！所貴乎君子之立天者有如兹，擊而取之、取而碎之，至於如粟如菽而不失其方，故足好也。吾願汪子之堅之也，汪子其毋曰「異哉！吞月子以方故，至不容於世，而又以其術誑我」。爰爲之銘曰：于行義乎爾，于全道乎爾，從心所欲不踰乎爾！甯方爲皂，毋圓爲玉。夫子觀象而歎曰：「恒，君子以立不易方。」』

校按：

【一】『鸞凰』，全祖望《鮚埼亭集》中原引如此。張壽鏞民国十九年編訂刊刻的《吞月子集》中，『凰』作『鳳』。

【二】張壽鏞民国十九年編訂刊刻的《吞月子集》中『鸞鳳』后增『麟虞』。

陸桴亭先生世儀主講蕺山，嘗謂學者曰：『世有大儒，決不別立宗旨。辟之大醫國手，無科不精，無方不備，無藥不用，豈有執一海上方而沾沾語人曰「舍此更無科無方無藥也」？近之談宗旨者，皆海上方也。』其言最足破諸家紛爭之説。

康熙二十二年六月，閩督姚公用密計授水師提督施烺下臺灣，七日破之。詔封烺爲靖海侯，而公自陳無功，故賞亦不及。是年十有一月，公疽發背，薨。鄭氏之初起也，厦門有浮石，或視其文，曰『生女滅鷄，十億相倚』，人多不解。至是而乃知十億者，兆也；兆倚女，姚也；酉者，雞也，成功之賜姓也。蓋歲在酉，天定之矣。公諱啓聖，字熙止，晚字憂菴，浙之會稽人。

龔鑑字齡上，浙之錢塘人，以拔貢爲甘泉令。邗溝，故脂膏之地，吏罕得以節操自持者。龔下車，卓然自矢，請託不行。於是大江南北盛傳甘泉令不近人情，而益自刻苦。世宗晚習禪悦，浮屠輩頗以此自放恣。杭之西湖聖因寺僧明慧者，前在内廷法會中，恩寵亞於元信。及出住湖上，干求遍於大江南北。一日，以書幣關白於龔，龔杖其使而遣之。其時制府亦君子人也，顧驟聞之，不能不愕眙，頗咎龔。良久歎曰：『强項令應如此矣！吾媿之。』而其事竟流傳上聞，世宗召明慧還京，錮不許復出。當是時，甘泉令之吏聲雄於天下。

王昊廬尚書澤宏，黄岡人，立朝專持大體。御史某奏流人宜徙烏喇，公不可。聖祖駁問。公奏稱：『烏喇，死地；流，非死罪。果罪不止流，當死，死不必烏喇；罪不當死，故流，流不可烏喇。』舉朝無以難，事竟寢。後聖祖巡烏喇，歎曰：『此非人所居，王澤宏其引朕於仁乎！』

尹文端公繼善釋褐五年即任封疆，年裁三十餘。世宗嘗詔公曰：『汝知有督撫中當學者乎？李衛、鄂爾泰、田文鏡是已。』公應聲曰：『李衛，臣學其勇不學其粗。田文鏡，臣學其勤不學其刻。鄂爾泰大局好，宜學處多，然臣亦不學其愎也。』

金中丞鉷字震方，山東登州人。爲粤西布政使，奏州縣向例雖有繁簡兩調，而於所治處分析未備，則人地難相宜。請分衝、繁、疲、難四條，許督撫量才奏請。上嘉納焉。今直省所行，自公始。

孫文定公嘉淦故爲太原縣民，自代遷興，居邑之臨河里。父天繡以俠聞，殺人，吏持之急。公年十八，與其兄日行三百里，出奇計，脱父於獄中。康熙癸巳進士。雍正元年，公以檢討上封事三：曰親骨肉，曰停捐納，曰罷西兵。世宗壯之，立召對，授國子司業。乾隆元年，擢左都御史。上《三習一弊疏》，大旨以爲：人君耳習於所聞，則喜諛而惡直；目習於所見，則喜柔而惡剛；心習於所是，則喜從而惡違。自是之根不拔，則機伏於微而勢成於不可返，黑白可以轉色，東西可以易位。臣願皇上時時事事常存不敢自是之心。引『文王望道未見』『孔子可以無大過』爲喻。天子嘉納之。遷刑部尚書。

徐雨峰中丞士林，山東文登人，治獄如神。凡守令謁見，具獄命判，試其才。教曰：『深文傷和，姑息養奸，戒之哉！夫律例猶醫書《本草》也，其情事萬端，如病者之經絡虛實也。不善用藥者殺人，不善用律者如之。』

趙副憲大鯨字横山，雍正二年進士。大中丞永貴，公弟子也，將撫浙，來見。公問政將奚先，曰：『劾貪吏。』公笑曰：『貪吏贓入己者，勿劾也。』永愕然曰：『何謂也？』公曰：『贓入己而不分潤大府，則大府久劾之矣，不待君往也。今巧宦全取之民而半致之上，己潤其餘。或且全致之上以遷其官，是暗劫民財納己爵也。不見捕盜者乎？胠篋百萬，有所私焉，不敢目懾之；其所勘詰禽獲以上計者，皆竊鈇攘雞者也。君將奚擇焉？』永再拜曰：『微先生，無能言及此者。』

沈補蘿名鳳，字凡民，受書法於王虚舟吏部。業精而學博，尤善刻劃金石，古麗精峭，如斯、冰復生。雍正十三年，以國學生效力南河。攝篆宣城，訊竊雞者，畫雞賊面以耻之，雞之神色有畏竊欲飛之狀。合邑傳觀笑，以爲神。

岳大將軍鍾琪，先世湯陰人，爲忠武王飛之後，在本朝戰功最著。督川陝時，有逆人曾靜者上書勸反，立禽以聞。放歸十餘年，廬於百花潭北，野服蕭然，忘爲大將。所製鈎梯戈甲，精思詣微，他人依古法爲之，俱不能及。閒居，手《通鑑》一編。好吟詩，有《薑園》《蛩吟》二集行世。相傳番僧號活佛者，倨受王公拜不動，見公則先膜手曰：『此變身韋陀也！』

江甯盜號魚殼者，拳捷，倚駐防都統爲解，有司莫能禽。于清端公督兩江，群吏飾厨傳、饋餼牽，俱不受，一郡不知所爲。按察使某，公年家子也，從容言：『公過清嚴，則上下之情不通。某意欲具一餐爲雅壽。』公笑曰：『以他物壽我，不如以魚殼壽我。』按察使喻意，出，以千金爲募。雷翠亭者，名捕也，出而受金。司府縣握手囑曰：『我等顏面寄汝矣，勉之！』翠亭質妻子於獄，偵知魚方會群盜，張飲秦淮。乃僞乞者，跪席西，呢呢求食。魚望見，疑之，刃肉銜其口。雷仰而吞，神色不動。魚咋曰：『子胡然？子非匃也，子爲于青天來禽我耳。行矣！健兒肯汝累乎？』翠亭再拜。群役入，跪而加鎖，擁之赴獄。司府縣賀於衢。是夕，公秉燭坐。梁上砉然有聲，一男子持匕首下。公叱：『何人？』曰：『魚殼也。』公解冠几上，指其頭曰：『取！』魚長跪笑曰：『取公頭不待公命也。方下梁時，如有物擊我，手不得動，方知公神人。某惡貫滿矣！』自反接，銜匕首以獻。公曰：『國法有，市曹在。』呼左右飲之酒，縛至射棚下，許免其妻子。遲明，獄吏報失盜，人情洶洶。司府縣相賀者轉而相尤，趨轅，將跪謝告實，而公已命中軍將魚殼斬決西市。

李敏達公衛伉健有氣，入貲爲户部郎。雍正初授雲南驛鹽道，遷布政使。旋巡撫浙江，遷總督。公不甚識字，而遇文人甚敬。修《浙江志》，建書院，餼廩獨豐。公餘，坐南面，召優俳人季麻子説漢唐雜事。遇忠賢屈抑、僉壬肆志，輒嗚咽憤駡，拔劍擊鐘。聞鄞縣有王安石祠，大怒，嚴檄毀燒。

莊復齋名亨陽，漳州人。守徐州時，果毅公訥親巡江南，聲耀隆赫。監司皆韃袴跪迎，公獨長揖。訥責問，曰：『非敢惜此膝於公，其如會典所無何！』訥默然。尋遷淮徐海道。

童心朴名華，山陰人。守蘇州時，蘇撫某訪僧與民婦姦，製一枷，兩人荷以徇。公聞即往破枷縱遣，而自詣轅請罪，曰：『犯姦者枷，律也。爲一枷兩荷以揶揄之，非政體也。且姦罪止杖，府縣所司，非尊官所宜聞。』巡撫謝之，而心不悦。

李敏達一日坐堂上，命吏胥田芳作奏，請封五代。田不可，曰：『封典止三代，無五代。芳不能作此奏。』固命之，對如前。公大怒，罵曰：『畜産！例自我創，何干汝而逆我？』田遽起立，勃然曰：『公大誤！公怙天子一時寵，忘王章。芳故曉公，公當謝芳。乃辱及其親，何也？且公爲人子孫，封三代而猶未足。芳亦人子孫，未封一代，而公以畜産寵秩之。何用心逆人道耶？芳殊不服！芳殊不服！』公素負氣，忽公堂爲吏所折，窘不知所爲。强復怒曰：『便是我誤汝，不服奈何？』

曰：『公大人也，芳小吏也。豈特公詈芳、芳無如公何，即公杖死芳，芳亦無如公何。所可惜者，大人之威能申於小吏，而小吏之理殊直於大人耳。』言畢，竟走出。公默然，顧左右，亂以他語而罷。是晚，召芳。芳疑公蓄怒，將陰禍之。入，色如土。公握其手，笑曰：『汝有膽識，而辱爲吏，可惜！吾貸汝千二百金，納縣丞。他日事上官，亦以直道行之。』田泣謝。得富平縣丞，遷鳳翔令，以賢聞。

程九峰中丞名燾，系出新安之臨溪。嘗言：『世之論仕者有二失。其一以功名可力取也，於是通苞苴、事造請以求之。其一以爲功名不可以力取也，於是玩時愒日而百事廢焉。不知不可求者官也，不可不求者官之事也。一階級有定數，而可安冀乎？一斛粟皆君恩，而可素餐乎？』

童二樹名鈺，家鄰女史徐昭華。七歲時，徐抱置膝上，爲梳髻課詩。及長，與劉鳴玉、陳之圖號『越中三子』。常往棲鳧村，月中行吟，得一詩，綰襪帶爲一結以記之。比曉入城，數其帶，得二十四結矣。其風趣如此。

王太倉相國掞，前明宰輔錫爵曾孫也。官刑部侍郎時，先是，刑部定讞無漢字供狀。公爭曰：『本朝官制，兼設滿漢。原欲其彼此參詳，以免偏任。今獄詞不録漢語，則其事之是非曲直漢司官何由知之？是必隨聲畫諾，非所以昭公正也。請嗣後録供，滿漢稿并具。』奏上，聖祖是之，遂爲定例。

康熙己亥元旦，日食。奉旨停朝賀。廷臣以爲日食乃一定之數，不足爲災。太倉相國言：『皇上借此儆惕，即孔子迅雷風烈必變之意。大臣仰成君德，正在此處。』

顧尚書琮字用方，姓覺羅氏，滿洲人。雍正間，爲河南觀風正俗使。時豫省歲荒，世宗命山東運米十萬石爲賑濟。總督田文鏡諱災，以爲歲熟，民無需米，仍令運官帶回。公爭曰：『此時民未必不需米。就使不需，留存州縣，亦有備無患之義。若仍令運回，則運腳船費，地方官賠累無力，仍取諸民，民何以堪？且王者有分土、無分民，豫省官民即山東官民。爲臣子者當同心共濟，不必自分區域，粉飾太平，以希恩寵。』田滋不悦，密奏公倨傲，氣凌其上，意滅其下。上問公，公曰：『觀察爲欽差，官與督撫平行，無所爲上也。司道府州隸於督撫，非觀察屬吏，無所爲下也。即無上下，臣何凌滅之有！』上笑曰：『奏卿者，田文鏡也。毋乃爲爭米忮汝乎？』公上書立言，務培根本、持大體，剛正孤㝈，百折不回，有『顧鐵牛』之稱。

費襄莊公楊古，滿洲人。嘗從聖祖征噶爾丹，戰功甚著。一日立營未久，民捉一兵至，訴其闖入渠家調其婦。公問曰：『姦乎？』曰：『未也。』公拔一刀與之，曰：『今立營之初，斬之不祥。嗣後此兵敢再來汝家，即將此刀斬之。』民與兵俱叩頭去。後作先鋒、衝虜陣者，即此兵也。朔漠既平，聖祖詣箭亭觀射。諸大臣皆彎弓發矢，公奏：『臣臂痛，不可以弓。』上許之。出而告人曰：『我曾爲大將軍，倘一矢不中，有損國家威重，毋乃爲外夷所笑？故不與諸將軍角伎也。』人服其雅量。

來文端公保，滿洲人，善相馬。晚年眼毛垂睫，每相馬，則用寸許金篦撑起之。常與史鐵崖相國同坐政事堂，聞墻外馬行聲，曰：『此良馬也，白身而黑蹄。』史公曰：『聞聲知良，容或有之；若隔墻兼知其毛色，則吾不信。』遣人視之，果如公言。乃歎曰：『公前身是伯樂耶？』公笑而不答。

張郎湖臬使坦熊，字男祥，湖北舉人。初發浙江，以知縣用。時仁、錢兩縣有赤腳光丁一案，十餘年不結。地方官欲將丁糧攤於田上，有田無丁之家聚衆鼓噪；不攤，則無産有丁之户聚衆鼓噪。公調仁和，毅然曰：『丁出於地，無田何得有丁？其故總緣原業主貪速得價，故賣田留丁；買主圖價賤，故買田遺丁。誰知皆爲子孫憂。平心酌之，應照糧攤丁爲是。若既不攤，又聽其鬧，是取亂之道也。』即指出原委，自作告示，諭勸有産之家。並傳紳士軍民集明倫堂會議一面，通詳攤丁，貧富惕服。錢塘令新到任，膽怯，不敢照攤。一日，公方聽訟，忽錢塘令來，神色俱喪，挽手曰：『現在衆士民鬧入北新關，要毁縣堂。我與本府業已報院，特來告君相助。』公恐百姓驚擾，仍坐堂上，故將先審未完之件草草帶問。心中思：『事急矣！新撫李公衛素强毅，必發兵。民人受傷，成何事體！』乃選役之壯佼者四十名，各帶短棍，藏於身内，坐轎急詣北新關。行未四五里，見虎而冠者千餘人，嗚鑼揚旗，喝令罷市閉户。稍緩者，石糞交加。市肆俱上板閉門，響聲雷震。班役攔轎請回署，公曰：『勿怖。』大聲開道，照常前進。姦民直前，問來者何官。從役大聲曰：『仁和縣張爺。』鬧者齊懽呼曰：『好官來矣！作速跪下！』公見衆人以禮相待，即下轎坐胡床，問爾等爲何而來。衆曰：『仁和已經攤丁，錢塘竟不攤丁。我等要拆伊衙門。』公曰：『攤丁一事，仁邑已攤，錢邑焉有不攤之理？本縣自當催辦。但爾等如此横行，不但不能攤，恐頭且難保。豈不知鳴鑼扯旗乃斬決之罪乎？可速將鑼旗收藏，我保全汝等出城。丁之一事，在我身上。』衆唯唯，叩頭而奔。公督押至北新關外而回。時撫軍專待公同副將帶兵擒拿，見公久不至，命營弁赴署窺探。適副將李燦與公不睦，誣云：『張知縣不知潛避何處。』撫軍曰：『張知縣素有風采，不應如此。』著副將領兵千人搜拿姦民，并速拉張知縣來。旁有院差摇手曰：『不必。適自北新關來，親見張知縣押衆出城矣。』撫軍連呼：『像像像！』聲未息而公到。撫軍大喜曰：『好膽量！好才情！如此才是個張郎湖也！』隨令協同錢邑於十日内將丁照攤，盈城肅然。

孫徵君鍾元，容城人。年十七，舉萬曆庚子鄉試。與定興鹿忠節公善繼爲友，以聖賢相期勉。天啟末，魏忠賢竊柄，荼毒正人。左忠毅光斗、魏忠節大中、周忠介順昌先後被逮。三君皆與鹿公爲友，於先生有國士之知。時鹿公贊高陽縣孫文定公軍於榆關，先生遣弟奇彦上書高陽曰：『左魏諸君善類之宗、直臣之首，横被奇冤，有心者孰不扼腕！昔盧次楩一莽男子耳，謝茂秦以布衣爲行哭於燕市，曰：「諸君今不爲盧生地，乃從千載下哀湘而弔賈乎？」李獻吉在獄，何中默致書楊文襄，求一援手。康德涵至不自愛其名。左魏之品，可方獻吉，非次楩所敢望。某一介書生，無由哭訴，尚慙茂秦。閣下名位，比肩文襄，豈至出德涵下乎？』高陽覽書，即具疏請入朝面陳軍事，將爲諸公申救。忠賢聞之，謂高陽興晉陽之甲，夜遶御牀而泣，乃持詔止之。先生隱蘇門，入國朝，累徵不起。

魏敏果公象樞字環極，蔚州人。以理學名儒爲時用，清節直聲、謀議勞烈聞天下。其爲司寇，持法不撓。嘗曰：『法自天子，寬之則爲施仁；刑官市恩，則爲骫法。』及告歸，聖祖御筆題『寒松堂』額、《古北口詩》一卷以榮其行。歸而張額於堂，藏書於閣。更有書數百卷，無長物。顧瞻而樂之，笑曰：『尚書門第，秀才家風。貽子孫足矣。』

蘇山衛公立鼎，澤州人，爲盧龍令。盧龍滿漢雜處，多逋逃盜賊，難治。自公爲令，以廉能聞于四方，境内大治。時于清端公撫畿輔，謁聖駕於霸州，白循良吏數人，君與陸公隴其並舉焉。上遣刑部尚書魏公象樞偕吏部侍郎科爾坤公巡察畿内，至盧龍，治具不爲食，啜茶一甌，曰：『令飲盧龍一杯水耳，吾亦飲令一杯水。』諸大獄悉以咨公，公爲引經準律，魏公益大稱善。君因言民無知，宜哀矜勿喜。魏公嘉納之。格文清公爲直隸巡撫，以事迂道至其縣，中迎，謂公曰：『令之苦無異秀才時。然做秀才自苦耳，今令苦而百姓樂，不猶愈乎？』居無何，格公疏薦盧龍令第一，靈壽陸公次之。疏上，而格公殁。

湖廣巡撫于養志有父喪，督臣請在任守制。下廷議，未決。時陸稼書先生爲御史，上疏謂：『治天下不可不以孝。在任守制，非所以教孝也。天下當承平之時，湖廣非用兵之地。其人非賢耶，固不當使之在任；誠賢耶，則必不肯在任守制。使之解任全孝，正所以深愛惜之。若使因督臣題請而留，皆將援此爲例，其不思僥倖奪情者鮮矣。名教自此而弛，綱常自此而壞。』疏入，養志解任。

負義侯田份祖名雄，乃前明靖南伯黄得功之中軍。得功陣亡，雄挾福王出降。是時，世祖封以侯爵，重信賞耳。加以『負義』，使天下後世共懔君臣之分也。及其孫應襲，聖祖存其爵而革其俸，永爲船廠水手之長。有客過江，則以名帖拜而求助焉。見馮止園《塞外雜記》。

《出塞紀略》一卷，虞山錢木菴良擇所著也。康熙二十七年，詔遣内大臣索、佟、馬三帥通使俄羅斯。時遂甯張文端公爲兵部督捕官，偕兵科陳公世安同預參畫，木菴爲之賓佐，躍馬從行出塞。歷蒙古諸部，越噶嚕入噶爾噶境。適噶爾噶爲阿魯忒所敗，其國殘破，道梗塞，未達俄羅斯而旋。往返百餘日，行絶域二萬里，多博望、玄奘、耶律楚材所未到。盾鼻磨墨，每日記其遊歷崎嶇、氣候風物。凡地名、方産音譯可通者，參以考證，而馬上吟詠亦以次附焉。其《過歸化城紀事詩》云：『北高南下萬峰連，車馬行如上水船。鳥道止留痕一線，旌旗魚貫入青天。』『土膏滋長只蒿萊，大地痺頑不産材。一望平沙無樹影，春風何苦度關來。』『氊緝穹廬面面匀，蔽風承雨不遮塵。只嫌擡眼撑犁近，月照星窺太昵人。』『馬通供爨酪供餐，革布羊裘貉製冠。應傲中原生計拙，苦辛耕織備飢寒。』『水草隨時選牧場，去留曾不隔星霜。全家遷徙無離別，白首何人認故鄉。』『番語侏㒧譯不明，相看都用手傳情。却思博望操何術，口作華言萬國行。』『驅駝市馬語譁然，乞布求茶列帳前。但得禦寒兼止渴，生涯初不賴金錢。』『石穴玲瓏類室廬，佛龕傳是法王餘。至人亦避深山跡，益信紅塵不可居。』『塞北紅顔亦自妍，寶環珠串錦粧鮮。怪來羞脱蒙茸帽，頂上濃雲在兩肩。』『馬上帷中等絮袍，腰横襞積領緣高。卸來便寄征夫去，不待秋風費剪刀。』『義重添丁婦不孀，鶺鴒烏鳥共鴛鴦。唐家問俗如能到，不愧巢王與壽王。』『人奉僧伽若鬼神，爭言圓澤記前塵。不知開闢洪濛日，那得虚空第一身。』『小姑晨出靚妝新，編髮簪花炫好春。手爇名香拜高座，夜來禪榻許横陳。』『地寒人亦種來麰，落落犁鋤播陌頭。五月嫩苗猶著地，麥秋應待稻花秋。』『沙草連天短髮毵，歧途七聖亦迴驂。征人只道黄昏夜，爲矢捫來當指南。』『衣衾送死棄荒田，遠望猶疑藉草眠。比較生人何厚薄，只爭遮頂一重氊。』『田父披裘効獻芹，黍黄稌黑比方珍。可憐蔓草荒原地，多少邠風耒耜人。』

毛西河大可妾名曼殊，豐臺賣花張氏女。有美色，年二十四得奇疾死。西河思之甚，有《寄禁方地下書》一篇，其情愈癡，其文愈奇。因録之以助談柄。書云：『月日寄曼殊。汝病時，患苦不可忍。

予每思及，輒心悸齒噤，欲塞耳不可，掩目又不可。蹋足搯肌肉，不信天地間何以有此慘事。自非夙生有因，何至此！今汝以是病舍我去思！去我後能儌倖不發，如平時七八月間漸漸已，亦固天地間未必不有之事。萬一不然，則思昔病時雖患苦不可忍，猶有我在，有醫有藥物，有軟兠帔可舉行，有婢按摩之，有牽挽繩在清防間。譬救月然：奔馳奏鼓雖無補于月，然其救之者自在也。今則誰爲之醫者、行者、牽且挽者？然則患苦何時是已，況不必不甚乎？夫不已吾驚心；不必不甚，則吾即以是刻驅吾神尋汝。天高地闊，吾能芒芒即汝遇如當日否耶？予思汝病時亦曾療汝，但療而不效。不知汝之死不療之故與，抑亦療之不以道而反致死也？且療亦殊苦，灸熨湯醴皆不勝任。毋論療不效，即效亦非汝所願受。況以療致死，則其不宜療又瞭然者。今有禁方於此，姜君肩吾所祕授也。不服藥，不灸不熨，不受痛苦。即不效，亦必不致死。且萬無不效，姜君曾以此活人多矣。因悔生前不汝遇、不爲汝療，故急欲療汝，而以仙人所授方不惜授予，而使予轉爲汝療。予乃思一療法：將選療病日，就汝生平所傳留視圖，再摹之于絹，而療于所患。有符有咒，意者汝既死，近于鬼神，則與仙人所授方相宜。譬之幻月然：蘆灰一畫，月暈頓闕。未可知也。萬一療之不如法、不效，我即書禁方燔之與汝，汝自療之何如？某白。』

明張鳳翼有《會試移期議》，謂會試定於二月，蓋以太祖定鼎金陵，地在大江之南，得春爲先。今建都北京，遠三千里，宜移在三月：一便於雲貴士子；二減衣裘，防閑較易；三謄録無呵凍之苦；

四歸家無閘河運舟之阻云云。時未及行。至乾隆甲子科場後，經御史范咸條奏，請會試改期三月著爲定例。部覆未准，特旨允行。高皇體恤士子之意，可謂至矣。

乾隆甲子八月，順天府府尹蔣炳奏稱：『欲清科場積弊，莫如覆試一法。請各省放榜後，中式之人赴省填寫親供，即令本省巡撫會同學臣，在撫署内當面出題覆試，以別真僞云云。』奉旨允行。丁卯科旋即停止。道光乙未順天鄉試，或奏科場有弊，詔復舉行覆試。是年被黜者數人。至直省一例赴京覆試，則自甲辰科始。

旗下滿洲准鄉、會試自順治壬辰科始。康熙中停止數科，後復舊，遂行至今。然其例先後不同。順治初，滿人、漢人分二榜。壬辰滿狀元麻勒吉，漢狀元鄒忠倚；乙未滿狀元圖爾宸，漢狀元史大成。康熙庚戌科後則滿漢人同一榜，皆試漢文。自此滿洲無鼎甲矣。同治乙丑狀元崇綺，賽尚阿子，蒙古人；探花楊霽，能格姪，漢軍人。一科鼎甲兩旗籍，爲從來所未有。

元時及第第二者亦稱狀元。蓋其時第一必蒙古人，以中國人居第二，中國自以狀元稱之。今順天鄉試，解元必直隸人而『貝』號者，故又有南元、北元、旗元之稱也。

康熙初，吴兆騫漢槎謫戍甯古塔。其友顧貞觀華峰館於納蘭太傅家，寄吴《金縷曲》云：『季子平安否？諒絶塞苦寒難受。廿載包胥曾［一］一諾，盼烏頭馬角終相救。置此札，兄懷袖。』『詞賦從今須少作，留取心魂相守。歸日急繙行戍稿，把空名料理傳身後。言不盡，觀頓首。』太傅之子成容若見之，泣曰：『河梁生别之詩，山陽死友之傳，得此而三。此事三千六百日中，我當以身任之。』華峰曰：『人壽幾何，公子乃以十年爲期耶？』太傅聞之，竟爲道地，而漢槎生入玉門關矣。顧生名忠者詠其事云：『金蘭倘使無良友，關塞終當老健兒。』公子能文，良朋愛友，太傅憐才，真一時佳話。

校按：

【一】『會』，袁枚《隨園詩話》中作『曾』，顧貞觀《彈指詞》中作『承』。

惲南田壽平之父遜菴遭國變，父子相失。壽平賣杭州富商某爲奴，其故人諦暉和尚在靈隱坐方丈，苦無救策。會二月十九日觀音生辰，天竺燒香者過靈隱寺必拜方丈。諦暉道行高，貴官男女來膜拜者以萬數，從無答禮。富商夫人從蒼頭婢僕數十人，來拜諦暉。諦暉探知頎而纖者惲氏兒也，矍然起，跪兒前膜拜不止，曰：『罪過罪過！』夫人驚問故，曰：『此地藏王菩薩也。託生人間，訪人善惡。夫人奴畜之，無禮已甚；聞又鞭扑之，從此罪孽深重。奈何！』夫人惶急歸告某商。次早，某商來，長跪不起，求開一綫佛門之路。諦暉曰：『非特公有罪，僧亦有罪。地藏王來寺而僧不知迎，僧罪大矣。請以香花清水供養地藏王入寺，緩緩爲公夫婦懺悔，并爲僧自己懺悔。』某商大喜，布施百萬，以兒付諦暉。諦暉教之讀書學畫，一時聲名大起。時石揆僧與諦暉齊名。石揆有弟子沈近思，後官總憲。人問諦暉孰優，曰：『近思講理學，不出周、程、張、朱範圍；壽平作畫，能脱文、沈、唐、仇窠臼。似惲優矣。』

朱子立中丞名綱，高顴鬑髯，多權謀，人稱雙料曹操。

陳滄州守蘇州，《重遊虎邱》詩云：『雪艇松龕閲歲時，廿年踪跡鳥魚知。春風再掃生公石，落照仍銜短簿祠。雨後萬松全遝匝，雲中雙塔半迷離。夕佳亭上憑闌處，紅葉空山繞夢思。』『塵鞅删餘半晌閒，青鞵布襪也看山。離宫路出雲霄上，法駕春留紫翠間。代謝已憐金氣盡，再來偏笑石頭頑。棟花風後遊人歇，一任鷗盟數往還。』其時，總督噶禮以詩爲誹謗，句句旁註而劾奏之，摘印下獄。聖祖詔曰：『詩人諷詠，各有寄託。豈可有意羅織以入人罪？』命復其官。尋擢霸昌道。

雍正間，京師伶人劉三，色藝冠時，獨與李玉州翰林交好。蘇州張少儀觀察爲諸生時，封公謫戍軍臺，徒步入都，爲父贖罪。一時有『三子』之稱，蓋云公子、才子、孝子也。沿門托鉢，尚缺五百餘金。偶於玉州席上言及此事，劉慨然曰：『此何難！公子有此孝心，我能相助。』遂徧告班中人，云『諸君助張如助我也』。擇日設席江南會館，請諸豪貴來。已乃纏頭而出，一座傾靡，擲金錢者如雨。果得五百餘金，盡以與張，而封公之難遂解。聞玉州未第時甚貧，劉愛其才，以身事之。有無名氏詩云：『欲得劉三一片心，明珠十斛萬黃金。一錢不費偏傾倒，妬殺江南李翰林。』

《唐書》載：賀知章在禮部選輓郎，取舍不公，門蔭子弟喧鬧盈門。知章不敢出，乃於後園舁一梯，出頭墻外以決事。康熙辛丑會試，李穆堂先生用通榜法，所取皆一時名士。落第者糾衆作鬧，新進士無由入謁。或呈一詩曰：『門生未必敢陞堂，道路紛紛鬧未央。我獻一梯兼一策，墻頭高立賀知章。』

全祖望字謝山。有乩仙傳謝山爲錢忠介公後身者，故有《舉子》詩云：『釋子語輪回，聞之輒加嗔。有客妄附會，云我具夙根。琅江老督相，於我乃前身。一笑妄應之，燕説漫云云。』按謝山年三十六方娶滿洲學士春臺之女，逾年舉子。時忠介公後人名芍亭者，侵晨入賀。謝山驚曰：『何知之神耶？』芍亭曰：『夜來寒影堂中，不知何人揚言曰：「謝山得子。」故來賀耳。』

秦澗泉修撰將朝考，闗廟求籤，得句云『靜來好把此心捫』，不解所謂。朝考題是《松柏有心賦》，通篇忘押心字韻，總裁列之高等。被上看出，乃各謝罪。上笑曰：『狀元有無心之賦，試官無有眼之人。』按宋莒公試《德車結旌賦》，亦忘押結字，《謝表》云：『掀天波浪之中，舟人忘楫；動地鼓鼙之下，戰士遺弓。』

錢文端公庚午典江西試。寫榜吏陳巨儒，鬚髩如雪，求公贈手迹爲榮。自陳年七十，手寫文武試三十二榜。公贈詩云：『桂籍憑伊腕力傳，白頭從事地行仙。自言作吏中書省，曾侍朱衣四十年。』十月，復寫武榜，解首則其孫騰蛟也。名初唱，掀髯一笑，筆墮於地。中丞阿公喜亟，遣牙校馳箋，索藩司彭公家屏贈詩。彭方有劇務，幕中客擬數首，不稱公意，遣吏飛馬請蔣苕生來。蔣方與友飲酒肆，戀不肯行。吏敦促至再，扶鞭上馬。比至，則促召之使已四輩矣。彭公遽起，告以中丞索詩之使立馬簷下。蔣笑曰：『某不知公有此急也。』濡筆立題一絶云：『榜頭題處笑開眉，六十年來髩若絲。官燭兩行人第一，夜闌回憶抱孫時。』彭公得詩狂喜，復酧苕生，送輕紗四端。

朱竹垞先生詩名蓋世，而自稱本朝第二。故揚州方近雯觀察詩云：『駢體莫輕嗤沈宋，古音休易許曹劉。試看前輩詩如此，只負皇朝第二流。』

朱竹垞《寄譚十一左羽書》云：『江生自昌平至，述十一兄比來頗有不豫之色。叩其故，則以賢主人好音樂，延吳下歌板師，所進食單恒倍主客之奉，思辭之歸。弟以爲不足介意也。昔者孔子以燔肉不至行，穆生以酒醴不設去，則以先至後不至、先設後不設。是謂禮貌衰則去之，去之固宜已在。《易・同人》之象曰：「君子以類族辨物。」蓋物各有族，在人類而辨之。君子惟自審其分處焉，斯無不自得矣。不觀夫昏者？娶妻而納采，儷皮純帛可也。至于買妾，有費百金者。若欲落營妓之籍，非千金不可。其流愈下，其直益高，禮固有以少爲貴者。且歌板師之教曲，在兄未適館以前，主人既置之別館，不與共席，每食但與兄偕，則能類族辨物矣。食單之豐，譬諸以魚飼貍、以肉餵犬，于兄何損焉？孟子有言：「飲食之人，則人賤之。」兄若引去，不知者將以兄爲飲食之人，其可哉？故特附書左右，惟垂聽焉。』余讀《曝書亭集》至此，見其議論甚新警，因録於左。

尹文端公妾張氏，封一品夫人，與内廷恩晏。大將軍某與忠勇公在上前戲尹曰：『張有貴相，十指皆箕斗，無羅紋。』會伊里平定，諸功臣畫像内廷，例有贊語。上命公自爲張夫人贊。尹應聲曰：『繼善小妻，事臣最久。貌雖不都，亦不甚醜。恰有貴相，十指箕斗。遭際天恩，公然命婦。上相簪花，元戎進酒。同畫凌煙，一齊不朽。』忠勇公曰：『欲戲尹某，反爲尹某戲耶！』上大笑。

楊刺史潮觀，字笠湖。作宰中州時，鄉試分房，夢淡妝女子褰簾私語曰：『桂花香卷子，千萬留意。』醒而大驚，搜落卷，有『杏花時節桂花香』一卷，蓋謝恩科表聯，其年移秋試在二月故也。主司是錢東麓司農，見之大喜，遂取中焉。拆卷，乃侯元標，侯朝宗之孫也。楊悚然笑曰：『入夢求請者，得非李香君乎？』一時傳李香君薦卷，以爲佳話。

松江顧小厓成天，康熙丁酉舉人。世宗簿録某大臣家，得其《哭聖祖》詩，有『已增虞舜巡方歲，竟少唐堯在位年』之句。遂欽賜編修、上書房行走。乾隆二年，以老乞歸，上加侍講銜。年八十二而卒。亦詩人異數也。

王夢樓文治偕全公魁使琉球，著詩一卷，名《海外集》。有二律云：『一行金埒響瓊琚，公子群過水竹居。丱髮也須千萬值，綺年多是十三餘。將離更唱紅蘭曲，相憶應看青李書。鸚鵡香醪斟酌偏，不知涼月透交疏。』『那霸清江接海門，每隨殘照望中原。東風未與歸舟便，北里空銷旅客魂。盡夜華燈舞鸜鴿，三秋荒島狎鯨鯤。他時若話悲歡事，衣上濤痕並酒痕。』按琉球國王貴戚子弟，皆傅脂粉，錦衣玉貌，能歌，以敬天使，故移尊度曲。汪舟次集中所詠，與夢樓同。

俗呼婦翁曰嶽丈，曰泰山。説者以爲泰山有丈人峰，故有是稱。然古者通謂尊長爲丈人，非特婦翁也。一日與客徵典及此，或曰：『妻之父可稱泰山，妾之父云何？』客皆莫對。余戲答之曰：『丘垤。』於是四座爲之大噱。

惑於風水之説者，每欲借親之骸骨以求富貴。夫葬親，禮也；借親之骸骨以求富貴者，非禮也。馬東園别駕有《堪輿歌》一篇，云：『堪輿歌、歌爲誰，欲歌未歌雙淚垂。東家有翁疾亟時，丁甯反覆囑其兒：我死若欲我心慰，慎勿將我求富貴。但得片土足藏棺，風水之説甚無謂。我生願汝得百金，朝朝禱祝汝仍貧。生前心志已如此，黄土白骨豈有神？嗚呼翁語一何通，世人盡在夢夢中。祖山不葬葬風水，忍棄親骨如蒿蓬。作爲此歌示人子，得不哀悚心忡忡？嗚呼！得不哀悚心忡忡？』詞雖不佳，實白太傅新樂府之嗣音也。

余鄉濱海。每當灤水漲發，父老相傳有發龍木事。然而余未見也。偶閲近人詩話，見姚伯昂侍郎有《龍伐木歌》，頗與余鄉所傳相符。其序云：『順天屬三河等縣，每下雨暴漲，水高數丈，若山立。有木直立水中以行，端與水平。上恒有光，夜望如鐙，或有鱉蹲其上。傳爲龍造宫取木也。木取於平谷縣之深山中。癸未三月，有木工十三人，衣青，腰斧鋸，過平谷西門外飯肆，人食饅首數枚，不茹葷。告主人以取木歸償其值。主人心知其異，亦不與計。是歲大水，俗呼爲龍伐木云。是亦異聞，因作歌曰：順天屬縣有平谷，老林密箐森其麓。世間怪事竟有之，山人走告龍伐木。我聞瀨底多奇珍，水晶宫殿最華煜。珊瑚作柱貝作題，火齊明珠相綴屬。取材豈或有窮時，乃向人間事斫斸。昨者西門賣酒家，有客遝來真果腹。手斧臂鋸腰短繻，十有三人一妝束。酒家驚言辛酉年，過者依稀見非獨。辛酉歲，過其店食者十八人。竭來又遇黑衣至，將毋不使黄粱熟？時當六月山雨傾，懸流挂天亂飛瀑。頃刻奔潮倒峽來，小艇上山魚上屋。橫流之中木豎行，跳浪翻波不一仆。鰲背倒撐巨筍排，雲頭遠接修竿矗。木高十丈水十丈，水與木平如轉轂。木端更露閃爍光，月黑星昏點華燭。直使明鐙下淀津，龍工未興山鬼哭。吾友李生祖母劉，行年九十聞見熟。李之祖母言，幼時，其戚某家北山下。一日，有六七人如木工狀，投村中宿。村人不留，因詣其家。以爲異鄉人，憐之，止之宿。自與妻移屋外葡萄樹下，讓屋居客。天明，不見客。起隔窗以望，但見魚蟹縱橫於地。驚而退，乃呼曰：『日高矣！』客出，故如昨也。辭而行，留一物置簷牙間以爲謝。及水發，村沒，此家獨無恙。知其以是報矣。嘗言有戚居北山，工師六七暮投宿。天明窺户闃無人，老魚巨蟹分跪踞。主人大呼日三竿，夜客出門爭拭目。猶是衣冠拜謝行，始知鑿鑿非人族。魚鱉作人人其魚，此事往往驚鄉曲。吁嗟長江滾滾流，巨筏縱橫斷復續。千里萬里息可致，取用未聞或不足。龍宫縱須山木材，順流亦可供其欲。東澥之龍何不仁，蹂踐人命等牲畜。何當六丁爲扑之，三河不波吾民福。』同治六年七月八日，灤水大溢。瀕河居者言是夜發龍木，事與所詠無異。且言魚鱉之行若有隊伍：每駐，則水立如墻堵；將行，水底三聲如礮然。俱嗚嗚作人語。真是異事！

止園筆談卷二

許秋崖中丞改漕督時，道出長沙，例用儀仗。善化令某於官銜牌『漕』字錯書『糟』字。中丞賦詩曰：『平生不作醉鄉侯，況復星軺速置郵。豈有尚書兼麴部，漫勞明府續糟邱。讀書字要分魚豕，過客風原是馬牛。聞説新銜已遷轉，武岡可是五鋼州？』蓋令已擢武岡刺史，故調之。

盧藥林在琉璃廠書肆晤朝鮮使臣，與語，各不能辨，遂以筆譚。始知使臣姓洪，名大榮，號涵齋，五舉於鄉始登進士，官翰林。其國鄉、會試以詩、古文、經解分三場。會試不售，仍與秀才同秋闈；不赴，以詭避論。科目之難，視中國尤甚。

琉球國人崔斗璨，嘉慶間遭風温州，後居杭州仙林寺。喜爲詩，自稱瀣東漂客。有《述懷詩》云：『萬里三韓遠，蒼茫問室家。乾坤原逆旅，漂泊等泡花。憶弟心難握，思親鬢易華。臨安居自好，中夜起長嗟。』

李毓昌字皋言，山東即墨縣人。戊辰進士，榜下，分發江蘇，即用知縣。奉委赴山陽查賑，至則徧歷村莊，覈實稽考。多浮冒侵漁，將據實具稟。已屬稿矣，邑令王伸漢大懼，使司閽包祥以多金啗李君之僕李祥、顧祥、馬連陞等説其主，且致重賄。李君堅不從。事甚急，伸漢無它計，丐包祥曰：『事期必濟，聽汝爲之。』包祥、李祥等竟密置砒於茶，夜深進之。毒發，顛仆狂吼，尚不即死。祥等復以腰帶扣頸懸牀上，作自縊狀，遂絶。淮安太守王轂號王老虎，性貪，得伸漢金，竟以中惡自縊驗報具詳，返其柩於家。人亦無復疑者。後數月，有李君同學荆翁，諸生也，於郊外見李君，儀從甚盛。遂憑附至家，呼家人，具言受害狀。且云上帝憫其死於民事，授棲霞城隍神，今赴任矣。家人泣，議啟棺，視其衣盡血。於是李君叔士璜赴控京師，事遂上聞。王轂、王伸漢皆拿問，交軍機處會同刑部嚴審，得實。獄具，李祥等發墓前凌遲處死，餘棄市。仁宗睿皇帝御製詩三十韻憫毓昌，且加毓昌知府銜。事見邸抄，兹復於屠琴塢《病榻瑣譚》録出。

嘉慶癸酉九月八日，曹縣、定陶教匪戕官肆掠，撫軍往勦。時劉清爲轉運使，與參將馬建紀分兵捕滅，沿及金鄉。時金鄉城北戴氏女適周早寡，母侯年老無依。戴改男子裝，習騎射，團召鄉勇五百人，復獻膏沃二頃爲戰守費。事平，縣令袁潔表其門曰『巾幗偉人』。歷城諸生謝焜有詩紀其事。

徐楊緒字小梅，丹徒人也。本姓楊，嗣於徐，乃以徐楊爲姓。其先有官直隸者，遂家天津。有

《題余泉姑鸞飄鳳泊圖》詩一篇，並敘其事云：『泉姑字素如，秣陵人，前明散吏余芬女也，才且淑。戚里有求婚未遂者，蜚語中傷之。泉姑無以自明，墜井死，三百年無有旌其事者。道光戊子秋，降壇於寶坻高寄泉孝廉家，自陳顛末。孝廉爲作傳，並繪高髻常服小影，兩手各持斷玉環半枚云云。』

富筠圃觀察嘗云：今人所服長袖短衣名『阿孃帶』者，始於某相國。微時，從征金川，太夫人憐其體弱，製此服寄之。特長其袖者，以禦寒耳。初無此名。相國既貴，常感太夫人之恩，遇冬則服之。一日倉猝見駕，猶服此服。上怪而問之：『此何服也？』相國曰：『此阿孃帶。』並陳其所由。上憐其孝，命早朝時恒服之。後有效之者，因無名，遂訛曰『窩楞袋』。

嘉興錢籜石侍郎載奉命祭堯陵，辨今堯陵之非。既覆命，具摺奏之。摺計二十七扣，奉旨申飭。又乾隆庚子典江南試，取顧問作解首，三藝皆駢體，經磨勘，停三科。京師以二事爲對云：『三篇四六短章，欲於千萬人中大變時文之體；一摺廿七餘扣，直從五千年後上追古帝之陵。』

王樹勳者，山西人。始爲京師木蘭院道者，後薙髮爲憫忠寺僧。饒於貲，遂潛自蓄髮，遵例報捐同知，選授湖北某缺，旋擢郡守。會調繁入京，侍御石公承藻首發其奸，嚴詢得實，遂編管黑龍江。先於刑部衙門前荷校兩月，然後發遣。大興舒鐵雲孝廉有《和尚太守謠》一篇紀其事。詩長不備録，記其起四句云：『棄民爲僧如禿鶖，棄僧爲官如沐猴。宦成黄鶴樓邊住，事敗黑龍江上去。』讀之失笑。

國朝書家劉石庵相公專講魄力，王夢樓太守全取丰神。時有濃墨宰相、淡墨探花之目。

郭學顯乳名郭婆帶，粤洋巨盜也。雖剽掠爲生，而性頗好學。舟中書籍鱗次，無一不備。船頭牓二句云：『道不行，乘桴浮於海；人之患，束帶立於朝。』在洋驛騷多年，官兵莫敢捕治。柏菊溪制軍涖任，議主招降。郭率衆投誠，予以官爵，力辭不受。於羊城買屋，課其諸子，以布衣終。殆盜中之有道者歟？

《法苑珠林》云：『造書凡三人，長曰梵，其書右行；次曰佉盧，其書左行；少曰倉頡，其書下行。』今國書下行而兼左旋，是又一格也。

潮州太守黄霽青安濤，嘉善人，工詩，善滑稽。有同年某投札，誤書黄爲王。先生作詩啚之云：『江夏琅琊未結盟，廿頭三畫最分明。佗家自接周吴鄭，敝姓曾連顧孟平。須向九秋尋菊有，莫從四月問瓜生。右軍若把涪翁换，辜負籠鵞道士情。』工整慰貼，風趣獨絶。

浦情田守戎嘗誦其寅友某《岳王墓》句云：『宰相若逢韓侂胄，將軍已作郭汾陽。』立論新奇，得未曾有。情田，金陵人，著有詩文稿若干卷。其五言絶句一首云：『最愛初三月，彎環恰似鈎。郎心鈎不轉，鈎起妾心愁。』情詞婀娜，絶非弁員口吻。

葉書山庶子謂《中庸》一書非子思所作。其説云：『僞託之書，罅隙有無心而發露者。孔孟皆山東人，論事俱就眼前指點。孔子曰「曾謂泰山」，又曰「泰山其頽」。孟子曰「挾泰山以超北海」，又曰「登泰山而小天下」。就所居之地指所有之山，人之情也。漢都長安，華山在焉。《中庸》引山稱華嶽，明明以長安之人指長安之山，其爲漢僞託無疑。』

海昌陳微貞工詞，有句云：『見他竹影横窗，疎疎密密，總寫著个人兩字。』杭堇浦太守呼爲『竹影詞人』。

諸城劉文正相國食量倍常。常蓄一青花巨盎，大容數升。每晨則以半盎白米飯、半盎肉膾攪匀食之，然後入朝辦事，過午而退。同時尹望山相公但食蓮米一小盌，入朝亦過午而退。然兩公同享盛名，並臻耆壽。此如宋張僕射齊賢，每食噉肥豬肉數斤，夾胡餅，黑神丸五七兩。而同時晏元獻清瘦如削，止析半葉餅，以筋卷之，捻其頭一莖而食。後亦並享遐齡。蓋各人稟賦不同，未可以飲噉論福澤也。梁茝林《歸田瑣記》中所載國初徐健菴食量甚宏、張京江食量甚廉，事亦堪與此作對。

會稽陶菊坡章煥《五十初度》詩：『縱然便死原非夭，若竟長生也聽天。』真是達人之言。

查伊璜孝廉家僮侍婢解音律者十人，悉以『些』呼之，時稱『十些』。有雲些、月些二僮，尤聰俊，能記孝廉詩。乞書者命二些誦而書之，名曰『活錦囊』。

國初以來詠拂水山莊詩者多矣，總弗如查初白先生『生不並時憐我晚，死無他恨惜公遲』二句爲得温柔敦厚之旨。昔虞山之入我朝也，思欲秉鈞衡、專史席，乃二者皆違其願，故率多感憤之詞。陳卧子題壁詩云『黑頭已自羞江總，青史何曾借蔡邕』，真詩史也。

道光癸巳，京畿荒旱，各官倡議勸捐。有潘仕成捐銀一萬二千兩，蒙恩賞給舉人。嗣浙江葉元堃、江蘇黄立誠陸續捐輸，亦照例賞給，閣臣遂欲永以爲法。侍御朱公嶟奏云：『竊維賞賜者，勸善之經；科目者，求賢之道。國家設科取士，三年大比，録其文藝優長者貢於春官，名曰舉人，誠盛典也。上年畿輔荒旱，收成歉薄，即【一】荷皇恩浩蕩，賑糶頻施，小民已無虞失所。嗣以日久用繁，各官倡議勸捐。本年二月，據潘仕成捐銀一萬二千兩，蒙恩賞給舉人，一體會試。此皇上逾格之恩施，亦一時從權之至計，原未嘗著爲定例也。且潘士成本係副榜，去舉人一間耳，賞給舉人，是於破格之中仍寓量才之意。斟酌而行，豈漫然哉。厥後葉元堃、黃立誠陸續報捐，經巡視給事中、順天府尹奏請議敘，蒙敕下，大學士、軍機大臣會議，遂乃比照銀數，請賞舉人。雖曰以昭畫一，然於聖主慎重名器之心、因時權衡之道，要未能深詳體究也。若因此遂成定例，臣竊謂適足生富家僥倖之心，而阻寒儒進修之志。向來捐例，京官自郎中、外官自府道以下皆准捐。至清要衙門，非舉人出身者不得與焉。官可捐，而出身不可捐也。今以捐銀捐賑之故而得爲舉人，則未登仕版者將可報捐中書，已列部曹者又得保送御史。競趨捷徑，濫厠清班，欲肅官廉，亦已難矣。況准其一體會試，則得隴望蜀，謂舉人既可倖邀，進士何難弋獲！於是買通關節，僱請鎗替，種種弊端，在所不免。臣故曰生富家僥倖之心也。至單寒下士，既不能鮮衣華服、奔走形勢之途，又不能遵例納財、置身通顯之地。其所以繫屬心思、鼓舞才力，孜孜以窮經砥行爲務而未甚厭棄者，良以舉人一途爲進身之階耳。今若以多士進身之階爲一時勸捐之計，不論學問之淺深，但較銀數之多寡。如能累萬，不啻陞三；一經報呈，便同登第。文章不足爲貴，科名亦覺其輕。識趣日卑，術業漸廢。臣故曰阻寒儒進修之志也。頗失士望，徒生倖心；以爲故常，未見其可。論者但以請賞花翎未便率行議准，因而請賞舉人。不知花翎、舉人均爲聖朝名器。而細按之，則花翎實器也，舉人虛名也。實器以待有功，虛名以彰有德。互爲表裏，未可低昂。彼輸財助賑者，急公好義，固不可不量加鼓勵。然在士庶，或酌給匾額，或議敘職銜；在官紳，或予以陞途，或准其加級，已足示鼓勵而勸捐輸矣。若請賞舉人，則所得無幾，所傷實多。應請旨飭下順天府五城及各省督撫，嗣後地方偶遇水旱偏災，如有捐輸應獎之處，概不准援引成案、冒請賞給舉人。庶經制定，而人絶妄心；流品分，而士多勵志。而於勸善賑民之道仍未有礙也。』疏上，奉旨嘉奬。時河南學政俞公長贊亦有是疏。

校按：

【一】『即』原作『節』。據何良棟《皇朝經世文四編》所收朱嶟疏改。

江都吴菌次太守綺解組歸，貧不能自給。壻江辰六闓爲築室以居，名曰天地間屋。粤東制府吴留村又贈錢買趙氏廢圃，移居焉。有乞詩文者，多以花木爲潤筆費。不數月而成林，因名之曰種字林。

康熙時，吴逆叛兵逼建城。鎮帥怯，欲降。其屬張遊擊者請戰，數卻賊。張好著羊絨絳袍，單馬入陣。戰酣，輒袒露半袖。軍中因號曰『半邊紅』。鎮帥忌之，誣陷以死，一軍皆哭。後人弔以詩曰：『楚歌千古怨蘭叢，漢將空餘一騎雄。何事茅檐諸父老，負暄閒説半邊紅。』

九江潯陽江琵琶亭題詠甚多。乾隆中，唐蝸寄英榷九江，置紙筆於亭上，令過客賦詩，開列姓名，交官吏投進。唐讀其詩，分高下以酬之。投贈無虚日，坐是虧累，變産以償，怡然絶不介意。去官後，過客思之，爲建白太傅祠，肖唐像祀其旁。

仁和姚父【一】宰三辰之祖，業醫。嘗采藥墮溪，手摸石，滑而蠕動。負姚上，兩目如鐙，照見須角。委姚地上，騰雲去，始知爲龍也。手觸涎處，香累月不散。以手撮藥，病立愈。人呼爲摸龍阿太。

校按：

【一】『父』應爲『少』之誤。姚三辰曾官吏部侍郎。

任翼聖副憲啟運，九歲讀《孟子》，終，飲泣不食。乃祖問其故，曰：『豈有讀「然而無有乎爾」二語而不悲者乎？』後晚年學《易》，研思極慮。忽神游乾坤圖内，身如委蛻。一霎八卦劃然開朗，始甦。蓋如卧如死者已旬有七日矣。奇哉！見震澤任心齋兆麟《有竹齋集》。

長白祥藥圃鼐，乾隆丙戌進士，由工部主事累官至布政使。嘗作《酒帘詩》云：『送客船停楓葉岸，尋春人指杏花樓。』都下盛傳，呼爲祥酒帘。

史文靖公館課庶常，以『春日即事』命題。管水初一清詩中一聯云：『兩三點雨逢寒食，廿四番風到杏花。』史公擊節。人因呼之曰管杏花。

馮灒齋成修，廣東人。幼牧牛，夢有持扇爲障日者，扇上有『貴州學政』四字。因奮志讀書。年三十四始遊庠，逾年登賢書。聯捷，點庶常，改部曹，典蜀試，又典閩試。嗣出貴州學差，果符夢兆。旋罷歸。好論文，有『馮八股』之目。年九十餘始卒。乾隆壬寅，八袠，與夫人同庚，康健無恙。屆結褵周甲之期，親友門生駢集稱慶，重行花燭交拜之禮。自署其門曰：『子未必肖，孫未必賢，屢忝科名，只爲老年娛晚景；夫豈能剛，妻豈能順，重燒花燭，幸邀天眷錫遐齡。』至乾隆壬子，重赴鹿鳴。洵美談也。

康熙三十九年七月，上以大臣子弟遇科場考試取中者多，詔另編字號，不致妨孤寒進身之路。下九卿會議。定議鄉試另編『官』字號，以民卷九、官卷一爲額。

康熙四十一年九月，户科掌印給事中湯右曾疏言：『伏讀上諭，制錢鑄小以來，私鑄仍不止。令九卿確議，欲使錢法流通，便民剔弊也。旬日聚議，大抵謂應改鑄大錢，其舊鑄小錢二年之後概行銷燬。臣以爲改鑄大錢，誠宜仰遵聖諭；若銷燬小錢，民間必致驚擾。大户貯錢多者，其苦無論矣。小户或一二千文以爲資本，上養父母，下畜妻子。甚至肩挑負販之人，不過四五百文，終年衣食其中。一旦廢置不用，則貧乏失所。即謂暫許行使一二年始行禁斷，民間知二年之後此錢不用，誰肯行使？既不行使，失業必多。至謂官照定價收作廢銅，則錢價貴而銅價賤。貴者忽變而爲賤，貧民已恐苦累；又況收受之際，吏胥掯勒，奸弊叢生。今户、工二部見存制錢八十四萬串有奇，若銷燬，則工料耗折甚多。二年中鑄出新錢不過一百萬串有奇，豈能徧及各省？新錢無多而舊錢已燬，奸民乘間圖利，恐私鑄愈繁，錢法愈壞。是乃萬萬不可者。古者患錢重則改輕，而仍不廢重，爲子權母而行；患錢輕則改重，而亦不廢輕，爲母權子而行。今宜仿此遺意，令新鑄重錢每串作銀一兩，而舊鑄輕錢每串作銀七錢，並聽行使。積至歲月既久，大錢流通，則小錢自不行矣。』疏下九卿、詹事、科道會議，照康熙二十三年定例，每文重一錢四分，如右曾所請，并行弗禁。

錢香樹陳群母陳氏，知書，工繪事。陳群少時，母勗之學，爲《夜織授經圖》。陳群嘗奏及之。純廟賜題以詩，有『嘉禾欲續賢媛傳，不愧當年畫荻人』之句。

乾隆十五年二月，上閱永定河堤。時方恪敏觀承總督直隸，兼理河工。諭以下口宜暢，使易趨下。御製詩示之曰：『水由地中行，行其所無事。要以禹爲師，《禹貢》無堤字。後世乃反諸，祇惟堤是貴。無堤免衝決，有堤勢防備。若禹豈不易，今古實異勢。上古田廬稀，不與水爭利。今則尺寸爭，安得如許地。爲堤已末策，中又有等次：上者禦其漲，歸漕則不治；下者卑加高，堤高河亦至。譬之築寬墻，於上置溝渠。行險以儌倖，幾何其不潰！胡不籌疏濬，功半費不貲。因之日遷延，愈久愈難試。兩日閲未定[一]，大率病在是。無已相諮詢，爲補偏救弊。下口略更移，取其趨下易。培厚或可爲，加高汝切忌。多爲減水垻，亦可殺漲異。取土於[二]河心，即寓疏淤義。河中有居民，究非長久[三]計。相安姑弗論，宜禁新添寄。條理爾其釐，大端吾略示。桑乾豈巨流，束手煩計議。隱隱問河南[四]，與此無二致。未臨先懷憂，永言識吾意。』

校按：

【一】『未定』，《御製詩集》二集卷十六中作『永定』。

【二】『於』原誤爲『淤』。據《御製詩集》二集卷十六改。

【三】『長久』，《御製詩集》二集卷十六中作『久長』。

【四】『問河南』，《御製詩集》二集卷十六中作『聞南河』。

李穆堂紱平日講學，謂朱子『道問學』之功居多，陸九淵『尊德性』之見爲卓。純廟嘗韙其言。

桑簡菴避迹西山，夫婦僕婢得五口，益以犬一雞二，顔其額曰『八口之家』。宗室塞公爾赫贈詩云：『數椽卜築水雲隈，秋草閒門晝不開。八口何妨并雞犬，有人子鶴更妻梅。』『拔宅由來是耳聞，果能肥遯却輪君。何當真棄人間世，犬吠雞鳴在白雲。』

京師鐙夕，岳廟中作秦檜夫婦泥像，穴其中燒之，曰『燒秦』。吴縣張瘦桐舍人塤有詩詠之。

翁覃溪《粤東金石略》附記一條云：『方綱乾隆三十五年蒞瓊南試竣，謁蘇文公祠。有青衿迎者，稱文忠後人，持家譜一帙，云公在儋耳娶符三婆，生一子名佛兒，留海南，今其後也。然無由直斷其僞。今年秋，學官來省，曰：「此人所恃譜内一語，與王氏年譜合，曰『蘇公渡海，歸至廉州，於合浦清樂軒有寄蘇佛兒語』耳。」方綱因檢王氏年譜，非「寄」字乃「記」字。檢公集，此文是八十老人蘇佛兒來與公論契，而公記其語。豈公之兒哉！以其人奉祀已久，寬不加罪，而褫其衣頂，予奉香火之役。』按，《宋史·梁師成傳》自稱東坡遺體。《堯山堂外紀》：『東坡南遷時，一妾有娠，嫁與孫氏，生子，命名曰覷，謂賣見也。』今又將八十老叟綳作孩兒，何髯翁遺體之多哉！緐閲及此，不覺爲之大噱。

聞有醫鄭姓者，其名最盛，而其技實最庸。嘗醫一病人，與衆醫互相標榜，商立醫案。陳修園【一】明府念祖適見之，批其後云：『市醫伎倆，大概相同。』越日，衆醫至，閱陳所批，皆氣阻。鄭唶曰：『陳某何以呼我輩爲布醬！』聞者莫不匿笑。而病人卒不起。時號鄭爲『布醬先生』云。

校按：

【一】『園』原誤作『圖』。

秦人屈復註王漁洋《秋柳》詩，泥『白下』『洛陽』『帝子』『公孫』等字，妄擬爲憑吊勝朝，最爲穿鑿。乾隆丁未春，大宗伯某掎摭王漁洋、朱竹垞、查他山三家詩及吴薗次長短句内語疵，奏請毁禁。事下機庭集議。時管世銘方内直，惟請將《曝書亭集·壽李清》七言古詩一首，事在禁前，照例抽毁。其漁洋《秋柳》七律、他山《宫中草》絶句及薗次詞，語意均無違礙。當路韙其議，奏上，報可。其《韞山堂集》中《追紀舊事》二絶句云：『詩無達詁最宜詳，詠物懷人取斷章。穿鑿一篇《秋柳》註，幾令耳食禍漁洋。』『語關新故禁銷宜，平地吹毛賴護持。辨雪仍登天禄閣，三家詩草一家詞。』蓋謂此也。

《雪濤小説》：『金陵上清河一帶善崩，明太祖患之。皆曰猪婆龍窟其下。時工部欲聞於上，然疑

「猪」犯國姓，輒駕稱大黿爲害。上惡其同「元」字，因命漁者捕之，殺黿幾盡。先是，漁人用香餌引黿，黿凡數百斤，一受鈎，以前兩爪據沙，深入尺許，百人引之不能出。一老漁諳黿性，命於其受鈎時，用穿底缸從綸貫下，覆黿面。黿用前爪搔缸，不復據沙，引之遂出。金陵人乃作語曰：「猪婆龍爲殃，賴頭黿頂缸。」言嫁禍也。』今世言桃僵李代之事，輒云『頂缸』，蓋本此。

胡江《談剩》：『遇群馬於途，凡脊穿毛脱、瘦憊而觳觫者，必官馬也。逢數船於河，凡篷破篙折、朽敗而罅漏者，必官船也。蓋乘駕無節，愛惜無人，故易以敝。嗚呼！今之從政，其亦以民爲官民乎？』

《遂初堂書目跋》：『李太史燾云：延之於書靡不觀，觀書靡不記。每公退，則閉户謝客，日計手抄若干古書。其子弟及諸女亦抄書。一日，謂予曰：「吾所抄書，今若干卷，將彙而目之。飢讀之以當肉，寒讀之以當裘，孤寂而讀之以當朋友，幽憂而讀之以當金石琴瑟也。」』余家藏書三萬餘卷，寢饋其中，亦將名吾室爲『四當』云。

紀文達公集中有《斷碑硯歌爲裘漫士先生作》。斷碑者，宋熙甯四年蘇文忠公爲孫吴興作《墨妙亭詩》石刻也。存十二字，凡四行，行三字，曰『鐙他年』，曰『憶賀監』，曰『時須服』，曰『孫莘老』。高廣各三寸，長四寸。王文成公得之，以背面作硯，左刻『守仁』二楷字，右刻篆書『陽明山人』四字，側刻分書『驛丞署尾硯』五字。蓋明正德元年文成謫貴州龍場時物也。漫士銘有『吾於東坡，不師其經濟而師【二】其文章；吾於陽明，不師其學術而師其事功』語，最爲平允。文達又有《題古幣硯》二首，一云『琢硯形如幣，分明寓意存。治生爲最急，應記許衡言』，一云『客曰斯言誤，余知匠者心。正如古彝鼎，饕餮鑄精金』。二首作問答體，一闢一闔，一淺一深，章法奇妙。

校按：

【一】『師』原誤作『詩』。

膠州李霞裳進士世錫《詠甘草》詩云：『歷事五朝長樂老，未曾獨將漢留侯。』揚州張哲士《詠胭脂》云『南朝有井君王入，北地無山婦女愁』，人呼張胭脂。錢唐諸生洪豆村簡《詠算盤》云：『合定二五耦，分開上下牀。』尤爲警切。

錢詹事《金石文跋尾續》第七有元文宗元統二年《孝烈將軍祠像辨正記》，謂木蘭也，姓魏，亳之譙人。孝烈將軍之號，不知何時所封。來氏《樵書》謂隋煬帝時，木蘭征遼有功，授尚書，不受，帝欲納宮中，遂自盡，贈將軍，諡孝烈。然與樂府《木蘭詞》不合。

日本國俗禁天主教甚嚴。唐船初至，例有讀告示、踏銅板二事。告示敘説天主邪教煽惑人心，慮客有挾之而來者，故徧諭之。銅板鑄天主像，踐踏以明無習教之人。國中書籍甚多，間有中國所無之本。亦建聖廟，有官，稱聖廟先生。客有攜書往售者，必由聖廟官檢閲，恐涉天主教耳。見汪翼滄《日本碎語》。翼滄，杭人，賈於海外，著此，亦云《袖海編》。

蕪湖鐵工湯鵬，字天池。居與蕭尺木鄰，數往觀畫，蕭呵之。湯曰：『子謂我不能耶？』遂發憤以鐵寫生。鑪錘精妙，古所未有。梁山舟同書及子玉繩皆有《鐵畫歌》。

俗傳除夕鼠嫁女，竊履爲轎。《清白士集》有《嫁鼠詞》云：『今夕何夕是除夜，里俗喧傳鼢鼱嫁。大鼠奔忙群鼠賀，東西跳擲高復下。或處屋後墉，啣尾至前舍；或居室旁壁，緣足徙層榭。偷米盜肉充嫁資，穴中轟轟不得暇。合好定知時在子，以履爲車鼠子迓。鼠婦新來拜鼠姑，鼠姑卻立拱而謝。紛紛鼠輩爭窺闞，抱頭倏竄見猶乍。族類雖繁情狀同，麥鬚豆眼毋驚訝。嘐嘐聱聱聲正喧，虎舅一嗚吁可怕。我夢幾曾入鼠穴，此事何由辨真僞。姑妄言之妄聽之，醉後吟成一笑罷。』

崔秋谷曰：『杞梁妻無名。孟姜乃秦時范氏之妻，哭於長城者。傳譌合爲一人一事耳。』宋周煇

《北轅録》：『雍丘縣范郎廟，其地名孟莊。廟塑孟姜女。』亦是一證。今山海關外姜女廟有額曰『而變國俗』，殊屬可笑。山東長清有杞梁妻祠。

梁學昌《庭立紀聞》云：『近年孤山重修林和靖祠，塑女像爲偶，題木主曰「梅影夫人神位」。或戲云：「何不兼塑仙鶴郎君？」世俗之可笑如此。』

昔人藏書，以借人爲戒。唐杜暹家每卷後自題云『清俸買來手自校，子孫讀之知聖道，鬻及借人爲不孝』，得毋不廣乎？曰：此亦視來借之人何如耳。不折腦、不黑邊、不揉熟、不指傷，而還書時且爲之補斷線、換破面，則借書同於通財，何吝焉？若污之、闕之甚或塗抹之、乾没之，烏可輕借？魏善伯有俚語詩曰：『若欲翻書，勿以爪掐；若欲看書，勿以手壓。掐則痕多，壓則汗塌。不可磨擦，擦則模糊；不可捲折，折則痀瘻。不可亂點，不可狂塗。識者所笑，馬牛襟裾。書貴齊整，不宜散亂。部正行匀，秩然可玩。書貴齊修，不宜齷齪。潔淨精良，人生一樂。即不常讀，亦可常翻。讀之養心，翻者怡顔。書有廉隅，書有文飾。彼讀書者，自宜愛惜。不讀書者，亦宜惜書。雖無他智，即此非愚。予亦有書，百千萬卷。不汗不塵，不折不捲。君欲讀書，奉贈此法。予言或然，幸垂笑納。』

《庭立紀聞》云：『常熟王露湑譽昌著《崇禎宫詞》一卷，有云「翠釜朝朝瀹燕窩」，自註：「上嗜燕窩，膳夫煮就羹湯，先呈所司嘗之。遞嘗五六人，參酌鹹淡，方進御。」』此詩不知多少，當必有異聞。余撰《全史宫詞》，惜未得此卷見之。

厲樊榭詩注：『明江元祚邦玉築横山草堂，攜家隱焉，有驢名曰梭翠。《除夕山居》詩云：「静隱空山無箇事，祗憐溪水一年忙。」高致可想也。』

浙江人生女多者，畢嫁，作倒箱會。見莊綽《雞肋編》。諺云『盗不過五女之門』，蓋言女能使家貧也。錢唐符幼魯第五女生，命名曰『卻盜』，厲樊榭爲之賦詩。

《樊榭山房集》有《撒沙夫人廟》五古一首。註云：『相傳神爲倪氏女，南渡初，避寇奔匿，蒙犯風雨，瘖瘂而卒，里人葬之山中。後金人南侵，神著靈異，撒沙退敵。事聞，封爲護國夫人，建廟祀焉。』

西河于清端公成龍守黄州時，長郎來省。瀕行，署中止存一㸝鴨，割半飯之。時人有『半鴨于公』之謡。署中家人悉食粥。其粥更異甚：以少俸買稻舂米，復炒糠釜中，令微焦，重磨取粉。每粥以少許黍米煮，垂熟，入糠粉及蕎麥麵、黄豆粉和之。鎮東有魯晟者，聞風慕之，趨行七十里，欲嘗此粥。公歡然見之，曰：『新客，且一飯，再設則粥矣。』晟明日東歸，以不得嘗異味爲怏怏。時又有『糠粥于公』之謡。公集有《忍字歌》一首，言淺意深，頗足資勸懲。其發端云：『心最慈，刃最毒。心上如何放把刀，做來忍字有含蓄。這把刀、按不定，鑽出頭來喪身命。這把刀、按得下，任他凶險也不怕。只要時時忍在胸，自然利刃都無鋒。古來多少能忍漢，百般磨鍊成英雄。』云云。其歌甚長，不具録。

桂大將軍涵，蜀人，由義勇起家，至本省提督。始，將軍家毀於賊王三槐。將軍怒，聚鄉兵與角。投大營，疑不受，乃從劉將軍清，遂立功。劉將軍者，貴州拔貢生，筮仕四川巴州州判，廉明，民稱青天。值蜀寇，勇果多戰功。嘉慶癸酉，任山東鹽運使，督兵殲曹州府逆匪。天語褒嘉，擢雲南布政使。奏請改武，授登州府掛印總兵，故稱將軍。在蜀多收才武士，常拔羅大將軍思舉於淹禁中，後奏奇效，爲湖南大帥。桂將軍亦由之進。將軍既貴盛，目不知書，恒自憤激，延名師課諸子甚嚴。學使按蜀，將軍子應試歸，以文呈將軍。質諸師，師不謂佳。已而獲選，將軍大怒，呼子至前詬責之，且曰：『蜀固多材，汝文不佳，何得預游泮列？直是學院周旋我耳。』竟移文除其名。一日獨居，忽自念出處，慨然欲興義學、義田，爲士民、族戚益。時夜方半，立起，亟召諸親友至，告之曰：『始者吾何如人？一鄉里無籍。蒙國家寵靈，祖宗庇蔭，遂有今日，遭際可謂過分。視吾今日所有，孰爲吾所本有者？今吾欲立義學、義田，有貲産若干，煩諸公一爲經理之。』遂取券質相授。衆驚頌欣受，徐復謂之曰：『將軍高義，過古賢矣。但此事非一刻可畢，何不及待旦而急急若是？』將軍笑曰：『人一轉念，則初心不牢。我若緩至明晨，妻子輩聞知，愛惜財帛，必爭來勸阻。恐我亦不免爲所動，不如當下決斷也。』衆乃大服。將軍目不知書，侃侃數語，立堅初念至論，雖宿儒不能過。古今來讀書破萬卷而作事敗於轉念者，比比也。故書之以爲警。

唐明皇幸驪山華清宫，夜聞阿濫堆聲，采以爲曲。今失其調，並昧其爲何鳥。吾鄉有鳥，生海濱，蓐細草爲巢，羽竊褐，斑若鶉，特尾修耳。大近胡燕，首峰或聳或否。其鳴善轉，迎風飛翔，力竭乃下。俗呼曰『窩蘭』，别有峰曰『鬍頭』，無曰『清水』。大抵聲狀亞白翎。白翎生塞外，羽甚深，近絳；聲甚宏，近鶯。身亦加巨，翼標白羽。人以其巧音善效諸物，字之曰『百靈』，其實『白翎』也。元人有《白翎雀》樂府。張文端《奉使俄羅斯日記》述塞外景物，云『窩南白翎，隨風翔舞』，則『蘭』作『南』。錢玉友《出塞紀略》稱曰阿蘭。究之阿蘭、窩南當是一物，蓋番語無定字也。『窩』字亦因與『阿』字同音而譌。按《太平廣記》，嘲酒劣者曰『酒頭似阿濫堆頭』，解曰『非鶉頭』，以『鶉』寓『淳』也。意阿濫堆必狀近鶉，故由似中判其非。今鳥最似鶉者一種，惟足三趾，六七月竄走禾黍叢，時以喙穴地鳴，其聲烏烏，俗以其聲名曰『地烏鹿』。然其聲直號，大劣，斷難譜爲樂，非阿濫堆明甚。窩蘭雅近鶉，『窩』與『阿』、『蘭』與『濫』音高下間耳。以鳥之善鳴者推焉，則必阿濫堆也。名浸久易失，如鴇之爲『卜』、鶯之爲『黄呼盧』、鵽之爲『沙雞』類然矣。春有小鳥鳴樹間，腹黄背碧，似瓦雀，而弱喙纖纖然。名之『黄雀』，當矣；或疑以爲鶯，則不然。聲甚似恨幽，色略似恨闇。同至者加大，色朱，真丹砂也，名之『紅料』。有玄者，腹斑青，曰『麻料』。得而畜之，朱羽二年而半玄，三年而竊玄，隱碧。不知於古何名，約皆阿濫堆之類也。披《爾雅》《禽經》，今不知其物有無；出見其物，又不知其在書中爲何。多識於草木鳥獸之名，細已甚，猶難哉。

鴉片烟來自外夷，毒流中國，將來不知伊於胡底。頃閱《厦門志》，見載有閩中一士子《自悔詩》八首，頗曲盡形容，附録於此。詩云：『海門一舸渡紅夷，賺出黄金竟不知。未死卒難除此累，隔時容易惹相思。頻年暗炙膏將竭，定候微違涙即垂。錯當秘方醫病用，者番呼吸轉無醫。』『一辭覺岸入迷津，廢物先輪到此身。領略本無真趣味，支持偏有假精神。連宵小住能留客，幾日初嘗尚避人。薰徧佛香申戒誓，剛纔相懺又相因。』『迯思斷絶越牽纏，敢費何曾日萬錢。歲月蹉跎佳子弟，烟雲吐納野神仙。坐逢命酒唯垂首，行學吟詩也聳肩。世路已經多少險，況添苦海渺無邊。』『錦衾亂疊繡帷遮，慎卹神膠秘漢家。煆煉已成傷性藥，帷房猶當助情花。借他倚玉談衷曲，添個銷金與狹邪。夜半文園生渴疾，一鈎眉月索煎茶。』『冶遊勾引五陵豪，里巷參陪日幾遭。萬事都如冰解釋，一身竟付火煎熬。腰支屈曲時横卧，指爪枯長每亂搔。聽説寒天好風雪，范雎又典到綈袍。』『論他市價米難齊，强項而今首亦低。繞榻賓朋方笑語，隔窗兒女正飢啼。常防失足偏爲累，極勸回頭忽自迷。一事莫教人識破，養成懶癖好攀稽。』『腸肥腦滿漸摧殘，憔悴相逢詫改觀。直似鬼粧青面目，能令人變黑心肝。孤燈照處留宵伴，冷枕醒時報午餐。銀匣封來煤數點，淮南雞犬舐餘丹。』『别開利藪恣狼貪，令甲空勞禁再三。誰解詰奸從左右，可憐流毒徧東南。紙窗癡立蠅俱醉，粉壁潛窺鼠亦酣。牽得絲成身自縛，半床僵卧冷春蠶。』

邵青門《題冀渭公所藏楊忠愍梅花詩卷》其敘云：『渭公大父梅軒先生，故官比部郎。忠愍頌繫時，先生傾身橐饘。忠愍高其誼，爲作此卷。同時周旋詔獄，霸州王繼津、太倉王元美及應生最著。先生事世鮮知者。康熙丙辰，渭公來吴閶，出卷示余，蓋百二十餘年物矣。展卷肅然，敬題其後。』中一聯云『當關虎豹糜軀易，畏路風波仗友難』，極檃括，極沈摯。

韓慕廬《題瞶瞶圖》二首有序云：『禹鴻臚爲此圖，譏也。羅古器卷軸甚夥，主人倨坐其上，色自得。客各奉持器，作鑒賞狀，或嗅之，或耳之，或摩挲之，皆瞽也。主人一瞽而召群瞽，群瞽各極態以娱一人之瞽，然皆不自知瞽也。嗟乎！譏之誠是也，然安往而不瞽？不勝譏也。爲之三歎，率爾而作。』其詩一云：『黄紫標錢珠量斛，意氣驕奢日不足。匫董自然翼脛來，脅肩諂吻不用目。主人未曉屋角金，團團之面枵然腹。此如跛秃御跛秃，爭禁觀者笑一握。請君勿笑爲君歌，誰僞誰真常反覆。輪囷時爲萬乘器，皮相不得華山騄。木蘭賣櫝久還珠，荆山出血難明玉。何曾得董紇那耶，世事扣槃與捫燭。』一云：『尊罍彝舟觚鬲甗，山葉欵識分窠鈿。主人妙是金石家，魯人讒鼎難以鴈。製曲堪製得寶子，無慮價值千百萬。須臾聚散如飄風，平生長物俱夢幻。苦憶玩好含猶視，羊棗昌歜與故劍。翻思家公須瞶瞶，物到可欲休過眼。象罔何嘗不得珠，美人莫覰春風面。世間大抵楚人弓，人得人失快流電。徒令旁人供轉盼，樂莫樂兮君不見。』

《獨學廬初稿》中有《軍營雜述》七言絶句六首。其四、五云：『雲臺諸將各登壇，可有韜鈐策治安。卻聽神人帳中住，常將凶吉報田單。』『不信從征有木蘭，强教妹喜著男冠。三軍忽有桑中約，細馬馱歸李阿端。』按此必當時實事，特不知其所指何人。

管韞山寓江甯日，客有勸謁袁簡齋者，詩以謝之。云：『耆舊風流屬此翁，一時月旦擅江東。寸心自與康成異，不肯輕身事馬融。』

余自道光辛卯鄉試，至咸豐丙辰會試，凡入棘闈者十四。場屋之苦，備嘗之矣。偶閱《柳南隨筆》，内載陳亦韓《别號舍文》一首，備極形容。其辭云：『試士之區，圍之以棘。矮屋鱗次，百間一式。其名曰號，兩廊翼翼。有神尸之，敢告余臆：余入此舍，凡二十四。偏袒徒跣，擔囊貯糒。聞呼唱喏，受卷就位。方是之時，或喜或戚。其喜維何？爽塏正直。坐肱可横，立頸不側。名曰老號，人失我得。如宦善地，欣動顔色。其戚維何？厥途孔多。一曰底號〔一〕，糞溷之窩。過猶唾之，寢處則那。嘔泄昏忳，是爲大瘥。誰能逐臭，摇筆而哦。一曰小號，廣不容席。檐齊於眉，墻逼於跖。庶爲僬僥，不局不脊。一曰蓆號，上雨旁風。架構緜絡，藩籬其中。不戒於火，延燒一空。凡此三號，魑魅所守。余在舉場，十遇八九。黑髮爲白，韶顔變醜。逝將去汝，湖山左右。抗手告别，毋掣予肘。』

校按：

【一】『底號』原作『號底』。據王應奎《柳南隨筆》改。

喀爾喀得赤陵女子，色妖豔，工琵琶，呼爲赤陵妲，寵冠一國。噶爾丹豔之，興師滅其國，奪赤陵妲。聖祖親征討平之，以赤陵妲無歸，暫留理藩院。後爲喀爾喀置君，乃遣之歸國。琴河徐芝仙有詩紀事。

錢塘陳文述有《龍么妹歌》。序云：『么妹龍氏女，黔中土司龍躍之女弟也。躍祖某爲黔苗豪族，方吴三桂據滇，日檄諸苗策應，某獨與抗。滇平，論功賜總兵官，爲諸苗長。四世至躍，秩遞降爲千總。嘉慶二年，教匪由楚入秦，蔓延黔中。督軍威勤勒侯檄躍赴軍，躍疾作不能行，么妹乃帥三百人詣督軍營，聽指揮。戰屢捷。是年八月十五夜，攻南籠深峪賊巢，擒渠王囊仙、七綹鬚等。督軍所遣八路軍，么妹其一也。南籠賊平後，軍威大振，而么妹之名播於全黔矣。在軍中半載餘，所斬馘至衆。嗣勒侯移鎮撤兵，録躍功而重賚么妹，遣之歸。大興舒鐵雲孝廉在侯軍中，親見其人。頎身玉立，豐容雪膚，年二十許，蠻妝窄袖，翩若天人。弓衣劍室，金繡錯采，遇敵輒躍馬奮進。三百人自成一隊，退則獨結一寨，部伍有法。或軍中議事及公讌，則揣摩賊情，議論洞達，雖宿將無以過。軍中比之秦良玉云。』

湖北漢鎮中秋夕以金翠飾南瓜，具衣冠音樂，送少婦望子者。亦禖祝遺意也。錢塘陳文述爲賦《送瓜辭》云：『種瓜南山下，瓜瓞何綿綿。亦如母生子，根蒂相鈎連。漢皋十萬户，户户羅嬋娟。生男豈不好？聞言心喜歡。八月十五夕，明月光團圞。摘瓜擇美好，金翠登綺筵。賸以多子榴，配以同心蓮。導以明燈燭，從以雜管絃。送之入洞房，賓朋馥青烟。嬋娟出拜嘉，羅袖嬌翩翩。明年當此夕，瓜仍滿中田。懷中牙牙雛，解看圓月圓。』此可以補《荊楚歲時記》之闕。

太湖采蓴自明萬曆間鄒舜五始。康熙三十八年，車駕南巡。舜五孫志宏種蓴四缸以獻，而侑以《貢蓴詩》二十首。上命收蓴送暢春園，志宏著書館效力。後以議敘授山西岳陽縣知縣，時人目爲『蓴官』。

順治中，御史秦世貞按吳，發撫臣土國寶罪狀，有鐵面御史之稱。繼秦至者，好爲長夜飲。有無名子改崔殷功之詩，大書粘於戟門，云：『去年今日此門中，鐵面糟團大不同。鐵面不知何處去，糟團日日醉春風。』因目爲糟團御史。

福建甯化縣東門外有靈顯廟，内祀西楚霸王與漢高皇。某作碑記，略云：二帝揖讓，三代征誅，昔人直等之局棋杯酒。蓋精衛有難填之恨，而人面無不洗之冤。此一帝一王者，早見及此，不惟拔山之力無所用之，赤帝子亦早披髮入山矣。此廟之作，所見良達，非止平劉項之爭也。云云。此無論義理難通，但不知劉項合祀，甯之長老緣何發此奇想、建此奇蹟，甯之里巷緣何捐此土木、費此牲牢？真南柯蟻國儀制司所議之祀典也。可爲發一大噱。

南鄉〔二〕吳蘭雪嵩梁同其配蕙風閣女士石溪看桃花，作詩唱和。周湘花女史繡其『看花詩卷』，以樓供之。王夢樓文治爲賦《繡詩樓歌》，蘭雪依韻和之。真一時韻事也。是又於蠻布弓衣外添一故實矣。蘭雪夫人姓劉名淑，自號石溪漁婦。見《香蘇山館詩鈔》。

校按：

【一】『南鄉』應爲『東鄉』之誤。吴嵩梁（一七六六—一八三四），號蘭雪，江西東鄉人。

長白鐵梅莽宫保保，自號孩道人，有《自號孩道人説》，載《梅莽文鈔》。

豐潤董恒岩觀察《芝龕記》，特爲秦忠州、沈道州二奇女衍傳，全寫蜀中事。京都綿花七條衚衕有石芝龕，爲四川會邸，其遺蹟也。而明季史事一一根据，可爲傑作。但意在一人不遺，未免失之瑣碎，演者或病之焉。

宋王清臣【一】《揮麈録》：『本朝及五代以來，吏部給初出身官告身，不惟著歲數，兼説形貌。如云長身品、紫裳色、有髭髯、大眼、面有若干痕記，或云短小、無髭、眼小、面瘢痕之類，以防僞冒。至元豐改官制，始除之。靖康之亂，衣冠南渡，承襲僞冒盗名字者多矣，不可稽考。乃知舊制不爲無意也。』今國朝士子應試，卷面猶用此制。然多云身中、面紫、有鬚無鬚而已，不如宋舊制之詳矣。

校按：

【一】《揮塵録》，宋王明清撰。方以智《物理小識》等書將撰者題爲王清臣。

金源氏應奉翰林文字張廷【一】有詩曰：『有客曳長裾，袖刺謁豪【二】閎。低頭拜閽者，始得通姓名。主人厚眷顧，開筵水陸并。顧必承彼言，語必順彼情。不如茆簷下，飽我藜藿羹。』讀是詩則其人之所養可知矣。近世欲求若是者，不數數然也。每取讀數過，殊覺神爽飛越，漸漬於心，而有餘味焉。

校按：

【一】『張廷』，《説郛》所録《西軒客談》中原作此。元好問輯《中州集》中作『張建』。

【二】『豪』，《説郛》所録《西軒客談》中原作此。元好問輯《中州集》中作『高』。

宋楊業，并州太原人。俗傳業有七子，皆以郎稱。然見於史者止六人，曰延朗、延浦、延訓、延瓌、延貴、延彬。延朗後改名延昭，在邊防二十餘年，契丹憚之，目爲楊六郎。六郎子文廣亦有傳，餘俱附見業傳内。今保定府完縣所屬之地，以五郎、六郎名邨寨者甚衆，皆楊氏兄弟遺蹟。俗傳兄弟七人，豈以延昭一人有二名而誤與？

有傳朱子《四時讀書樂》詩乃宋末翁森作。森字秀卿，號一瓢，台州仙居人。宋亡，隱居教授，有《一瓢集》。此詩載《仙居縣志》，厲樊榭輯《宋詩紀事》引之。道光年間御試翰詹，摘其句爲詩題，限韻『翁』字，凡作『晦翁』押者俱不取。近閱《香樹齋文集》，有文徵明《畫朱子四時讀書樂圖跋》一道。文待詔明中葉以後人，則知以此詩誤屬朱子，其來已久矣。近閱陳幾亭《外書》云：「《讀書樂》四首，多傳陽明先生作，然全集不載，心久疑之。及閱《赤城詩集》，乃元人呂六松所爲。六松名起猷，仙居人云云。」案起猷乃宋人入元者，與翁森同時。《宋詩紀事》及《元詩選》癸集皆止載其《詠雪》二詩。豈幾亭誤記耶？抑《仙居縣志》誤以呂作爲翁作耶？

蔚州魏環溪尚書康熙戊申四月朔日爲母祝壽興亭。甫設壽筵，南風忽作，吹一紙於亭上。拾之，則刻書如掌大，首列『閫壽齊坤』四字，餘字皆不成讀。事見《寒松堂集·老母八十誕日紀事》詩註。周體觀曰：『四字甚莊凝，如古《易林》，可刊碑於亭紀之。』

商邱宋文康公權有一僕姓李，矮甚，文康名之曰射。客曰：『公殆用李廣故事耶？』公笑曰：『因此僕寸身耳。』客爲失笑。

止園筆談卷三

康熙丙戌會試前，上念舉班久滯，命二科以前均行大挑，分一二等用。士林踴躍。逾年，大吏請分別等第補缺。時爲之語曰『九流三教』。一等用知縣，又借補府經歷，直隸州州同、州判，屬州州同、州判，縣丞、鹽大使、藩庫大使，爲『九流』。二等以學正、教諭用，借補訓導，爲『三教』也。

范忠貞公爲耿逆所害。及精忠赴市朝日，公子時崇手刃寸磔其肉，攫其心以祭公墓。此較王弇州兄弟贖得嚴世蕃一體，熟而薦父，對食啖盡者，更快人心。

明末史忠正閣部可法殉節時，相傳尚無嗣息。弟可程官北京不返〔一〕，其後裔無有問之者。雍正初，鄧東長宗伯鐘岳督學江左，試有童子史姓，年四十餘，其祖書『可法』名。心異之，詢之，則閣部孫也。蓋督師赴揚，寄孥白下，有孕妾於滄桑後生一子，延史氏之脉，因家焉。鄧公徧詢諸老生，對無異詞。及閱其文，疵累百出。鄧公曰：『是不可以文論。』録之邑庠，而刻石署壁以記其事，俾後之視學者毋憑文黜陟也。故史生得以青衿終，而家亦稍裕焉。天之祚忠節，不絕其後，洵非偶然。而鄧公衄孤苦心，亦不愧古人也。按，《靳茶坡集》有《送史愚莽梅花嶺展墓》詩。愚莽，道鄰子，鼎革後流寓山陽。又《揚州志・名宦傳》載史公死後，養子直求其屍不得，招魂葬衣冠焉。愚莽當即直耶？

校按：

【一】『返』原作『遠』。清佚名《名人軼事》中作『返』。據以改。

咸豐五年，溧陽史君牧明經一經隨祁季聞刺史爲記室，至樂亭，與余談道鄰閣部死節事，因出其所記蘧菴老人事。據云：幼時聞長老談赤豹事。赤豹者，故明弘光時督師閣部道鄰先生母弟也，名可程，晚號蘧菴老人。中崇禎癸未進士，入庶常，未及散館即值甲申之變，與其同年進士桐城方以智、嘉善魏學濂輩俱陷於賊。及王師入關，破走逆成，赤豹君始間關南下。南京福王新立，馬、阮用事，作順案、翻逆案，定從賊諸臣罪。赤豹君與方、魏皆麗焉。赤豹南歸，與閣部臭味未免差池。揚州既不可留，金陵又方張密網，不可以往。扁舟旁皇，瞻烏靡託。時先光禄府君以南錦衣家居，故有好客名。赤豹君緣同宗之分，徑至溧陽，分郈成之宅，敘韋眷之譜，出槖中裝，置田舍，將爲終焉之計。亡何，廣陵陷敗，金陵覆没，閣部挺身就義，太夫人流離兵亂，幸得無恙。宋瑞既亡，璧也斯在。旨甘之奉，赤豹君誼無旁貸矣。薙髮令下之後，太夫人忽拏舟而至，以一紙訴於先光禄曰：『赤豹非吾子也。吾有一子，官拜宰相督師，今已於某月某日盡節報國，忠孝千秋，此吾子也。一子在北，已爲賊殺，安得來此污我？願公速遣，毋留之爲公累。』時江南甫下，人心未定，不逞之徒因之大鬨，將挾以生事。赤豹君不自安，避之宜興，太夫人乃解維而去。宜興亦有吾宗人，赤豹君依之以居。有維圓者，字雲臣，著《蝶菴詞》，名埒陳檢討其年。三人者，常相唱和。蝶菴集中有《壽蘧菴老人七十》詞，即赤豹君也。赤豹君入國朝，曾一出受官，未久即歸，徜徉以老。今宜興史氏二族，一即其後裔。余所居莊西北，有族人叢葬處，名赤豹地。蓋君既去之宜興，其遺業之在里中者，族人多據有之，而尚不没其名云。幼時又聞道鄰先生殉節之後，有一僕自軍中以衣冠歸報，太夫人深嘉予之，因命爲先生之子。今揚州史閣部後人即此僕裔也。以義僕之苗，爲忠臣之嗣，千載餘榮，而揚人諱之，以爲閣部嫡裔。噫！識亦陋矣。文文山之後豈以嫡派而見貴耶？案《南疆繹史》：『部將史德威奉遺命爲子，乃具衣冠招魂葬于梅花嶺下。』當閣部授命時，德威被執，發許定國訊。嗣公真贋得實，豫王令釋之以保忠臣之後，時乙酉[一]四月二十五日也。義僕之説，或即部將德威而傳聞異詞耶？《茶餘客話》所引《茶坡集》之史愚菴、《揚州志》之史直，或稱爲閣部子，或稱爲閣部養子，其與德威果一人否耶？又案《繹史》本傳：『年四十餘無子。妻欲爲置妾，可法曰：「王事方殷，敢戀兒女私乎！」遂無子。』據此，則《客話》所記遺腹子之説似不足憑。又案，《繹史》本傳末載：『弟可程，崇禎癸未進士，選庶吉士。京師陷，不能死。賊去，南歸。可法請下吏，朝廷以可法故，令家居養母。後流寓金陵，閲四十年而卒。』據此，則赤豹之歸，閣部曾出疏糾之，是不以爲弟矣。而家居養母一節，於所記少異。當時，哲兄授命，弱弟早亡，於患難更生之餘，猶得母子聚順，太夫人原不必深加責讓。而乃以大義逐之，恐其污辱，此與閣部請下吏同意矣。忠烈之風，令人凜凜。記此可補史傳之闕。閣部兄弟自可程外尚有數人。可經爲公第八弟，諸生，年最少。其妻李氏即閣部夫人女弟也。閣部殉國難，可經旋物故，八夫人與其姊夫人奉太夫人居金陵焉。

校按：

【一】『乙酉』原誤作『乙亥』。

陸稼書曾祖溥爲豐城縣丞，嘗督運夜過采石，舟漏，跪祝曰：『舟中一錢非法，願葬魚腹。』漏忽止。旦視之，則水荇裹三魚塞其罅，人稱爲盛德之祐。溥子東遷，居泖上，築堂名『三魚』。今稼書文集稱《三魚堂》。

康熙二十六年正月二十六日，諸王大臣議禮永康左門，諸王以次環坐。內閣、九卿、科道議畢，大閣臣白其議，向諸王長跪移時，武定李公之芳年老踣地。吏科給事高層雲抗章彈奏：『天潢貴胄，大臣禮當致敬。獨集議國政，無不列坐。況永康左門乃禁門，天威咫尺，非大臣致敬諸王之地。大學士輔弼大臣，當自重，諸王宜加以禮接。』疏入，交宗人府、吏禮二部議：凡會議時，大臣見諸王不得引身長跪，著爲令。高字二鮑，華亭人，詩畫皆入能品。

今衙門列木於衢，俗名攩衆，即古之陛楯也。唐詩：『郎君官貴施行馬。』《三餘贅筆》稱爲鹿角，謂鹿性警，群居則環其角，圓圍如陣以防。故軍中寨栅外向，亦名鹿角，清文曰『蝦酣』。

《池北偶談》：『順治初，漢人京官亦多乘馬，其後始易肩輿。三品以上用四人肩輿，四品以下則二人耳。然旗下大官例乘馬，無肩輿。有之，自近年始。』

滇西師荔扉孝廉範隨侍尊甫於石碑場大使署，題詠最多，余已摘其有關吾邑者載入《樂亭縣志》。其在石碑場也，署中築書室，名曰『海上舟』。落成，歌以紀之，亦取屋小如舟之意。臨去，《别海上舟》詩云：『幾度操舟愧此身，風高不許下絲綸。而今去作樵夫長，留與人間載散人。』

《廣韻》：查與槎同，水中浮木。《正字通》始有『考察』之訓。康熙初，高陽李相國霨以『查』字無義，欲改爲『察』。會稽徐咸清爭之，謂查乃『在』字之轉。《書》『在璿璣玉衡』，《記》『在視寒暖之節』，註皆訓察。察察非美稱，在字又不可用，因仍之。見毛西河《徵士徐君墓誌》。

宋長白《柳亭詩話》：『桐城方文字爾止，謁故人於江右，得疾死。後有請仙者，乩動，乃爾止也，判云：「半生詩酒作生涯，老死江干未到家。我到黄泉無所見，閻羅仍舊戴烏紗。」爾止平日作詩皆如此類，又好改人詩，人因呼曰「改爾止」。』

葉夢得曰：『古有左氏、左丘氏。太史公稱「左丘失明，厥有《國語》」。今《春秋傳》作左氏，而《國語》出左丘氏，則不得爲一家。文體亦自不同，其非一家明甚。』按漢應劭《風俗通》云：『丘姓，魯左丘明之後。』宋吴曾《能改齋漫録》云：『湖州有人發古塚，得碑，乃南朝邱遲。其言遲乃左史邱明之後。然則邱明果不姓左耶？』自唐以前，如嚴彭祖、劉歆、班固、賈逵、王充、盧植、杜預、荀松、孔穎達、劉知幾、啖助、權德輿、劉軻、陳岳諸儒，皆以丘明受業孔門。故貞觀、永徽中祀周公爲先聖，孔子爲先師，是時孔庭配食止顔淵、左邱明二人。褒崇之禮如此。迨宋，群儒盡舍三傳説《春秋》。久而論世者惑於趙匡之説，則疑左氏在孔子之前；惑於王安石之説，則疑左氏生孔子之後。衆口紛綸，迄無定論，遂使唐代特祀之先賢并不得與七十子之列。豈漢晉以來經生之説均不足信歟？竊以爲議禮者之過矣。

吾邑東月城内有張仙廟，乃明紳王太守好學所建。祈子者往往祀之。張仙之説，或曰張惡子，或曰張遠霄，或曰文昌星所化，或曰蜀宫人所詭稱，其説不一。按《禮·月令》：『仲春之月，玄鳥至。

以太牢祠于高禖，帶以弓韣，授以弓矢。』今世俗祀仙，多於二月之朏。仙之象，手弓而立，殆取高禖授弓矢之義。高禖廢而仙之祀舉焉，其亦未遠乎禮者也。

《字典》：『俞益期曰：馬援立銅柱岸北，有遺兵居壽泠岸南，對銅柱，悉姓馬，號曰馬流。《方隅勝略》謂馬人散處南海，謂之馬流。一作馬留。』今滇黔回回多姓馬者，當即其苗裔。

顧茂倫選《元百家詩》，賓至輒留，座上常滿。實家無儋石。江左有『薺菜孟嘗君』之號。

乾隆末，和相當國，苞苴公行，大有薰天之勢。睿廟親政之初，經大學士劉參奏十欵，奉旨拏問，賜自盡。籍没之物見於邸鈔者，銀九千四百餘萬；金五千八百餘萬；玉器作價七千萬，外有玉馬一匹，身長四尺三寸，高二尺八寸；珊瑚頂子四百餘個；瑪瑙羅漢十八尊；珊瑚樹四棵，高三尺二寸；人參六十斤；紬緞作價數十萬，爛者不計其數；皮張作價百三十萬；衣服箱九百餘雙；寶珠一箱，作價九千萬，外有大珠八顆，每重一兩，爲御庫所未有；大金元寶一百個，每個重千兩；大銀元寶五百個，每個重千兩；美婢五六百人，大小家人八百餘人。收監要緊各家人六十餘人；其閽人劉、馬二家亦抄出金銀百二萬；外有當舖四座、古玩舖四座。和珅於所參十欵，止認其半；惟刻扣軍餉二百八十萬、娶宮女爲妾、押下軍摺五个、私放四道員、私放廣學政五欵，堅執不伏。在獄中作詩云：『夜色明如許，嗟余困未申。百年原似夢，廿載枉勞神。室暗難挨暮，墻高不見春。星辰環冷月，縲絏泣孤臣。對景傷前事，懷才誤此身。餘生料無幾，空負九重人。』王公大臣、六部九卿、三品以上文武官員翰詹等，請將福長安照朋黨律擬斬立決，請即行正法。奉恩旨從寬，改爲斬監候，秋後出決，並著監提福長安往和珅監内跪視和珅自盡，後再押回本獄監禁。和璘革去公爵，不准配享太廟，著即照議撤出，並將伊家所立專祠一併拆毀。固綸額駙革去公爵，加恩仍留伯爵，在家閑住，不許出外滋事。《天水冰山録》一卷，明分宜嚴氏籍没之册、周石林從殘本重鈔而錫以今名者也。自金玉服玩至良田甲第之屬，更僕數之不能終，可謂夥矣。然其金止重一萬三千餘兩，純金器皿止重一萬一千餘兩。今和相所聚，竟加嚴氏數百倍。夫人即富貴，亦同此耳目口鼻之具而已，豈能身衣千襲、日食百牢、夏兼進爐、冬并奏扇？而顧晝夜孳孳，乾没不已，其心蓋謂不若是則權不足以脅人、富不足以甲衆。元載之鐘乳五百兩、胡椒八百石，賈似道之《蘭亭》石刻八千匣，胥此意也。迨至禍發，須臾積儲雲散，祇令後人笑歎其愚。豨腹饕饕，爲人益膏，豈不可哀也哉。

和相伏辜之後，凡内外官僚爲其私人者，皆加遣責有差。上諭：『吏部議處左都御史吴省欽一摺，昨因吴省欽條奏，摺内語多不經，以伊平日學問而論，不致如此迂談。蓋伊自揣係和珅私人，且在學政任内聲名甚屬平常，恐被列欵彈劾，故爾避重就輕，先爲荒謬之奏，藉得罷官回籍，以遂田園之樂。其居心取巧，大率不出於此。但此係誅心之論，吴省欽劣蹟既未敗露，朕亦不爲已甚，姑免深究。即論其陳奏荒謬，已難長臺之任，著照部議革職回籍。欽此。』聖論煌煌，真如秦鏡當空，物無遁形矣。吴視學畿輔時，士子多以賄進。有無名氏拆其名作一聯云：『少目何曾識文字，欠金不必問功名。』屬對巧合，遂令遺臭至今。人言可畏，有如是夫！

明朱國楨《湧幢小品》第十三卷有云：『王鋭，永平府遷安縣人，進士，景泰間爲彰德知府。鋭長身修髯，顧眄生威，有權術，尚嚴政。治察郡中吏民賢不肖，賦則獄訟，皆籍識。自聽其政，吏亡得爲姦。出必鑰關，泥之，民終歲不得與吏交一言。縣吏以賄聞者，案之即令去。他事不中程者，笞督令改案。深究事情，吏民畏之如神。每行郡城中，民皆閉户，亡敢立道旁，藏遠雞犬，恐有聲。鋭時策馬過，視馬耳，不左右顧。令民臨道屋俱作修廊，簷外浚深溝，雨潦得洩。中道隆立，令水赴溝中行。委巷口樹柵門，有鑰，甲夜即闔門，釘板仰卧柵門外。柝竟夜鳴，姦人莫敢入郡地也。尤留心學校，凡朔望，謁先師廟已，坐明倫堂聽諸生説經，發疑無異。諸生皆居學宫，籌識姓名。政少暇，令吏持數籌造明倫堂，諸生持籌來，自臨試，或背誦書，或作義。其他出及不衣冠居者，受笞。當是時，黌序間讀書聲洋洋盈耳。丁祭，陳鐘鼓，鳴絃管，陞降揖遜甚都。參政姚龍行部至府，往見之，出而歎曰：「此雖國學亦無以加也。」』按《永平府志》及《遷安志》列傳中載鋭事甚略，爰録此，以俟續修志乘者補入。

第五倫，漢人；第五琦，唐人。道光乙未秋試，主司潘芝軒相國世恩發策，誤以第五倫作第五琦，爲潘芸閣侍郎錫恩所劾。相國江蘇吴縣人，侍郎安徽涇縣人。時京師有輕薄子作一聯云：『第五倫作第五琦，祖孫顛倒；潘錫恩劾潘世恩，兄弟參商。』一時傳以爲笑。此事與宋人小説中所載龔孟鍨爲考官事絶相類。慶元癸酉秋試，兩浙運司幹官臨川龔孟鍨爲考官。龔道出慈谿，忽夢有人以盃酒飲之，且作『四』字於掌中。曉起便覺目視𥇦𥇦，及入院發策，第一道中誤以一祖十三宗爲十四宗。於是士子大鬨，徑排試官房闥，悉遭箠辱，至有負笈而逃者。龔偶得一兵負去而免。劉制使良貴親至院外撫諭，遂權宜以策題第二道爲首篇，續撰其三，久之始定。於是好事者作隔聯云：『龔運幹[一]出題疏脱，以十三宗作十四宗；劉制使下院調停，用第二道爲第一道。』明年秋，度宗賓天，於是十四宗之語遂驗。

校按：

【一】『幹』原作『翰』，據《齊東野語》改。《宋稗類鈔》中亦引作『翰』。

京都戲園中每遇春秋兩試，士子出場後，輒摘其試題及闈卷中字句編爲科諢。道光丙申會試，首題係『小人閒居』至『而著其善』四句。優人假作試官者，亦以出題舛誤致士子鬨於堂。群譁言曰：『去年鄉試，主司以發策有誤被劾，此亦當列彈章。』試官曰：『今科會試，欽命四書題尚誤，何有於我？』或詰其故，曰：『原是「大人閒居爲不善」，乃誤「大」爲「小」；原是「見君而后厭然」，乃誤衍一「子」字。』舉座爲之咋舌。此語非優伶所能道，亦非優伶所敢道，當必有陰爲教之者。然舌鋒亦太犀利矣。

韓春湖朝衡，杭州人，丙戌翰林，改吏部。嘗填曲述司官況味，窮形盡相，一時傳誦。其《司嘲》云：『謾道司曹地位清高，文章收拾簿書勞，上衙門走遭。笑當年指望京官好，到如今低心下氣空愁惱。要解到個中辛苦耐人熬，聽從頭說曉。◎幾曾見傘扇旗鑼紅黑帽，叫名官從來不坐轎，只一輛破車兒代腿跑。賸有個跟班的夾墊馱包，傍天明將驢套。再休題游翰苑三載清標，只落得進司門一聲短道。◎辦事費推敲，手不停披目昏眊，那案情律意多用心操。還有滑經承弄筆蹊蹺，與那疲貼寫行文顛倒。細商量坐把精神耗，纔得回堂說稿。◎大人的聰明洞照，中堂的度量容包。單只爲一字寬嚴須計較，小司官費盡周旋敢挫撓。從今那復容高傲，免不得改稿時顛頭簸腦，說堂時垂手阿腰。◎西苑路迢遥，候堂官偏難湊巧；東閣事更饒，抄案件常防欠早。受用些汗流夾背的秋陽照、沙飛撲面的冬風暴，那顧得股顫心摇、腸枯舌燥。◎百忙中錯悞真難保，暗地裏隻眼先瞧。敢只望乞面去捱些臉臊[二]，哪知到吃雷回唬得魂銷。若是例難逃、律不饒，忙檢舉也半邊兒焦。只怕因公罣誤幾降調，幸得霹靂聲高雨點小，趕辦過平安暫報。◎公堂事了，拜客去、西頭路須先到，約債去、東頭路須親造。急歸家、柵閉溝開沿路遶。淡飯兒纔一飽，破被兒將一覺。柰有個枕邊人、却把家常道。

◎道只道、非絮叨：你清俸無多用度饒。房主的租銀促早，家人的工錢怪少。這一隻空鍋兒等米淘，那一座冷爐兒待炭燒。且莫管小兒索食傍門號，眼看著啞巴牲口無麩草。況明朝幾家分子典當没分毫。◎空煩擾、空煩擾，五旬外頭顱老；休嗟悼、休嗟悼，千里外家山邈。無文貌、没相巧，怪不得辦事徒勞、陞官尚早。◎回頭顧影空堪笑，把平生壯氣半向近年銷。這便是那司官行樂圖兒信手描。』《司慰》云：『薄宦天涯，首善京華。公餘隨伴散司衙，任逍遥似咱。便無多錢鈔供揮洒，較似他風塵俗吏殊高雅。再休爲長安清況輒嗟吁，且銜杯細話。◎有多少宦海茫茫吁可怕，那風波陡起天來大。單聽得轎兒前喝道喧譁，可知那心兒里歷亂如麻。到頭來空傾軋：霎時間陞美缺、錦上添花，驀地裏被嚴參、山頭落馬。◎你我赴官衙，坐道從容儘瀟洒，只照常辦事便不爭差。可有急公文特地行查，與那緊差使横空派下？所言公案無多寡，將依樣葫蘆便畫。◎特題的才能俊雅，推陞的器識清華。便只要頸上朝珠將就挂，到其間科道挨班分定咱。何須一等誇京察，但盼個學政兒三年税駕，試差兒一榜通家。◎頻年俸漸加，添置些綿衣布襪。挨時米不差，彀養個車夫奶媽。一任咱壺冰貯水消炎夏，爐煤聚火煨殘臘，且落得釀酒栽花、題詩品畫。◎客何來、幾句閒談罷，忙捧上大葉清茶。他待要決勝負、一枰對下，我還與叶宫商、弦管同抓。不用果殽嘉、器皿華，野蔬菜便似山家。儘射覆藏鬮傾巨斝，直到月落参横更鼓打，且莫去、和衣共榻。◎回看家下，滿壁的今和古書籤挂，滿院的開和落花枝亞，笑相迎、子婦牽衣閒戲耍。奴婢兒多寬假，雞犬兒無驚唬，但博得夜眠時一枕神清暇。◎雖則久别家，把聖水孤山夢想遐。躪廠的香車寶馬，趕廟的清歌雜耍。纔看了殿春風紅芍藥，又開〔二〕到傲秋霜黄菊花。你便道茶園戲館太喧譁，試與我窑臺攬勝多幽雅，况争誇燕山八景、風日倍清華。◎真休暇、真休暇，暗移卻春和夏。無牽挂、無牽挂，漸了卻婚和嫁。忘機詐、絶虚假，受盡老健年華、清高聲價。◎太平時節恩光大，或京堂幾轉、帽頂變山查。這便是老司官頭白爲郎儘足誇。』未幾，由郎中擢惠潮道，告歸。

校按：

【一】『臊』原作『燥』。據戴璐《藤陰雜記》改。

【二】『開』原作『同』。據戴璐《藤陰雜記》改。

趙恭毅公申喬狀貌奇古，長户部時，人呼『冷廟龍王』。見鮑西岡《亞谷叢書》。

直省州縣中，舊各有察院行署，蓋爲御史巡方設也。當勝國時，巡方體制最重，權傾督撫，統轄文武。士人釋褐即得，人豔稱之。昔有一富人，二壻一爲守備，一尚秀才。富翁輕生重備。後備歷副將；生成進士，以御史巡方閲兵。副將披執郊迎，報名入謁。五更稟請開操，生於枕上賦一絶云：『黄草坡前萬甲兵，碧紗帳裏一書生。而今始信文章貴，卧聽元戎報五更。』國朝康熙初停止。據此，則戲劇中所演士子得中即做八府巡按之説，不爲無稽。

宋景炎二年，端宗自潮之淺灣航海，過香山，邑人馬南寶獻粟助軍，拜工部侍郎。時元兵逼，丞相陳宜中、少傅張世傑、殿前指揮蘇劉義奉帝幸沙涌【一】，以南寶家爲宮室。三年，帝次硇洲【二】，疾大作，四月崩。衛王昺立，走厓山。帝昺既沉，宜中遁，世傑死之。而劉義復求趙後立之，名旦，都於順德縣之都甯山。羅孝廉天尺詩云：『舟過大魚塘，東望半邊月海名。怪石高嶙峋，人指宋宮闕。云是都甯山，趙氏經殘劫。廟宇何巍然，俎豆三忠烈。空山叫白鷴，青草淪碧血。我來弔古蹟，舊典半明滅。史無王旦名，地傳劉義節。欲續厓門綫，終同塊肉絕。山風吹我衣，愁恨千古結。』此說出之黃朝賓《考古》而史不載者，想以舉事日淺即敗滅，故微之也。白沙、甘泉諸公日較量厓山之書法而不表章及此，何耶？嗟乎！宋已亡矣，而蘇指揮猶奉王旦而立之於荒巇窮島之中，百折而不之悔。曾不旋踵，君臣俱盡。無得而稱，而其忠義之心有不可沒者，則謂宋之亡不於厓山而於都甯可也。

校按：

【一】『涌』原誤作『浦』。

【二】『洲』原作『州』。

嶺南屈翁山大均爲歙縣汪右湘作《嘉蓮詩》二章，右湘見詩歎賞，以爲在所徵同人百餘篇之右。

昔黎美周以《黃牡丹詩》稱『狀元』，鄭超宗賚以金罍二器。今屈子亦可稱『嘉蓮榜眼』，因以一玉杯自所居黃山之下阮溪貽翁山。翁山復賦《玉杯詩》二章以報之，所謂『花國狀頭那有兩，香園詞客故多才』也。

雍正十一年，封天台寒山大士爲和聖，拾得大士爲合聖。今市肆中所繪二仙蓋即此。《遊覽志餘》謂和合神即萬回哥哥。按《太平廣記》：萬回姓張氏，弘農閿鄉人。其兄戍役安西，父母遣其問訊，朝齎信，夕返其家。弘農抵安西萬餘里，因號萬回。今和合以二神著，而萬回一人似不足以當之。蔣心餘士銓《畫和合詩》云：『寒山拾得兩禪師，齋厨向火無言辭。石巖滅影誰見之，偷來寫作和合姿。豐干饒舌閭邱悲，菩薩示現空爾爲。世人相友藏怨咨，李貓笑口常嘻嘻。兩師蓬頭赤雙腳，不知游戲有何樂。瓦鉢爭疑聚寶盆，葫蘆可賣交歡藥。官街市肆處處懸，是仙是佛俱可憐。人情本是秋雲薄，拍手來分利市錢。』

《荀子·性惡篇》首云：『人之性惡，其善者僞也。』『僞』只作爲善之『爲』，非誠僞之『僞』。故曰：『不可學、不可事而在人者，謂之性；可學而能、可事而成之在人者，謂之僞。』古書『僞』與『爲』通。《堯典》『平秩南訛』，《史記》作『南爲』，《漢書·王莽傳》作『南僞』，此其證也。《孟子外書》云：『孫卿子自楚至齊，見孟子而論性。孟子曰：「有善無惡，天也；有善有惡，人也。」孫卿子曰：「有善有惡，天也；有善無惡，人也。」』按此與《性惡篇》所言同，易『荀』爲『孫』者，避漢諱也。後之言性者，分義理之性與氣質之性而二之，而戒學者以變化氣質爲先。所云變化氣質者，實暗用荀子化性之説。

《履齋示兒編》云：『楊誠齋考校湖南漕試，同寮有取易義爲魁。先生見卷子上書「盡」字作「尽」，必欲擯斥。考官力爭不可。先生云：「明日揭榜，有喧傳以爲場屋取得箇尺二秀才，則吾輩將胡顔？」竟黜之。』今村學究讀字不知正音，作書每沿俗體，以之自誤，並以之誤人，其不爲尺二秀才者幾希。豈獨『杖杜宰相』『伏獵侍郎』貽千古笑柄哉！學者戒之。

宋太祖謂王宫侍講曰：『帝王家兒，不必要會文章，但令通曉經義，知古今治亂，他日免爲侮文弄法吏欵罔耳。』大哉王言！斯真探本之論也。陳後主、隋煬帝非不文采斐然，然卒至亡國敗家。宋周正夫有言曰：『仁宗皇帝百事不會做，只會做官家。』此語大可味。

章學誠字實齋，浙江會稽人，乾隆戊戌進士，官國子監典籍。所著《婦學》一書，其中有云：『優伶演古人故事，其歌曲之文，正如史傳中夾論贊體。蓋有意中之言決非出於口者，亦有旁觀之見斷不出本人者，曲文皆所不避。故君子有時涉於自贊，宵小有時或至自嘲，俾觀者如讀史傳而兼得詠歎之意。體應如是，不爲嫌也。如使真出君子小人之口，無是理矣。《國風》男女之詞，與古人擬男女詞，正當作如是觀。如謂真出男女之口，毋論淫者萬無如此自暴，即貞女亦萬無如此自褻也。』説詩最妙。

《正字通》云：『朝鮮用中國書，獨以「姦」爲「好」字，「好」爲「姦」字。』是大不然，余嘗見朝鮮人問之。又，今朝鮮好食雞。宋程大昌《演繁露》云：『雞林本雞種。高麗不烹雞，烹即有禍，與犬戎諱犬同。』語殊不足信。

市井隱語呼銀爲『蒙古兒』。按國書『蒙古』原作銀解，蓋彼時與金國號爲對。

明朱國楨《湧幢小品》云：『嘉靖年間，永平大雨三日。雨中有列炬，後若千乘萬騎從西北至者，東【一】走入海去。雨既，有大木三十章，長十丈，大數圍，遺永平城下。蓋龍王採木來送，閲數十年一遇之。時南昌熊瑞以恤刑至，所親見者。』此與前所記龍伐木事正合，宜載入《永平志》『雜事』中。

校按：

【一】『東』原作『末』。據《湧幢小品》改。

金人辮髮，見於《宋史·劉錡傳》。後閲明朱國楨《湧幢小品》，有云：『元人入主中國，爲士者辮髮短衣，效其言語衣服。』則辮髮金元皆同。鄭麟趾《高麗史》言蒙古俗剃頂至額，方其形，留髮於中，謂之開剃。與金源制異。此史之所當載者，《元史》何以遺之？

康熙十七年戊午，有旨，令各直省童生每名捐銀一百兩，准予入泮。一科一歲，後不爲例。其科歲兩試之原額，仍照舊辦理。

回教之祖名派罕巴爾，即摩哈麥，於陳宣帝大建元年生於麥加。唐高祖武德四年逃難於麥地拿，土人靡然從教，即以是年爲元紀。今回教稱一千二百幾十年，即本於此。歐羅巴則以耶穌生年爲元年，故稱一千八百幾十年。

昆侖二山，南洋小島名。南洋諸番，面色皆黑。《宋史》稱波斯入貢，其從者目深體黑，謂之崑崙奴。今所稱黑鬼子者，正崑崙奴也，或稱鬼奴。

唐律：諸毁人碑碣及石獸者，徒一年。開元禮：五品以上立碑，螭首龜趺，高不過九尺；七品以上立碣，圭首方趺，趺上高四尺。其石獸等，三品以上六事，五品以上四事。《炙轂子》曰：『秦漢以來，帝王陵寢有石麟、辟邪、兕馬之屬，人臣墓有石人、羊、虎、柱之類，皆表飾墳壟，如生前儀衛。』《大明會典》：『兩京山陵石像十八對。』首云獅子一對，坐卧各一；次云石獸一對。獸乃百獸之總名，彼云獸者，疑是天鹿。天鹿一作天禄。按，國朝山陵所列石獸等像，則首以麒麟，次以獅象，載《大清會典》中。

康熙二十六年三月十五日，福建福州府雨雹如錢大，平面而盎背。每面圓坳二分許，中作互判，如所繪太極圖互判之。中兩兩異色，半小黄，半白，白亦小減於雹色。大小不一，而圓坳之大小隨之。其最細如黍粟者，則每面具一小凹而已。右見《西河詩話》。造物之不可解如此。姜紹書《韻石齋筆談》言孫石雲得一石，命玉工剖開，乃天成太極圖，黑白分明，陰陽互位，邊縈紅線，絢若明霞。觀此二事，則知世有此理，即有此象。朱子謂太極無形，是未覩此神物耳。

余姻家新寨楊氏有石子一塊，色青而質麄，大如鴿卵，形差匾。上天然有鍾離權像，蕉扇雙丫髻，背後有壺盧雲，與世間所畫權像無異，且非畫者所能及。置盞水中，精神愈出，誠異物也。及閱元楊瑀《山居新話》載一石子，上有天然兜塵觀音像，與此頗相類。造物之巧，人莫能測。

宋崇甯間，有偷兒入内中，繇寢殿北過後殿而西南，歷諸嬪御閤又南，直崇恩太后宮而出。迨曉覺之，有司罔測。是夕，儀鸞司獨單和者逃，亟捕之來，自肩至踵，皆金器也。鞫得其繇，葢和善飛梯，是夕用繩繫横木，號軟梯。事見蔡絛《鐵圍山叢談》。今偷兒之用軟梯，亦祖此。

方世濟《龍沙紀略》：『築城不以土，視隰地草土糾結者掘之，尺度如墼，曰垡塊。』今余鄉海濱亦有用此壘墻者，謂之莎疙瘩【一】。

校按：

【一】『莎疙瘩』原作『莎瘩疙』，今樂亭方言呼作『莎疙瘩』。

張睢陽誓爲厲鬼殺賊，故變相爲青魈菩薩。常熟方塔寺有其遺像，藍面瞪目，身繞火燄，口銜巨蛇，如夜叉狀。按，宋牧仲《筠廊偶筆》云長安慈仁寺内亦有之。

上元黄九煙《西湖竹枝》云：『魏監門前白石獅，何人移供岳王祠。英靈不受姦璫物，一夕風雷折大旗。』此詩足備鄂王墳掌故。

河間紀文達公昀官左都御史時，奏向來試《春秋》用胡安國傳，而胡傳中多有經無傳，其可以出題之處不過數十節。如本年鄉試，竟有一題而五省仝出者。且安國作是書，以諷高宗而斥秦檜，與孔子之意不相比附。恭讀《欽定春秋傳説彙纂》，駁胡傳者數百條。御製文曾闢其説，而科場所用，以重複相仝之題，習偏謬失當之論，殊覺無謂。請嗣後《春秋》題俱以《左傳》本事爲主，參用《公羊》《穀梁》之説，庶足以勸經學而裨文風。得旨允行，時乾隆五十七年十一月也。

漢時正月十五日敕許金吾弛禁，前後各一日。唐詩所云『金吾不禁夜』者是也。明郎瑛《七修類稿》言金元國俗正月十六日謂之放偷。是日，各家皆嚴備，遇偷至，則笑而遣之。案，其俗自遼已然。葉漁林《契丹國志》言正月十三日放國人作賊三日，如盜及十貫以上，依法行遣。北呼爲『鶻里尀』，漢人譯云『鶻里』是偷，『尀』是時。夷俗之不可訓如此。

臨川李穆堂侍郎有《僧佛説》，以爲佛者弗人，人而爲僧則曾爲人者，至於成佛則弗可爲人矣。語亦解頤。諸藹堂云：明人有對句云『人曾爲僧，人弗可以爲佛；女卑爲婢，女又可以爲奴』。李説想本此。

方世濟《龍沙紀略》：『堪達含，駝鹿也，項多肉。陸佃《埤雅》云「北方有鹿，形如駝」即此。

色蒼黄，無斑。角堅瑩如玉，中有黑理。横截之，鏤爲決，使理周於外，一線匀圓。選一決於數十角，直萬錢。」按，《異域録》作『堪達韓』，純廟《禦製盛京土産雜詠》作『堪達漢』。

《異域録》：『俄羅斯以十六寸爲一尺，十二兩爲一觔，千步爲一里。問及節氣，彼云無。曆俱於伊俄羅斯佛經内選擇日期，不知朔望。或二十九日、三十日、三十一日不等爲一月，以十二月爲一歲。』

定光佛初爲和尚，號法真。耳長九寸，上過于頂，下可結頤。吴越王賓禮之，居定光院。既寂，遂以院爲寺，漆遺蜕供之。吾鄉碭石山頂有仙臺，舊傳仙人號白兔翁。近見西五峰韓文公祠内添設定光大仙神牌，其即緣此而誤歟？

明史【二】御史與主事平行文移，謂之手本，御史署名頗大。王偉時爲職方郎中，口占貽之云：『諸葛大名垂宇宙，今人名大欲如何。雖于事體無妨礙，只恐文房費墨多。』有士子代答云：『諸葛大名垂宇宙，我今名大亦從先。百凡事體皆如此，費墨文房不用錢。』偉尋陞兵部侍郎，客往賀曰：『大名屬公矣！』偉又占曰：『諸葛大名非用墨，清高二字肅千秋。于今一紙糊塗帳，滿面松煙不識羞。』衆相傳爲笑，其習稍改。今俗翰詹科道名柬俱用大字，而初入翰林者尤甚。道光辛卯，余初入都，見翰檢開坊則字又殺，及爲御史，則大與部曹等。雖陞至侍郎、尚書亦不加大，與明時異。不知又是何説。

林名片字大方寸許。今則幾二寸矣。武舉得侍衛者亦如之。明時當未至如此。庶常留館則字少殺，編

校按：

【一】『史』疑爲『時』之誤。

康熙二十四年，海賊初平，户部郎中色楞額往福建稽察鼓鑄，疏請禁用明代舊錢。户部尚書科爾坤、余國柱等議如所請。上以詢内閣諸臣。徐乾學時爲學士，奏言：自古皆新舊兼行，以從民便。若設例禁，恐滋煩擾。因考自漢至明故事，爲議以獻。諭曰：舊錢流布，不止福建一省，他省亦皆有也。若驟爲禁止，恐不肖之徒借端生事，貽害平民。色楞額所奏不准行。

《元史·世祖紀》：『至元八年，平灤路昌黎縣民生子，中夜有光，詔加鞠養。或以爲非宜，帝曰：「何幸生一好人，毋生嫉心也！」』又：『至順元年，永平龐遵以孝行，旌其門。』以上二事，皆《永平志》所宜補入者，故摘録於此。

王子年《拾遺記》：『軒轅去蚩尤之凶，遷其民善者於鄒屠之地，惡者於有北之鄉。』《詩經》『取

彼讒人，投畀有北』，殆用此事。由此推之，則『有昊』亦當是地名矣。

山丹一名渥丹，即紅百合也。根莖花瓣悉似百合而小，四五月開花，殷紅可愛。《秦風》『顔如渥丹』，蓋詩人讚美君子顔色紅潤，故以此花薄擬之耳。《箋》云『渥，厚漬也。顔色如厚漬之丹，言赤而澤也』，恐涉杜撰。推此，則《簡兮》之詩曰『赫[一]如渥赭』亦必花名，或即渥丹之異名也。《鄭風》『顔如舜華』『顔如舜英』，正與此同意。

校按：

【一】『赫』原誤爲『顔』。

《禮》『三老五更』之『更』應作『叟』。叟，長老之稱，字與更相似，書者遂誤以爲更。『嫂』字女旁叟，今人亦以爲『婹』。以此驗知應爲『叟』也。

古人多以天干編次諸物，宫室亦然。故云『甲第』者，謂宫室之第一等也。『乙第』二字雖不嘗見，然有甲則自有乙矣，漢武帝『甲乙帳』可類推也。至『丙舍』云者，乃正室兩旁之屋，次於甲乙，故以丙丁爲號，如今官署堂下兩側公廨是也。周興嗣《千文》云『丙舍旁起』，其義已晰。

《韓詩外傳》云：『稷蜂不攻而社鼠不熏，非以稷蜂社鼠之神，其所託者然也。』此與城狐社鼠同意，而稷蜂引用者甚少。

王船山夫之《夕堂永日緒論》分内外編，内編論詩，外編論經義。持論甚高，然亦未免有英雄欺人處。其論經義出題一條云：『逆惡頑夫語，覆載不容。而爲之引伸，心先喪矣。俗劣有司以命題試士，無行止措大因習爲之，備極凶悖。如「孰謂鄹人之子知禮乎」「謨蓋都君咸我績」之類，何忍把筆長言？』其論甚正，命題課文者其知之。

勝朝封贈之制，立法極嚴。雖應得封贈，而曾犯公私杖徒以上，與曾充隷役者，及婦人再醮者、被出者、出身娼婢者，皆不得濫冒。若曾任臺諫等官，與管兵官以失機致罪而充軍伏法者，皆必先與昭雪復職而後可加贈。當奏請時，必先具行狀送驗封司，仍責府縣官下逮鄉耆里老結狀，乃許奏給。在嶺外時，誥勅濫矣。然嚴雲從以扈從功封伯，應贈四代。而嚴世蕃其曾祖也，所部覈而不予，猶存此制。見王船山《識小録》。

國初有『江左三鳳皇』，後又稱王樓邨、唐實君、顧俠君爲『三小鳳皇』。阮亭稱『南施北宋』，施謂愚山，宋謂荔裳也。倦圃稱『北李南潘』，李謂天生，潘謂次耕也。趙秋谷以『朱王』並稱。

烟一名相思草，亦名淡巴菰，余親見朝鮮人稱之如是。昔韓慕廬曾出以課庶常，陳廣陵詩一時傳誦。阮笠亭詩云『味濃於酒思公瑾，氣吐成雲憶馬卿』，亦稱佳句。

熊掌用石灰沸湯剥淨，布纏煮熟，或糟，尤佳。見《茶餘客話》。

栗子以毛臍於眉上一抹過，下火煨則不爆。藏鹽用皂莢置内則不滷。好香油浸鯽魚，盛暑不壞。橙橘藏緑豆中不壞。雞下卵時，食内夾麻子喂之，則常卵不抱。染坊淋退灰晒乾，藏黄瓜茄子，冬月可用。《容安齋穌談》載物有相制之法：油污衣，滑石末隔紙熨之；血污衣，嚼蘿蔔擦之；墨污紙絹字畫，燈草漬水洗；墨污衣，用半夏、鮮白果、杏仁搗爛，揉少時即去；肥皂淹鐵索、胡桃塗鐵索，皆易斷；銅以荸薺水煮，可刻字；蛙鳴處以芝麻稭磨碎順風撒去，定止；木槿葉浸絲絡，則不亂；研芥子入豆醬，不生蟲；赤豆湯洗包衣垢；生薑擦鐙椀不生暈；鹽入鐙椀可省油；香油入少桐油耐點；鹽置油燭亦耐點；擂桃、杏仁或豆麪，攪入渾水中即澄清。

靳璧星號茶坡樵子，閻再彭號飲牛叟。張養重號虞山逸民，晚自廣南歸，戴一椰子冠，又號冠椰道人。興化李小有自稱虚天游。

康熙中，仁和吴寶崖以國子生内廷供奉，凡與京官往來，名刺書『眷同學某』，而無『弟』與『晚』稱謂，都人呼爲吴同學。

槃瓠銜吴將軍頭事，出小説，鄙誕不足信。古不獨無姓吴者，亦無吴字也。吴即虞也。古字多添『虍』，如『乎』作『虖』，『彬』作『彪』，『処』作『處』，『柤』作『樝』，皆是。《史記·吴世家贊》亦以吴虞爲一。漢吾邱壽王，《兩都賦》作『虞邱』。蓋吴虞一音，故吴虞非二字。公孫以王父字爲氏，故虞仲之後爲吴氏。古安得有吴將軍哉？或妄爲此説，以辱諸蠻可也，其污蔑帝女亦甚矣。

《因話録》云：『永那跋摩者，西域僧也。宋元嘉中東遊渡江，居於金陵祇園寺。宋文帝謂之曰：「弟子恒願持齋，不殺生命，以身徇物，不獲其志。法師不遠萬里，來化此國，將何以教之？」對曰：「道在心，不在事；法由己，非由人。且帝王與凡庶所修，亦有殊矣。若凡庶者，身賤名微，德不及遠，其教不出於門庭，其言不行於僕妾。若不苦身刻己，行善持誡，將何以用其心哉？帝王以四海爲家，萬民爲子。出一嘉言則士庶咸悦，布一善政則神人以和。刑清則不夭其命，役簡則無勞其力。然後辨鐘律，正時令。鐘律辨則風雨調，號令時則寒暑節。如此，則持齋亦已大矣，不殺亦已衆

矣。安在乎缺一時之膳，全一禽之命，然後乃爲宏濟也？」文帝撫几嗟歎，稱善者久之。』【一】

校按：

【一】此條出自《劇談録》，不見於《因話録》。

唐李隱《瀟湘記》云：『則天末年，益州有一老父，攜一藥壺於城中賣藥。每遇有識者，必告之曰：「人一身如一國也。人心即帝王也，傍列臟腑，即宰輔也，外具九竅，即群臣也。故心病則内外不可救之，何異君亂於上、臣下不可止之乎！但凡欲身之無病，必須先正其心。不使氣索，不使狂思，不使嗜慾，不使迷惑，則心先無病。心無病，則餘臟腑雖有病不難療也，外之九竅亦無由受病也。況藥有君臣，有佐使。或攻其病，君先臣次，然後用佐用使，自然合宜。如失其序，必自亂也，又何能救病！此猶國家任人也。老夫賣藥，嘗以此爲念。每見愚者，一身君不君、臣不臣，使九竅之邪，悉納其病，以至於良醫自逃，名藥不效，猶不自知。悲夫！士君子記之。」』

《尚書故事》云：『佛像本胡夷，朴陋，人不生敬。今之藻繪雕刻，自戴顒始也。顒嘗刻一像，自隱帳中，聽人臧否，隨而改之。如是者積十年，厥功方就。』

又：陸暢字達夫，常爲韋南康作《蜀道易》，首句云：『蜀道易，易於履平地。』南康大喜，贈羅八百疋。《蜀道難》，李白罪嚴武作也。暢感韋之遇，反其詞焉。

《諸皋記》：『語忘、敬遺，二鬼名。婦人臨産呼之，不害人。長三寸三分，上下烏衣。』

止園筆談卷四

錢竹汀曰：『古有儒釋道三教，自明以來又多一教，曰小説。小説演義之書，未嘗自以爲教也。而士大夫、農工商賈無不習聞之，以至兒童婦女、不識字者亦皆閭而如見之，是其教較之儒釋道而更廣也。釋道猶勸人以善，小説專導人以惡。姦邪淫盜之事，儒釋道書所不忍斥言者，彼必盡相窮形、津津樂道。以殺人爲好漢，以漁色爲風流，喪心病狂，無所忌憚。子弟之逸居無教者多矣，又有此等書以誘之，曷怪其近於禽獸乎！世人習而不察，輒怪刑獄之日繁、盜賊之日熾，豈知小説之中於人心風俗者已非一朝一夕之故也。有覺世牖民之責者，亟宜焚而棄之，勿使流播。内自京邑，外達直省，嚴察坊市，有刷印鬻售者，科以違制之罪。行之數十年，必有弭盜省刑之效。或訾吾言爲迂，遠隔事情，是目睫之見也。』

《管子》有言曰：『釜鼓滿則人概之，人滿則天概之。』《淮南子》有言曰：『唯不求利者爲無害，唯不求福者爲無禍。』斯二語極有味。

方望溪以古文自命，惟李臨川輕之。望溪嘗攜所作曾祖墓志銘示李，纔閲一行，即還之。望溪恚曰：『某文竟不足一寓目乎？』曰：『然。』望溪益恚，請其説。李曰：『今縣以桐名者有五：桐鄉、桐廬、桐柏、桐梓，不獨桐城也。省桐城而曰桐，後世誰知爲桐城者？此之不講，何以言文！』望溪默然者久之，然卒不肯改。

《長春真人西遊記》二卷，其弟子李志常所述，於西域道里、風俗，頗足資考證，而世鮮傳本。邨俗小説有《唐三藏西遊演義》，乃明人所作。毛西河據《輟耕録》以爲出邱處機之手。郢書燕説，遂傳誤至今。《記》云：『辛巳歲十月，至塞藍城，回紇王來迎，入館。十一月四日，土人以爲年，旁午相賀。』考《回回術》，有太陽年彼中謂之宫分，有太陰年彼中謂之月分。而其齋期則以太陰年爲準，又不在第一月而在第九月，滿齋一月至第十月，則相慶賀，如正旦焉。其所謂『月一日』者，又不在朔，而以見新月爲準。其命日，又起午正而不起子正，故此記有『十一月四日，土人以爲年，旁午相賀』之語。《回回術》有閏日而無閏月，與中國不同，故每年相賀之期無一定也。按《元史》列傳，丘真人爲登州棲霞人，金宋之季，屢徵不赴。歲己卯，元太祖特詔求之，真人乃與弟子十有八人同往。時太祖西征未回，去燕京萬餘里。真人自己卯冬十二月應召，至壬午四月始達行在。癸未三月十日辭朝行，甲申二月回京。往返數萬里。《記》中記辛巳五月朔日食事，在陸局河時，午刻見其食既；西南至金山，人言巳時食，至七分；至邪米思干，則言辰時食，至六分止。三處所見不同。真人謂：『孔穎達《春秋疏》云：月體映日則日食。以今料之，蓋當其下則見其食既，在旁者則千里漸殊。正如以扇翳燈，扇影所及，無復光明；其旁漸遠，則燈光漸多矣。』以扇翳燈之喻甚精。又記西域稱漢人爲『桃花石』。『桃花石』三字甚新，可以入詠。

屈翁山《廣東新語》云：『宋潘美平廣州時，有宦者百餘人盛服來見。美曰：「是椓人多矣。」悉斬之。蓋宦者自椓，亦椓人，以盛其黨。故美以爲言。然當時宦者亦有賢能如邵廷鋗者，廷鋗今祀東莞鄉賢祠。天下宦者得祠，惟廷鋗一人。』

萇弘碧血之事出《莊子》，人多知之，而不知有白血。宋保昌有丘必明者，咸淳中進士也。德祐丙子，與東莞熊將軍飛力拒元兵於梅關。戰敗被執，死之，白血飛流，無涓滴紅者。其後文丞相遇害，頸中湧白膏，直噴數尺。忠臣之死，每有奇異如此。按唐末曹唐《遊仙詩》云『周王不信長生話，空使萇弘碧淚垂』，萇弘碧淚，後亦鮮有用之者。

《廣東新語》：『南海歲有舊風，亦曰風舊，蓋颶風也。』『雷州之俗，以雷在春前者爲舊雷，交春爲新雷。歲除時舊雷與新雷相接，其占爲明年大稔。』舊雷之稱奇甚。雷州有舊雷，瓊州有舊風，可以並舉。

乾隆五十一年臺灣林爽文之變，上命頒内庫所藏大吉祥利益右旋螺，以利度海風帆。臺灣平，命即存閩省藩庫中，凡將軍、總督、提督渡海及册封琉球，則佩之以行。

乾隆四十年五月，諭曰：『朕每見法司爰書，以犯名書作惡劣字，輒令更改。而前此書回部者，每加犬作「狟」，亦令删去犬旁。此等無關褒貶，適形鄙陋，豈同文之世所宜有！』又進呈四庫書時，多有以『夷』作『彝』、以『虜』作『鹵』者，命將四庫館諸臣交部議處。又乾隆三十二年，臺灣奸民倡天地會，以三指按心，大指爲天，小指爲地。地方官改作『添弟』二字，化大爲小，規避處分。及林爽文叛，詔查參府縣，並究其改字之幕友沈姓治罪。此皆聖訓煌煌，視魏道武之改柔然爲蠕蠕者，其度量大小何啻滄海之與蹄涔！

順治七年，翻譯《三國演義》告成，大學士范文程等賞鞍馬、銀幣。額勒登保初以侍衛從超勇公海蘭察帳下，每戰輒陷陣。海公曰：『爾將材可造，須略識古兵法。』以翻清《三國演義》授之。卒爲經略，蕩平三省教匪。是國朝滿洲武將不識漢文者，類多得力於此。且羅貫中大半引申於陳壽，非盡鑿空，故朝廷開局譯爲官書，以資教胄。然此爲武將言之則可，若嘉定嚴衍作《資治通鑑補》多取《三國演義》，而錢竹汀作《嚴氏傳》，遂盛推爲明代史學之冠，則懵然矣。

崇禎二載，王師圍燕京，破永平、破灤州、破遵化，祖大壽軍潰出山海關，中外大震。而昌黎令左應選集潰卒、練民兵，登陴誓守，蒙古滿洲兵再攻不克。太宗親督大兵，雲梯地道，晝夜環攻，卒解圍去。夫以書生雞肋，當真人龍戰之師，臨衝因壘，卒圪崇墉，視袁崇焕、金國鳳以宿將精兵憑堅城者，尚不足道。乃事後竟以報銷罣吏議，而《明史》亦僅附見他傳。聲烈闃如，曷可勝唱！幸其事具載本朝《開國方略》，並非勝國鋪張之詞。正猶唐宗賞安市城主，明祖褒廓擴帖木兒，彌足勸干城而信後世。

本朝出軍，祭告堂子，與郊廟並重。《會典》：元旦皇帝拜天則於堂子，出征拜天亦如之。故或以堂子爲祭天。然四月八日則奉神佛於堂子而祭之，豈又可即以堂子爲奉佛乎？且堂子之圜殿之神亭皆以月首祭，而圜殿祀則名曰紐歡台吉、武篤本貝子，是堂子自有一神矣。神亭建於堂子東南隅，每月首，内管領一人免冠脱褂解帶入，跪祝叩首。四月浴佛日，於堂子祀佛，則並祀圜殿神。若禱馬，則祭馬神於别室，亦兼禱圜殿神。考《開國方略》，太祖初起兵即禱於堂子；諸族人謀害太祖，亦誓於堂子。其時在薩爾滸之戰前數十載。則堂子自是滿洲舊俗祭天祭神祭佛之公所。惟圜殿神貝子之祀，則不知起於何時。

『只如此已爲過分，待怎麽才是稱心』二語，乃趙司馬世顯座右銘。『如此』二字，有許多現在之富貴安樂在内；『怎麽』二字，有許多無益之侈心妄想在内。今相國倭公艮峰爲人書楹聯往往用之。

婦人之首飾曰頭面。嘗見明葉相國向高集内有『欽賜大紅紵絲斗牛背胸一襲』，背胸即今之補子也。背胸、頭面恰可作對。

李笠翁漁，一代詞客也，著有傳奇十種，《閒情偶寄》《無聲戲》《一家言》等書，造意剏詞，皆極尖新。沈宫詹繹堂評云『聰明過於學問』，洵知言也。所至攜紅牙一部，盡選秦女吴娃。昔在京師，顔其寓館曰『賤者居』。有人戲顔其對門曰『良者居』。蓋笠翁所題本自謙，而謔者則譏所攜也。

金吾其形，首似女人，魚尾，有兩翼，性通靈不睡，故取作巡警將軍之號。此亦與古鑰用魚同意。

韃靼俗最敬天地，每事必稱天。聞雷聲則恐懼不敢行師，曰『天叫也』。見《蒙韃備録》。

自古偏竊篡逆之主，每以私意造成俗字。如吴孫休爲四子作名字，長名𩅦，𩅦音如湖水灣隩之灣；字𩃙，𩃙音如迄今之迄。次名𩃯，𩃯音如兕觥之觥；字𦻰，𦻰音如玄礥首之礥。次名𣝛，𣝛音如草莽之莽；字昷，昷音如舉物之舉。次名䖋，䖋音如褒衣下寬大之褒；字㚤，㚤音如有所擁持之擁。見《三國志》註。唐天后以𠥱爲月，以○爲星，以𡕀爲載，以𡔈爲初，以𠡦爲年，以曌爲照，以𢘟爲證，以𨲢爲聖，以𥠢爲授，以𡕀爲戴，以圀爲國，以𤯔爲人，見《册府元龜》。南漢劉龑初名巖，採《周易》『飛龍在天』之義，改名龑，音儼。見《十國春秋》。近洪逆秀全盜踞金陵時，諸僞王多以賄得封。後王封益多，别無可加，乃於王字上加三點以爲𤣥字之封。其愚妄尤堪發笑。

闖賊李自成人皆知因祖墳被掘洩氣而敗，然知掘墳者爲米脂令邊長白大綬，而不知設計用智皆門子賈焕成之也。當闖賊猖獗時，其兄自祥改姓張，爲縣役。一日，令方坐堂視事，有一人赴訴賣蒜爲兵所搶。令命至堂穷訊，其人匍匐膝前，陽作哀訴，陰以手按令足。令解其意，帶至後堂。賣蒜者請屏左右，乃脱帽裂縫，出封函，曰：『吾實内監，此密旨也。』令拜讀，乃命掘闖賊祖墳之詔旨。隨揮之出，陞堂，僞償其值而遣之。然闖賊祖墳實難尋問，又係密旨，不敢聲張。其時闖賊逆燄已熾，令憂形於色，寢食俱廢。門子賈焕，令素所親信者，乘間請曰：『竊見日來形色舉止大異往常，是有大憂鬱而不能解者。曷不見告，或可效犬馬乎？』令察其言語懇篤，且自念舍此無可告者，遂詳吐前事。焕曰：『事未可驟圖也。今在官捕役張自祥者，本李姓，闖賊親兄。而縣役某某等二十人皆歃血結盟兄弟，共約賊兵一至即爲内應。焕實二十人之一也。今欲知彼祖墓，須與自祥結納。』詰旦，傳祥入内宅，笑問曰：『爾本姓李，何以易張？』彼方置辯，焕出，謂曰：『吾已細陳底裏，不必遮掩。』令曳之起，曰：『時事已不可爲，天意有在。爾輩皆應時豪傑，予身家方賴保全，何必相瞞？』遂偕焕結拜，出則官役，入則弟兄。久之，乘醉託言素曉堪輿，叩其墓所形勢。自祥乃以出獄爲名，邀之同往，盡知其所在。越數日，聞賊兵將犯潼關，令出七千金，付自祥先行投款軍前，盡遣其所好十餘人以行，衛其輜重。祥去，令偕焕並家人潛往伐墓。墓上有大樹一株，紫藤垂滿。掘至棺，藤根包裹千帀。以巨斧砍斷其藤，棺開，有小白蛇一，頭角已成龍形，止一眼，其身尚未變。遍屍皆長黄白毛，二三四寸不等，枯骨血潤如生。隨併蛇砍碎而焚之。揚灰訖，覓焕不得，令甚懼。多日焕至，詢何往，焕曰：『恐自祥有疑復回，則當另圖他計。某特送出潼關，令彼心安，乃敢歸耳。此地不可久居。乘今闖賊新敗，縱有報聞，力不暇及。公已爲朝廷立此大功，可謂不負君命，胡不挂印歸山乎！』令遂棄官，焕亦他遁。越數年，長白閒住京師之絨線胡同，忽一僧白髮蒼顔，詣門求見縣令。邊公有弟[一]，亦新選縣令，出見之。僧曰：『非也，欲見前任米脂公耳。』長白出，僧即跪哭。長白訝其爲誰，僧曰：『公忘賈焕耶？』乃相持而泣。因向弟追述前事，曰：『主與吾豈非明朝暗裏之忠臣乎？後世其誰知之！』長白固留，不可；與之金，不受。爲製衣裝，一痛而别，不知所終。右見劉廷璣《在園雜志》，云得自長白之姪淮南别駕名聲威者。

校按：

【一】『弟』，《在園雜志》作『姪』。

人皆知無恙爲無憂，而不知爲蟲名；人皆知多能爲多材，而不知爲獸名。按《史記·外戚世家》註云：『恙，憂也。一説古者野居露宿，恙，噬人蟲也，故人相恤云「得無恙乎」。』《漢·高紀》註云：『能謂材也。能本獸名，形似熊，足似鹿，爲物堅中而强力，故人之有賢材者皆謂之能。』以無恙配多能，誠爲的對。

明督師盧忠肅公象昇，宜興人。雖身處兵戈倥傯，而故國溪山之勝未嘗或去於懷。其《湄隱園記【一】》略云：陽羨桃溪在邑西七十里，萬山環帀，林壑鮮深，溪水淪漣。其中復有平疇墟落，映帶左右，真習靜奥區也。出城舟行罨畫中，凡數百曲乃至溪湄，余家讀書園在焉。千柳垂垣，清流繞垞。蒼巒繡壁當其前，遠岫煙村遶其后。籬落雞犬，景色蓊薱；衡門數尺，不容車馬。今將鑿石爲額，曰『湄隱』。園門以内，松徑、桐蹊、花棚、竹隖及所謂雙桂軒、斑衣亭、豹隱齋、聽鶴山房，皆創自家君。年來稍擴旁址，得曠地十餘畝，余思築室而歸休焉。擬搆書樓五楹，即顔曰『讀書樓』。列架滿其四，懸籤萬餘【二】，爲朝夕自課地。樓須高敞，週以複道，繞以迴闌。丹堊不施，綺繡不入。虚其中，前後洞達，令溪山煙月據我座上，時時遣我岑寂。啟樓後望，作露臺，與複道平，寬廣可十餘武，列怪石、盆草、瓷墩、石几之屬。夜深人靜，月冷風長，瑶琴一彈，洞簫數弄，此亦吾之丹邱也。臺名『敞居』，鐫片石識之。去臺二丈許，高垣圭竇，别爲院宇。曲室數區，委宛而入；東西莫辨，巖壑同幽。爲避暑室三楹，曰『月窟』，爲煖室三楹，曰『旭陽』，大寒暑則入而盤礴焉。過此，開隙地，植女桑弱柘，菜畦稻隴其間。值山雨乍晴，吟誦餘息，荷鉏戴笠，親執其役，以察物理攸宜、四時亭毒，曰『明農逸墅』。此樓以下〔三〕之大概也。樓前三丈許，鑿藕池半畝，引流以入，星布怪石於蓮芡間，可踞坐以釣。疊石爲島嶼，峙乎中流，荷香釃時，或一披襟其上，亦不減登華頂看玉女洗頭盆也。再前丈許，編柏爲蒼屏，作高軒五楹，名之曰『石友堂』。堂與雙桂軒近矣。客過予者，當止於是。勝日偶逢良朋適至，汲清溪以煮茗，採園果而開樽，藉草飛觴，蔭桐點筆。樂不取於竹絲，禮不拘於送迎，於石於友有取焉。花須茂密，樹貴蕭森。松檜竹柏椶櫚高杉，有不瘁之顔、後凋之操，吾愛其貞；牡丹芍藥桃梅海棠，有歡悦之色，吾尚其不寒儉；蘭桂臘梅茉莉，有激烈之香，吾欣其不柔媚而臭味佳。芙蓉垂柳梧桐蓮菊以及水仙秋海棠之屬，並以韻勝；石菖蒲薜荔芭蕉以及古槐老藤之屬，並以幽冷勝；橘柚葡萄香櫞佛手銀杏之屬，枝柯已極可玩，果實復具珍味。咸當博求佳麗〔四〕，多植遠移。夫吾園之富有至於如此，視古人三徑松菊、蓬蒿一室，不太奢乎？然木石煙霞，造物不忌，吾將奢取之。平生無他嗜好，林泉圖史之癖，苦不可醫。一行作吏，與山靈別且十五年矣。隔溪長松，再翦再茂，今又丈餘，能作怒濤聲聞於兩岸矣。長鬚從里中來，話其厓略。蓴鱸之思，甯待秋風而後起乎？家有藏書千卷，久束高閣。日事車塵馬足，方當覓緑醑紅欹，縱情歡樂；顧以讀書名樓，作老博士生活，又遠去城郭，索居荒寂，想聞者當爲捧腹。然亦各從其志，不可强也。猶憶少時，讀書至『生於憂患』，未嘗不低徊三復斯言。年逾二十，筮仕得司農郎，持籌窮日夜，如是凡三載。出守天雄，值軍興，徵發如雨，訟獄錢糧之苦，視爲朗時十倍。如是復四載。尋兵備畿南，鎮撫鄖楚。再拜簡命，督七省將士，與大司馬洪公同事征討。躬冒矢石，大小數十戰。不宿署舍，歲且三週，無云家矣。今年又有兵闌入上谷，近畿稱警，倉皇奉命入衛，介馬馳三千里。兵旋退去，再佩賜劍，督諸路勤王之師，遠出塞外，登木葉山，周視邊地。振旅西還，及灤陽，而宣雲之命又下矣。時勢孔艱，天語亟趣受事，因馳觀邊隘，冒風雪，束馬渡飛狐之塞。屈指前後，在兵間八年矣。每追奔逐北，波血馬前；深入窮搜，分餐劍首。軍吏林立，煎迫所求，疊疊牋書，紛紛奏檄，脣焦腕脫，無間晨宵。褊衷欹腸之輩，復環伺而思剚刃。嗟乎！余之經歷，憂患至矣。獨蒙聖主生全，以有今日，豈非幸哉！然深悔服官太早，未及多讀古人書。所在蹈危履險，觸忌招尤，先哲所云濟變戡亂之才，未之聞也。國恩深重，報稱無期。今年三十有七，馬齒漸長，心血已罄，夙興夜寐，效一割於鉛刀。倘邊疆稍有起色，當控天聰，亟避賢路，角巾竹杖，歸釣溪湄。盡發藏書，流覽今昔，究養生之祕典，窺著作之藩籬。致旨甘以奉二親，討義理以訓子弟。昔日溪中魚鳥，應有狎予者，山靈豈終相笑乎？或問盧子，今桃溪之上，君家廬舍數楹而已，未有改也；紙上園林，得無爲烏有先生之論耶？余曰不然，蘭亭梓澤，轉瞬丘墟，何物不等空花，豈必長堪把玩？向者邯鄲盧生，一枕熟眠，畢四十年貴賤苦樂。此吾家故事，吾園又何必不作如是觀？客首肯，揖余而去。按《明史》，公殉節時年三十九，去作記時才二年耳。

校按：

【一】『記』字原脱。據文淵閣《四庫全書》本《忠肅集》補。
【二】『餘』字原脱。據文淵閣《四庫全書》本《忠肅集》補。
【三】『下』，文淵閣《四庫全書》本《忠肅集》中作『後』。
【四】『麗』，文淵閣《四庫全書》本《忠肅集》中作『種』。

吴槎客《桃溪客語》云：『天中宫爲宋章獻皇后禱嗣之地，有所賜夾紵玉仙。岳肅之詩「粹儀夾綻疑『紵』盛花鈿，人説先朝祀玉仙」是也。』

洋人立説，以敬天事天爲重。稱昊天上帝爲造物主，謂之靈魂父母，因薄視肉身父母爲路人。佛氏云『先曾寄宿此婆家』，洋説之悖逆，蓋亦猶是。禽獸知有母而不知有父，今洋人十月託胎於其母之腹者，竟擬之於逆旅之借宿，是不知有父並不知有母矣，不尤禽獸之不如哉。其云敬天事天，適見其大拂天心也。洋人得中國疇人之術，自多其精於星曆。然閏日不閏月，未盡合於先王曆法矣。其學專以『七克』自守其亞尼瑪。亞尼瑪者，譯言性靈也。

《敘閑録》云：『辛洞好酒而無貲，嘗攜榼登人門，每家乞一盞投之，號爲「簇酒」。』《搔首集》云：『伊處士從衆人求尺寸之帛，聚而服之，名曰「斂衣」。』斂衣、簇酒，正堪作對。

雍益堅云：『主夜神呪，持之有功德。夜行及寐，可已恐怖惡夢。呪曰「婆珊婆演底」。』

周櫟園家居，命匠營造室宇。俗以上梁日，主自行酒敬匠頭，始祝吉語，不爲魔禁術。匠慢視不信，且以齗齶不謹，遽加譴責。落成後，櫟園坐廳事宴客，聞梁際剥啄聲，鼠矢亂落如雨，污餖飣間，幾至不能加匕箸。方疑新室何來鼠秏，復聞撲聲，墜落巨鼠如蒼狗，繞地而走。家人輩擊以杖，倏不見。周惡其不祥，命移坐更酌。旋視鼠矢，悉木屑，始悟爲魔術。周至夜秉燭獨坐，以伺其異。忽有裸體男子歷階而陞，手舞足蹈。視其面貌，與己無二。周起相逐，男子遽前學其步趨，惟不發聲。乃大呼，男子反身而走，背大書『周亮工本身』字樣。櫟園大怒，即送縣鞫治。匠始猶飾辯，繼用嚴刑，乃云渠等魔術並非因恩怨而行，悉遵先師傳記，參合動土上梁時日並屋主本身年甲，如有干礙，即依法暗造，所以世人宜慎選擇也。官搜得其書，題曰《魯班子》，卷首書『漢光禄大夫護左都使者中壘校尉天禄閣學士臣劉向校録』。發端文辭奥衍錯落不成句，後益俚誕。官持示櫟園，末幅有解魔法。櫟園如法令家人持柳帚浸水，遍屋上下洒之，口誦曰：『水郎水郎，遠去震方。天篷力士，助我剛强。淨祛夏屋，世保吉康。天乙貴神，解魔鎮殃。凡有詛呪，作者身當。急急如熒惑律令。』後聞匠首無疾而斃，周家自此無恙。

國初平南王尚之信最嗜菘菜，凡飲饌須先一篕。烹治極精，出自愛妾茶兒之手，藩下人名菜曰『茶兒菜』。陳恭尹曾作歌以記之，與梁佩蘭《養馬行》同意。茶兒姓謝，以烹飪被寵，頗尚氣節，多權略。之信將爲變，茶兒調菜羹以進，中有迷藥。之信委頓，不能發謀，遂伏法。

自有書契以來，以一書貫串古今，包羅萬有，未有如我朝《古今圖書集成》者。是書也，康熙間聖祖仁皇帝命儒臣宏開書局，搜羅經史諸子百家，别類分門，自天象地輿、明倫博物、理學經濟以至昆蟲草木之微，無不備具。誠册府之鉅觀，爲群書之淵海。歷十有餘年而未就，世宗憲皇帝復詔虞山蔣文肅公督率在館諸臣重加編校，正譌補闕，經三載而始釐定成書。圖繪精詳，考訂切當，御製序文弁其首，以内府銅字聯綴成版，計印六十餘部，未有刻本也。其書爲編有六，爲典三十有二，爲部六千一百有九，爲卷一萬。明時有《永樂大典》一書，乃姚廣孝、解縉、王景等督率一時博洽淹雅之儒，殫力編摩。書成凡二萬二千九百餘卷，共一萬一千九十五本，藏之祕閣。此書體例，按《洪武正韻》排比成帙，以多爲尚，非有翦裁釐正之功，當時即有譏其冗濫者。以《古今圖書集成》較之，有霄壤之别矣。此書原貯皇史宬，雍正年間移置翰林院。

湘潭張九鉞《羊報行》序云：『羊報者，黄河報汛水卒也。河在皋蘭城西，有鐵索船橋横亘兩岸。立鐵柱，刻痕尺寸以測水。河水高鐵痕一寸，則中州水高一丈，例用羊報先傳警汛。其法：以大羊空其腹，密縫之，浸以檾油，令水不透。選卒勇壯者縛羊背，食不饑丸，腰繫水籤數十，至河南境，緣溜擲之。流如飛，瞬息千里。汛警時，河卒操急舟於大溜俟之，拾籤知水尺寸，得豫備搶護。至江南，營弁以舟飛邀報卒登岸，解其縛，人尚無恙。賞白金五十兩，酒食無算，令乘車從容歸，三月始達。余聞而壯之，作《羊報行》。』按，此即元世祖革囊遺法。

尚無尚名學孔，以字行，直隸人。康熙間遊洛，遂居焉。豪於詩，不蹈襲前人。破屋三間，采藿自給，無妻子。汪舟次太守贈以金，不受。殁之日，以詩集付其友劉洙、孫扶蒼，曰：『此即吾嗣也。』二人葬之北邙山，題曰『詩人尚無尚墓』。

湖南孫白沙有《虎頭石弔古和王西平》詩二首，自註云：『王桓字西平，盧龍諸生，余門人也。郡縣應詔舉孝廉，不受。』按白沙名起棟，新化人，乾隆癸酉拔貢生，以科場事謫戍臨榆，居遼西四十年。

唐崔安潛爲西川節度使，到官不詰盜。曰：『盜非所由通容，則不能爲。』乃出庫錢置三市，置牓其上，曰：『告捕一盜，賞錢五百緡。侶者告捕，釋其罪，賞同平人。』未幾，有捕盜而至者。盜不服，曰：『汝與我同爲盜十七年，贓皆平分，汝安能捕我？』安潛曰：『汝既知我有牓，何不捕彼以來？則彼應死，汝受賞矣。汝既爲所先，死復何辭？』立命給捕者，使盜視之，然後殺盜於市。於是諸盜與其侶互相疑，無地容足，夜不及旦，散逃出境。境内遂無一人爲盜。予每讀此事，以爲策之上者。及宋李公擇治齊州事，則又不然。齊素多盜，公擇痛治之，殊不止。他日，得黠盜，察其可用，刺爲兵，使直事鈴下。間問以盜發輒得而不衰止之故，曰：『此由富家爲之囊，使盜自相推爲甲乙。官吏巡捕及門，擒一人以首，則免矣。』公擇曰：『吾得之矣。』乃令凡得藏盜之家，皆發屋破柱，盜賊遂清。予乃知治世間事，不可泥紙上陳迹。如安潛之法，可謂善矣，而齊盜反恃此以爲沈命之計。則變而通之，可不存乎其人哉。晉文公圍曹，攻門者多死，曹人尸諸城上。晉侯患之，聽輿人之謀，曰『稱舍於墓』，言若將發冢者。師遷焉，曹人兇懼。因其兇而攻之，遂入曹。燕將騎劫攻齊即墨，田單縱反間，言『吾懼燕人掘吾城外冢墓』。燕人乃盡掘冢墓，燒死人。齊人望見，皆涕泣，共欲出戰，怒自十倍。已而果敗燕軍。觀晉燕之所以用計則同而其成敗頓異者，何耶？晉但舍於墓，陽爲若將發冢，故曹人懼；而燕真爲之，以激怒齊人故耳。

明弘治乙丑，楊石【一】齋主考禮闈，子升菴與俱。時崔仲鳧銑試卷分刑部主事劉武臣，疑其深刻，未録。升菴見而奇之，以呈石齋，遂擢詩魁。崔以『小座主』稱之，時年十八。事見《湧幢小品》。

子隨父入場，且得搜卷分考官舍中，今可行否？

校按：

【一】『石』原誤爲『時』。

鄭綮有歇後之稱，蓋自度力不任宰相也。然初爲廬州刺史，移檄黄巢無犯州境。巢笑，爲斂兵云。贏錢十萬緡，藏州庫。他盜至，終不犯鄭使君錢。及楊行密擅淮南，都送還綮。由此觀之，綮之才必有大過人者。因末季，託誹諧自晦，又知時不可爲，宣麻後，亟引疾耳。

陳同甫祀本府鄉賢，有議其喜談兵事、不修小節斥之者。何損齋瑭爲督學，檄曰：『聖門施教，尚分四科；君子取人，豈拘一律？子路好談軍旅，游夏齊驅；宰我立論短喪，閔曾同祀。若依淺狹之見，均在罷斥之科。先生才高志忠，文雄節峻，原送入祀，庶修缺典。嗟嗟！同甫命薄。生前之坎壈，死後之推敲，不遇賢者，難乎免矣！』

明方揚有言曰：『善，陽也。而爲善宜陰，此人身上真水也。』

事之法。

《韓非子》言，爲土木人，耳鼻欲大，口目欲小。蓋耳鼻大可裁削，口目小可開鑿。此可爲建置處事之法。

完顏方强，宋欽宗所與李忠定、劉忠宣劄子不下數百，言大約云賊鋭，不可與爭鋒，宜逼逐出境。此譬如芻豢子弟，偶門上遇一兇人，畏而惡之，只謂家人曰：『打他不過，趕他出去。』既打不過，尚可趕耶？哀哉！

春秋時，縣大而郡小；秦并天下，郡大而縣小。漢有郡國，皆統於州。然州乃分部之名，或十二，或九。及南北分裂，彼此相冒，各立僑寓名色，至百餘州，而郡即帶焉。隋并天下，廢郡存州，州即郡也。煬帝改州爲郡，而州之名廢；唐又罷郡置州，而郡之名廢。其實一也。宋元以來，設府於州，州即府也。明府州並存，但州有直隸者，有屬府者，以此稍異。我朝因之。

先師四十九表。至《援神契》所志，萇弘所談，姑布子卿所稱，老萊弟子所識，荀卿、司馬遷所述，並未一及鬚髯。漢文翁刻遺像與宋大觀元年所刻吴道子畫像，孫淮海先生跋其鬚髯皆不甚盛。然則今之所刻，殆亦稍失其真矣。道子畫像在鄱陽縣。元末紅巾起，馬至一處不行，策之不動。疑有異寶，掘之，穹碑立土中，則聖像也。徙至一屋，衆羅拜而行。從此道宫佛宇，俱設宣尼像，以避兵火。

明太祖欲黜孟子配享，固因錢唐等力諫而止。然其時風雷示異，太祖業心動。所謂巖巖氣象者，真可畏也。至《孟子節文》，乃劉昆孫等奉旨所爲。後昆孫以科場事坐死，說者謂節文報應，豈孟子乃遷怒而然？

古有善睡者，其神名曰宜椕。元吳淵穎先生久病嗜睡，作《竄宜椕辭》。先生名萊，字立夫。《漢魏叢書》中有《天禄閣外史》一種，題曰『漢黄憲著』。此乃明嘉靖間崑山王舜華名逢年者所僞造。見《湧幢小品》『徐應雷《黄叔度二誣辨》』。

陳養吾《象教皮編》云：『迦羅沙曳，僧衣也。省「羅」「曳」字，止稱迦沙。葛洪撰《字苑》，添「衣」作「袈裟」，或從毛作「毠毟」。』《秇林伐山》云：『袈裟名水田衣，又名稻畦帔。王維詩：乞食從香積，裁衣作水田。王少伯詩：手巾花氎淨，香帔稻畦成。』

吾鄉爲清聖故里，首陽山在永郡城南，志所稱『陽山列屏』者是也。案，《史記正義》：『首陽山凡五所。』王伯厚考《曾子書》，以爲在蒲坂舜都者得之。然酈道元《水經注》已兩說互存。高宗純皇帝東巡過夷齊廟，有詩『何分隴右與蒲左，天下清風盡首陽』。大哉王言，包埽一切矣。然如所傳恥食周粟、餓死首陽之說，於心終不能無疑。後閱《金壘子》論夷齊一條，不覺豁然。其論云：『二子以清聖於天下，故非君不事，不立於惡人之朝。當紂之時，而居北海之濱，以待天下之清也。夫其居而以待天下之清也，腥聞之紂，無復悔禍之期矣。真人應命，與天下而共誅之，將使宇内廓清，穢氛不流。固二子之所以伏其身而有待也，如之何其非之也？是必胥天下爲紂而可耶？非二子之夙心矣。古之賢者，誠重其死。雖爵於人之本朝，亦其君爲社稷死，則死之也。武王入商，而商之元子奔、太師遯，北海之逋夫迺獨枵腹而死義，斯何以哉！且夷與太公同事文王，又同爲天下之大老，天子有問，無北面而詔之者也。新君行大事而不即謀於黄髪，夷固可孑然去。就謀之，宜以時諍；諍而不聽，則北海之北已矣。今也不聞一言諍之於廷，而顧邀之於路；不救於帷幄密謀之初，而欲力奪之於干戈倥偬之日。第不知白旄既舉，可復偃耶？孟津之會既集，可復渙耶？亦不相於機而空言矣。天下理無二是者也。今一人爲之是也，而一人非之，又不非也。是理可以二是，而世無一定之執也。武王之舉，爲伐暴而順天。而非之者不以爲不知天命而妄譏，吾不知也。曰：然則二子之之首陽，餓而死也，則何如？曰：二子者，蓋求仁以逃國、違不仁以逃世也。其介絶而不求於人，以時瀕於餓則有之，未聞其以餓而死也。孔子曰「伯夷、叔齊餓於首陽之下」，而世以爲死也。曰：然則二子固終事武王耶？曰：亦未之前聞也。王荆公曰：「商衰，而紂以不仁殘天下，天下孰不病紂？而尤者，伯夷也。嘗與太公聞西伯善養老，則往歸之。當是之時，欲夷紂者，二人之意豈異耶？及武王一奮，太公相之，伯夷乃不與。蓋二老所謂天下之大老，行年八十餘，而春秋固已高矣。文王之興，以至武王之世，歲亦不下十數，豈其至文王之都而不足以及武王之世而死耶？」荆公持論固多好異，此其言之切理者也。吁！推伯夷惡惡之心，使及武王而事之，又復見紂惡之甚，其君孤竹當不後八百諸侯。其猶大老於周也，抑豈十亂臣之下乎？』《金罍子》一書，明上虞陳絳著。絳字用揚，居金罍山麓，故以自號云。

《湧幢小品》云：『蔣燾字仰仁，其先宋侍郎堂守蘇，遂占籍長洲。父原用，娶武功伯徐有貞女而生公。原用登進士，出知樂亭，歿於官，燾尚孕於母未育。既育旅邸七閱月，母始扶櫬歸。少穎悟，五歲，母口授小學即成誦。十一善屬文，時出驚人語。選隸學宫，十四應都試金陵，文譽馳公卿間。又三歲而卒。當未卒時，常夢上帝召爲丹臺記，以母老辭，不得，録而秘之。姊壻劉炌入其齋，得所爲辭帝文，以語母。母惡之，抵於地。然竟不免也。初，母在蓐，恍惚見道流三人入房，頃刻間失其一，即免身，常以爲異徵。及卒後，母甚悲，著哭子詩十三首，聞者莫不隕淚。母又夢燾來言：「我之帝所甚樂。」母問其死狀，燾曰：「兒死，從首上一往。兒雖死，不滅不散也。」至嘉靖中，陸詹事深死三日而蘇。既蘇，語其子楫曰：「取筆記我語。我病漸時，不見若輩，覺身坐廳事，有黄衣二人跽於庭，云：『奉大王命召公。』余方欲置對，忽身已坐輿上，黄衣前導，隨者數十人，皆舊隷物故者，余心甚駭。輿北行如飛，至一城，黄衣跽請曰：『當去輿從步。』頃刻間已失輿，兩人挾而走，足不著地。至一城，黄衣又跽請曰：『請改服。』不覺已易衣矣。又良久，抵一城，甚高，樓櫓皆如京城制，可十餘里。至闕門，門數重。大殿巍然，有王者冕旒坐殿上。一黄衣先入唱曰：『奉命追松江陸深，已至。』王坐曰：『入之。』余從東階廡下北面立，王南面字呼余曰：『子淵識我否？』余曰：『殿下莫非當年蔣藎耶？』蓋余爲諸生時相習耳。從者呼之曰：『奈何犯我王諱！』王曰：『此我故人，無迫之。』王曰：『子淵，爾官應居一品，壽應登八十。以犯三大罪、十二小罪，故官降三品，壽減一紀。』是年余方六十八歲，聞是語，駭曰：『深得無死耶？』王曰：『非死何以至此？』因命吏取僉事簿籍來。須臾，吏持簿至。余閱之，見生平所言所行，無一不記，其末以朱書總核其罪。余因乞王，幸念夙昔，使得畢其壽命。王曰：『此非寡人所得專也，主在帝。寡人爲故人受罰，姑假以兩旬，俾治後事。其毋爲子孫計。』命黄衣送之出。已出門，復呼入曰：『若兹來也，於地獄無覩，何以警世！』傳黄衣，又導觀諸獄，景象甚慘，目不忍視，狼狽而走。至街衢，所見冠蓋往來，如長安道上，皆朝士久没者，咸下車與敘寒暄而别。出城從高原上行，久之，甚昏黑，忽見一燈微明，既近，則其屍卧於床。心惡之，黄衣推之使附，乃蘇。」又兩旬而黄衣復至，僉事遂長往矣。』案，樂亭縣舊志明縣令中無蔣氏名原用者，當是漏載。

道光末年，有山西九歲童子，能書擘窠大字。其父賈於遼東，攜之至京，名動公卿間，吾鄉在京師者多得其書。余曾親見之，其筆勢開展勁健，絶無童稺氣。而小字反不能，故書款皆倩他人，未解其故。後亦不知所終。明萬曆間，廣東順德縣李氏生子，名世嶼，二歲不言，善書大字，如白沙先生體。四歲時，貴陽馬御史文卿按廣東，召之見，抱膝上令寫。手甚小，握甚固，作字如椀口大，揮灑甚疾。蓋神童也，或曰有物憑焉。如山西張童子者，豈亦是類與？

高麗、朝鮮皆以在東方，近日出，故『朝』字讀爲朝夕之朝，『鮮』字讀作鮮明之鮮。

宋楊億之初生也，母章氏夢羽衣人，自言武夷僊託化。既誕，則一鶴雛也，盡室驚駭，貯而棄之江。其叔父曰：『吾聞間世之人，其生必異。如姜嫄有棄，簡狄有契。』乃追至江濱，開視之，鶴已蜕，而嬰兒具焉。體猶有紫毳寸餘，既月乃落。見《湧幢小品》。

先師有四配。南海觀音大士亦有四配：伽藍、祖𧦬、彌勒、地藏。

韓退之謚『文』，韓熙載亦謚『文』。

明桑民懌《題朱清花園堂》詩有句云『可怪名花真勢利，東家傾覆西家去』，大有情致。今之不爲名花者寡矣，蓄名花者亦知警否？

古『法』字作『灋』。《爾雅翼》云：『從水，言其平如水；從廌去者，廌之所去，法之所取。』『廌，神羊，觸不直者，咋不正者。』即豸也。御史冠廌，亦曰執法。

禪語演爲《寒山詩》，儒語演爲《擊壤集》，亦覺世真經也。

北齊劉晝作《六合賦》，前人已笑其愚。至元黄縉又作《太極賦》，同於《六合》矣。

俗傳關帝爲伽藍神，見《湧幢小品》。今佛寺伽藍殿皆以帝與二郎神左右列坐，不知始於何時。

元修宋、遼、金三史，吉水貢士周以立上書爭之，謂遼與本朝不相涉，其事首已具《五代史》，雖不論可也。所當論者，宋與金而已。本朝平金在先，而事體輕；平宋在後，而事體重。宋之爲宋，媲漢、唐而有光；金之爲金，比元魏而猶歉。宜有分別，附金於宋。書奏不省。揭徯斯深是之。

明洪武時，琉球國王遣女官姑魯妹在京讀書，見沈德符《野獲編》。本朝琉球國人入監讀書，亦與中國諸生同習制藝、試律，間有梓行於時者，然未聞有婦人焉。

明張永嘉當國時，有浙弁牛姓者，官副總兵，上揭自稱『走狗爬見』。其甥屠諭德耻之，至不與交。我朝興化鄭燮，字板橋，以書畫擅名。爲縣令，亦有聲。平生最折服徐文長渭，自稱徐青藤門下走狗。鄭燮與牛弁，雖有雅俗之分，然亦未免太佻矣。

明人有作《五七九傳》者，蓋指江陵、吴縣、太倉三相用事奴也。『七』爲游七，名守禮，署號楚濱，當江陵柄國時，頗能作威福。亦曾入貲爲幕職，至冠進賢，與士大夫往來宴會。其後與徐爵同論斬。吴縣在事，其焰不及江陵之百一。所謂『九』者，本姓宋，名徐賓，從吴縣初姓也，署號雙山主人。先自馴謹畏禍，後亦守法。第頻與邊將往還，通賂遺，如李甯遠父子，皆爾汝交。援納京衛經歷，覃恩得封其父母。以此物論歸咎主人，此則吴縣懞懂之過。但徐文貞當國時，其僕徐實輩已冒功爲錦衣百户矣。九死未久，其子已酷貧。『五』則名王佐，署號念堂。婁江當國最晚、最不久，門庭素肅，無敢以幣交者。惟五與弇州僕陶正者爲密友，因染其骨董之癖，頗收書畫銅窰之屬，邸中游棍時趨之。又曾買都下名妓馮姓者爲妾，頗干婁江家法，其妓亦遂逐矣。五比九尤爲小心，見士大夫，扶服謹避。今臚列成三，并前二人無色矣。此傳出東省一詞林大僚筆。其時正負相望，以小嫌失歡於吴縣，不薦之入閣。及辛卯冬，被白簡，擬旨又不固留之。以此描寫宋九，以實主人之墨，而五、七則干連犯人也。右《野獲編》載之如此。

明天順甲申科，有進士亖茂登第。時憲宗新即位，怪其姓罕見，問之首揆李賢，對云：『此字音陜，然而韻書未之見也。』正德嬖倖錢甯冒國姓，而其嬸也氏死，朝士有作奠文者，以也姓無出，改成『乜』。甯怒，不納，俾改正始受之。古來奇姓雖多，未有若此二氏者。雲南阿雄關土巡檢姓者，羅雄州土知州亦者姓。又，四川雄鎮府女土官者氏，即招贅貴州土舍安堯臣爲壻，改姓隴氏，冒襲世爵，以致黔撫郭子章被攻者是也。此正堪與錢甯嬸也氏作對。且錢甯本雲南人，蓋亦夷姓云。

今考試寫題目低二格，寫文則頂格。題目是聖賢經傳；時文乃發明聖賢精義者，何以反高兩格？試看《十三經註疏》，豈有註高於經、疏高於註耶？《廿一史》本紀、列傳、志、表題目亦無有低兩格者。不知當時何人定此式樣。

宋方勺《泊宅編》云：『韓退之多悲，詩三百六十，言哭泣者三十首。白樂天多樂，詩二千八百，言飲酒者九百首。』

宋狀頭時彦，母懷之彌月，夢數人皂衣，肩輿一金紫人，徑入房中。明日，犬生九子，皆黑。晚遂生彦，故小名十狗。《同年録》見之。案朱文公中五甲進士，小字沈郎，亦見於《同年録》。蓋宋人應試，並註明小名也。

鶻、隼皆鷙鳥也，而有義焉。鶻冬取小禽煖爪掌，旦則縱之，視其所適之方，則是日不於其方擊搏。杜甫作《義鶻行》是也。隼擊物，遇懷胎者釋之。《化書》曰『隼憫胎』是也。可以人而不如乎！

宋施彦執《北窗炙輠》云：『子韶説「天生德於予，桓魋其如予何」，以爲外物豈可必，而聖人之言乃如此。蓋聖人之氣不與兵氣合，故知必不死於桓魋。此天下高論，古今所未到也。予亦以謂古人文字皆聖賢之氣所發，雖一詩一文亦天地之秀氣。今人懶於文字者，蓋其氣不與聖賢之氣及天地之秀氣合，故不得不懶也。』此論極新而確。

陳伯修作《五代史序》，東坡謂如錦宫人裹孝幞頭。

唐人稱歌姬爲『風聲婦人』，見《金華子》。案，風聲婦人當即裴廷裕《東觀奏記》所稱『劉郎聲音人』之類也。

魯昭公娶於吴，爲同姓。孔子答陳司敗之問，曰『知禮』，蓋爲君諱也。晉獻公惑驪姬之譖，申生曰『君安驪姬』，蓋爲父隱也。唐天寶之亂，兆於楊貴妃。杜子美身罹其禍，《北征》詩止曰『不聞夏殷衰，中自誅褒妲』。《哀江頭》詩雖稍述其事，而惻然有《黍離》閔周之意。至白樂天《長恨歌》、元微之《連昌宫詞》，直播其惡於衆，略無忌憚。

止園筆談卷五

宋寶祐丁巳，淮東總領獻羨餘三百萬，旨轉一官，依舊職。當時董鴻儀父以司户參軍爲幕僚，作《奴戒》譏之。其辭曰：『董子官於南徐，俸錢二百有三十券，貯以篋，亙費取需焉。率兼旬而耋，復閔閔焉數日以待繼。有奴狡笑於旁曰：「使狡得職是篋，當不至乏絶，且有贏羨。」余甘其言也，使職之。已而默計其缾罄罍耻也，呼狡來前，問：「有餘？」狡曰：「有。」余曰：「子非以吾之券貸於人而取其倍稱之息歟？不然，則子獲草中之蚨歟？」狡曰：「亡是也。狡能使郎有餘足矣，奚以問爲？」余喜而歌曰：「昔嗇兮今豐，昔窘步兮今從容。月之羨以百計，歲之羨以千計，吾其免乎屢空。信乎！狡之爲吾謀也忠。」一夕月明，步於庭，有歌於牆陰者曰：「露零零兮需衣，鶴翩翩兮夕飢。鶴飢兮何憾？傷子産之智兮而受校人之欺！」審而聽之，吾史戆也。余曰：「戆，爾何歌之悲也？」曰：「自郎之任是狡也，戆不得以受子之傭矣。戆不足計也。以物售子者，不得以受子之直矣；子之所識窮乏者，不得以時蒙子之惠矣。」余瞿然曰：「兹狡之所謂有餘者哉！」詰朝，亟斥篋中券償之。其羞濇也如初。』

古字婦負、波皤通用。案，《史記·高帝紀》有武負，《陳丞相世家》有張負，《絳侯世家》有許負，皆以爲婦人。《班書》如淳註：『俗謂老大母爲阿負。』師古引劉向《列女傳》：『「魏曲沃負者，魏大夫如耳之母。」此古語，謂老母爲負耳。』《世家》言『户牖富人張負』，《索隱》曰：『婦人老宿之稱。然稱富人，或恐是大夫爾。』予【一】謂張負果婦人，當是清女【二】之流，亦富人也。許負，相者，《索隱》引應劭註：『老嫗也。』意其負、婦同音，古文通用。今婦亦作媍。林謙之詩『驚起何波理殘夢』，自註：『述夢中所見。何使君，蜀人，以波呼之，猶丈人也。』范石湖《吴船録》記嘉州王波渡云：『蜀中稱尊老者爲波。又有所謂天波、月波、日波、雷波者，皆尊之稱。此王波蓋王老或王翁也。宋景文嘗辨之，謂當作「皤」字。魯直貶涪州别駕，自號涪皤，或其俗云。』皤音波。皤皤，老貌也。

校按：

【一】此條引録自《愛日齋叢抄》。此處『予』當爲《愛日齋叢抄》作者自稱。

【二】『清女』，文淵閣《四庫全書》本《愛日齋叢抄》中作『女清』。

今西域骨種羊盛行於中國，冠服皆用之。或謂骨種乃骨重之譌，蓋謂羊無種理也。余案，元姚桐壽《樂郊私語》載：楚石大師從駕上都，《漠北懷古》詩有『自言羊可種，不信繭成絲』之句，自注云：『大漠迤西，俗能種羊。凡屠羊，用其皮肉，惟留骨，以初冬未日埋著地中。至春陽季月上未日，爲吹笳、呪語，有子羊從土中出。凡埋骨一具，可得子羊數隻。此蓋四生胎外之化也，亦不足怪。特非中國所有，致生疑耳。』後讀浦江吴立夫《西域種羊皮書褥歌》云：『波斯國中神夜語，波斯牧羊俱雜虜。當道剸刀羊可食，土城留種羊脛骨。四圍築垣聞杵聲，羊子還從脛骨生。青草叢抽臍未斷，馬蹄踣鐵繞垣行。羊子跳踉卻在草，鼠王如拳不同老。飫肉筵開塞饌肥，裁皮褥作書林寶。南州俠客遇西人，昔得羊褥今無倫。君不見冰蠶之錦欲盈尺，康洽年來貧不貧。』此又云以脛骨種之，與琦師目見之者不同也。蓋波斯别有種法，如吴詩所聞耳。元劉郁《西使記》：『壠種羊出西海。以羊臍種土中，溉以水，聞雷而生，臍系地中。及長，驚以木，臍斷，便行嚙草。至秋可食，臍内復有種。』

司馬温公以揚子論性爲近，不取孟荀。又謂性如地，善如五穀，惡如莨莠，地豈容只生穀而不生莠耶？學者當除莠養穀耳。

江鄉淫祠有馬陂大王，爲盜者多祀之。亦能出爲靈響，俗呼殤神。必是小人死鬬，忿怒之氣不泯而爲厲者也。見宋曾三異《同話録》。

世傳梓潼文昌君從者曰天聾，曰地啞，蓋帝君不欲人之聰明盡用，故假聾啞以寓意耳。不然，天地豈可以聾啞哉？

《壺中贅録》云：『過名山如讀異書，倦則數行，健則千里。言不論途程，以洞心快目而止。』

《東坡志林》云：『儋耳進士黎子雲言，城北十五里許有唐村，莊民之老曰允從者，年七十餘，問子雲言：「宰相何苦以青苗錢困我，於官有益乎？」子雲言：「官患民貧富不均。富者逐什一益富，貧者取倍稱，至鬻田質口不能償。故爲是法以均之。」允從笑曰：「貧富之不齊，自古已然。雖天公不能齊也，子欲齊之乎？民之有貧富，猶器用之有厚薄也。子欲磨其厚、等其薄，厚者未動而薄者先穴矣。」元符三年，子雲過余言此。負薪能談王道，正謂允從輩也。』

宋林芳【一】《田間書》載《會友人游山檄》，語曰：『人有殘縑敗素，繪一山一水，愛之若異寶，得之必千金。至於日與真景會，則略不加喜。毋乃貴僞而賤真耶？行樂之真，今日正在我輩。春雨既霽，春風亦和。或坐釣於鷗邊，或行歌於犢外。百年瞬息，歡樂幾何！肴核杯盤，隨意所命，毋以豐約拘也。檄書馳告，盍勇而前？』

校按：

【一】『林芳』，《輟耕録》卷二十作『林昉』。

宋靖康末，金人立張邦昌。顔博文作赦書，云『無德者亡，知謳歌之已去；當仁不讓，信歷數之有歸』等語，無非吠堯之辭，聞者駭愕。及以大寶歸，上表云：『孔子從佛肸之召，意在尊周；紀信乘漢王之車，誓將誑楚。』其措詞亦詭矣，不知何人秉筆。明季周介生草李闖登極詔，有云：『一夫授首，四海歸心。比堯舜而多武功，較湯武而無慚德。』稱莊烈爲一夫，尤小人之無忌憚者也。或云項水心作。按，吴梅村嘗辯項、鍾草詔之誣，見《綏寇紀略》。

昔蒲且子，善弋者也，詹何受其術而以釣聞。吴道子師張顛筆法，而世傳其畫，以爲卓絶。古之善學者，蓋有爲方而不以矩，爲圓而不以規。及其進於此，則注其想、動其神，千變萬化，其迹旁歧詰曲而不可以爲方。其所以師焉者，炳炳如丹。夫是之謂善學。迺如吮毫而知筆畫之豐省，蹲磯以辨竿綫之浮沉，詹、吴且不爲，而况不爲詹、吴者乎！故曰：禹行舜趨，子張氏之賤儒也。

歷代方士皆謂有不死藥，以惑時君。既而鍊藥不成，或服藥而返速其死者，多矣。金源之末，道士丘處機應蒙古國主聘，問有何長生之藥，對曰：『有衛生之道，而無長生之藥。』可謂傑然不群者矣。

宋袁褧《楓窗小牘》云：『古人稱士農工商爲四民，今有六民。真宗初即位，王禹偁上五事，有云：「古者井田之法，農即兵也。今執戈之士不復事農，是四民之外又一民也。自佛教入中國，度人修寺，不耕不蠶而具衣食，是五民之外又一民也。」』今自與洋人議和，習天主教者紛紛皆是。其所謂教民者，在不僧不俗之間，是又有七民矣。

夢神曰趾離，呼之而寢，夢清而吉。有呪曰『元州牂管婁竺米題』，臨臥誦七遍，吉。

唐初功臣皆云圖形凌煙閣，而河間元王孝恭碑乃作『戢武閣』。豈凌煙先名戢武而後改之耶？

封德彝名倫，房玄齡名喬，高士廉名儉，顏師古名籀，而皆以字行。今世俗稱秦叔寶曰秦瓊，稱羅士信曰羅誠。叔寶、士信似是其字，而新舊《唐書》卻無名瓊名誠之文，不知世俗所傳果何所本。

宋朱彧《可談》云：『東坡倅杭州，不勝杯酌。部使者知公頗有才望，朝夕聚首。疲於應接，乃號杭倅爲「酒食地獄」。其後袁轂倅杭，適郡將不協，諸司緣此亦相疏。袁語所親曰：「酒食地獄正值獄空。」傳以爲笑。』

宋九江碑工李仲甯刻字甚工，黄太史題其居曰『琢玉坊』。崇甯初，詔郡國刊元祐黨碑姓名，呼使仲甯。仲甯曰：『小人家舊貧窶，止因開雕蘇内翰、黄學士詞翰，遂致飽煖。今日以爲姦，不忍下手。』議之者曰：『賢哉！士大夫之所以不及也。』此見王清臣《揮麈録》中。今《宋史》《通鑑》諸書止載安民事，不及此，故録之。

宋丁謂南遷，行過潭州，自作《齋僧疏》，有云：『補仲山之衮，雖曲盡於巧心；和傅説之羹，實難調於衆口。』其措辭亦云巧矣。

中國以月晦爲一月，天竺以月滿爲一月。《唐西域記》云，月生至滿謂之白月，月虧至晦謂之黑月。又十二月所建，各以所直二十八宿名之，如中國建寅之類是也。黑月或十四日或十五日，月有大小故也。中國節氣與印度遞爭半月。中國以二十九日爲小盡，印度以十四日爲小盡。中國之十六日，乃印度之初一日也。見《藏經》。

《歸田録》云：京師諸司庫務，皆由三司舉官監當。而權貴之家子弟、親戚，因緣請託，不可勝數。爲三司使者常以爲患。田元均爲人，寬厚長者。其在三司，深厭干請，然不欲峻拒，每温言强笑以遣之。嘗謂人曰：『作三司使數年，强笑多矣，直笑得面似鞾皮。』聞者傳以爲笑。

宋高文虎《蓼花洲閒録》云：『熙甯末，洛中有人耕於鳳凰山下，獲石碣，方廣二尺餘，乃婦人撰《夫誌銘》：「君姓曹氏，名禋，字禮夫，世爲洛陽人。三十歲，兩舉不第，卒於長安道中。朝廷卿大夫、鄉閭故老聞之，莫不哀其孝友睦姻、篤行能文，何其夭之如是邪！唯兒聞之，獨不然，乃慰其母曰：『家有南畝，足以養其親；室有遺文，足以教其子。凡累乎陰陽之間者，生死數不可逃。夫何悲喜之有哉？』丙子年三月十八日卒，以其年十月十五日葬於鳳凰山之原。予姓周氏，君妻也。歸君室八載矣，生子一人，尚幼。以其恩義之不可忘，故作銘焉。銘曰：其生也天，其死也天。苟達此理，哀哉何言。其生也浮，其死也休。終何爲哉，慰母之憂。」』

永平府北鄙皆山。山水數十年一溢，率皆穴田飄屋，土人謂之『發蛟』。案，唐陸禋《續水經》常言：『蛇雉遺卵於地，千年而爲蛟。其蛟出殼之日，害於一方，洪水飄蕩，吴人謂之「發洪」。』吾鄉之所謂發蛟，或即是歟？

唐鄭畋傳是鬼胎，其母卒後，與其父亞再合而生。其事載尉遲偓《中朝故事》中，原委甚悉。世傳鬼子在日中無影，蓋言婦人與男鬼交而生者也。此以女鬼與男交而生人，尤屬罕聞。

宋孝宗留心經術，無所不涉，奏對官被顧問者多致失措。有王過者，蜀人。上殿，孝宗驟問曰：『李融字若川，謂何？』過即對曰：『天地之氣，融而爲川，結而爲山。李融之字若川，如元結之字次山也。』上大喜，遂詔改官樞密編修。

遼人謂宋使爲赦例郎君，謂依赦例日行五百里也。

宋周淩司勳死，在冥間任掠剩大夫。凡人財有定分，或其經營，或其種植，稍多其數，彼即往取，世人不知也。見王鞏《隨手雜録》。觀此，則貪得無厭之心亦可少息。

宋孫穆《雞林類事》載高麗方言：天曰漢㮏；日曰姮；月曰契黑隘切；雲曰屈林；風曰孛纜；雪曰嫩；雨曰霏微；雪下曰嫩耻，凡下皆曰耻；雷曰天動；雹曰霍；電曰閃；霜、露皆曰率；霧曰蒙；虹曰陸橋；鬼曰幾心；神曰神通；佛曰孛；仙人曰遷；一曰河屯；二曰途孛；三曰洒廝乃切；四曰迺；五曰打戌；六曰逸戌；七曰一急；八曰逸答；九曰鴉好；十曰噎；二十曰戌沒；三十曰實漢；四十曰麻兩；五十曰舜；六十曰逸舜；七十曰一短；八十曰逸頓；九十曰鴉順；百曰醞；千曰千；萬曰萬；旦曰阿慘；午曰稔宰；暮曰占㮏或言古沒；前日曰記載；昨日曰訖載；今日曰烏㮏；明日曰轄載；後日曰母魯；約明日至曰轄烏受勢，凡約日至皆曰受勢；年、春、夏、秋、冬同；上曰頂；下曰底；東、西、南、北同；土曰轄帝；田曰田；火曰孛；山曰每；石曰突；水曰没；海曰海；江曰江；溪曰溪；谷曰丁蓋；泉曰泉；井曰烏没；草曰戌；花曰骨；木曰南記；竹曰帶；栗曰監銷檻切；桃曰枝棘；松曰鮓子南；胡桃曰渴來；柿曰坎；梨曰敗；林檎曰悶子訃；漆曰黄漆；茭曰質姑；雄曰鶻試；雌曰暗；雞曰喙音達；鷺曰漢賽；雉曰雉賽；鴿曰弼陀里；鵲曰渴則寄；鶴曰鶴；鴉曰打馬鬼；雁曰哭利弓幾；禽皆曰雀譚；雀曰賽斯乃切；虎曰監蒲南切；牛曰燒去聲；羊曰羊；豬曰突；犬曰家稀；貓曰鬼尼；鼠曰觜；鹿曰鹿；馬曰末；乘馬曰轄打平聲；皮曰渴翅；毛曰毛；角曰角；龍曰稱；魚曰水脱剔恙切；鼈曰團；蟹曰慨；鰒曰必；螺曰蓋慨；蛇曰蛇；蠅曰蠅；蟻曰螻；蝨曰裾；蚕曰批勒；蟣曰側根旎；蟇曰蛇鋪；人曰人；主曰主；客曰孫命；官曰員理；士曰進寺儘切；吏曰主事；商曰行身；工匠曰把指；農曰宰把指；兵曰軍；僧曰福田；尼曰阿尼；游子曰浮浪人；匄曰匄剥；倡曰水作；盜曰婆兒；倡人之子曰故作；樂工曰亦故作多倡人子爲之；稱我曰能奴台切；問你汝誰何曰餧箇；祖曰漢了祕；父曰子了祕；母曰了祕；伯叔亦皆曰了查祕；叔伯母皆曰了子彌[二]；兄曰長官；嫂曰長漢吟；娣曰嫁妹；男子曰吵喃音眇南；弟曰了兒；妹曰了慈；女子曰漢吟；自稱其夫曰沙會；妻亦曰漢吟；自稱其妻曰細婢亦曰徙臂；男兒曰了姐亦曰同婆記；女兒曰寶姐亦曰古召育曹兒；父呼其子曰了加；孫曰了寸了姐；舅曰漢了祕；姑曰漢了彌；婦曰了寸；母子兄曰訓鬱；母子弟曰次鬱；姨、妗亦皆曰了子彌；頭曰麻帝；髮曰麻帝核試；面曰㮏翅；眉曰疏步；眼曰嫩；耳曰愧；口曰邑；齒曰你；舌曰蠍；面美曰㮈翅朝勳；面醜曰㮈翅没朝勳；心曰心音尋；身曰門；胸曰軻；背曰骰馬末；腹曰擺；手曰遜；足曰潑；肥曰骨鹽真亦曰鹽骨易成；瘦曰安里鹽骨真；洗手曰遜時蛇，凡洗濯皆曰時蛇；白米曰漢菩薩；粟曰田菩薩；麥曰密頭目；大穀曰麻帝骨；【二】酒曰酥孛；醋曰生根；醬曰密祖；鹽曰蘇甘；油曰畿入聲林；魚肉皆曰姑記；飯曰朴舉；粥曰謨做；茶曰茶；湯水【三】；飲酒曰酥孛【四】麻蛇；凡飲皆曰麻蛇；煖酒曰蘇孛打里；凡安排皆曰打里；勸客欵盡食曰打馬此；醉曰蘇孛速；不善飲曰本道安里麻蛇；熟【五】水曰泥根没；冷水曰時根没；飽曰擺咱七加反；飢曰擺咱安理；金曰那論義；珠曰區戌；銀曰漢歲；銅曰銅；錢【六】曰歲；絲曰絲；麻曰三；羅曰速；錦曰錦；綾曰菩薩；絹曰及；布曰背；苧曰毛；苧布曰毛施背；幞頭曰幞頭；帽子曰帽；頭巾曰土捲；袍曰袍；帶曰腰帶亦曰謁子帶；皂衫曰軻門；被曰泥不；袴曰珂背；裩曰安海珂背；裏曰裏；鞋曰盛；襪曰背戌；女子蓋頭曰子母蓋；鍼曰板㮈；夾袋曰南子木蓋；女子勒帛曰實帶；綿曰實；繡曰繡；白曰漢；黄曰那論；青曰青；紫曰質背；黑曰黑；赤曰赤；紅曰真紅；緋曰緋；染曰没涕里；秤曰雌字；尺曰作；升曰力音佳；斗曰抹；印曰印；車曰車；船曰擺；席曰荅音登；席薦曰質薦；椅子曰馳馬；桌子曰食床；林曰林【七】；燭曰火炬；簾曰箔；燈曰活黄；下曰簾箔；恥曰囉；【八】匱曰枯字；傘曰聚笠；扇曰孛采；笠曰蓋音渇；梳曰苾音必；篦曰頻斉；齒刷曰養支；合曰合子；盤子曰盤；瓶曰瓶；銀瓶曰蘇乳；酒注曰瓶砣；盞盤曰臺盤；釜曰吃枯吃反；盆曰雅數耶；

鬲曰宰；碗曰已顯；楪曰楪至；盂曰大耶；匙曰戌；茶匙曰茶戌；箸曰折七吉反；沙羅曰戌羅亦曰敖耶；硯曰皮盧；筆曰皮盧；紙曰垂；墨曰墨；刀子曰割；翦刀曰割子蓋；骰子曰節；鞭曰鞭；鞍曰末鞍；轡曰轡；鼓曰濮；旗曰旗；弓曰活；箭曰蘳亦曰矢；劍曰長刀；火刀曰割刀；斧曰烏子蓋；炭曰蘇成；柴曰孛南木；香曰寸；索曰郍又曰朴；索縛曰那没香；射曰活索；讀書曰乞鋪；寫字曰乞核薩；畫曰乞林；榜曰柏子；寢曰作之；興曰你之；坐曰阿則家囉；立曰立；卧曰乞寢；行曰欺臨；走曰連音打；來曰烏囉；去曰匿家入囉；笑曰胡臨；哭曰胡住；客至曰孫烏囉；有客曰孫集移室；延客入曰屋裏坐少時；語話曰替里受勢；擊考曰屋打理；決罪曰滅絮底；借物皆曰皮離受勢；問此何物曰設審；乞物曰念受勢；問物多少曰密翅易成；凡呼取物皆曰都囉；相別曰羅戲少時；凡事之畢皆曰得；勞問曰雅蓋；生曰生；死曰死；老曰刀斤；少曰亞退；存曰薩囉；亡曰朱幾；有曰移實；無曰不烏實；大曰黑根；小曰胡根；多曰覺合及；少曰阿榛；高曰那奔；低曰榛則；深曰及欣；淺曰眼低。

校按：

【一】『彌』原作『袮』。據文淵閣《四庫全書》本《說郛》所收《雞林類事》改。

【二】此處文字張宗祥校訂《說郛》（一九二七年涵芬樓排印）所收《雞林類事》中作『麥曰袮；豆曰火；穀曰田麻帝骨』。

【三】此處張宗祥校訂《説郛》（一九二七年涵芬樓排印）本爲『湯曰湯水』。
【四】『孛』原爲『李』。據張宗祥校訂《説郛》（一九二七年涵芬樓排印）本改。
【五】『熟』，張宗祥校訂《説郛》（一九二七年涵芬樓排印）本爲『熱』。
【六】『錢』，文淵閣《四庫全書》本及一九二七年涵芬樓排印本（張宗祥校訂）《説郛》中均作『鐵』。
【七】此處張宗祥校訂《説郛》（一九二七年涵芬樓排印）本爲『床曰床』。
【八】此處文字張宗祥校訂《説郛》（一九二七年涵芬樓排印）本爲『下簾曰箔耻具囉』。

葉子奇《草木子》云：『草木一核之微，而色香臭味、花實枝葉無不具於一仁之中。及其再生，一一相肖，此造物所以顯諸仁而藏諸用也。』

董穀《豢龍子》云：『賢者避世，無道則隱。此聖人之言，處亂世之律令也。然周流列國而無所遇，反爲沮溺輩所笑。雖曰聖人急於救世，憂樂並行不悖，畢竟與律令相反。如伊傅、吕望，彼來求我，故事易成。』

宋濂《潛溪邃言》云：『聲韻出於天，自然而不可易。故燕代之遲重，荆楚之剽疾，其方言有不可一律齊者。近世解《詩》者，十五國風皆以一音叶之，何邪？是必有其故也。』

李夢陽《空同子》云：『車陸象鳥，舟水象魚。蓋不能不圓，席不能不方。知者行其所無事已

矣。私意鑿之哉。』

又云：『鋸之齒太平直則入木不行，必有齟齬，俗謂之料。斯濟變之譬也。泛駕之馬，不羈之才，

用之易效。』

又云：『衆美容惡，群惡不容美。如華屋有穢，只見其華；而茅茨之下著一雕器，則詫眼難窺

矣。故衆君子中不無小人，而群小人内絶無君子。故治朝君子七而小人三，不害其治；而亂世容一君

子不得。』

又云：『人之病，痰、火八九。老人不宜盡去火，虚人不宜盡去痰，去之則愈病。斯救世之譬

也。』

又云：『《書》曰「汝惟風，下民惟草」，又曰「彰善癉惡，樹之風聲」。子曰：「君子之德風，

小人之德草。」政之行，風之行也。關羽威振華夏，陶侃千里不拾遺，亦其風耳。李斯論囚，渭水爲

赤，而關東盜愈繁；漢武令直指使者誅捕無道，而海内愈擾。以不知風耳。《傳》曰：「知風之自。」』

鄭曉《古言》云：『宋儒有功於吾道甚多，但開口便説漢儒駁雜，又譏其訓詁，恐未足以服漢儒之心。宋儒所資於漢儒者十七八，只今諸經書傳註儘有不及漢儒者。宋儒譏漢儒太過，近世又信宋儒太過。』今之講學者，又譏宋儒太過。

胡憲仲《仰子遺語》云：『或問諸子論夫子作《春秋》，其説詳矣，尚有遺論乎？曰：《春秋》之作，夫子懼文之勝質、史氏之多曲筆而起也。虞夏殷周之史，皆聖哲也。方其盛也，紀善爲經，紀惡爲戒，而大道明於天下，人莫敢肆焉。及其末也，如羲和黨后羿，雖日食而不言，仲康特師征焉。何重若此也？正謂國家所恃以明王制而昭勸戒於後世者，史官也。故奸臣有不畏天子而畏史官者。史官失職，其誰畏之有？周之衰也，柱下史猶有老聃掌職周禮，孔子往而問焉，猶幸王制之存而文武之政可行於天下也。及老聃西遊，周禮散佚，又無良史以繼之，禮制不明，僭逼彌甚，此《春秋》所由作也。』

雍正六年，上諭内務府總管常明於盧溝橋蓋造官房，令赴京應試舉子無盤查行李之擾。並令崇文門查税官員嚴飭巡役，毋得借端稽留，額外苛索。至今著爲功令。

誤吞鐵物，剥新炭皮爲末，調粥三碗與食，其鐵自下。見《蘇沈良方》。

唐末黄巢之亂，所至殺掠。獨厚於同姓，並黄梅、黄岡等縣亦得免禍。明末張獻忠亂蜀時，亦於張亞子、張桓侯廟大有增飾。近粤匪楊秀青等初破安慶，後過太平府，獨不入城，亦以其名與僞號相同故也。古今盜賊之相似如此。

『五』與『午』聲相同，五月五日取節於午。『七』與『夕』音相近，七月七日取節於夕。

康熙二十年四月二十一日，陝西隆德、莊浪二縣天降黑霜，麥菜盡枯。三十一年四月二十八日，陝西合水縣夜下黑霜，將已成麥豆、方長秋禾凍死大半。以上二條俱見邸抄。

吴寶崖《曠園雜志》云：『泰甯許鼎自號武夷子，嘗爲閩藩耿精忠卒。甲寅，耿叛，拘范總督承謨於府，强之降，范罵賊不屈。守卒計百人，許獨善事范。范罵不絶口，繼以詩，衆卒莫敢具筆硯。許以煤炭奉范，畫字牆壁，爲自序。無何，悲憤成疾，口占《武夷曲》贈許，自稱紅螺寺巨辯行者。

不數日，自縊死。耿燔其骨，將沈諸海。許陽諾之，潛藏骨灰。亂定，奉旨求骨不得，許始出骨灰。上聞，人咸稱爲義士武夷子。』

《南史·王琳傳》記琳將戰，舟鳴如野豬。嘗讀其事而疑之。沈蒿士浩然浮海，舟忽鳴，殷如巨牛，自旦至日中不止。衆懼不能食，舟人請曰：『當祭而祈之。』浩然不應，作詩而自歌之曰：『石湄而言，惟政之衰。劍悲而嘯，其將訴誰？刳木爲舟，鳴孰使之？物有變化，吉凶安施？冥冥滄海，吾道在茲。受命於天，舟汝何爲？』歌數闋，而舟之鳴亦止。

大興人藺友芳父爲長班，入貲授青浦令。友芳目不知書，坐衙判事，悉聽左右指揮，但張目四顧而已。於是胥役横行，婪贓以萬計。上司廉知百姓怨恨刺骨，追印入告。凡平日受害者，環署大哭。友芳驚懼，遺矢滿地。圍繞十晝夜不散，競擔水荷帚，灌濯縣堂，屋梁庭柱俱以布拂拭之，名曰洗縣。見董閬石《蓴鄉贅筆》。

新安吴楞香苑爲大司成時，於太學啟聖祠土中獲元題名碑三。一爲《正泰國子貢試名記》，蒙古、色目、漢人皆有正副榜。別部落降元者謂之色目。一爲《至正十一年進士題名記》，蒙古、色目列三甲，狀元爲朶列圖；漢人、南人列三甲，狀元爲文允中。皆無榜眼、探花。一爲《至正丙午國子中選題名記》，蒙古賜正六品，色目賜從六品，漢人賜正七品，亦皆有正副榜。可以考元人科甲之制。此見《東軒主人述異記》。『正泰』二字疑譌。

鵝血治噎，數飲即愈。見鈕玉樵《觚賸》『獻花寺僧』條。

今西安府學石經，乃唐文宗勅定，而成於開成者。《禮記》首『月令』以尊明皇，諱『純』字以尊憲宗。其石舊在務本坊，韓建築新城，棄之於野。朱梁時，劉鄩用尹玉翁請，遷故唐尚書省之西隅。宋元祐中，汲郡吕公始遷今學。明嘉靖乙卯地震，石經倒損。西安府學生員王堯惠等按舊文集其缺字，别刻小石立於碑旁，以便摹補。《唐書》謂文宗朝石經遺棄師法，不足觀。然其用筆雖出衆人，而法猶不離歐虞，恐非晚近所及。唯王堯惠等補字大爲紕繆。

潮州鱷溪一名惡溪，又名意溪，唐宋時有鱷魚爲患。人但知韓文公爲文驅鱷魚，盡徙其族，不知宋時其害未息。咸平間，通判陳堯佐捕而烹之，有《戮鱷魚文》。見吴青壇《嶺南雜記》。

虞虹升云：『從古以日食、月食爲天象之變，故謂日食爲陰侵陽，月食爲陽侵陰，功令有護日、護月之文。愚謂此蓋未明乎天道者也。夫日食者，乃日月合度，月在日下，陽上陰下，此爲否卦。月食者，乃日月對度，日與月衡，陰上陽下，此爲泰卦。陰陽迭運，否泰相巡，萬物絪緼，俱從此出，若夫婦之交合然。使日月不食，則陽自陽、陰自陰，天地之和氣息矣，萬物何自而生乎？是故日月之食，乃日月之所喜。當此際者，宜爲之賀，不必爲之護也。』

又云：『從古謂有電而後有雷，其説非也。電乃發雷之光耳。人自下望之，則先見雷之光，而響則自上而下，必少遲而後聞之。如今人於天黑時放爆竹，近看則火光與響同至，若遠看，則先見火光一閃，而響必徐徐後聞，與雷電一理也。爆竹大者，火光大且急，而響亦震；爆竹小者，火光小且緩，而響亦輕。雷電亦然。或問亦有電而不雷者，何也？曰：子獨不見元宵時放花乎？當放花時，固無響矣，故無雷之電必不及其閃爍。今以無雷之電爲電則可，以有雷之電爲電則不可。何也？有雷之電，電從雷生，如爆竹之有響即有光也，則謂之雷，蓋曰此非電也。無雷之電，止有電光，如放花之有光而無響也，則謂之電，蓋曰此非雷也。俱從其響與不響而辨之，非從其有光無光而辨之也。總之，雷電二者，俱陽氣之激發：激發大則爲雷，激發小則爲電。至於雷之傳響，則又與爆竹之傳響相似。今人於山間放爆竹者，一聲旋繞，輒作數次起滅，況雷之在太空乎？知此，則雷之傳響總屬一聲，非若擂鼓然矣。』以上二説，見其所著《天香樓偶得》。而日月食之説尤新，故並録之。

松文清公筠，蒙古人，好爲擘窠書，尤喜作大『虎』字。每覓大幅紙，盡幅爲之。間以贈人，或人以紙求書者，無弗應。聞在江南督署，有中軍某副將者，軀幹甚雄偉，適得大紙一幅，磨墨數升，求作虎字。公披襟直揮，而筆尚有餘墨，因順勢向某副將臉上一塗，擲筆大笑曰：『此單料張桓侯也。』某副將不但不以爲忤，且以爲榮。

王笠舫《娜嬛集》載李東陽壽商文毅輅七十對聯云：『自古年華稀七秩，本朝才望重三元。』案出句用『人生七十古來稀』語，自是佳典。惟我朝乾隆年間純廟壽登七秩，自稱古稀，刻有『古稀天子之寶』，則此後普天臣子斷不可再有古稀之稱。而近日操觚者流尚有不知此事者，所宜正告之也。

道光年間，湖南一縣令姓續，名立人。或戲以其姓名演成一對云：尊姓原來貂不足；大名倒轉豕而啼。此語頗膾炙人口。

古稱鶴爲胎禽，而實亦卵生。鮑明遠《舞鶴賦》云『偉胎化之仙禽』，明言胎化而始爲仙禽也。《相鶴經》云：『千六百年形定，飲而不食，與鸞鶴同群，脱[二]化而産，爲仙人之騏驥。』《博物志》云：『鴻鵠千歲皆胎生。』鶴、鵠字通。然則未千歲以前，固依然卵生矣。

校按：

【一】『脱』，梁章鉅《浪跡叢談》卷二原引如此，《相鶴經》諸本作『胎』。

吴退旃尚書體弱畏寒，每嚴冬，必著夾褲、綿褲、皮褲三層，京師戲稱爲『三庫大臣』。

梁茝鄰中丞章鉅《浪跡叢談》云：『小住袁浦日，有一河員來謁，言親在雎口工次，目擊合龍時，實有神助顯應，衆目共覩，但不知此神何名耳。余記得嘉慶初在京日，閲邸抄，是時和珅初伏法。先是，拿問入獄時，作詩六韻。賜盡後，衣帶間復得一詩，云「五十年前幻夢真，今朝撒手撇紅塵。他時雎口安瀾日，記取香煙是後身」。事後刑部奏聞，奉御批云：「小有才，未聞君子之大道也。」然則雎工之神，其即和珅乎？「和珅」音與「河神」同，或其名已爲之兆矣。』

果益亭將軍由四品宗室入翰林，自言：『四品宗室中，有胸中甚不了了而口才頗佳者，或嘲之曰「胸中烏黑觜明白」。余爲代對曰「腰際鵝黄頂暗藍」。』以鵝黄對烏黑，暗藍對明白，皆極靈活，衆爲解頤。近年有因英夷之擾，捐輸得花翎者，或嘲以楹聯云：『頭上有情彰翠羽，胸中無策退紅毛。』語含譏諷，亦巧不可階也。

嘉慶年間大考，翰林有已開坊，因名在三等改部郎者五人，惟白小山鎔得免。內有彭寶臣浚，乃乙丑殿撰，亦改部。王楷堂比部爲作一對云：『三等狀元，苦矣老彭辭柱下；五人郎署，危哉小白射鉤邊。』

宋周王元儼，太宗第八子也。生而穎悟，廣顙豐頤，懍不可犯，名聞外夷。燕薊小兒每遇夜啼，其家必驚之曰：『八大王來也！』兒啼即止。虜主每見南使，未嘗不問王安否。今戲劇中皆牽作太祖之子，且每與太宗爲難，殊可發一噱。

崇禎甲申三月十九日，李自成入京。四月初二日，頒僞儀制。凡文武俱受權將軍節制；行跪禮；一二品官冠加雉尾一根；公服俱用棋盤式，方領；補不論文武，悉用獸；品級以一雲至九雲別之。僞官先在賊營者，冠服如品；新降臣止方巾色衣；其未入流者，箭衣大帽。

初，滿洲彼此稱呼曰阿哥，有呼名者。稱年高者曰馬發，朋友曰姑伲，父曰阿馬，母曰葛娘，大伯曰昂邦阿馬，叔曰曷克赤，子曰濟，女曰叉而漢濟，甥曰濟頒即哈，夫曰畏根，妻曰叉而漢，男人曰哈哈，女人曰赫赫，兄曰阿烘，弟曰多，嫂曰阿什，姊曰格格，妹曰那，小厮曰哈哈朱子，丫頭曰叉而漢朱子，好曰山音，不好曰曷黑，吃飯曰不打者夫，吃肉曰煙立者夫，吃酒曰奴勒惡米，吃燒酒曰阿爾乞惡米，讀書曰必帖黑呼辣米，射箭曰喀不他米，書曰必帖黑，筆曰非□，墨曰百黑，紙曰花傷，硯曰硯洼，金曰愛星，銀曰蒙吾，錢曰濟哈，水曰目克，木曰木，土曰鼈烘，火曰托，炭曰牙哈，有曰畢，無曰阿庫，是曰音喏，不是曰洼喀，富曰拜央，窮曰呀打，人曰亞馬，坐曰突，立曰衣立，行曰弗立米，走曰鴉波，睡曰得多密，去曰根吶蜜，來曰朱，要曰該蜜，不要曰該辣庫，小曰阿即格，大曰昂邦，買曰烏打蛋，賣曰温嗟蜜，兩曰夬，錢曰即喀，一曰曷朮，二曰朱，三曰衣朗，四曰對音，五曰孫查，六曰佞我，七曰那打，八曰甲工，九曰烏永，十曰壯，百曰貪吾，千曰銘牙，萬曰土墨，貂皮曰色克，人葠曰惡而訶打，歌舞曰莽式。有男莽式、女莽式，兩人相對而舞，旁人拍手而歌，每行於新歲或喜慶之時。右見吴振臣《甯古塔紀略》。振臣，漢槎子也。

《鄴侯外傳》：『李泌母周氏既娠，凡三年，方寢而生泌。先是，周每産必累日困憊，惟娩泌獨無恙，由是小字爲順。』

《夢遊録》天寶初范陽盧子夢櫻桃青衣事，與邯鄲盧生事絶相類。

張道陵字輔漢，沛國豐人也，漢留文成侯九世孫。時王莽禁名，故東漢人名皆一字。《後漢書》

《三國志》亦作張陵，附《張魯傳》。而道家諸書俱曰道陵。永平中，拜江州令，謝官歸洛陽北邙山，章帝、和帝屢徵不就。與弟子王長遊鄱陽，泝流入雲錦山，鍊九天神丹。丹成而龍虎見，山因以名。子衡，亦有道術。世以符籙印劍相傳。北魏太宗泰常八年，立天師道場，而張氏始顯。然唐以前未嘗拜爵於朝。宋元而後，或號先生，或封公，或卹典，朝服視侯，皆出一時異數。至明初，更天師號，給『正一嗣教大真人』印，掌天下道教事，與世襲。國朝因之。

《書·皋陶謨》『巧言令色孔壬』，孔壬乃共工名，見《詩傳考補》。孔傳訓爲『甚佞』，蔡傳訓爲『大包藏凶惡』，皆失考。

昌黎縣有朴姓，朴讀爲瓢，乃高麗姓。六合有朴姓，見周櫟園《書影》中。案，《集韻》朴一作披尤切，音飄，夷姓。《魏志》：『建安二十年，巴夷王朴胡舉巴夷來附。』古蕭、尤二韻通，瓢、飄二音，殆一字歟？

欒亭城北十餘里昌黎界，道旁有古冢巋然，翁仲尚存，相傳是李晉王墓。村中有祠，繪晉王及諸太保像。村人皆李姓，云其後裔。案《五代史》：晉王克用卒於唐天祐五年，子存勖立，葬之於雁門。雁門去此甚遠，何能至此？此傳謁無疑。然墓之所以謁，與祠之所以建，既無碑碣可考，亦不知始於何時。

明季盜賊猖獗，阮太沖憤兵驕將懦，作《女雲臺》二卷以譏之。記中雜取古女子婦人建義旗、滅盜賊諸事，多至數十百人，一時傳之。

趙甌北古詩有云：『人日住在天，但知住在地。天者積氣成，離地便是氣。氣在斯天在，豈有高下異。試觀露生草，蓬勃暢生意。有屋以隔之，不毛便如薙。乃知地與天，相距不寸計。人生足以上，即天所涵被。譬如魚在水，何處非水味。世惟視天遠，所以肆無忌。』案，《列子》之言曰『終日在天中行止』，張湛註曰：『自地以上皆天也。』甌北之詩蓋本此旨，其理最爲明白。歷代天文書志，必言天地相去之數，或云九萬八千里，殊不足據。

婦人相稱以姓，必以夫家之姓冠於母家之上，如云某某氏是也。漢楊彪夫人袁氏答曹公卞夫人書曰『彪袁氏頓首頓首』，是以夫名其妻矣，甚奇。

《宋史·樊知古傳》云：『知古本名若水，字叔清。因召見，上問：「卿名出何書？」對曰：「唐尚書右丞倪若水亮直，臣竊慕之。」上笑曰：「可改名知古。」知古頓首奉詔。倪若水實名若冰，知古學淺，妄引以對，人皆笑之。』案《唐書》：『倪若水字子泉。』觀其字，又似當作若水，疑《宋史》誤。

陳士元字心叔，楚之應城人。所著詩文名《歸雲集》如干卷，外有《論語類考》二十卷，《孟子雜記》四卷，《易象鈎解》四卷，《易象彙解》二十卷〔一〕，《五經異文》十一卷，《姓匯》四卷，《姓觿》十卷，《名疑》四卷，《古俗字略》七卷，《夢占逸旨》八卷，《隄疾恒談》十五卷，《楚故略》二十卷，《象教皮編》六卷，《楚絶書》二卷，《荒史》六卷，《世歷》四卷，《江漢叢談》二卷，《俚言解》二卷，《裔語音義》四卷，《嶽紀》六卷。相傳先生覽揆之前一夕，其父夢一老翁冠袍款户而入，自稱齊卿孟軻。翌旦而心叔生，其父遂小〔二〕字之曰孟卿。後登嘉靖甲辰進士，刺灤州。己酉二月上丁，有事孔廟，分獻於孟子。木主無故自仆，斝爵皆墮地。心叔惡之，遂自免歸，稱『養吾子』，息影讀書，故著述甚富。見周櫟園《書影》。今《灤州志》有傳，然太簡略，録此以待後之修灤志者。

校按：

【一】『二十卷』應爲『二卷』之誤。今存明刊本《易象彙解》爲上、下篇二卷。陳士元在其《易象鈎解》自序中亦稱：『往余爲《彙解》二卷，括其大凡。』

【二】『小』字原缺。據周亮工《書影》補。

坡公曰：『司馬長卿作《大人賦》，武帝覽之，飄飄然有凌雲之氣。近時學者作拉雜變，便自謂長卿。長卿固不汝嗔，但恐覽者瞌睡落牀，難以凌雲耳。』余謂『拉雜變』好對『詅癡符』。【二】『詅癡符』三字，見《顔氏家訓》。

校按：

【一】此條自此以上文字録自周亮工《書影》。

錢穆決一滯獄，蘇長公譽之曰：『所謂霹靂手。』錢曰：『安能霹靂手？僅免葫蘆蹄。』見《明道雜志》。葫蘆蹄、霹靂手亦是確對。今『蹄』作『提』，非也。葫音鶘，作『胡』讀亦非。

明唐藩鎮國中尉碩熿，字孔炎，博通群籍，熟習國家典故，旁通太乙壬遁百家之學。辨識古器，以手摩之即解。唐成王以『摩天王』目之。見周櫟園《書影》。余輯《異號類編》時遺之，故録於此。

永州知州某有母年八十餘，度不得見其子而死，翦髮一縷寄之，而某居州如故。唐公有懷時爲守，聞而惡之，力請黜免。上官曰：『是素無大過。』公曰：『一縷髮足矣，過有大於是者乎！』卒黜之。

有懷爲荆川尊人。此事見櫟園《書影》，録出以爲仕宦熱中、棄親弗顧者戒。

古有刲股以療親疾者，韓昌黎尚以毀傷支體爲不孝責之。余讀《宋史》，至《呼延贊傳》，見其有刲股爲羹療其子疾一事，不知昌黎當此又將云何。

人知郭景純善地理，而不知其女亦善地理。宋知州鄭建撰《吴興郡城記》云：『秦時爲下菰城，又爲項王故城。晉郭璞欲移郡於東遷，其女亦善地理，啟璞無徙，因舊址損益之，可以永無殘破之慮。璞從之。初，璞欲移城，於東遷處立標，輒爲飛鳥銜去。會其女又啟，遂定於今處。女號「遷城小娘」，從璞廟祀。』

《相雨書》云：『河有三雲，相連如浴豨，三日必雨。』案，此即世俗豬龍渡河之説所由本。然必四周無雲，惟天河中有黑雲東渡方是。若遇此徵，頃刻即雨，不待三日也。《相雨書》今不傳，僅存此語。

周櫟園曰：『江西之名，殆不可曉。全司之地，並在江南，不得言西。考之六朝以前，其稱江西者，並在秦郡今六合、歷陽今和州之境。蓋大江自歷陽斜北下京口，故有東西之名。《史記·項羽本紀》：

「江西皆反。」揚子《法言》：「楚分江西。」《三國・蔣濟傳》：「民轉相驚，自廬江、九江、蘄春、廣陵，户十餘萬，皆東渡江，江西遂虚。」《晉書・武帝本紀》：「安東將軍王渾出江西。」《穆帝本紀》：「江西乞活郭敞等執陳留内史劉仕而叛。」時分北譙置陳留郡。《顧榮傳》：「使江西諸軍函首送雒。」則兼指今江北、淮南等處。至宋以後，始以九江、豫章、廬陵爲江西，不得其解。考之《唐書》，貞觀十年，分天下爲十道，其八曰江南道。開元二十一年，又分天下爲十五道，而江南爲東、西二道，江南東道理蘇州，江南西道理洪州。後人省文，直稱江東、江西。此江西二字之所本也。今之作文者乃曰大江以西，可發一笑。』

閩人李春明者，爲人長厚。聞有談人曖昧事，輒塞耳走，人以『李塞耳』呼之。見《書影》。此亦《異號類編》所宜補入者。

《漢官儀》云：『秦始皇上封泰山，逢疾風暴雨，賴得松樹，因復其下，封爲五大夫。』按，五大夫蓋秦爵之第九級，如曹參賜爵七大夫、遷爲五大夫是也。後人不解，遂謂松之封大夫者五。故唐人松詩有『不羡五株封』之句，蓋循襲不考之過也。

唐昭宗有弄猴，能隨班起居，號曰供奉。及朱温篡位，諸臣盡拜，猴獨以不拜見殺。見於宋人小説，人皆異之。此適足以見昭宗之所以失天下矣。禽荒之戒，彰彰史册。昭宗之時何時也，而尚惟猴是弄乎！夫以山野之物，置之殿陛，而且賜之以服，殊之以號。昭宗所寵者猴，故亦止獲猴之報耳。衛之國亡於乘軒之鶴，則唐之天下亡於供奉之猴，又誰曰不然！

近閲顧黄公《白茅堂集》，中有《秣陵謡》四首，蓋詠弘光時事也。其一云：『倉皇國步竟何如，爭道東興拓帝圖。金榜高懸宏福字，一時父老盡歡呼。』自註云：『乾清宫有高皇帝御書「宏福齊天」四大字，時以爲讖。又，是元旦民間多書「接禎迎福」於門。噫！弘光以一無愁天子，半載偷安，謂足應此讖語，殊屬可愧。稱爲「赧皇帝」，宜哉。』

又《記異》詩序云：『康熙七年戊申三月，蘄之安平鄉蔡某家鴨卵有十七篆文款起，其西村又一方卵。或煮雞卵，破之，中復得一卵。六月十七日甲申，地震，雨縠。釜底皆篆文，不可識，亦有作花卉狀者。或曰雷部爲之，不審何祥也。』詩云：『孟秋地震天雨縠，釜底雷文不可讀。春前東村梟伏鶵，誰遣詩妖出梟腹。西村方卵正傳看，更有一卵卵中匊。天公年老亦如人，血氣妄行諸病出。君不見宓羲未畫九與六，鳥獸不狘亦不黷，文字一興鬼夜哭。』自註云：『釜底文，崇禎十二年、十六年蘄州、夔州、蘇州皆有之。陸燦《庚巳編》：弘治末，崇明縣申報，民家有雞生卵而方，破之，一獼猴大如棗。巡撫艾璞欲上聞，巡水都御史陳璚曰：「怪物度已不存，萬一下詔索，奈何？」璞乃止。自是四方災異，多相戒不奏。』

《蔡寛夫詩話》：『白樂天晚年愛李義山詩，曰：「我死得爲爾子足矣！」義山生子，遂以「白老」名之。長，略無文性。』顧黄公《白茅堂集》有《戲題李義山遺事》詩，云『死生如臂屈伸間，安得人人識舊鐶。總是文人癡不了，義山生子認香山』，即指此。

唐玄宗幸蜀未歸，劍州葭萌、永歸、益昌界多虎。嘉陵江忽有老婦人，自稱十八姨，恒來民家，不飲不食，每教諭曰：『但作好事，莫違負神理。若爲惡事，我當令貓兒三五箇巡檢汝。』語畢，輒不見。事載唐人小説中。今人皆知封家十八姨爲風神，而此之十八姨未經人用，故特爲拈出。

同治八年八月十二日，奉上諭：『本月初三日，山東巡撫丁寶楨奏，據德州知州趙新禀稱，有安姓太監，乘坐大船，捏稱欽差織辦龍衣，船旁插有龍鳳旗幟，攜帶男女多人，沿途招摇，居民驚駭等情。當經諭令直隸、山東、江蘇各督撫派員查拿，即行正法。茲據丁寶楨奏，於泰安縣地方將該犯安德海拿獲，遵旨正法。其隨從人等，諭令丁寶楨分别嚴行懲辦。』恭讀之下，莫不額手稱快。夫宦寺之賢者，周之巷伯孟子，晉之勃貂，秦之景監，楚之管蘇，趙之繆賢，漢之吕强，唐之馬存亮、嚴遵美，後唐之張成業。史傳以來，曾有幾人！而左悺、李輔國、郭元振、魚朝恩輩則往往多有。漢自武帝用宦者，至桓、靈設黄門北寺獄，專主刑柄，厥禍乃極。唐自開元拜三品將軍，列爵執戟；逮天祐，放弑分崩。《易》曰：『君子慎始。』又曰：『非一朝夕之故。』不其然歟？有明五帝，至於英宗任曹吉祥，憲宗增置西廠，自是兵刑重典，多委奄豎。神宗優柔不忍，禍釀天啟。曩使當時人主能禮法裁抑，大臣體統自持，戒覆車之轍，警履霜之懼，何至遺禍若彼？我朝家法相承，整飭宦寺，有犯必懲，法令至嚴。每遇有在外招摇生事者，無不立治其罪。誠度越前代萬萬矣。

蜣螂曝乾爲末，以鹿血調之曝乾，可以代火藥，但比硝磺力少弱耳。又，鳥槍貯火藥、鉛丸後，再取一乾蜣螂，以細杖送入，則比尋常可遠出一二十【二】步。此物理之不可解者。又，水銀能蝕五金，金遇之則白，鉛遇之則化。凡戰陣鉛丸陷入骨肉者，割取至爲楚毒，但以水銀自創口灌滿，其鉛自化爲水，隨水銀而出。以上三條俱見紀文達公《灤陽續録》。

校按：

【一】『十』字原脱。據《灤陽續録》補。

止園筆談卷六

韓文公詩有曰：『我生之初，月宿南斗。』蘇文忠公謂公身坐磨蠍宫，故而己命亦居是宫，故平生毀譽頗相似焉。夫磨蠍即星紀之次，而斗宿所躔也。星家者説，身命舍是者多以文顯。以二公觀之，其信然乎！

王陽明《答方叔賢》云：『此事譬之養蠶，但雜一爛蠶於其中，則一筐好蠶盡爲所壞矣。凡薦賢於朝，與自己用人又自不同。自己用人，權度在我，故雖小人而有才者，亦可以器使。若以賢才薦之於朝，則品評一定，便如黑白，其間舍短録長之意，若非明言，誰復知之？小人之才，豈無可用？如砒硫芒硝，皆有攻毒破壅之功，但混於參苓耆术之間而進之，養生之人萬一用之不精，鮮有不誤者矣。』

地之涯爲邊，衣之齊而緣也亦謂之邊，凡器物之旁肉通謂之邊。邊之云者，中國之盡際。外此，則爲蠻、爲戎、爲羌、爲狄，先王亦不得而兼治之。蓋越邊而求以爲衣、求以爲器物，不可也。然物之壞也，皆自其邊始。

宋蔣堂希魯以禮部侍郎致仕。居吴時，胡文恭公守郡，以其名德，因即所居表爲『難老坊』。蔣公愀然不樂，曰：『此俚俗歆豔，内不足而假之人以爲誇者。何以至於我也？』胡公即爲撤去。當時以爲美談。見文徵明《與郡守肅齋王公書》。

海剛鋒《直言天下第一事疏》云：『陛下破産禮佛日甚，室如懸磬，十餘年來天下極矣。天下因即陛下改元之號而臆之曰：「嘉靖者，言家家皆淨而無財用也。」』案，奏對作如此言，殊粗野不可訓。

徐文長《讀〈絳州園池記〉戲爲判》云：『《絳記》何由爲人炙口？昌黎偶爾於此籠睛。壯夫不爲，愧雕蟲小技之逞；文公所誚，合書門大吉之諧。正好試官軋茁刺刷，枉誣盤誥詰曲聱牙。鞢鞨非真，空青是假，難逃賈胡眼雙鶻子精明；芒硝八兩，大黄半觔，且瀉夜叉泥一馬桶齷齪。辟【二】如丹砂【三】磊塊，宜用畫鬼書符，煮服必且殺人；亦似假山巉巖，强要興雲出雨，細看總無活物。束之高閣，毋乃太苛；弄向孤琴，庶幾别調。』

校按：

【一】『辟』原誤作『碎』。據《明文海》所收《讀〈絳州園池記〉戲爲判》改。

【二】『砂』原作『硝』。據《明文海》所收《讀〈絳州園池記〉戲爲判》改。

李密《陳情表》有『少仕僞朝』之語，責備者謂其篤於孝而妨於忠。嘗見佛書引比文，『僞朝』作『荒朝』，蓋密之初文也。『僞朝』字蓋晉改之以入史耳。劉靜修詩『若將文字論心術，恐有無邊受屈人』，蓋指此類乎？

宋之君崇禮儒臣，過於漢唐。正史之所遺者有二事：其一，真宗臨楊礪之喪，降輦步弔，重其清介也。其二，富弼母卒，仁宗爲之罷春宴。二事雖三代令主不過此也。其後徽宗之待蔡京、王黼，南宋之待秦檜、侂胄、似道，恩禮倍此。然前之則如蕩子之交狎客，後之則如弱主之畏豪奴，豈曰榮遇美事乎？書之衹辱。

余曩刻《永平詩存》，求吾邑李西園方伯詩不可得，僅登五古一首。後閱《江西通志》，見其《題琵琶亭即用香山原韻》一篇，蓋旬宣豫章時所作也。因補録於此。其詩云：『江州司馬玉堂客，富貴平生未蕭瑟。緑油湖裏載畫船，綺羅二八鳴朱絃。一朝謫官帝京別，湓浦江頭對秋月。地僻那聞絲管聲，麗情欲寄無由發。銀龍行酒餞客誰，停舟脈脈如有遲。皓月空江渺何見，把盞無歡不成宴。酒闌風荻響蕭騷，吹送琵琶來水面。伊誰操者京國聲，初聞此調不勝情。欲從捍撥發幽思，更假霓裳潑愁志。空甖展手不辭彈，還訴中心可憐事。曲終調改妙指挑，哀音微激初絃幺。司馬酸心淚如雨，四座悲來悄無語。此曲那堪復再彈，雙憐玉筯垂銀盤。江楓葉葉寒聲駛，如吟水龍淒碧灘。玉顔妙技兩奇絶，彈指繁華已消歇。遷客揭來悵恨生，年復年兮無此聲。茫茫今夕百感集，何啻鵑血猿秋鳴。贈君長句句如畫，六百十字當縑帛。蛾眉無復五陵歡，淪落一同尊前白。惟昔司馬元和中，芙蓉爲佩清輝容。吟詩可頷老嫗女，託身每在蓬萊住。五言一篇傳新聲，仙韻長乞教坊部。行吟忽製楚平衣，上書又遭漢相妒。有唐詞人惜外遷，謫居如公未易數。乞身强健更蚤休，山水園林絶塵污。不將出處異高懷，甯爲陞沈改常度？何來軒車淹此邦，頓覺襟情已非故。丈夫不爲兒女泣，肯溼青衫對商婦。佐郡雖卑亦足爲，人生寵榮有來去。官況琴書鶴一船，樂天解蘇州句：『鶴與琴書共一船。』我愛此語冰玉寒。曠懷不起遷謫思，隔船思婦誰能干。我讀此詩深太息，不爲鳳鳴蛩唧唧。樂天自許達者人，如此悼傷豈達識？五柳高風世莫京，柴桑近接潯陽城。巾車載酒得深樂，撫琴要識無絃聲。東坡居士南荒老，但誇觀海絶平生。大篇流傳寫肺腑，金石聲破蟋蟀鳴。江州二歲亦偶爾，豈似此老頻顛傾。還朝旋已歷清要，尚説南中不願聽。樂天《送客南遷》詩：『我説南中事，君應不願聽。』只今亭子江之滸，琵琶故蹟猶分明。登臨懷古各有意，不惜再和琵琶行。達人自古皆有立，輔時澤物乃其職。官守何分崇與卑，一夫無使向隅泣。亭子淒涼何所遺，嶒崚古碑苔紋溼。』

道光七年十一月，回疆四城克復，命直隸總督那文毅公彥成以欽差大臣往籌善後事宜。未幾，張逆就擒，仍命往治其事。疏陳回疆積弊，略言：回人素恭順，此次變亂，半由平日撫馭失宜。參贊大臣等三年换班，其才幹有爲者，三年中辦理未必遽善。次者祇存五日京兆之見，不肯認真。下此竟有視爲利藪，專工搜括者。且各長其疆，無維制考覈之分，不相顧忌。請分隸考覈，俾有所糾察。至各官原設養廉，不敷辦公，懇稍爲議增；並準各大臣一律攜眷，俾得久任其事，得壹意辦公。上韙其言，如所請。

嚴樂園廉訪諱如熤，湖南溆浦人。嘉慶五年，以孝廉方正科赴廷試。時川、湖、陝教匪方熾，制詔詢平定三省善後事宜。公對言：『軍興數載，師老財匱。以數萬罷憊之衆，與猾賊追逐數千里長林深谷中。投誠之賊無地安置，則已降復亂；流離之民生活無資，則良亦從亂。鄉勇戍卒多游手募充，慮一旦兵撤餉停，則反思延亂。如此，則亂何由弭？臣愚以爲莫若仿古屯田之法。三省自遭蹂躪，叛亡各產不下億萬畝。舉流民降賊之無歸、鄉勇戍卒之無業者，悉編入屯，團練捍衛，計可養勝兵數十萬。餉省而兵增，化盜爲民，計無逾此。』奏上，睿皇帝親擢第一。傳旨次日詣軍機處，俾罄所言。公復條上屯政方略十二事，召見，以知縣發陝西，下其疏於三省大帥督撫，令采行。明年二月，補洵陽縣。縣宅萬山中，袤延七八百里，與湖北、陝西邊界相錯。官兵追賊急，往來折竄，皆道洵。公力主堅壁清野議，相地險要爲寨堡，選置團勇正副長，且耕且守且戰。設卡於高岡瞭望，賊至，舉礮一，耕者斂農具；舉礮二，人畜皆歸寨堡；舉礮三，則團勇各據隘以守。頃刻間，警備逮數百里。賊至，無可掠，則去。去則出奇兵抄其尾，視其夕頓處，多方擾之，疲其力，使不得休息。又念賊以劫掠爲生，所至飄忽，而官軍行必待糧，故追常不及，乃擇堅寨值兵衝者，貯糗糧備供給。由是，聲息聯絡，賊勢大蹙。是年六月，賊遂平。

羅忠節公臨陣以堅忍勝，如其爲學。或問制敵之道，曰：『無他，觀《大學》「知止」數語，盡之矣。左氏「再衰三竭」之言，其注腳也。』忠節諱澤南，字仲嶽，號羅山，湖南湘鄉人。

胡文忠公守思南日，是時廣西賊大起，永甯、懷遠、融縣環黎平西界皆賊。公募壯勇，扼隘防堵。辦團練千五百餘寨，建碉卡四百五十餘座，連屯相望。上言督撫，請環邊要隘築堡守禦。以爲言戰不如言守，用兵不如用民，用民力以自衛，不如先用地利以衛民。數語真不刊之論。

施愚山先生嘗云：『終日不見己過，便絕聖賢之路；終日喜言人過，便傷天地之和。』時以爲名言。

陳亦韓謂《論語》『賢賢易色』主夫婦而言。『賢賢』如《關雎》之『淑女』『好逑』，《車舝》之『令德來教』。好德非好色，故云『易色』也。造端夫婦，其理甚大。若賢人之賢，則交友一倫已括之矣。案，毛西河亦作此解。

錢竹汀論《易》先天後天之説曰：《説卦傳》言震東方、巽東南、離南方、乾西北、坎正北、艮東北，惟不見坤、兑二方。兑爲正秋，則必正西方矣。坤介離、兑之間，亦必位西南矣。伏羲以來，蓋已有之。伏羲以木德王，而《傳》稱帝出乎震，是震東、巽東南之位必出於伏羲，不當别有方位也。宋初方士始言先天圖，而儒家尊信其説，欲取以駕乎文王、周公之上，毋乃好奇而誣聖人乎？天地、水火、雷風、山澤各自相對，本無方位之可言。後儒援『天地定位』四語，傅會先天之説，尤爲非是。夫天高而尊，地下而卑，古今不易之位也。地勢北高而南下，君位北而南面，臣立南而北面。信如『乾南坤北』之説，上下顛倒甚矣，安得云定位乎？

孫淵如先生以乾隆五十二年賜進士第二人授編修。五十四年，散館，試《厲志賦》，用《史記》『佣佣如畏』語。大學士和珅疑爲别字，置二等，以部曹用。故事，一甲進士改部，或奏請留館。時和珅知其名，欲令屈節一見。終不往，曰：『吾甯得上所改官，不受人惠也。』遂就職。又，編修改官，可得員外郎，前此吳文焕有成案。或謂：『君一見當道即得之。』曰：『主事終擢員外，何汲汲爲？』自是編修改主事遂爲成例。

洪稚存先生成乾隆庚戌進士，賜第二人及第，授編修。嘉慶己未，教習庶吉士時，川陝賊未靖，先生欲有所獻替，顧編修例不奏事，乃上書成親王暨當事大僚，言時事，冀其轉奏。謂故貝子福康安所過繁費，州縣吏以供億致虚帑藏；故相和珅擅柄時，達官清選多屈膝門下，列官中外者四十餘人。末復指斥乘輿，有『群小熒惑，視朝少晏』語。成親王以聞。有旨，軍機大臣召問。即日覆奏，落職，交刑部治罪。先生就逮西華門外都虞司。群議洶洶，謂且以大不敬伏法。其友趙中書懷玉見先生縲絏藉藁坐，大哭，投於地，不能言。先生笑字【二】謂趙君曰：『味辛今見稚存死耶？何悲也。』頃之，承審大臣至，有旨，毋用刑。先生聞宣，感動大哭，自引罪。坐身列侍從，用疑似語謗君父，大不敬，議斬立決。奏上，免死，戍伊犁。將軍某妄測聖意，奏請俟君至弊以法，先發後聞。得旨嚴飭，不行。明年，京師旱。詔減釋軍流，不雨。朱文正奏安南黎氏二臣忠於其主，久縶獄，請釋之。又不雨。上乃手詔赦先生，是日，沛然雨。遂頒諭，言天人感應之理至捷，誠臣工弗以言爲諱。御製《得雨紀事》詩有『亮吉原書無違礙』之句，有『愛君之誠，實足啓沃朕心。已將其書裝潢成卷，常置座右，以作良規』之註。仁宗之容直臣，超越前古。而先生亮節，實能上格天心云。

校按：

【一】『字』字疑衍。

湯文端公在經筵日，時尚書英和以州縣陋規日盛，奏請分别查明，以定限制。公奏言：『陋規皆出於民，州縣猶未敢公然苛索，恐上知之而治以罪也。今若明定章程，即爲例所應得，勢必明目張膽，求多於額例之外，雖有嚴旨，不能禁矣。況名目碎雜，所在不同，逐一檢察，轉滋紛擾。殆非區區立法所能限制也。』時總督孫公玉庭、蔣公攸銛，尚書汪公廷珍俱先後奏阻。公疏入，上手諭曰：『朝有諍臣，連章入告，使朕胸中黑白分明，無傷於政體，不勝欣悦之至。』下所司議敘。

何文安公淩漢督學山東時，每試日，靜坐堂皇校閱，胥役悉閉置一室。嘗奏云：『場中多一查弊之人，即多一作弊之人。』又云：『臣以爲防弊之道，苟挈其要領，無事煩苛。』手敕褒許甚渥。

金法，士夫無免捶撻者，太守至撻同知。又聞宰相亦不免，惟以紫褥藉地，少異庶僚耳。見宋樓鑰《北行日録》。

啓母石事見《淮南子》，云：『禹治洪水，通轘轅山，化爲熊。謂塗山氏曰：「欲餉，聞鼓聲乃來。」禹跳石，誤中鼓。塗山氏往，見禹方作熊，慙而去，至嵩高山下，化爲石。』此又因《春秋左氏傳》『鮌化黄熊』語輾轉附會者也。

鈷鉧潭在郴州東百里餘山下，方圓十餘里。其旁石壁峭立，泉深莫測。永州鈷鉧潭不稱大觀，柳子厚有愛斯名，移稱永郡耳。

雲南麗江府在前代爲土府，初姓麥，明太祖始易爲木。木氏諸宅多東向，以受木氣也。自漢居此二千載，宮室之麗，擬於王者。蓋大兵臨則俯首受紲，師返則夜郎自雄，故世代無大兵燹。且産鑛獨盛，故其富冠諸土郡。其地止分官民二姓，官姓木，民姓和，無他姓者。人極畏出痘。每十二年逢寅出痘一番，互相牽染，死者相繼。然多避而免者。故每遇寅年，未出之人多避之深山窮谷，不令人知。都鄙間有一染痘者，即徙之九和，絶其往來，道路爲斷，其禁甚嚴。九和者，乃其南鄙，在文筆峰南山大脊之外，與劍川接壤之地。

滇南村墟有名十五喧者。喧者，取喧聚之義，謂衆之所集也。其人皆夷。

象黄者，牛黄、狗寶之類。生象肚上，大如白果，最大者如桃，綴肚四旁。取得之，乘其輭，以水浸之，製爲數珠，色黄白如舍利，堅剛亦如之，舉物莫能碎之矣。出自小西天，彼處亦甚重之，惟以製佛珠，不他用也。又云象之極大而肥者乃有之，百千中不得一，其象亦象中之王也。

今之官斛規制，起於宋相賈似道。元至元間，中丞崔彧上言：『其式口狹底廣，出入之間，盈虧不甚相遠。』遂行於時，至今不改。

今世俗與賓客共食，有拱筯相候之禮，其來已久。明徐禎卿《翦勝野聞》：『翰林應奉唐肅，初以失朝坐免官，歸鄉里。太祖重其才，再召入。嘗命侍膳，食訖，拱筯致恭。帝問曰：「此何禮也？」肅對曰：「臣少習俗禮。」帝怒曰：「俗禮可施之天子乎？」罪坐不敬，謫戍濠州。』

侯甸《西樵野記》：『舊制生員惟有廩膳、增廣，廩膳有額，增廣【二】無額。成化初，京師語曰：「和尚普度，秀才拘數。」禮部姚夔請奏，故附學立焉。』

校按：

【二】『廣』字原脱。據《四庫存目叢書》影印明鈔本《西樵野記》補。

明胡應麟《甲乙剩言》：『有一邊道轉御史中丞，作《除夕》詩曰：「幸喜荆妻稱太太，且斟柏酒樂陶陶。」蓋部民呼有司眷屬，惟中丞以上得呼太太耳，故幸而見之歌詠。讀者大爲絶倒。』案，漢哀帝尊祖母定陶恭王太后傅氏爲帝太太后，後又尊爲皇太太后，此婦人稱太太之始也。古者婦人稱太最重，故列侯夫人，非子復爲列侯，不得稱太夫人。見《漢書·文帝紀》注。今則無貴賤，皆稱太太矣。近廣東某洋商《黄埔竹枝詞》云：『丈量看到中艙貨，太太今年税較多。』初不知所謂，後閲粤海關報税單，開載『某船太太十二名，該税九十六元』之數，始知外夷因中國婦人尊稱太太，故帶來夷婦皆呼太太，以示矜貴也。

李詡《戒庵漫筆》：『東入吴門十萬家，家家爆穀卜年華。就鍋抛下黄金粟，轉手翻來白玉花。紅粉佳人占喜事，白頭老叟問生涯。曉來妝飾諸兒女，數片梅花插鬢斜。此《爆孛婁詩》也，録之以觀風。』案，爆孛婁，即今俗所稱爆花也。

北曲中有全賓全白。兩人對説曰賓，一人自説曰白。

陸深《春風堂隨筆》：『方言以十二生肖配十二辰，爲人命所屬，莫知所起。周宇文護母留齊，貽書護曰：「昔在武川鎮，生汝兄弟。大者屬鼠，次者屬兔，汝身屬蛇。」當時已有此語。北狄中每以十二生肖配年爲號，所謂狗兒年、羊兒年者。豈此皆胡語耶？』

旱道行旅，住宿曰下店，午飯曰打尖。案，《詩》：『出宿于干，飲餞于言。出宿于濟，飲餞于瀰。』《爾雅·釋詁》：『餞，進也。』《疏》：『餞者，進飲食之名也。』疑『打尖』當是『打餞』。

俗凡小兒女噴嚏，呼『千歲』乃大吉。考《燕北録》：『戎主太后噴嚏，近侍臣僚齊聲呼「治夔離」，猶漢呼萬歲也。』俗蓋本此。

《西湖志餘》：『杭人言「胡説」曰「扯淡」。』

四月八日爲浴佛日。案《宋書·劉敬宣傳》：『敬宣八歲喪母，四月八日，見衆人灌佛，乃下頭上金鏡爲母灌佛。』即鑄金象佛也。《文選·七命》『乃鍊乃鑠，萬辟千灌』，王粲《刀銘》『灌辟以數』，皆鑄之義也。今人以浴佛爲洗浴之浴，誤矣。

《夷堅志》：『江淮閩楚間商賈涉歷遠道、經月日久者，多挾婦人俱行，供炊爨薪水之役。夜則共榻而寢，如妾然，謂之嬸子。大抵皆末娼也。』

《夷堅志·丙集下》載：『興化軍海口舊有林夫人廟，靈異素著。凡賈客入海，必致禱祠下。』《戊集上》又載：『紹熙【一】三年，福州人鄭立之自番禺泛海還鄉，次莆田境浮曦灣，舟師詣崇福夫人廟，求救護，得三吉珓。』又云：『夫人今進爲妃。』案，此當即今之天后。

校按：

【一】『紹熙』原作『紹興』。據文淵閣《四庫全書》本《夷堅志》改。

頃閱安福鄒樂生《想當然耳》一書，載有女知縣劉世璜事。言世璜錢塘人，父爲瀘州刺史，爲援例謁選納溪，單騎赴任，政尚猛。後跡露，藩司某援他案劾去之。案，此與《南史》東陽女子婁逞變服詐爲丈夫事極相類，亦人妖也。婁逞附《崔慧景傳》。

人知有草驢，而不知有草馬。《三國志·杜畿傳》云：『課民畜牸牛草馬。』薄笨車一作薄畚車，見《三國志》註。

黄瑜《雙槐歲抄》：『宣德中，賜太監陳蕪兩夫人。天順初，賜故太監吴誠妻兩京第宅莊田。見《水東日記》諸書。予案，《高力士傳》：「河間男子吕玄晤吏京師，女國姝，力士娶之。玄晤擢自刀筆吏，至少卿。」《李輔國傳》：「帝爲娶元擢女爲其妻，擢以故爲梁州刺史。」《朱子語類》：「梁師成妻死，蘇叔黨、范温皆衰絰臨哭。」由是觀之，椓人有妻，古今所同也。京師人謂此曹男性猶在，必須近女。豈其然乎？』

蘇祐《逌旃璅言》：『天如覆釜，語其覆也；天如倚蓋，語其欹也；天如旋磨，語其行也。天左旋。水右旋。相激也。日月星辰皆隨天左旋。謂之右旋，遲速相形，則速者爲左，遲者爲右，非真右旋也。兩船同行，速者如進，遲者疑退；雲月相薄，雲行如進，月止疑退。』

秦始皇坑儒，説者謂設爲陷阱而殺之。愚以爲坑者只是掩其不知而加害也，非真掘土而爲坑也。今民間訟牒，亦有『坑陷』之詞，即是此意。此『坑』字當作虚活字看。如古云聲色溺人，非真溺於水也；旦晝之梏，非真梏以刑也。不然，白起坑降卒四十萬於長平，項羽坑降卒二十萬於新安，設使掘土爲坑，若是其廣大，彼降卒豈不知之，又豈肯帖然束手而就死乎？

桓譚《新論》：『余於劉子駿言養生無益，其兄子伯玉曰：「天生殺人藥，必有生人藥也。」余曰：「鉤吻不與人相宜，故食則死，非爲殺人生也。譬若巴豆毒魚，礜石賊鼠，桂害獺，杏核殺豬，非故爲作也。」』

冬至，陽動於下，推陰而上之，故寒於上。夏至，陰動於下，推陽而上之，故大熱於上。

公冶長解豬語，見皇侃《論語疏》。可與『介葛盧聞牛鳴』作的對。

有闤闠子作日記册云：『某日，賈燒酒四兩食之。』人遂傳爲笑柄，而不知未可非也。《于定國傳》曰：『定國食酒，數石不亂。』柳子厚《序飲》亦云：『吾病痞，不能食酒。』則酒之言食，其來有自。

古書名家皆有代筆。蘇子瞻代筆，丹陽人高述；趙松雪代筆，京口人郭天錫；董華亭代筆，門下士吴楚侯。

唐吕温作《由鹿賦》，曰：『由此鹿以致他鹿，故曰由鹿。』案，《説文》：『率鳥者，繫生鳥以來之，名𡇙。【一】』𡇙音由。吕得其意，而不知《説文》有此𡇙字也。

校按：

【一】《宋景文筆記》原引如此。《説文·口部》：『率鳥者，繫生鳥以來之，名曰囮。』

隋梁毗爲西甯刺史，諸夷酋長以金餽，毗引之坐側，慟哭相戒曰：『此物饑不可食，寒不可衣，汝等以此相滅不可勝數。今將此來，欲殺我耶？亟返勿緩！』高風染俗，聲稱至今。州峒賽祠，歌連谷應。嗚呼！啜貪泉如醴者，安得起梁毗而哭之？廣西苗峒有哭金祠，見鄺湛若《赤雅》。

司馬温公曰：『受人恩而不忍負者，其爲子必孝，爲臣必忠。』又曰：『言不可不重也。夫鐘鼓，叩之而後鳴，鏗訇鏜鞳，人不以爲異；若不叩自鳴，人孰不謂之妖耶？可以言而不言，猶之叩而不鳴也，亦爲廢鐘鼓矣。』又《無爲贊》曰：『治心以正，保躬以静。進退有義，得失有命。守道在己，功成在天。夫復何爲，莫非自然。』此數則皆格言中之淺近可行者，當書之座右。惟是『受人恩而不忍負』一語，其中正自有道：當受恩之時，當審視其人，可受而後受之；若不可受而亦受，而時存不忍負之心，必至牽纏局蹐，身敗名裂。載胥及溺，不可不慎也。

昔人云：『富貴原如傳舍，惟謙退謹慎之人得以久居。』身在富貴中者，當時誦其語。

陳眉公曰：『醫以生人，而庸工以之殺人；兵以殺人，而聖賢以之生人。』

明朱忠莊公之馮《在疚記》云：『持介行者，不周世緣；務獨立者，不協衆志。小人相仇，同類相忌；一人扇謗，百人吠聲。予嘗身試其苦者數矣。故君子觀人，則衆惡必察。自修惟正己，而不求於人。』又曰：『待小人尤宜寬，乃君子之有容。不然，反欲小人容我哉？』

薛文清公曰：『當官不接異色人最好。不止巫祝尼媪宜疏絶，至於匠藝之人，雖不可缺，當用之以時，不宜久留於家。與之親狎，皆能變易聽聞，簸弄是非。儒士固當禮接，亦有本非儒者，或假文辭字畫以謀進，一與之款洽，即墮其術中。如房琯爲相，因一琴工董庭蘭出入門下，依倚爲非，遂爲相業之玷。若此之類，能審察疏絶，亦清心省事之一助。』薛公此語，切中富貴人之病。然此等事，習而不察者甚多，及覺悟而後悔，亦已晚矣。

名利兩字，原人生不可少之物，但視其公私之間而已。夫好名而忘利者，君子之道也。好利而忘名者，小人之道也。求名而計利，計利而求名者，常人之道也。吾見名不成利不就者有之矣，未有不求名不求利者也。若果不求名不求利，不爲神仙，定似禽獸。

宋洪邁《對雨編》云：『士之處世，視富貴利禄，當如優伶之爲參軍：方其據几正坐，噫嗚訶箠，群優拱而聽命；戲罷則亦已矣。見紛華盛麗，當如老人之撫節物：以上元、清明言之，方少年壯盛，晝夜出遊，若恐不暇，燈收花暮，輒悵然移日不能忘；老人則不然，未嘗置欣戚於胸中也。覩金珠珍玩，當如小兒之弄戲劇：方雜然前陳，疑若可悦；即委之以去，了無戀想。遭横逆機穽，當如醉人之受罵辱：耳無所聞，目無所見；酒醒之後，所以爲我者自若也，何所加損哉！』

明敖英《緑雪亭雜言》云：『提學彭雲田嘗語予曰：「君子捉筆撰文字，凡是非毁譽之間，不宜草草。恐不其然，終當噬臍。」予退而思之：如陶穀悔作《禪詔》，孔文仲悔作伊川彈文，朱文公悔作紫岩墓碑，陸放翁悔作《南園記》，姚雪坡悔作《秋壑記》，李西涯悔作《玄明宫記》，諸公當日無乃失之草草，或者亦有不得已而然乎？』

宋葉夢得《玉澗雜書》云：『華佗固神醫也。然范曄、陳壽記其治疾，皆言若發結於内、鍼藥所不能及者，乃先令以酒服麻沸散，既醉無所覺，因刳割破腹背，抽割積聚。若在腸胃，則斷裂湔洗，除去疾穢。既而縫合，傅以神膏，四五日創愈，一月之間皆平復。此決無之理。人之所以爲人者以形，而形之所以生者以氣也。佗之藥能使人醉無所覺，可以受其刳割；與能完養，使毀者復合，則吾所不能知。然腹背腸胃既已破裂斷壞，則氣何由舍？安有如是而復生者乎？審佗能此，則凡受支解之刑者皆可使生，王者之刑亦無所復施矣。太史公《扁鵲傳》記虢庶子之論，以爲治病不以湯液醴酒洒【一】，鑱石撟引，而割皮解肌，扶【二】𧗠結筋，湔洗腸胃，漱滌五臟者，言古俞跗有是術耳，非謂扁鵲能之也。而世遂以附會於佗。凡人壽夭死生，豈一醫工所能增損？不幸疾未必死而爲庸醫所殺者，或有之矣，未有不可爲之疾而醫可活也。方書之設，本以備可治之疾，使無至於傷人而已。扁鵲亦自言：「越人非能生死人也。比【三】當生者，越人能起之耳。」故人與其因循疾病而受欺於庸醫好奇無驗之害，不若稍知治身攝生於安樂無事之時，以自養其天年也。」

校按：

【一】『湯液醴酒洒』，《説郛》本《玉澗雜書》原作此；《史記·扁鵲列傳》作『湯液醴灑』。

【二】『扶』，《説郛》本《玉澗雜書》原作此；《史記·扁鵲列傳》作『訣』。

【三】『比』，《説郛》本《玉澗雜書》原作此；《史記·扁鵲列傳》作『此』。

馬騎上等，牛使中等，人用下等，此至言也。馬取其行遠，牛取其負重，人取其安分。若黠奴悍僕，智過其主，未有不爲其愚弄者。昔司馬温公畜一老僕，幾三十年，止稱君實秀才。蘇子瞻見而教之，遂改稱大參相公。公驚問故，歎曰：『可惜老僕被蘇東坡教壞了。』然被人教壞猶可，今之奴才，其教壞主人者多矣。可爲三歎。

《蘇沈良方》：『前日與歐陽叔弼、晁無咎、張文潛同在戒壇。余病目昏，數以熱水洗之。文潛曰：「目忌點洗，齒便漱琢。目有病，當存之；齒有病，當勞之。不可同也。治目當如治民，治齒當如治軍。治民當如曹參之治齊，治軍當如商鞅之治秦。」此頗有理。』

《明畫録》：『陳仲醇畫山水，涉筆草草，蒼老秀逸，不落吴下畫師恬俗魔境。自言儒家作畫，如范鴟夷三致千金，意不在此，聊示伎倆。又如陶元亮入遠公社，意不在禪，小破俗耳。若色色相尚，便與富翁俗僧無異。故其畫皆在筆墨畦徑之外。』

佛氏有三戒，曰貪、嗔、癡，又曰淫、殺、盜。然非佛氏之戒也，而吾夫子之戒也。子曰：『君子有三戒：少之時，血氣未定，戒之在色。及其壯也，血氣方剛，戒之在鬬。及其老也，血氣既衰，戒之在得。』色始於癡，極於淫；鬬始於嗔，極於殺；得始於貪，極於盜。人能受孔子戒，便可立地成佛矣。袁中郎又云：『睡之時血氣未定，戒之在想。動之時血氣方剛，戒之在怒。及其久也，血氣既衰，戒之在勞。』三戒亦可作養生主。

方遜志云：『杜子美論書，則貴瘦硬；論畫馬，則鄙多肉。此自其天資所好而言耳，非通論也。大抵字之肥瘦各有宜，未必瘦者皆好而肥者便非也。譬之美人然。東坡云：「妍媸肥瘦各有態，玉環飛燕誰敢輕。」又曰：「書生老眼省見稀，畫圖但怪周昉肥。」此言非特爲女色評，持以論書畫可也。予嘗與陸子淵論字，子淵曰：「字譬如美女，清妙清妙，不清則不妙。」予戲答曰：「豐豔豐豔，不豐則不豔。」子淵首肯者再。』

牛馬者，家畜也，縱之坰牧則悍；鷹鸇者，野鳥也，一爲繫絆則馴。此收放心之説也。

作器者，無良材而有良匠；治國者，無能臣而有能君。勝者所用，敗者之棊也；興國所用，亡國之臣也。

張南士嘗言：田父語農事，必非[一]豳風俗；人道廢居事，定非食貨志。真是名言。

校按：

【一】『非』疑爲『是』之誤。

吴軼容曰：『豪於文者，每以慶祝祭頌而濫，故文日卑，雖美而不足重也。豪於財者，每以宴遊聲伎而濫，故財日糜，雖惠而不見德也。文與財皆天所與，文以表幽隱，財以濟貧寒。即於天爲不愧，於人爲不怍焉？』

畢柯山曰：『吾有三恨：恨天上星不能助日月光，恨人間草不能代稻粱味，恨後世文不能補聖賢教。三恨消矣，六止得焉：遇縱轡者，行則止；遇利口者，言則止；止於高，不必踞其巔；止於卑，不必探其淵；止於可止，守吾身以知足；止於可不止，讓衆人以有餘。』

《顔氏家訓》云：『梁朝全盛之時，貴游子弟多無學術，至於諺云「上車不落則著作，體中何如則祕書」。無不熏衣剃面，傅粉施朱，駕長簷車，跟高齒屐，坐棊子方褥，憑斑絲隱囊，列器玩於左右，從容出入，望若神仙。明經求第，則顧人答策；三九公讌，則假手賦詩。當爾之時，亦快士也。及離亂之後，朝市遷革。銓衡選舉，非復曩者之親；當路秉權，不見昔時之黨。求諸身而無所得，施之世而無所用。被褐而喪珠，失皮而露質。兀若枯木，泊如窮流。鹿獨戎馬之間，轉死溝壑之際。當爾之時，誠駑材也。父母不可常依，鄉國不可常保。一旦流離，無人庇蔭。當自求諸身耳。諺曰：「積才千萬，不如薄伎在身。」伎之易習而可貴者，無過讀書也。世人不問愚智，皆欲識人之多、見事之廣，而不肯讀書。是猶求飽而懶營饌，欲煖而惰裁衣也。』蕭伯玉曰：『世家子弟，須以數百卷書浸貫於胸中。雖悠悠忽忽、土木行骸，而遠神自出。今率膏沐姸皮，牢裹癡骨，何異陶公所云舉體自貨、迎送恬然者也？』明吕近溪先生《小兒語》云：『既做生人，便有生理。箇箇安閒，誰養活你。世間生藝，要會一件。有時貧窮，救你患難。飽食足衣，亂説閒耍。終日昏昏，不如牛馬。』今之膏粱子弟、紈絝兒郎，車馬衣服，恒欲上人，而叩其中藏，空同康瓠，讀此能無汗下？

蓉城劉學山先生一峰云：『鄧攸爲太守，不受禄，而載米以食；洪規罷郡，不使人知其清，而載土以歸。鄧過於爲名，而洪過於逃名也。夫清，美名也，而可邀乎哉？清，非不美名也，而可逃乎哉？邀一日之廉名，而蔑視先王養廉之典，則所得者小而所損者大矣。載土以歸者，吾尤惑焉：將使人不知爲土耶？是示人以貪也；使人知爲土耶？是示人以詐也。載米以往，何如琴鶴之隨？載土以還，何如圖書之雅？二子清則有之，皆未適於義也。』

陳幾亭《外書》云：『凡註釋聖經，序例宜在後；自所撰著，則序例宜在前。程、胡、朱、蔡皆弁序例、世家、列傳於聖經本文之前，使讀者開卷不見聖經，愚意未安也。孔子《繫詞》《説卦》即後世序例之屬，皆次於《卦》《彖》《爻》之後，此釋經之祖矣。起諸賢於千載，當謂如何！』

財所以爲用，不用則與無財同。然用非奉身也。世俗看財不破者，既欲藏之朽蠹。而看破者又僅自奢其身，一闕及物，仍復靳惜。以此爲看破，其蠱惑彌深矣。

俗子治生，精明之處多是刻，寬厚之處多是昏。若能瑣屑不較而不失精明，涇渭了然而務從寬厚，雖曰治生，抑亦通於學矣。

愛惜、暴殄本是兩意，愚者有時合成一病。如飲食剩餘，宜趁鮮香之時分給於下。敝衣、故履，未至無用，宜散與僕從或貧寒之人。每見婦人慳吝愛惜，將餘食珍藏，夏不過一日、冬不過十日，皆腐敗矣。衣履破敝，欲藏之篋笥則不必，欲與人則不能，推閣閒處，聽其朽爛。使人不得受其養，物不得伸其用，是皆以愛惜爲暴殄者也。

葬師言禍福，多本於景純之經。然試與百人分謀之，無一人同者。所云龍穴沙水向背，如枘鑿鉏鋙之不相入，其説業已難擇。加以日者配以年神方煞，吉神祇百二十，凶神倍之，規避實難。以是不克葬者多矣。世傳景純墓在金山足，過於詭奇。沈啓南詩『氣散風衝豈可居，先生埋骨理何如』。日中數莫逃兵解，世上人猶信葬書』，如叩晨鐘，寐者可以發深省矣。中心叟『墓前無地拜兒孫』一語，亦足發笑。中心叟，日本使臣，有《弔郭璞墓》詩。

《詩小序》必不可廢，古今通儒論皆如此。然如郝楚望之每一詩必駁朱註，亦自不可。常熟顧大韶仲恭欲刊定一書，用毛傳爲主；毛必不可通，然後用鄭；毛、鄭必不可通，然後用朱；毛、鄭、朱皆不可通，然後網羅群説，而以己意折衷之。嚴粲《詩緝》作於朱注之後，獨優於諸家。《大全》之作，敷衍朱註，全無發明，用覆醬瓿可也。此論甚公。

徐神翁謂蔡京曰：『天上方遣許多魔君下生人間，作壞世界。』蔡曰：『安得識其人？』徐笑曰：『太師亦是。』案，《水滸傳》傳奇首述誤走妖魔，意亦本此。然不識蔡京爲是天罡，爲是地煞耳。神翁語見《錢氏私誌》。

稗官小説，不盡鑿空，必有所本。如施耐菴《水滸傳》，微獨三十六人姓名見于龔聖予贊，而首篇敘高俅出身，與《揮麈後録》所載一一脗合。俅本東坡小史，工筆札。坡出帥中山，留以予曾子宣，辭之以屬王晉卿。晉卿一日遣俅送篦刀子於端王邸，值王在園中蹴踘，俅睥睨之。王呼來前，詢曰：『汝亦解此耶？』曰：『能之。』令對蹴，大喜，呼隸云：『往傳語都尉，謝篦刀之貺，并送人皆輟留矣。』踰月，王登大寶，眷渥日厚，不次遷拜。數年間，持節至使相。《傳》所云小蘇學士即東坡，而稍變其文耳。都尉即詵也。俅富貴，不忘蘇氏，每子弟入都，問卹甚厚，亦有可取。時梁師成自詭東坡之子，二人皆嬖幸，擅權勢。而叔黨卒終於小官，可以知其賢矣。或謂二蘇黨禁方嚴，李公麟遇蘇氏子弟，至以扇障面而過之。坡族孫元老上時相啓，乃至云『念與黨人，偶同高祖』。此輩愧俅、師成不亦多乎！鄒浩《道鄉集》有《高俅轉官制》。

張伯雨《句曲外史集》中有《魏國趙夫人管君挽詩》，落句云：『千秋鄉中名不没，墓有通兒書老銀。』自注：『歐陽率更子通自書母夫人銘。夫人諱老銀。』

宋張忠文公叔夜招安梁山濼榜文云：『有赤身爲國，不避凶鋒，拏獲宋江者，賞錢萬萬貫，雙執花紅。拏獲李進義者，賞錢百萬貫，雙花紅。拏獲關勝、呼延綽、柴進、武松、張清等者，賞錢十萬貫，花紅。拏獲董平、李進者，賞錢五萬貫有差。』今鬬葉子戲，有萬萬貫、千萬貫、百萬貫花紅遞降等，采用叔夜榜文中語也。

東坡詩曰：『論畫以形似，見與兒童鄰。作詩必此詩，定知非詩人。』言畫貴神，詩貴韻也。然其言有偏，非至論也。晁以道和公詩云：『畫寫物外形，要物形不改。詩傳畫外意，貴有畫中態。』其論始爲定。蓋欲以補坡公之未備也。

呂蒙正父龜圖，多内寵，與其母劉氏不協，并蒙正出之。頗淪躓窘乏，劉誓不嫁。及蒙正登仕，乃迎二親，同堂異室奉養之。近世傳奇《饋瓜亭》亦緣此附會也。

《穆傳》古字：

滜 「河宗迎接」章：「天子舍于漆滜。」疏：「滜，古澤字。」

曶 「披圖視典」章：「搢曶。」註：「長三尺，杼上椎頭一名珽，亦謂之大圭。曶，音忽。」疏：「曶，今作笏。」

峕 「披圖視典」章：「女當永致用峕事。」疏：「峕，同旹，古時字。」

洔 「濟河伸乘」章：「以飲于枝洔之中。」註：「水歧成洔。洔，小渚也，音止。」疏：「即沚字。」

𠷎 「膜晝居慮」章：「𠷎余之人居慮。」註：「古疇字。居慮，名[一]。」疏：「言疇国之君居慮也。慮平聲。」

丌 「赤烏之人」章：「封丌璧。」疏：「丌，古其字。」

陖 「賓西王母」章：「山陖自出。」陖，古陵字。

芔 「憂吟世民」章：「流涕芔隕。」芔，音忽。疏：「言忽然隕涕。」

琌 「曠野大獵」章：「王勒七萃之士于羽琌之上。」註：「下有羽陵，疑亦同。」疏：「郭疑琌即陵字也。』

淡䍃 『重䍃氏』章：『至于長淡，重䍃氏之西疆。』註：『淡，山名，从澰省，音炭。』疏：『重䍃，國名；从䍃省，音壅。』

𤤬瑂旡瓚徽 又：『𤤬瑤、琅玕、玪瑂、旡瓚、玗琪、徽尾，凡好石之器于是出。』註：『皆玉名。』疏：『𤤬，《説文》作「𤤬」，音没，玉屬。瑤，玉之美者也。』註：『玪瑂，音鈴瓚。』疏：『《説文》曰：「玪塾，石之次玉者，音鈴勒。」瑂，今作璪，《説文》曰：「石之次玉者，音藻。」註以「玪瑂」音鈴瓚，「瑂」當是瓚字也。旡，古天字。郭以瓚音瓚，瓚近智。《周書・世俘解》註：「天智，玉之上天美者也。」徽，中从彔，古稑字，通緑，亦从之。古有結緑，今之翡翠玉也。徽音緑。』

觻鷔 又：『天子觴重䍃之人觻鷔。』疏：『其君名，音鰈鴐。』

笱㐭 又：『笱箭桂薑百㐭。』疏：『笱，古筍字。㐭，石鼓文作𠮷，音芍，量名。』

䌆 又：『絲䌆雕官。』疏：『䌆，音縚，今之絲縚流蘇也。官之織成若雕畫，今名克絲。』

𨆪 又：『處以黄木𨆪銀采。』疏：『黄木𨆪銀采，「𨆪」仍爲璪，同藻，而字屢變者。古人寫字，不拘一定之畫也。黄木銀者，黄爲黄色，木爲青色，銀爲白色，蓋三采也。』

𩍐黿儀函函 『八駿翔行』章：『右服𩍐騮，而左緑耳；右驂赤黿，而左白儀。天子主車，造父爲御，函函爲右。』註：『𩍐騮，疑驊騮字；黿，古驥字；儀，古義字，音俄。』疏：『《列子》作

「造父爲御，裔𡿺爲右」。則「𡿺」同裔，音齊；「𡿺」同囟，音内。』

㳽　『巨蒐㳽奴』章：『至于巨蒐之人㳽奴。』疏：『巨即渠，蒐即搜，國名。㳽奴，其君之名也。《説文》：「叒，讀若弱。日初出東方湯谷，所登榑桑，叒木也。象形。」今稱若木。字从叒冏者，主若水之義。不流爲奴，故曰㳽奴。當音弱。』

㑥鎦𤰞紦　又：『㑥鎦、𤰞紦、珌佩百隻。』疏：『㑥鎦、𤰞紦，皆玉器。𤰞，同彙。紦，言其壅形如蜎，隱文針起如礫也。鎦，玉巵匜也，音貽。㑥，古僮字。㑥紦者，僮僕所捧之玉匜也。「𤰞」抑或爲男，《釋典》作「㽞」。』

𪙐𡾽　又：『𪙐𡾽十篋。』註：『疑此紵葛之屬。』疏：『郭見以篋貯，遂疑爲紵葛。恐不然也。好獻六種，五皆以玉，不應後薦紵葛。𪙐，同瑬，爲冕旒之旒，綬十二小玉。𡾽，同玘，佩玉之細者，故以篋爲量貯之，猶以斛量珠。』

㻪　又：『賜之銀木㻪采。』疏：『㻪猶黽也，文畫之變也。解見前。』

𧿈膏　『河宗歸邦』章：『乃遂絶𧿈膏之谷。』𧿈、腰二音。

𦐞𤩽　又：『已至于𦐞𤩽河之水北阿。』疏：『𦐞𤩽者，漆洛也。』

㵖　又：『爰有㵖溲之口。』註：『今有渠搜國，疑「㵖」，渠字。』疏：『郭説非也。其字从炭从昜从水，蓋湯泉也。溲，浸沃也。㵖，古湯字。』

𣂑　又：『𣂑多之汭。』註：『汭，水涯。𣂑，音伐。』

陖　『休濩澤』章：『陖翟致賂。』註：『陖翟，隗姓國也；音峻。』

⿹勹⿰心心⿰⿱山少⿱⿰山山毛　『宿祭』章：『祭公飲天子酒，乃歌《⿹勹⿰心心古昊字天》之詩。天子命歌《南山有⿰⿱山少⿱⿰山山毛》。』註：『《詩·頌》有《昊天有成命》，「二后受之，成王不敢康」，疑祭公以此規諫也。《小雅》有《南山有臺》，「樂只君子，邦家之基」，以答祭公之言。然皆古字，難曉，所以未詳。』疏：『案，⿰⿱山少⿱⿰山山毛字以四山，所以象高爲臺。臺，夫須，所以从毛。』

䭫　『虎牢』章：『奔戎再拜䭫首。』䭫，古稽字。

㫄　『次宿聞告』章：『天子乃宿于㫄。』即房字。

⿱艹⿰耒刀　『帝臺饗』章：『讀書于⿱艹⿰耒刀丘。』註：『⿱艹⿰耒刀音犂。』疏：『⿱艹⿰耒刀丘，州黎丘也。』

校按：

【一】『名』字原脱。據文淵閣《四庫全書》本郭璞註《穆天子傳》補。檀萃疏本亦脱。

止園筆談卷七

雪山亘西域。北爲伊犂諸城，準噶爾故國，南則回部所居也。越土魯番而西，回部八大城，城各屬小城五六。直西曰庫車，曰哈喇沙爾，曰阿克蘇。由阿克蘇而北，曰烏什，冰山在其北，路達伊犂。由阿克蘇而西南，曰葉爾羌。由葉爾羌而北，曰英吉沙爾；又北，曰喀什噶爾。葉爾羌之東南，曰和闐。又其西則哈薩克、布魯特諸部。布魯特之西爲浩罕、安集延，亦回國也。八城回酋和卓木墨特，舊爲準噶爾屬國，恃得衆心，將叛之，準噶爾誘執之於伊犂。乾隆十九年，定遠將軍班第滅準噶爾，乃釋其二子，曰波羅泥都，曰霍集占，使歸安輯回城。霍集占遂煽波羅泥都以叛。二十三年，將軍武毅公兆惠討平之。二逆南走至巴達克山，爲其國王蘇爾坦沙所殺，並擒波逆次子及家屬獻於朝。以幼故，宥其次子，嘉慶間，編入蒙古當差。道光六年，始以張逆叛亂，緣坐發遣烟瘴云。其時，波逆長子薩木薩克率餘衆卡人西走入退木沙爾，因嗾其國王攻巴達克山，族滅蘇爾坦沙。敖罕怒退木沙爾之不義也，亦興兵滅之，執薩木薩克以歸。薩木薩克襲其祖私惠餘陰，又權譎，能鼓煽諸部，遂爲回國所尊重。其子是爲張格爾。時八城久隸版圖，北屬於伊犂將軍，復以參贊大臣鎮喀什噶爾，總理山南事。諸回民輸貢賦、效力役，安居樂業者將七十年矣。張格爾潛畜逆志，以安集延恒入卡倫販鬻，乃僞爲商人，雜其中，往來各城窺偵，因煽惑白帽回子，隱相句結。而太平日久，鎮守者皆不之察也。嘉慶二十五年，張逆突以數百騎擾卡倫，及聚兵逐之，則已遠遁。出没無常，飄忽不可禁制。道光五年秋八月，彗星見，上隱憂西陲，特調固原提督楊遇春以原官署理陝甘總督備之。冬間，張逆復入卡倫。鎮守者巴彦巴圖引兵追之不及，過汰勒克部落。巴彦巴圖怒其不阻張逆也，以兵臨之。回衆方哀乞，訴其不知，遽縱兵殺掠。回衆遁，遂宿焉。群回夜襲殺巴彦巴圖。伊犁將軍、義烈公慶祥以群回肆逆入告，上以慶公措置乖方，降授喀什噶爾參贊大臣，使大學士長齡出鎮伊犁。張逆聞回部動摇，遂進居阿爾回莊以窺邊。六年，慶公至山南搜捕害巴彦巴圖者，悉斬之。回部益洶懼。張逆乘釁煽誘安集延、布魯特及白帽回子，擁衆直犯喀什噶爾。慶公遣副都統烏凌阿等出擊之，賊佯退，誘至大瑪雜回莊，樹木叢密，伏賊四起，皆戰死。城遂陷，慶公及從官八十人、回子郡王一人死之。變聞，上特授欽差大臣印於署陝甘總督楊遇春，使統陝甘精鋭，甯夏、伊犁滿漢兵二萬，刻期進勦。六月二十五日，復以大學士、伊犁將軍長齡爲揚威將軍，總統諸將。授山東巡撫武隆阿欽差大臣印，馳往軍前，與楊遇春參贊軍務。以陝撫鄂山署督印，籌畫軍需。起復前陝撫盧坤，總理糧臺於庫車。並發京營健鋭，吉林、索倫勁旅，馳往濟師。方張逆之既陷喀城也，總管額爾古倫失軍東走，歸阿克蘇。而英吉沙爾、葉爾羌、和闐相繼陷没，逆勢益猖獗。分賊衆犯阿克蘇，守者爲副都統長清，與伯克伊薩克、阿布都爾滿協力拒賊。長都統令額總管將騎五百，踰渾巴什河迎擊，伊薩克分馬械助之。賊數千，列陣相俟。天忽大風，額總管縱馬隊，乘風進擊，賊大敗遁。烏魯木齊提督達凌阿將兵一千六百來赴援，乃與安西協副將郭繼昌、參將王登科、協領都倫布、都司孫旺列營北岸以防，城守備益固。賊盡鋭爭渡，一日數次，皆擊退之。賊復乘夜潛至，分隊圍都協領、郭副將營，阻其應援。郭副將、孫都司力戰破圍，額總管引錫伯兵夾擊之，賊潰。諸將奮勇搜勦，北岸之賊皆遁去。八月，張逆使舊伯克二人爲間諜，入阿克蘇，謀誘回衆翻城，阿布都爾滿擒斬之。賊復大至，諸將與戰於渾巴什河，殲戮之無遺。陣斬賊首庫爾拔，兵丁單超矛斃賊首素爾皮降。旨褒嘉長清，賞戴花翎，擢單超爲千總。復賞兵部尚書玉麟花翎，以長清其所舉也。阿克蘇爲扼要地，賊三至，皆爲長清等摧破，凡擒斬五千餘，遂不敢復至，北岸東四城以安。張逆堅欲陷阿克蘇，乃自葉爾羌增遣賊衆，使腹心回酋將之，營於柯什坪以俟釁。冬十月，上念天時向寒，東兵遠行數萬里，命署陝撫徐炘，人賞一皮衣，有衣者給銀四兩。十一月，參贊楊制府統陝甘兵先至，令固原提督楊芳渡河擊柯什坪賊。盡殲之，斬張逆腹心五人，而南岸亦肅清矣。十二月，長將軍、武參贊至，諸軍漸集。長將軍奉密旨察回部叛亂之由，因詳陳自嘉慶二十年後，歷任參贊松福縱弛、斌靜漁色、永芹疎防、巴彦巴圖濫殺狀。上震怒，治松福罪，執斌靜下之獄，追奪永芹、巴彦巴圖廕襲恤諡。七年春二月三日，大軍自渾巴什河進討。楊軍門總理冀長，統率滿漢，以固原精兵三千，分五營爲前鋒。楊制府將右，甘肅、漢中兵屬焉；武撫軍將左，川兵屬焉。揚威將軍將大隊督後，京健、吉林、索倫、錫伯、額諾德騎兵，各將軍分將之，爲兩哨翼。四隊而進。十二、三日，過巴爾楚、新家莊，張逆潛遏上河水以灌大軍，士馬雖無損，而道路泥淖，糧運遂滯。至大河拐、大天篷、小天篷等處，糧絶，麫一盂價逾十金，殺駝馬供食。大帥盡心撫循，士卒忍死，而志益固。二十三日，遇賊於洋阿巴特，大軍甫立營，賊潛以數千騎來攻，襲以火器，擊走之。次日，進戰於艮阿思台。張逆所遣賊首擁衆三萬餘，據沙岡拒敵，去大軍二三里。賊叫號不止，槍礮齊發。楊軍門督前鋒直進，令士卒勿叫、勿舉火器。既迫賊陣，奮呼擊賊，刀矛弓矢俱發。左右隊翼而夾擊，賊遂大潰。楊制府、武撫軍窮追三十餘里，斬馘萬餘，生俘三千，獲牲械無算。遂入賊營，館其穀，飽食休息，軍勢大振。二十五日，至排子泊，張逆擁賊十餘萬，據沙布都爾莊，掘坎設險，伏巨礮十餘於陣前，騎賊在中，步賊左右列置，陣亘二十餘里。大軍三萬六千，牆進，列十里。賊以騎誘我軍，將俟近而然礮也。將帥知之，令步隊勿進，以馬隊且前且卻，與相持，誘使發礮。久之，賊礮遺火，聲如雷，烟燄迷天。大軍鼓譟爭進，以連環槍礮急擊之。賊死者甚衆，猶據渠不退。將軍、參贊令步卒奮短兵奪渠殺賊，馬軍由左右夾攻。安集延大頭目色提巴爾第馳馬擊鼓，督群賊死鬬。大軍馬隊橫截斷賊陣爲數處，槍矢如雨。馬甲貝洪阿射色提巴爾第，殺之；馬甲圖明阿躍入賊陣，奪其鐵甲、鳥槍、戰馬。賊大敗奔潰，我軍悉衆追之。突有伏賊萬餘自西北村來，横衝我軍，幾爲所斷。時後隊不及千人，楊制府獨引精兵百餘，建大將旗，扼橋以拒之。立馬橋上，鬚髯如神。賊望見，懼不敢進，我軍以大礮擊之。俄而前軍還，楊制府督之急擊，賊皆敗去。追奔三十餘里，擒斬四萬餘人，陣斬回子大頭目素丕卡克、安集延頭目占巴克。時已入夜，大軍即地爲營，將士執械環坐，待曉而進。二十八日，至大河堤，多陵阜沙河。賊設十餘所以邀大軍，殺聲遠震，如深谷水吼，將士皆失色。楊制府、楊軍門鎮定如常，勒兵促隊，使前後相應，不進者斬。前鋒奮勇搏戰，日加巳，賊大隊始散。

我軍且戰且進，日加申，賊大敗，悉衆遁去，將軍、參贊收衆而憩。二十九，進軍，遇小回男婦數十人，攜羊茶迎大軍，言昔爲張逆所逼，今願投誠，且爲嚮導。長將軍詢軍所從入，皆言大路近而賊有火礮埋伏，小路雖少遠而無阻。將軍信其言，引軍從之。乃誘大軍至七里河岸，河形如弓外抱，闊十餘丈，河橋已斷。望對岸，長堤環繞，林木深邃，内隱屋宇，則阿瓦巴特回莊也。逆回二十餘萬，開大梁三道，以俟大軍。列陣林木中，旗幟亂飛，號鼓交鳴。槍礮下擊，數千萬聲並發，如山裂海翻，頃刻飛火殷地。我軍陷其陣中，仰攻不利。發槍礮，皆落堤下，不能中賊。固原、漢中、蘭州兵死力拒河，傷亡甚衆。諸將色如土，或伏隴坎以避轟擊。楊制府見事急，單騎行陣前，臨河督戰。鉛丸墜馬前後，如雨雹。制府緩馬徐行，安重如無事，令將士勿離險要，以壯天威。軍心大定。楊軍門繼至，陳賊形勢於制府，謂賊左右必有伏兵，令後隊將士速移營，以防圍截。營始移，賊萬騎渡上流，三隊出大軍後，二隊横截。楊軍門暗撤前鋒之半，遣五將分統應賊。鋒始交，賊退。移營將半，賊復至，我軍復還禦。時已曛黑，賊駐隊舉火，照地如晝。我軍據高渠暗伏以拒之，賊瞻視不明，遂不敢進。夜漏二下，人馬皆未得食，乃留百騎爲疑兵守河，而暗撤大隊歸營。忽數十萬回同聲誦經，繼而槍礮鼓號愈急。漏三下，大風起，沙石飛擊，人幾不能立，蓋回子用劄答術也。劄答形如小石，生野豬頭腹、牛馬腹中及蜥蜴尾上。回子用之，淘於水而誦呪，則致雨；囊貯繫馬尾而誦呪，則致風。即《唐書》中之赭丹，《輟耕録》載其物而不知其名。我軍見風作，人各自危。楊制府迎風跪禱，風不止。長將軍以我軍既未能制賊，而天地晦霾，戰亦失勢，欲退四十里而軍。楊制府、楊軍門力持不可，並慮賊乘風偷渡，搶奪軍械，急令健勇馬隊赴河岸防瞭。甫至河，賊果蟻聚渡水，見有備而遁。五更，風漸微，遥聞賊中連呼『胡大托巴』。『胡大』譯言天，『托巴』譯言利害也。楊制府知其計窮，乃與軍門議，分將驍健：楊軍門從旁擊賊，隨地搶渡；楊制府引衆直前，擊其中堅。長將軍令哈朗阿、阿勒罕保由左右繞出賊後。既戰，賊佯退，步軍以連環槍、噴筩急擊之，賊馬隊突烟冒火，死力拒鬬。一紅衣賊目引伏賊出援，哈郎阿等從莊後掩殺，皆敗遁。楊制府既渡河奪堤，賊衆失勢，鼠竄奔潰。斬級三萬餘，生擒二千餘，陣斬安集延大頭目阿瓦子邁瑪底、那爾巴特阿渾。窮追至洋達瑪河，賊四散迸逸，大軍盡勦沿河回莊匿賊。見紅衣、黄衣二賊馳向喀城，大軍以爲張格爾也，盡鋭逐之。薄喀城，二賊棄馬，城中賊縋布引之上，矢石交下。我軍遂圍城，且攻且撫。夜半下之，擒賊黨趙通事、推呼漢，大小頭目百餘，斬之。搜捕張逆，則不知何時已逸去矣。三戰之捷也，上大嘉悦，疊沛恩施，屢頒珍器。始晉將軍太子太保，兩參贊優敘。繼賞將軍紫韁，楊制府晉太子太保，武撫軍加太子少保，擢馬甲貝洪阿、舒明阿爲驍騎校，貝洪阿賞藍翎。大軍駐喀城三日。三月四日，楊制府將兵南取英吉沙爾，將至英城，回衆投誠，縛獻賊首。大軍去城二里而營，遣將偕阿奇木伯克等入城安撫，搜擒餘賊。制府令裒張逆陷城時被害積骸，爲大塚，建祠，顔曰『招忠』。斬群賊，剖心以祭。而張逆卒無蹤跡。奏入，上以踈縱首逆，革長將軍紫韁，降楊制府太保，撤武撫軍少保，制府子國佐、撫軍子慶安軍功皆不敘。諸將仍敘功陞擢。六日，楊制府令隨營阿克蘇回目、頭等侍衛阿布都爾滿先赴葉爾羌察探，而自引軍繼進。至倭巴阿，侍衛引葉城大小伯克、阿渾迎降，縛獻賊首烏舒爾巴凱等十一人，拿獲從賊一百六十。制府駐營城外十里，辦理如英城。時城外餘黨猶多，遣將分勦淨盡。傳檄懸賞追捕張逆。上以阿侍衛乃郡王哈迪爾之姪，世篤忠貞，起哈迪爾爲内大臣，授阿布都爾滿爲葉爾羌阿奇木以寵之。楊制府令楊軍門分兵取和闐。和闐賊首玉努斯，勇悍無敵，群回畏如虎，聞官軍至，引衆出迎拒。楊軍門力戰，破之，玉努斯遁走，生擒賊首噶爾勒，遂下和闐。玉努斯走向游灘，復與喀城逸賊卓霍爾各糾合餘賊，死拒我軍。楊制府令重慶鎮總兵余步雲追捕玉努斯，永昌協副將胡超追捕卓霍爾，大破其衆，擒斬二酋。長將軍奏隨營回部貝子伊薩克拏獲探信賊匪布魯特巴依莫特四人，搜出喀城通事推列特與從逆阿渾愛敬書，訊知張逆竄居木吉，並余步雲、胡超擒賊功，奉旨褒嘉。余鎮晉銜提督，胡協以總兵即用。復以兵燹甫靖，特恩免八城六年、七年應征賦税。閏五月九日，上以回疆底定，四城克復，首逆遠颺，且伏暑已近，軫念將士勞勩，命長齡酌留官兵，其餘次第凱撤。十八日，命停止糧臺轉運。降旨敘將帥功。長齡已加太子太保，首逆未擒，無可施恩。楊遇春以收復二城並遣楊芳取和闐功，賞還太子太保，仍交部優敘，子都司國佐加遊擊銜。武隆阿始以病回喀城，後甫出圖舒克塔什卡倫，復以病遽回，並無出力之處，無可施恩；已授喀城參贊大臣，命隨長齡辦理善後，嚴緝張逆。楊芳敘柯什坪及和闐功，晉世職，爲騎都尉，並挑乾清門行走，仍交部優敘。諸將新授都統哈郎阿、副都統阿勒罕保等，議敘有差。時軍中探聞張逆在達瓦斯三藏潛伏，相去馬行二十餘日。將軍令回目率小回五百、將弁數人同往捕。楊軍門將兵五千出卡倫，駐營阿艾；楊制府將兵三千出卡倫，駐營巴達克山内賽裏湖。二十六日，楊制府奉廷寄，命其帥凱撤官兵入關，赴都陛見。授欽差大臣印於楊芳，即以爲參贊大臣。六月，生擒張逆之姪，解京。楊軍門復進兵，窮搜追捕。七月七日，遇賊於塔里克打坡側，副將郭繼昌直前迎敵。賊據山施槍矢，協領壽昌奮勇仰攻，殺賊二百餘。協領都凌阿、委參領郭全先登，皆戰死。官軍斃紅衣賊目三人，賊始退，仍負嵎抗拒。楊軍門督領隊安福分路進攻，令郭繼昌等出賊後，腹背夾擊，擒斬一千五百餘人，賊始潰散。侍衛色克精額、委參領巴爾江阿、守備蔡汝寅、參領哲里善皆没於陣，楊軍門亦收衆而止。奏入，上命議恤陣亡將士，安福首先擊賊，致受槍傷，賞號嚳勇巴圖魯。而以將軍長齡等調度失宜，不能立定主見，籌辦萬全，轉屯兵荒徼，延日糜餉，致零星賊匪傷及官兵，交部議處。部議長齡、楊遇春、楊芳、武隆阿俱革職，加恩改留任。十一月，上以張逆愈竄愈遠，追捕杳無端緒，命直隸總督那彦成馳往籌辦善後事宜。那制府奏請從官文武二百餘人。十二月，上以邊陲安靜，兵已不用，命將軍、參贊解揚威將軍、欽差大臣印，遣官齎入都。蓋旨未至而張逆已就擒矣。初，張格爾既逸，往來卡外諸國。諸國以浩罕巴之後，皆敬重之。官軍既屢捕不獲，楊軍門謀誘致之。乃募白帽回子，使爲奔訴於張逆曰：『自大兵居四城，回子實不堪命。今楊大將軍已入京，大隊亦撤，時近歲除，若掩其不備而攻之，可大得志，而諸回亦得息肩。願以銀五十萬爲獻。』張逆信之，遂復糾約阿坦台、布魯特、汰勒克部衆，同入犯。將至卡部，衆懼，不敢進。張逆怒，悉遣之，而自將騎五百，由開齊山路潛入，向阿爾圖什回莊。二十七日，大軍偵騎千總索文、馬兵葉榮飛報賊至。張逆行二日，將至阿爾圖什，覺白帽回子之詐，遽飛馬回竄出卡。值黑帽回子持械逐擊之，並告大軍。楊軍門簡驍將，督精騎，晝夜急追之。長將軍提兵駐卡倫，爲後繼。二十九日向午，追及於喀爾鐵蓋山。山高氣寒，積雪深没膝。楊軍門令馬隊分馳，前斷其路，以防竄逸。擊殺賊二百餘。張逆據山，擁三百騎死鬬。楊軍門將馬隊繞出其背，麾諸將阿勒罕保等縱兵圍而攻之。賊勢不支，竄入山谷，大軍追殺三百餘人。餘賊迸散，莫知張逆所在。利勇巴圖魯、都司段永福縱馬入山，從騎僅屬者數人。至山口，遇白帽回子一人，執問之，告以張逆甫入此谷，並言其服色。段都司殺白帽回子而進，至山趾，則張逆棄馬登山已半，十餘賊從之。疊嶂摩雲，石棱冰滑。段都司解狐裘，棄馬直上。賊擊以鳥槍，段都司俯身，鉛丸出其上；再擊，出其左右。復擲石下擊，不中；進益猛。顧從兵似稍沮畏，段都司大呼曰：『回子計已窮，衆速進！』遂直前擒張逆，從賊八九驚而散走。張逆拔刀將自刎，段都司奪其刀，執之。從賊復環集，抱張逆首，且叩頭曰：『此和卓也！願勿驚之。』段都司詰之曰：『此果張格爾乎？』賊曰：『然。』段都司麾從兵楊發、田大武、馬甲訥松阿、舒興阿，盡縛之。賊之初擁張逆而遁也，遺三十騎。胡超、額爾古倫、伊薩克盡鋭掩捕，斃五賊，餘皆滚山奔竄。擒賊首伊斯拉木素皮察克，詰知張逆乘青馬，衣藍色金絲緞袍，緑皮韡。既得張逆所向，奮勇追捕。胡超先馳至山下，段都司方縛賊，奮前助力。楊軍門督軍繼至，見段永福短衣持兵，挾一回蹻山而下，遽迎問曰：『張格爾何在？』應曰：『在此。』楊軍門大喜，立解貂以衣段都司。遂駐軍，分遣將士搜山。紅旗奏捷。八年正月，楊制府陛辭出都，二十四日捷奏至。上大悦，天語褒嘉，沛降殊恩。封揚威將軍、大學士長齡威勇公，世襲罔替，並授御前大臣，賞戴寶石頂、兩團龍補服、雙眼花翎，復紫韁。封參贊大臣、固原提督楊芳果勇侯，世襲罔替，在御前侍衛上行走，賞戴雙眼花翎，用紫韁。查其子年若干、有無官職，皆賞御用器物，並頒賞件。參贊大臣署陝督楊遇春、山東巡撫武隆阿雖未與其事，追敘三捷復城功，與長齡、楊芳同，開復任内一切處分。加胡超提督銜，給騎都尉世職。授段永福參將，給雲騎尉世職。皆頒賞件。加額爾古倫副都統銜。擢馬甲訥松阿、舒興阿防禦，賞號佩勇巴圖魯。擢楊發、田大武守備，賞號直勇巴圖魯。四人皆賞戴花翎。伊薩克晉爵郡王，亦頒賞件。文武將吏、兵丁、回衆皆敘功頒賞。祭告嶽瀆、陵廟，告成太學，加上太后尊號，勒石紀功，宣諭中外，舉行慶典。長齡奏關帝垂佑，請於徽號中加數字，從之。再敘恢復四城功，實授楊遇春陝甘總督、兵部尚書、都察院右都御史。加長公太保，楊侯太子少保。那彦成既西出嘉峪關，聞張逆就擒露布過，遂留駐關下，奏請進止。上命酌減從官，仍往籌辦善後，俾長齡交代，迅速來京展覲。四月，長公至，行郊勞禮，錫宴，賞四團龍補服。時胡超陛見在都，奉旨入宴，並頒賞件。五月，副都御史誠端等生檻張格爾至京師獻俘。廷訊，磔於市。那制府至回疆，剔釐積弊，增官弁俸，酌改營制。禁回人不得爲本城伯克，伯克不得由通事進用。修城池，安兵民，西域大定。十月三日，蕆事而歸，復留甘肅辦奏銷。九年六月，至京陛見。上命圖功臣長齡、楊芳、楊遇春、胡超等於紫光閣。右《西平武功紀盛》原本邸鈔，參以王公錫朋自軍中所寄家書。錫朋，甯河蘆臺人，吾邑張公泰來高足弟子也，由武舉任都閫，從征西域，故知其始末甚悉。後以總兵官死定海英夷之難。

楊宫保之在川楚軍營，偶病，不能戰。奎帥忮其能，乘公不出，盡易其麾下將卒，而以善奔者、疲癃者與之。公素敢戰，疲卒惴惴，公顧不復言戰，日視衣食，肄技擊。偶值賊，無多少，輒堅壁自守。將士或奮請出，公止之曰：『汝曹未可戰也。』遇孱賊，將士爭請趨利，公堅不許。衆曰：『吾公敢戰，何今懦若斯？』雖同列亦謂公失部曲，不復能戰也。已而又遇孱賊，將士環跪請。公曰：『汝曹皆願戰乎？』讙曰：『甚願！』成列而出。公身先士卒，大破賊。請窮追，公遽令止。歸營，語將士曰：『人人謂吾軍疲，而今戰勝，可賀也。』椎牛釃酒，闔營盡歡。自是，量敵出戰，戰輒勝。用之二月，遂爲精兵，所向無前。而公故部曲懷公恩，他人不能用也，稍稍亦復歸麾下矣。

公麾下材官、將校，皆百戰精勇。征滑縣逆匪時，公八日自固原馳至，距城二十里而營。日暮，步登大堤，以千里鏡瞰賊營。越日，公出，令將校從。過堤十里，至一叢祠。公下馬，令樹旗纛，率將校羅拜，遂令歸營。將校皆請前擊賊，公曰：『今無一卒，止數十員官，何以爲戰？速歸！』衆猶不肯。齊軍門時官遊擊，爲公掌營伍，諭之曰：『今來視戰地，明日當全軍出。』衆乃歸。明日，公將之濬縣大營見總督，令將校十人爲隊三，分路偵賊，約合隊中路見公。公行至所約處，不見一將。駐馬望，一騎飛馳，公驚曰：『非外委王某乎？』王至前，氣急，口又素吃，期期再三，呼曰：『速發兵，已戰矣！』公怒曰：『令汝輩偵賊，何爲輕戰？此間非大營，安得有兵？』令從校四十速往援，而自以傔從十餘人去。蓋偵騎出而相遇於路，遂議同前嘗賊。時賊二萬餘，據道口。三十騎直前衝擊。賊大至，千總李鴻春騎生駒，驚而墜，手殺數十人，然後死。柯外委玉亦戰死。賊數千已渡河，楊都司躍登浮橋，揮刀斬索，舟遂流，賊後至者不得渡。三十騎縱横出入，賊當之者死傷甚衆。將校程貴傷吻，裂至耳，血戰不已。援騎至，刀矛雨下，七十騎斬賊幾二千。賊來渡者亦驚奔。蘭簃外史誤紀敗績，而不知是役非成師也。賊與公戰，列大礮三，將擊官軍。公顧將校曰：『奪礮！』應聲飛躍入賊陣，賊披靡，遂挾礮而歸。地礮之爲賊擲火所然也，把總朱祥震死，城半摧。賊樹車實土，頃刻而固，復灌地礮以水。公怒，令將士斬木，聚之立栅，肉薄攻城。賊蒼黄抵禦，而公已潛令於聚木外别開曲道，爲地礮。五日而成，賊不知也。城既裂，甎石俱飛。齊軍門棄馬躍登，賊擲以城甎，額足皆傷，殞於城下。久之，蘇，解弓矢，援槍復登，當前者皆斃。乃貫幟而呼，賊迸潰，衆遂畢登。今副戎段公以生擒張格爾著功名，公部由健將也。從公在滑，公偶與當事忤，段輒奮欲爲公死。在西域，一日戰罷，步入糧臺，呼曰：『飢甚，速啗我！』連飲酒數斗，忽自捋鬚歎曰：『今竟老矣，恐不足爲朝廷出力。』衆詢其故，曰：『今傷而覺痛矣。』視之，脛洞於槍，血殷韡。征滑之役，以河南兵違楊公軍期，故道口敗賊得從北門入助守。而李文成司寨之遁，亦由北門出。使河南兵先據其北，則事可早蕆。蓋聞之從軍將校云。顔軍門駿烈，山東人，力雄千夫，與諸將角技，坐胡牀，八人攢矛刺之，軍門手矛一揮，八矛皆墜地，或折柄。嘗提督陜西，征滑時，陜兵長矛擊刺，勁捷如飛，楊公甚奬其精鋭，顔所教練也。質異人，不近婦人輒筋骨攣急不適，以故雖在行陣，無虚夜。王廷棟起自鄉勇，馬上揮大刀三十斤，前無堅敵。楊公愛之，收諸麾下。自滑從至陜，未久而卒，官止把總。以上諸事，不足爲楊公重。顧其大者，國史、家乘備之矣，兹特記所及知者也。類記諸勇，猶是記楊公事之意耳。

洪秀泉，廣東花縣人，世業農。道光十七年，病，死七日甦，甦後即稱天傳教。遠近貧苦無識者多從之，稱曰先生，互相誑惑，徒黨日衆。先在紫金山爲盜賊囊橐，繼至佛山鎮之愛山寨。楊秀清者，湖南衡州耒陽縣民也。其父大朋於道光二十五年犯法當斬，邑宰並捕秀清。秀清懼，逃入廣東，拜秀泉爲父。繼與土匪蕭朝貴、馮雲山、韋振、石達開、李振法、黄生才七人結盟，轉入廣西，在鬱林江瀆上下刼掠。東拿西竄，出没無常，如是者兩年。時巡撫鄭祖琛因循怯懦，不能先事捕戢。至三十年庚戌六月，金田盜起，四方響應。學使無可按試，始以小寇上聞。而賊勢蔓延，已駸駸乎不可遏矣。嗣是，由廣西、廣東竄兩湖、三江，並分股竄及直隸、山東等省，逆蹤幾遍天下。咸豐三年，踞江甯，僭僞號。東南百姓遭其荼毒，慘不忍言。僞西王蕭朝貴，潯州武宜人，洪逆妹壻也。僞南王馮雲山與洪逆同縣，幼讀書，同學相善。僞北王韋昌輝、僞翼王石達開，皆潯州桂平人。其初，與洪逆傳教者，惟馮雲山爲最先；其後助洪逆肆虐者，惟楊秀清爲最悍。秀清自封爲勸慰師聖神風禾乃師贖病主左輔正軍師東王千歲，後又脅封爲萬歲。開科兩次，詩文題皆經呪中語。第一次僞狀元江甯人，第二次僞狀元揚州人。狀元之外，别有幾等名目，但取人不多耳。有某生者，全家被擄，賊豔其才，逼令赴考，詩題爲『四海之内皆東王』。其詩曰：『四海皆清土，奚容此跳梁。人猶思北闕，世忽有東王。文武甘尸素，兵民畏犬狂。烽煙連郡縣，戈戟遍疆場。膽爲紅巾破，愁隨黑髮長。傷心憐姊妹，含淚别爺娘。滅賊全憑向，殃民總是楊。避秦何處好，搔首問斜陽。』賊以詩涉訕謗，遂被害。凡賊裹脅之人能寫字者，派司筆墨，呼之曰先生。老弱膽小者，任損擡炊爨之役。其餘給長矛刀鎗，驅作前鋒，退即斬。以二十五人爲一百，二千五百人爲一萬。每詐稱十萬者，實祇二萬五千人耳。賊中夜間口號，或曰『讚美上帝』，或曰『魂得昇天』，每夜不定何句，作爲暗號。名火藥曰紅粉，礮子曰圓馬，擡槍曰長龍，鳥槍曰小礮。賊不洗臉，以愈污愈黑爲上，蓋取其面形兇惡，令人見而生怖。賊赤腳居多，間有穿鞋韈者，即係僞職。率皆短衣窄袖。新裹脅者見大賊目，混稱『王爺』，中賊目混稱『大人』，小賊目呼其姓曰某官。賊呼其下曰『舊兄弟』『新兄弟』不等。每遇訴事，老賊往見大賊目，新裹脅者不得與。

陸戰用火，莫著於陸遜秭歸之役。水戰用火，自赤壁外，莫著於明太祖鄱陽之役。然皆草木葦荻之類，束而灌脂，又趁風勢。雖間以毬礮，未聞全用火藥、火器也。惟建文東昌之戰，燕軍爲火器所乘，死者萬餘人。味一『乘』字，則戰酣而用，非全恃以決勝也。成祖因之，有神機銃礮之屬，其製始盛，五軍鐵騎恃之益彊。至宣宗喜峰口外之戰，先以兩翼飛矢，敵不能支，而後以此乘之，則用之次第可見。自後兵不習戰，專倚之爲護身符。敵佯挑戰誘我，或先驅所擄人民嘗我，火器疊發，敵疊爲進退，藥盡，敵衝而前，全軍潰散。甚有不見敵而發火，敵至，不及發而先走者，則火器反足誤事也。

宋淳祐甲辰省元徐霖、狀元留夢炎皆三衢人。時楊彦瞻以工部郎守衢，大書『狀元坊』以表其閭，又揭『雙元坊』以誇大之。鄉曲以爲至榮，而二公各以書爲謝，且辭焉。彦瞻答之，略云：

『嘗聞前輩之言曰：「吾鄉昔有及第奉常而歸，旗者、鼓者、饋者、迓者、往來而觀者，闐路駢陌如堵牆。既而閨門賀焉，宗族賀焉，媚者及友者、客者交賀焉。至於〔一〕讐者，亦茹耻羞愧而賀且謝焉。獨鄰〔二〕居一室，扃鑰遠引，若避寇然。余因怪而問之，愀然曰：『所貴乎衣錦之榮者，謂其得時行道也，將有以庇吾鄉里也。今也或竊一名、得一官，即起朝富暮貴之想。名愈高、官愈穹，而用心愈繆。武斷者有之，兼并者有之，庇姦慝、把持州縣者有之。是一鄉之榮，一害之增也。其居日以廣，鄰居日以蹙，吾將入山林深密之地以避之。是可弔，何以賀爲？』」吾聞而異其言，因默識而謹書之。凡交遊間，必道此語相訓切，而非心相知者不道也。執事於不肖，可謂心相知。相知而不以告，罪也。且今日此扁之揭所以獨異於尋常者蓋僕之望於執事者亦異焉。人於此時每以諛獻，僕乃獨以忠告，非求異於人也，所冀進執事之德、成執事之器也。執事不以僕之言爲然則已，若以爲然，則是扁之揭可以無愧矣。前之不賀者，必將先衆人而賀矣。今冠南宮者，執事友也，幸亦以是語之。』二公得書，爲之悚然。

校按：

【一】『於』原作『怙』。據文淵閣《四庫全書》本《齊東野語》改。

【二】『鄰』字原缺。據文淵閣《四庫全書》本《齊東野語》補。

宋周密《癸辛雜識》云：『節序交賀之禮，不能親至者，每以束刺僉名於上，使一僕徧投之，俗以爲常。司馬公在臺閣時，不送門狀，曰：「不誠之事，不可爲。」滎陽吕公亦言送門狀習以成風，既勞作僞，且疎拙露見可笑。則知此事由來久矣。今時風俗益薄。昔日門狀有大小，大狀則全紙，小狀則半紙。今時之刺，大不盈掌，足見禮之薄矣。』據此，則節下互送名片之風，自宋已然。

《世説》稱胡廣以五月五日生，本姓黄。父母惡之，藏之葫蘆，棄之河流。岸側居人收養。及長，有盛名，父母欲取之。廣以爲背其所生則害義，背其所養則忘恩，兩無所歸。托葫蘆而生也，乃姓胡名廣。後登三司，有中庸之號。

捷夫即今之所謂報録人也。見宋龔希仲《中吴紀聞》。

丘瓊山弔武穆樂府云：『臣飛死，臣俊喜，臣浚無言世忠靡。臣檜夜報四太子，臣構稱臣自此始。』詞嚴義正，與前論大不相同，允稱史筆。

新城王季木《題項王廟》云：『三章既沛秦川雨，入關更肆阿房炬，漢王真龍項王虎。玉玦三提王不語，鼎上杯羹棄翁姆，項王真龍漢王鼠。垓下美人泣楚歌，定陶美人泣楚舞，真龍亦鼠虎亦鼠。』

古今判劉、項，無此雄快。

劉須溪會孟《題蘇李泣別圖》云：『事已矣，泣何爲？蘇武節，李陵詩。噫！』馮海粟子振《題楊妃病齒圖》云：『華清宮，一齒痛；馬嵬坡，一身痛。漁陽鼙鼓動地來，天下痛。』陳伯敷繹曾《題楊妃上馬嬌圖》云：『此索清平詞赴沉香亭時耶？抑聞漁陽鼙鼓聲赴馬嵬坡時耶？上馬固相似，情狀大不同，觀者當審諸。』余觀三先生之跋語，痛快嚴峻，抑揚感傷，使後世之爲人君而荒於色、爲人臣而失其節者，見之甯不知懼乎！

元人貫酸齋以樂府得名。同時有徐某，號甜齋。時號酸甜樂府。

宋晏幾道字叔原，聚書甚多。每有遷徙，其妻厭之，謂叔原有類乞兒搬漆椀。

宋田元均狹而長。魚軒，富彥國女弟，闊而短。石曼卿目之爲龜鶴夫妻。

史惇《痛餘雜録》：有叔訟姪者，稱其夫婦曰『蛭夫蠆婦』。四字甚新。

明杜中立爲義武節度使，舊傜車三千乘，歲挽鹽海濱，民苦之。中立置飛雪將數百人，具舟以載，民不勞而軍食足。『飛雪』二字極妙。

高尚嘗有言曰：『世之人以嗜欲殺身，以貨財殺子孫；以政事殺人，以學問、文章殺天下。』後世識者尊爲名言。

何道夫常言：『官不必高，但願衣冠不絕而常爲士類；家不必富，但願衣食粗足而可以及人。』

《獨醒雜志》：『董侍郎敦逸仕於朝，招一鄉人在太學者訓其諸子。暇日，課其習業，不加進。侍郎責之曰：「吾年二十八入學，甘齏鹽者凡幾載，僅得一第。今汝若此，何以有成耶？」鄉人曰：「公言過矣。侍郎乃董十郎兒，賢郎乃董侍郎兒，其好學之心自不侔矣。」侍郎之父第十，其人故云。』

勢利所在，雖死不忘。賢者猶不免，況餘人乎！廉頗善飯；馬援據鞍矍鑠；李靖雖老，尚堪一行，皆爲是也。

范文正公曰：『凡作官者，私辠不可有，公辠不可無。』天下名言。

《北窗炙輠録》載：『有落解者，作啟事痛詆試官。時丁葆光爲試官，復其啟曰：「韞匵而藏，何妨於待價之玉；踴躍自試，真所謂不祥之金。」』

方望溪云：『凡爲人子，暱其妻而不責以事父母，是以娼女待其妻也。世有與娼女交，而望其孝於吾父母者乎？凡爲人婦，暱其夫而不順於舅姑，是以估客待其夫也。世有娼女肯致孝於估客之父母者乎？』

唐柳氏自公綽以來，世以孝弟禮法爲士大夫所宗。玭常戒其子弟曰：『凡門地高，可畏、不可恃也。立身行己，一事有失，則得罪重於他人，無以見先人於地下，此其所以可畏也。門高則驕心易生，族盛則爲人所嫉。懿行實才，人未之信；小有疵纇，衆皆指之。此其所以不可恃也。故膏粱子弟，學宜加勤，行宜加檢，僅得比衆人耳。』古今家誡，深切著明，孰踰於此！而聽之藐藐，所在皆是。姑識此以示兒輩。

生而富貴，窮奢極欲，無功無德而享官爵，又求長壽，當如貧賤者何？若又使之永年，爲造物者，無乃太不均乎？履富貴者，其可不思持之以德？

世傳隸書始於秦程邈，減小篆爲之，便於隸佐，故名曰隸書。然未有點畫俯仰之態，故西京之世，金石刻皆鮮用之。至東漢時，賈魴以寫《三蒼》，其法方大行。考洪适所輯，西京僅一二見，東漢則不啻數百。齊之胡公，太公六世孫，先秦皇四百餘年，後有發其臨淄冢者，棺上有文隱起，字與漢隸正同。由是而觀，則隸非始於秦也，源於周也。且非徒源於周也。使臨淄之棺不發，孰不謂其必始於秦哉？先秦皇四百年已有隸書矣，又焉知先胡公四百年果無之哉？去古既遠，人無由稽其詳爾。竊意伏羲之畫八卦，即字之本源。蒼頡衍而爲古文，其五百四十言，列於許慎《說文》每部之首，蓋與篆籀似無大異。此固篆籀之變，因之而相生，豈隸書獨有待於後世耶？

桑悅《獨坐軒記》云：『遇聖人則爲弟子之位，若親聞訓誨；遇賢人則爲交游之位，若親接膝而語；遇亂臣賊子則爲士師之位，若親降誅罰於前。坐無常位，接無常人，日覺紛拏糾錯，坐安得獨？雖然，予之所紛拏糾錯者，皆世之寂寞者也。而天壤之間，坐予坐者寥寥，不謂之獨，亦莫予同。』

國初，穆將軍成格驍勇絶倫，性喜田犬，雖矢石如雨之際，牽挽撫弄，亦不離左右。人稱細狗將軍。

唐法門寺在扶風縣北崇正鎮，唐憲宗迎佛骨於此。至今寺内有韓文公祠。異端、正學不兩立，後人獨喜調停而並存之，可笑多此類也。

止園筆談卷八

《儀禮》姑之子稱外兄弟，舅之子稱内兄弟。閻若璩云，今人稱妻弟爲内弟，非也；從《史記》當稱妻弟，從《漢書》當稱婦弟云云。然顔真卿《家廟碑銘》云：『祖昭甫，工書，與内弟殷仲容齊名。父惟貞，少孤，育於舅仲容氏，蒙教筆法。』是仲容乃昭甫之妻弟也，而云内弟。則妻弟之稱内弟，自唐已然。

趙高之竊權覆國，備載《李斯傳》中，天下後世固無不知其奸惡矣。然《史記索隱》謂高本趙諸公子，痛其國爲秦所滅，誓欲報讐，乃自宫以進，卒至殺秦子孫而亡其天下。則高直以句踐事吴之心，爲張良報韓之舉，此又世論所未及者也。《金史》：宦者梁珫，本宋奄人也，勸海陵伐宋，人謂其與宋通謀，使海陵疲敝國中云。

今人演戲，以《滿牀笏》爲郭子儀事。案《唐書》乃崔神慶事也，見本傳。

『直隸』二字見《宋史》；『直隸省』三字見《元史》。《趙普傳》：『普與帝謀，令節鎮所領州郡皆直隸京師，得自奏事，不屬諸藩。於是節度使之權始輕。』元《地理志》序曰：『唐以前以郡領縣而已，元則有路、府、州、縣四等，大率以路領州、州領縣。』而又有『腹裏』之名。腹裏者，一中書省統領燕南山東、山西、河南、河北諸路之地也。行中書省十有一，而中書省只一焉。其他有一路領府、府領州、州領縣者，而府與縣又有不隸於路而直隸於省者。至明竟以直隸爲一省之名，國朝因之。若所稱直隸州者，則猶元直隸於省之制也。

《左氏》：『崔杼娶東郭姜，以其孤入。』今之帶來子也。

念珠之數一百八顆，佛氏之義。蓋取其十二月、二十四氣、七十二候而爲之。見《瓦釜漫記》。

江湖間呼舟子爲『家長』。或疑其卑賤，不宜稱之若是。然老杜詩云：『長年三老歌聲裏。』《古今詩話》謂蜀中以篙手爲『三長老』，老杜之語蓋本於此。又戴氏《鼠璞》謂海濱之人呼篙師爲『長年』。則家長之稱，有自來矣。

韋昭曰：『凡數，三分有二曰大半，有一分曰少半。』大半亦曰强半，亦曰太半。又，《枚乘傳》

『尚得十半』，爲十分中可冀五分也。白香山詩『家釀唯殘輭半瓶』，猶小半也。『十半』『輭半』，字甚新。

兄弟之孫曰猶孫，蓋原『猶子』而推也。見唐元稹《李公建墓誌銘》。

凡僧人偏衫，肩下有大環，名曰哲那環。見鄭元祐《遂昌雜録》。

象牙性堅，而製器者雕鏤山水人物，細入毫髮。聞之匠氏云：凡牙，鋸解之後，醋浸經宿，則輭如腐；雕成，再以木賊草水煑之，則堅如故矣。物理相制，有不可解者。

始祖曰鼻祖，始生子亦曰鼻子。見三伯厚《漢制考》。

廉州海中常有浪，三口連珠而起，聲若雷轟，名三口浪。相傳舊有九口，馬伏波射滅其六。屈翁山先生有《射潮歌》云：『后羿射日落其九，伏波射潮滅六口。海水至今不敢驕，三口連珠若雷吼。』人知錢王射潮，而伏波射潮罕有知者。

浙江鄉試，例不出《大學》題，以其不利也。廣東亦然。或有犯者，非貢院被火，則主司有禍。而尤忌『聖經』一章。其理有不可解者。梁紹壬云。

俗語稱富貴家，有『朝朝寒食，夜夜元宵』之語。寒食一節，古無賞心樂事，豪家俾晝作夜，中宵酣戲，比曉高眠。客之至其門者，見突虛竈冷，頗有寒食禁煙之象，故以是比之也。

『外頭趕兔，屋裏失獐』，蘇東坡《艾子雜説》中語。

石殿撰韞玉《錢塘櫂歌五首》其一云：『羅刹江船棗核同，碧紗窗子拓西東。行人終日沙頭孔，只候潮行不候風。』註云：『孔音闖。江船無纜，首尾各一穴，植木於中以定船，謂之曰孔。』又註云：『俗謂八月十八日爲潮生日，船上婦人相謂曰同年嫂。』

雀入大水化爲蛤，雉入海化爲蜃。蛤與蜃原不皆雀、雉所化也，特雀、雉所化者亦有之耳。予謂輪迴之説亦然：謂輪迴爲必無者，宋儒之偏見也；謂輪迴爲必有者，亦佛氏之妄論也。然觀列子有『死於此者，安知不生於彼』之言，知輪迴之説自佛氏未入中國以前，固已開其端矣。

蘇世長本唐名臣，而史載其爲刺史，因民不率教，責躬引咎，自撻於都街。伍伯疾其詭，撻之見血。世長不勝痛，大呼走。觀者無不笑之。此事殊可噴飯。

西儒利瑪竇以寫照爲第二我，此與《世説》『友爲我之半』一語同義。

《高麗史》百三十九卷，國人鄭麟趾等編纂。其《輿服志》載，蒙古俗剃頂至額，方其形，留髮其中，謂之開剃。此《元史》所未載。

宋制：皇太子即位於内，則市人排舊邸以入，爭持所遺，謂之埽閣。故必先爲之備。見葉紹翁《四朝聞見録》。

《史記·荆軻傳》：『得趙人徐夫人匕首。』《索隱》曰：『徐，姓；夫人，名。謂男子也。』夫男子而以『夫人』名，猶馮婦男子而以『婦』名，甚奇。

《列子》：『楚之南有炎人之國，其親戚死，㱙其肉而棄之，然後埋其骨。』㱙音寡。今俗呼罪至陵遲者曰『剮』，似不如此字爲古，然字典不載。

《文選·何晏·〈景福殿賦〉》：『承以陽馬，接以圓方。』註：『陽馬，屋四角引出承短椽者，連接或圓或方也。』案，今廟宇轉角殿所謂飛簷，當即此，俗亦稱飛子。

鐵冶西去遵化州可八十里，又二十里則邊墻矣。群山連亘不絶，古之松亭關也。生鐵之鍊，凡三時而成；熟鐵由生鐵五六鍊而成；鋼鐵由熟鐵九鍊而成。鑪有神，則元之鑪長康侯也。康當鑪四十日而無鐵，懼罪，欲自經。二女勸止之，因投鑪而死。衆見其飛騰光燄中若有龍從而起者，頃之，鐵液成。元封其父爲崇甯侯，二女遂封金火二仙姑，至今祀之。

《金華子》：『有舉子能爲詩，每通名刺，云「鄉貢進士黄居難，字樂地」，欲比白居易字樂天也。』此與李白、李赤之事相類。

利瑪竇《萬國全圖》言天下有五大洲：第一曰亞細亞洲，中凡百餘國，而中國居其一；第二曰歐羅巴洲，中凡七十餘國，而意大里亞居其一；第三曰利未亞洲，亦百餘國；第四曰亞墨利加洲，地更大，以境土相連，分爲南北二洲；最後得墨瓦臘尼加洲，爲第五，而域中大地盡矣。其説荒渺莫考。然其國人充斥中土，則其地固有之，不可誣也。

《應庵隨録》：『泰和楊文貞公父子將早逝，母陳氏改贅德安同知羅子理，生大司成璟之祖京。後子理謫死遼東，文貞甫十二歲，即養母及京。永樂初，文貞官内閣，陳氏累贈一品夫人。復爲乞恩，除免京戍籍，回泰和。宣德間，贈禮部尚書張公鑑卒，妻楊氏遺腹生子文質，字允中。即改嫁，育於祖母王氏。正統壬戌，文質登進士。其繼父已卒，乃迎母歸，亦養其異父之弟妹。至成化間，楊氏亦授封太夫人。明朝嫁母而歸受封者，僅此兩見。』案，張允中尚書，吾郡昌黎人。其墓在昌黎城西南六十里外，南距樂亭城廿里許，俗呼張家老墳。余曾經過其地，見楊太夫人之墓獨巋然於衆冢之外，旁有諭祭碑，並未與其夫合葬。初不解其何故，今閲此了然。尚書《明史》無傳，昌邑舊志亦寥寥三四語，無從詳其世系。豈以其母改適而有所諱歟？

康熙末年，順天鄉試及會試房考官，特命每房各用二人同閲試卷，使之互相覺察，彼此鈐制。雍正元年，仍改照舊章，各房止用一人校閲，以專責成。

雍正三年，上諭：『先師孔子聖諱，理應迴避。前降旨，令九卿會議具奏。經議，凡係姓氏，俱加「阝」爲「邱」字；凡係地名，皆更易他名；至於書寫常用之際，則從古體「㐀」字。朕細思，今文出於古文，若改用㐀字，是仍未嘗迴避也。此字本有「期」音，查《毛詩》及古文，作期音者甚多。嗣後除《四書》《五經》外，凡遇此字，並加「阝」爲「邱」；地名亦不必改易，但加「阝」旁，讀作期音。庶乎允協。』

八年，上諭：『各省選拔生員到京考試，前據閱卷大臣奏稱，湖北一卷文理荒疏，部議革去選拔。及查其姓名，則湖北應山縣生員楊可鏡，係明臣楊漣之元孫。楊漣之子楊之易，爲江南松江府同知，於順治四年遭松江提督吴勝兆之叛，捐軀殉難，忠節懔然，即楊可鏡之曾祖也。朕思楊漣父子兩世忠義，其後嗣子孫若稍能自立，品行無虧，雖文藝不工，亦當格外造就。該學臣將伊入於選拔之内，未必不因此起見。但不將緣由奏明，是其辦事無識無才之處耳。楊可鏡準作選拔，赴國子監肄業，仍著禮部帶領引見。』

十一年，上諭：『朕覽本朝人刊寫書籍，凡遇「胡虜」「夷狄」等字，每作空白，或改易形聲，如以「夷」爲「彝」，以「虜」爲「鹵」等字樣，閱之殊不可解。揣其意，蓋妄爲本朝之忌諱，曰避之以明其敬慎。不知此固背理犯義而不敬之甚者也。夫中外，地所畫之境也；上下，天所定之分也。我朝肇基東海之濱，統一諸國，君臨天下。所承之統，堯舜以來中外一家之統也；所用之人，大小文武中外一家之人也；所行之政，禮樂征伐中外一家之政也。内而直隸各省臣民，外而蒙古極邊諸部落，以及海澨山陬、梯航納貢之倫，莫不尊親，奉以爲主。乃復追溯開創帝業之地，目爲外夷，以爲宜諱於文字之間。是徒辨地境之中外，而竟忘天分之上下，不且背謬已極哉？孟子曰：「舜，東夷之人也；文王，西夷之人也。」舜，古之聖帝，而孟子以爲夷；文王，周室受命之祖，孟子爲周之臣子，亦以文王爲夷。然則「夷」之字樣，不過方域之名，自古聖賢不以爲諱也明矣。至以「虜」之一字加之本朝，尤爲錯謬。《漢書》註云：「生得曰虜。」謂生得其人，以索貫而拘之也。敵國分隔，互相詆詆。北人以南爲島夷，南人以北爲索虜。漢、唐、宋、元、明，邊烽不息，每於不能臣服之國，反以爲虜。我滿洲住東海之濱，並非胡人，亦從未被虜，若言東夷之人則可。今普天之下，率土皆臣，雖窮邊遠徼，我朝猶不忍以虜視之。惟準噶爾背天逆命，自棄於王化之外，或可呼之爲胡虜耳。至若王師入關，漢人順命，心悅誠服而爲臣子，在本朝尚不忍以漢人爲虜，而漢人轉以此爲本朝諱，豈獨昧於大義，並字義亦失之矣。夫滿漢名色，猶直省之各有籍貫也。文移字跡，未便混同，初非留此以爲中外之分別。乃昧於君臣之義者，不體列聖撫育中外、廓然大公之盛心，猶泥滿漢之行迹，於文藝紀載間刪改夷、虜諸字以避忌諱，將以此爲臣子之尊敬君父乎？不知即此一念，已犯侮慢大不敬之罪，而不可逭矣。嗣後，臨文作字及刊刻書籍，如仍蹈前轍，將此等字樣空白及更換者，照大不敬律治罪。各省督撫、學政有司，欽遵張揭告示，窮鄉僻壤，咸使聞知。其從前書籍，若一概責令填補更換，誠恐卷帙繁多，或有遺漏，而不肖官吏遂借不遵功令之名，致滋擾累。著一切曉諭。有情願填補更換者，聽其自爲之。』

查士標字二瞻，號梅壑散人。與華亭同干支，又號後乙卯生。休甯人，居江都。

乾隆丁酉，巡鹽御史伊齡阿奉旨於揚州設局，修改曲劇。歷經圖思阿並伊公兩任，凡四年事竣。總校黄文晹著有《曲海》二十卷。

吴園次绮，江都人，貢生。薦授中書舍人，奉詔譜椒山樂府。遷武選司員外郎，蓋即以椒山原官官之。出守湖州，多惠政。廉得大猾所在，單舸擒而殲之，歡聲動地。淩忠節公未葬，爲捐俸，卜地葬焉。湖人稱爲『三風太守』，謂多風力、尚風節、饒風雅也。

顧俠君嗣立，長洲人，康熙進士。選庶常，改中書。以疾歸，闢秀野草堂，集四方知名士，觴詠其中。家有古酒器三，大者受十三斤，餘遞殺。秀野署門曰：『凡酒客過門，請與三雅。詰朝相見，決雌雄。』蓋疑其身無與抗者。時目爲酒帝。

明徐本字以道，姑蘇人。嗜書，每得一書，手自披對。缺板脱字，則界烏絲闌紙，乞善書者補之。笑謂人曰：『吾猶老鼠搬生薑，勞無用也。』見《湧幢小品》。吴穀人《群烏養羞》詩『社鼠搬薑智』，蓋用此。原註失考。

『食桃不康，見李思戒』，馮道語。出《北夢瑣言》。

廣東東莞呼奴之大者曰『蕉葉』。其名甚新。

明武宗製冠翎，有三英、二英、一英之分。見《明史·輿服志》。案，翎以天鵞羽染爲藍色。王瓊爲兵部尚書，賞一英，甚以爲榮。今之賞翎，蓋仿於此。

柳州、廬陵皆嘗自表其先人之墓。

張守節《史記正義》『發字例』云：『古書字少，假借蓋多。字或數音，觀義點發，皆依平上去入。若發平聲，每從寅起。寅申巳亥，當四維之位。平起寅，則上在巳，去在申，入在亥也。又一字三四音者，同聲異喚，一處共發，恐難辨列，故略舉四十二字。如字初音者皆爲正字，不須點發。』蓋自齊梁人分列四聲，而讀經史者因有點發之例。觀守節所言，知唐初已盛行之矣。宋以來改點爲圈，如相臺岳氏刊《五經》，於一字異音，皆加圈識之。

宋紹熙二年正月三日壬子，其夜子時立春。洪文敏以劄子白廟堂云：『日辰自古以子時爲首，今既子時立春，則當是四日癸丑。』謂太史之誤。見《賓退録》。《宋史·曆志》不載其事，是文敏有此議而廟堂未之行也。頃見《寶祐四年會天曆》，是歲立夏，四月三日甲子，其夜子初二刻。則子初係前一日，終宋世未嘗改易。元明至今，猶承其舊。洪氏於推步，本非專門，輒譏太史爲誤，非也。

秦檜妻王氏，陳乞舊所得恩數之未用者，自稱沖真先生。時王佐爲吏部員外郎，持白執政曰：『婦人安得此名？今當追正。』執政不能聽，但寢其請而已。後王氏死，卒奪先生號。見陸游《王佐墓志》。

今人但知送窮，不知迎富亦有故事。魏華父有《二月二日遂甯北郭迎富故事》詩，云：『才過結柳送貧日，又見簪花迎富時。』此蜀中舊俗，不知今尚行之否。

《南齊·周盤龍傳》：『太祖曰：「我若不没鹵，則應破鹵；兒不作孝子，便當作世子。」』俗以居憂者爲孝子，蓋本此。

《孔氏談苑》：『有人問秀州崇德縣民：「長官清否？」曰：「漿水色。」言不清不濁也。』

宋陳恭公判亳州，遇生日，親族多獻老人星圖。姪世修獨獻范蠡游五湖圖，且贊曰：『異哉陶朱，霸越平吴。名遂身退，扁舟五湖。』公即日納節，明日致仕。

宋人有論少陵拙於爲文、退之窘於作詩者，申難紛然，卒無歸宿。獨陳無己默默無語。衆詰之，無己曰：『二子得名，自古未易定價。若以謂拙於文、窘於詩，或亦謂詩文初無優劣，則皆不可。就其已分言之，少陵不合以文章似吟詩樣吟，退之不合以詩句似做文樣做。』於是議論始定。

清字從後竪讀至前，漢字從前竪讀至後。回字從前横讀至後，番字從後横讀至前。

《金川瑣記》載，金川喜蓺天星米，一名喇麻酥。米如黍粒，可作糧食。葉經霜，紅如老少年。秋深，滿山紅葉，亦一大觀。吾鄉所稱『西方穀』當即此。

兩金川俱出南瓜，其形如巨棗，圍三四尺，重一二百觔，每一枚輒用四人舁之。

正月初三爲萬神都會日；《三元延壽書》。初九爲玉帝生日；《蠡海集》。十二爲雲開節；《岳陽風土記》。

十九爲收燈日，《夢華録》。又名燕九節；邱真人故事。見《帝京景物略》。二十五爲填倉日；《北京歲華記》。二十九爲池陽送窮日。《天中記》。

二月初一日爲中和節；《舊唐書》。初二爲巢人迎富日，又爲小遊江日，俱見《歲華紀麗譜》。又爲挑菜節、踏青節，又爲竹本命日；《種樹書》。初五爲太上齋日；《天寶經》。初八爲芳春節；道經。十二爲花朝，或以十五爲花朝；十六爲黄姑浸種日；《談薈》。《通考》作三月十六日。西南風，主大旱。二十爲小分龍日。《談薈》。或作四月二十日。晴主旱，雨主水。

三月初一爲波黎天奏事日；道經。初三爲修禊日；初九爲高昌國寒食日；《高昌行紀》。十一爲麥生日；《嘉定縣志》。喜晴。二十爲天倉開日；《遵生八牋》。四月十六亦然。二十三爲天妃誕日。道書。

四月初八爲佛生日，設浴佛會；《荆楚歲時記》。十九爲浣花日；《老學菴筆記》。二十八爲天休節。道書。

五月初一爲端一節；《乾淳歲時記》。初四爲重四節；《温州府志》。十三爲龍生日；《岳陽風土記》。可種竹，《齊民要術》所謂竹醉日也。十六爲天地合日；《老學菴筆記》。二十爲大分龍日；《烏程縣志》。三十爲分龍節。圖經。

六月初一爲波斯歲首；《唐·西戎傳》。初六爲祈六六福日；《東陽縣志》。十三爲太乙朝元日；道書。二十四爲觀蓮節，又爲九天生日。《蠡海集》。

七月初五爲修迎秋齋日；《法天生意》。十八爲散盂蘭盆日。《歲華紀麗譜》。

八月初一爲天醫節；《潛居録》。初八爲竹醉日。《山家清事》。

九月初十爲小重陽。《輦下歲時記》。

十月初三爲龍聚日；道經。十五爲下元節；《搜采異聞録》。十六爲盤古氏生日，《路史》。又爲寒婆生日；《農政全書》。晴主冬暖。十九爲五百羅漢會經日。藏經。

十一月初一爲聚星堂賦雪日；《東坡詩序》。十五爲東坡作《重陽》日。《容齋續筆》。

十二月初一爲八仙聚會蓬萊日；道書。初八爲浴佛日；《事物紀原》。十二爲百福日；道經。十三爲太乙朝元日；道經。二十四爲小節夜；《乾淳歲時記》。二十五爲老子度關日；《初學記》。二十八爲修迎新齋日；《内景經》。二十九爲小除日。《北京歲華記》。

『人皆知糞其田，莫知糞其心。何謂糞心？博學多聞。』此《孟子外書》語也。今人不求以學糞心，而坐使牛溲馬勃充塞胸臆間，真成糞土之牆矣。豈不可歎！

陳仲子卒，孟子誄之曰：『吁嗟仲子！廉潔以保貞兮，求名而得名兮。數齊國之高士，舍仲子其誰稱兮。惟山高而水流，千古一於陵兮。吁嗟仲子！名長存兮，可慰於九泉兮。』此載《孟子外書》中，與内篇所論，何刺謬若是？

《外書》又云：『齊人伐趙，桃應將，問於孟子。孟子曰：「毋嗜殺，將心也；毋爭功，將才也；與士同甘苦，將道也。」』使爲將者果能從事斯語，將不僅爲名將，且可爲名賢。然而知此者尠矣。

明王忠毅公驥，豐功偉烈，卓乎一世。凡有求詩文者，信筆成篇，略不經意。嘗謂人曰：『北方老實文字，不足爲法，答應而已。』連稿付之。可見公之真誠。然公之可傳，亦不恃此也。

『天堂無則已，有則君子陞；地獄無則已，有則小人入。君子贏得爲君子，小人枉了爲小人。』唐御史李舟語也。雖近俚，亦理到言之。

閱《史記·穰苴傳》：『百姓之命，皆懸於君。』君謂莊賈也。又《張儀傳》：『舍人曰：「臣非知君，知君乃蘇君。」』是稱人曰君，自稱曰臣，其來已久。今人印章有稱臣某者，蓋本此。

蜀中自嘉定至隆慶，江間有魚，曰魚舅。廣州文昌縣有井，出巨魚，紅頂，名魚爺。見《一統志》。

韓文公送李愿歸盤谷，向皆以愿爲西平王長子。惟閻若璩《博湖掌録》辨李愿別是一人。詳漁洋

《居易録》。

自明至國初，曲阜縣知縣皆以孔氏子孫爲之，蓋始於後周郭威。説見《香祖筆記》。

任邱邊大綬爲米脂令，發李自成祖父墓，賊旋敗死，與唐末黄巢事相類。巢事見《王氏聞見録》。

唐就新格，以正、五、九月爲忌月。今人相沿，以爲不宜上任。戴埴《鼠璞》云：『釋氏《智論》：天帝釋以寶鏡照四大神洲，每月一移，察人善惡，正、五、九月照南瞻部洲。唐人以此三月不行死刑，曰三長月。因禁屠宰，不上官。』《菽園雜記》謂新官上任，應祭告神祇，必須宰殺，故忌之也。按正、五、九月不上任，自是五行家言，不緣屠宰，其傳已久。《北齊書》：文宣帝將受魏禪，或曰：『五月不可入官，犯之不終於其位。』《左傳》：鄭厲公復公父定叔之位，使以十月入，曰：『良月也，就盈數焉。』而顔師古注《漢書》『李廣數奇』，以爲命隻不耦。是則以雙月爲良，隻月爲忌。喜耦憎奇，古人已有之矣。詳《日知録》。又《七修類稿》云：『今官府到任，每忌正、五、九月。遠見《南史》，術家皆無所據。予意三月之建，乃寅、午、戌也。寅、午、戌屬火；臣音爲商，商屬金。恐火之剋於金，故忌之。』案，宋制：官員於寅、午、戌三月，例減禄科。今命書以此三月爲『無羊月』。

電母秀文英。出道經。

蕭山土地祠爲西施。宋景定二年，敕封岳鄂王爲太學土地，改謚忠文。杭州府署内土地祠是蘇東坡，鐵用蘇詩絶句。今吏部、禮部、翰林院衙門土地祠皆祀韓文公。明南京吏部土地祠則祀蹇忠定公。見《池北偶談》。今聞杭州養濟院祀嚴嵩爲土地，不知起於何時。

《前漢書·甯成傳》曰『虎而冠』。《後漢書》有『狗而冠』，人罕用之。

《北史》：隋盧大翼目盲，以手摸書而知其字。

《丹鉛録》云：『《禹貢》：夾右碣石入於河。右碣石即河赴海處，在北平郡南二十里；左碣石在高麗。《唐書》云：碣山在漢樂浪郡遂城縣，長城起於此山。』案，碣石考辨甚多，此以『右』字連下讀，亦可備一説。

《文選注》：『寮，小窗也。』古人謂同官爲寮，指其齋署同窗爲義。今士子同業曰同窗。官之同寮，亦士之同窗也。

書簡謂之劄。《釋名》：『劄，櫛也。編之如櫛齒相比。』又，甲亦曰劄。養由基射穿七劄，杜預射不穿劄。書劄、甲劄雖異用，皆似櫛齒相比，故以爲況耳。

《西河詩話》：『太室南觀星臺傍有文王、文母廟，如時世所供託生公姥，塑百兒環壁間，爲土人祈嗣處。曾遊少室，還，夜宿山家。見碓磑埋地，有字，是壞碑改造者。摩視之，彷彿有「百子王」字；且有詩句，存「祈年羞雉汁，禱嗣驗螽斯」十餘字。詢之，知百子王者，係土人呼文王之稱。其云祈年，則不止祷嗣。以文王有九齡事，故獻雉羹以祈之。《楚詞》云「彭鏗斟雉」是也。里俗事雖鄙褻，然亦椎樸多古意。』

太原有李晉王像，側坐調箭，善避獨眼之誚。見《七頌堂識小録》。

石絨，不灰木也。見《元史·阿合馬傳》。此木織爲布，火不能然。與今還安所産可作火爐者，別是一種。

俗謂異日曰另日。『另』字音『命令』之『令』，然其字《説文》《玉篇》無有也，只當作『令』字。《戰國策》：趙燕拜武靈王朝服之賜，曰：『敬循衣服，以待令日。』令日即異日也。注謂令爲善，非。

『使吾心有以勝物，則李廣之石可使爲虎；使吾爲物所勝，則欒令之弓亦能爲蛇。』此《玩鷗亭記》中語。

《大事記》：嘉靖三十六年，馬祖師翦楮爲兵以駭衆，各户多懸『鋐鏔鎚鏇』四字厭之。案，四字出道藏。今人有所鎮壓，尚相承，硃書粘於門。

古書用字各不同，不可改易。如《周禮》『法』多作『灋』；《三禮》『編』多作『辮』；《大戴禮》『而』多作『如』，『惰』多作『墮』，『邦』多諱作『域』；《漢書》『雍』多作『廱』；《吕覽》『僅』多作『覲』，『期』多作『旗』；《莊子》『居』多作『姬』是也。當悉依原本。俗妄改竄，不可遵也。

『行李』與『行理』同。《左傳》：『行理之命。』

《漢書》有『誰何卒』。註：『誰』與『譙』通，『何』與『呵』通。譙呵，如今關城盤詰之例。

丈夫無婦曰『索』。見《字彙補》。

秦檜眼有夜光。見《偃曝談餘》。

邵康節曰：『世有温泉，無寒火。』昭德晁氏解曰：『陰能順陽，而陽不能順陰也。水爲火爨，則沸而熟物；火爲水沃，則滅矣。』《白虎通》亦謂有温泉，無寒火。按《西京雜記》載董仲舒曰：『水極陰而有温泉，火至陽而有涼燄。』又《抱樸子》云：『水性純冷而有温谷之湯泉，火體宜熾而有蕭丘之寒燄。』又《劉子·從化篇》曰：『水性宜冷，而有華陽温泉，猶曰泉冷，冷者多也。火性宜熱，而有蕭丘寒燄，猶曰火熱，熱者多也。』然則寒火亦有之矣，特以耳目所未及，故以爲無耳。海水以杖擊之，火星勃然；腐草化而爲螢光，可照物。非寒火乎？

喉閉之疾，極速而烈。前輩傳帳帶散，惟白礬一味，然或時不盡驗。有老醫教以用鴨觜膽礬，研細，以釅醋調灌，吐出膠痰即差，試之屢驗。然膽礬難有真者，養生之家不可不預儲以備用也。

治痘瘡倒靨，用活狗蠅七枚，擂碎，和醅酒少許調服，神效。蠅夏月極多，易得，冬日則藏於狗耳中。

裴度嘗訓其子云：『凡吾輩但可令文種無絶。然其間有成功，能致身萬乘之相，則天也。』山谷曰：『四民皆坐世業。士大夫子弟，能知忠孝信友，斯可矣。然不可令讀書種子斷絶，有才氣者出，便當名世矣。』似祖裴語，特易『文種』爲『書種』耳。練兼善[一]嘗對書太息曰：『吾老矣，非求聞者，姑下後世種子耳。』周公謹家有『書種堂』，蓋兼取二公之説云。

校按：

【一】『善』原作『書』。據文淵閣《四庫全書》本《齊東野語》改。

宋時江西人好訟。往往有開訟學以教人者，如金科之法，出甲乙對答，及譁訐之語。蓋專門於此，從之者常數百人。又括之松陽有所謂業觜社者，亦專以辯捷給利口爲能。此最可怪事。見《癸辛雜識》。

沈隱侯曰：『文章當從三易：易見事，一也；易識字，二也；易讀誦，三也。』乾以易知，坤以簡能。易簡，而天下之理得矣。詩之道亦然。

《詩》三百篇，有正有變。後人學焉，而各得其性之所近。楚騷之幽怨，少陵之憂愁，太白之飄豔，昌黎、玉川之奇詭，東野、閬仙之寒儉，從乎變者也。陶靖節以下，至於王昌齡、王維、孟浩然、高適、岑參、韋應物、儲光羲、錢起輩，俱發言和易，近乎正者也。白居易以和易享遐齡，長吉以瑰詭而致夭折。《記》曰：『和故百物不失。』冬寒故景短；夏酷烈而秋悲；春日遲遲，信可樂也。知此可與言詩矣。

楊用修《西莊》『鷓鴣天』詞云：『彈聲林鳥山和尚，寫字寒蟲水秀才。』山和尚謂山鵲。水秀才，滇中蟲名也。

《雕蟲館曲選》論云：『元取士有填詞科，若今括帖然。取給風簷寸晷之下，故一時名士，雖馬致遠、喬夢符輩，至第四折，往往强弩之末。』又謂：『主司所定題目外，止曲名及韻。其賓白則演劇時伶人自爲之，故多鄙俚蹈襲之語。』云云。然考《元史·選舉志》及《元典章》，皆無其事。胡震亨《讀書雜録》言其友秀水屠用明藏元代皇慶二年鄉試録一帙，所載考試程式，於元志無異。則元未嘗以詞曲取士也。而試録中有一條云：軍民僧尼道客官儒回回醫匠陰陽寫算門廚典僱未完等户，願試者以本户籍貫赴試。僧道應試，已屬可笑；尼亦赴考，尤可怪。豈元時有女舉人、女進士乎？此條存疑。

《論語》：曾點曰：『冠者五六人，童子六七人。』姑以意言之，非決定語也。《啟顔録》載北齊石箭取二語者，雜組其數，以傅會七十二子，用爲優戲。初時見之，止付一笑耳。及觀《漢舊儀》載漢雩祀舞人七十有二，其説正以五六冠者爲三十人，六七童子爲四十二人。則石優戲語，漢儒固已用爲實事。此其轉誤，與小孤嫁彭郎亦何異也。

昔人論畫有云：『畫山水者，有無形病，有有形病。有形病者易醫，無形病則不能醫。』吾謂詩文亦然。凡可以指瑕鐫改者，有形病也；混然不好，不受鐫改者，無形病而不可醫也。【一】

校按：

【一】此條出自《藏海詩話》。

他，《説文》曰『蟲也。上古草居患他，故相問「無他」』。猶言無恙也。恙，小蟲，亦蛇屬。今人用『無他』之語，承誤也。

元郭翼《雪履齋筆記》云：『山兀然不動而已，然使之斷續隱顯，又能使之多少者，雲爲之也。觀雲可以慨悟身世。』

海中漉出魚鱟，置陰處有光。初見以爲怪，嘗推其義，蓋鹹水所生。凡海中水，遇陰晦，波如然火滿海，以物擊之，迸散如星，有月即不復見。木玄虛所云『陰火潛然』，豈謂是乎？

唐人進士榜必以夜書，書必以淡墨。或曰：名第者，陰注陽受；以淡墨書者，若鬼神之迹也。世傳大羅天放榜於蕊珠宮，故又稱蕊榜。又放榜后必有一人下世者，謂之報羅使。按唐何晦《摭言》：羅玠貞元中及第，開宴曲江，泛舟，玠以溺死。後有閱試前卒者，謂之報羅。

古者師行，二五爲什，凡食器之類必共之，故曰什物、什器。又《史記·五帝紀》注：什物謂常用者，其數非一，故曰什。

估，音古，市税，又論物貨也。今鬻故衣者，概稱『估衣局』者，誤。

《前漢·王莽傳》：『縣宰缺者，數年守兼。』師古曰：『不拜正官，令人守兼也。』

馬曰匹。《前漢·食貨志》：布帛長四丈亦爲匹。《小爾雅》：『倍兩謂之匹。』俗作疋，非。

馬屬午。晉姓司馬，因改司馬官爲典午。

《翻譯名義》：合掌作禮曰『和南』。《淳化帖·衛夫人書》：『衛和南。』

隱度其辭，口以授人曰口占。《後漢·陳遵傳》：遵常召善書吏於前，治私書謝親故。憑几口占，書數百封，親疏各有意。【一】

校按：

【一】陳遵口占事出自《漢書》，不見於今本《後漢書》。

《梁冀傳》：『口吟舌言。』註：『謂語吃不能明了。』

唐宧官曰品官。見《正字通》。

《莊子註》云：『唐子者，堂途給使令之人，猶《周禮》云「門子」耳。』唐，堂途也，堂下至門之徑也。詳見《爾雅》及《詩》註。

堪輿，天地總名。范浚《心箴》：『茫茫堪輿，俯仰無垠。』又，孟康曰：『堪輿，神名，造輿宅書者。』

女子國在巫咸北。郭璞《圖讚》：『女子之國，浴於黄水，乃娠乃字，生男則死。』又東女國，女主號賓就，見《唐書·西域傳》。又扶桑東三千里有女國，其人容貌端正，身體有毛，見《通考》。

同母異父曰外妹。《左傳·成十一年》：『聲伯嫁其外妹於施孝叔。』

佛有妻，名耶須。見梵書《蓮經》註。

生子曰姓。《左傳·昭四年》：『庚宗之婦人，獻以雉。問其姓，對曰：「余子長矣，能奉雉而從我矣。」』鄭曉曰：『姓，字從女生。上古八大姓，姜姬嬀姒嬴姞姚妘，皆從女。』

妻父爲婚，婿父曰姻。今男女之家皆曰姻。

婦稱姑曰威姑，猶子稱父曰嚴君。《説文》：『威，姑也。』引《漢律》『婦告威姑』。《正字通》：『按，《漢律》「威姑」二字宜連讀。信如説文訓，似「告姑姑」，豈成文理？』

《輟耕録》：『段繼昌好飲，以錢遺之者，盡送酒家。名酒爲「黄嬌」。蓋關中以兒女爲阿嬌，故況之。』

宋明帝好鬼神，多忌諱。改『騧馬』字爲馬邊瓜，以『騧』字似『禍』故也。嘗以南苑借張永，云：『且給三百年，期盡更請。』見《南史》。

《前漢·食貨志》：『再登曰平，三登曰太平。』

王莽有幼錢。《前漢·食貨志》：徑八分，重五銖[一]，曰幼錢，直二十。

校按：

【一】『五銖』，原誤爲『六銖』。

《度地論》：『二尺爲一肘，四肘爲一弓，三百弓爲一里。三百六十步爲一里，即三百弓也。』《西域記》：『鼓小者聞五百弓。註：五百弓，二里半也。』

强葆即襁褓。《史記·魯周公世家》：『成王少，在强葆之中。』

《敔頦録》：陳人聘隋，問馬價貴賤。答曰：『彌尾躁蹄，絶無伎倆，不直一錢。』註：彌，卜結切。

明安福鄒賢，號易齋。爲諸生時，學使謁廟講書。有講『吾與回言終日』者，學使者問曰：『《論語》所載，止有「問仁」「問爲邦」兩章，不知更有何話説，終日不休？』諸生莫能應。易齋前對曰：『顔問仁，天德也；問爲邦，王道也。天德、王道，千古商量不盡，何況終日！』使者悚然出座，曰：『賢所言，氣象冠冕。非但科第，且理學可分一席。』

宋元封贈大父母，降父母一等；封贈父母，降本身一等。蓋推恩近重而遠輕也。然子孫之心，終有未安。自明以來，封贈三代，一如現爵。教孝之典，可謂大備。今則更加三級請封矣。初止京官，後外官亦如之。

封典有再醮不得受封之説，此爲妻不爲母也。近有以母再醮不請封者，殊失考。

宋晁无咎有《八仙案銘》，蓋取飲中八仙意。

南宋時禁食蛙，以其似人也。今吾鄉食蛙者，止用其後髈。惟冬間來自關東者，白脂黑子，最稱肥美，名曰哈什馬。吴江吴南榮棖臣《甯古塔紀略》稱，哈什馬生於江邊淺水處石子下，上半身似蟹，下截似鰕，長二三寸，鮮美可食。當别是一種。

甯古塔在大漠之東，過黄龍府七百里，與高麗之會寧府接壤，乃金阿骨打起兵之處。雖以塔名，實無塔。相傳昔有兄弟六個，各占一方。滿洲稱『六』爲『甯古』，『個』爲『塔』，其言甯古塔，猶華之言六個也。

日在午曰亭，在未曰映。見梁元帝《纂要》。亭，至也。一曰即直午之義。

遷安馬瑟臣《詠會試題名録》『清商怨』小詞云：『群仙名第兩小紙，草草忙刻字。到處爭觀，無窮愁共喜。他時誰還問起，只一霎、興頭而已。勘破浮榮，歸根皆若此。』亦覷破之言。

《北史》：『怡峰字景阜，遼西人也。本姓默台，因避難改焉。』據此，則『墨胎』之『胎』，以作『怡』音爲是。

丁憂者具銜，稱『草土臣』。見《朝野類要》。

佛寺門兩金剛神是千佛數中最後者，一名婁至德，一名青葉髻。見范石湖《吴船録》。按，即今所呼哼呵二將者。

鑄像曰寫。《越語》：『王令工人以良金寫范蠡之狀而朝禮之。』註：『謂以善金鑄其形也。』

《小爾雅》：『五尺謂之墨。』《周語》：『不過墨丈尋尺之間。』註：『五尺爲墨，倍墨爲丈。今木工各用五尺以成宫室，其名爲墨。則墨者，工師之五尺也。』

物之穉者曰季。《周禮・地官・山虞》：『凡服耜斬季材。』疏：『服與耜宜用穉材，尚柔忍也。』又，細也，小稱也。《管子・乘馬篇》：『季絹三十三。』又《儀禮・特牲饋食》：『掛於季指。』註：『季指，小指也。』

《六書精蘊》：『人心有假者，修之於昭昭，肆之於冥冥。惟慎爲真心。』

《左傳・定十四年》：『闔廬傷將指。』註：『足大指也。言其將領諸指。足之用力，大指居多；手之取物，中指爲長。故足以大指爲將，手以中指爲將。』

《前漢・藝文志》有《黄帝岐伯按摩》十卷。

韓愈《寄崔立之》詩：『當如合分支。』今時人謂析産符契爲分支帳。

《小爾雅》：『空棺謂之櫬，有尸謂之柩。』《楊子·方言》：『凡葬，無墳謂之墓，有墳謂之塋。』今人多混同用之。

穿鑿傅會謂之蕞殘。王充《論衡》：『蕞殘滿車，不成爲道；玉屑滿篋，不成爲寶。』

《黄庭經》：『尺宅寸田可治生。』註：『尺宅，面也。寸田，兩眉間，爲上丹田。心爲絳宫田，臍下三寸爲下丹田。』

梵言一年爲一白。《傳燈録》：『我止林間，已經九白。』

韓鄂《歲華紀麗》：『大醎小盡。』註：『月三十日爲大盡，二十九日爲小盡。』

《左傳》：『公孫揮曰：「子産其將知政矣。」』魏了翁《讀書雜抄》：『後世官制上「知」字始此。』《易·繫辭》：『乾知大始。』知，猶主也。

《廣韻藻》：『竹秋，三月也；蘭秋，七月也。』

王褒《僮約》：『焚槎發等。』發等，沐樹也。

《日本土風記》：『倭國十二支之「巳」曰「米」。』

仲夏日爲長至，仲冬日爲短至。今世誤以冬至爲長至。《堯典》仲夏『平秩南訛』，曰長至；仲冬『平在朔易』，曰短至。此其證也。《正字通》：夏至曰日長至〔一〕，言日之長於是而極，『至』取『極至』之義。《吕覽·十二紀》仲夏月『日長至』是也。冬至亦曰日長至，言日之長於是而始，『至』取『來至』之義。《禮·郊特牲》曰『郊之祭，迎〔二〕長日之至』是也。然《吕覽》於仲冬則又曰『日短至』，據此説，短至宜爲冬至。而亦謂之日長至者，陽之始長也，扶陽抑陰之義也。又，日至有大還、小還之名。《淮南子·天文訓》：『日至於鳥次，是爲小還；至於女紀〔三〕，是爲大還。』

校按：

〔一〕『夏至曰日長至』原引爲『夏至日曰長至』，據《正字通》改。

〔二〕『迎』原誤引爲『近』。

【三】『紀』原誤爲『次』。

夫稱婦亦曰良人。《詩》：『今夕何夕，見此良人。』《毛傳》：『良人，美室也。』按，朱註『良人，夫稱也』，與《毛傳》異。

虎魄不取腐芥。見《吴志》裴松之註。

閩粤人以田種蟶，謂之蟶田。見《正字通》。

蠶叢，人名。《成都志》：『蠶叢氏，蜀君也。』

眉目之間曰衡。蔡邕《釋誨》：『揚衡含笑。』左思《魏都賦》：『盱衡而誥。』

《五代史補》：『僧謙光有才辯，飲酒食肉。嘗云：「但願鵝生四掌，鼈留兩裠足矣。」』

裨王，小王也。《史記·衛青傳》：『得右賢裨王十餘人。』

《家語》：『江始出於岷山，其源可以濫觴。』王肅註：『觴可以盛酒，言其微也。』是濫觴謂始出之微。唐明王《孝經序》：『濫觴於漢。』蓋用此義。近世有指爲末流之弊者，誤。

陸贄以博學宏詞登科。見《唐書》本傳。

《正字通》：『古者上下有誥。秦廢古稱制詔。漢武元狩六年初作誥，然不以命官。唐稱制不稱誥。宋始以誥命庶官。明命官用敕不用誥；三載考績，則用誥以褒美。洪武十七年，奏定有封爵者給誥，如一品之制。二十六年，定一品至五品皆授以誥命，六品至七品皆授以敕命。』我朝因之。

《蜀志》：『蛣蛉縣有石豬，子母數千頭。傳言夷昔牧豬於此，一朝豬化爲石。』此與黄初平牧羊事相類。

《史記·秦始皇紀》：『夫爲寄豭。』註：『夫淫他室，若寄豭之豬也。』

六赤，今骰子别名。李洞贈李郎中詩云：『微黄喜兆莊周夢，六赤重新擲印成。』

叢辰，術家名。《史記·日者傳》『叢辰』註：『猶今之以〔一〕五行生剋擇日也。』

校按：

【一】『以』字原脱。

姻親爲連。《史記·尉佗傳》：『及蒼梧秦王有連。』

銅名黄鐵。見《書·吕刑》疏。

宋子虛名友，五子以鑫、森、淼、焱、垚立名。見《正字通》註。

閆，同閻。《説文》有『閻』無『閆』，今《姓譜》分爲二。

《人物志》：『草之精秀者爲英，鳥之將群者爲雄。張良是英，韓信是雄。』

唐李肇《翰林志》：『凡太清宫道觀薦告詞文，用青藤紙，朱字，謂之青詞。』

相背曰面。《史記·項羽紀》『馬童面之』，謂背之、不面向也。『面縛』亦謂反背而縛之，杜元凱以爲但見其面，非也。

聲音和曰韻。漢魏以上之書，皆言音不言韻。自晉以後，音降而爲韻矣。至韻書之最古者，莫如魏李登《聲類》，晉呂靜倣其法作《韻集》。齊周顒始著《四聲切韻》。梁沈約有《四聲》一卷。隋秦王俊有《韻纂》，陸法言有《切韻》。至唐孫愐《唐韻》出，而諸書皆廢。宋陳彭年等重修《廣韻》，丁度有《集韻》。金韓道昭有《五音集韻》，元黄公紹有《韻會【一】舉要》，明洪武中宋濂等修《正韻》。此韻書大略也。

校按：

【一】『會』字原脱。

『耳食』二字，人習用之，而『目食』則罕用也。《宋史·司馬光傳》：『飲食所以爲味也，適口斯善矣。世人取果餌刻鏤之、朱緑之，以爲槃案之翫，豈非以目食乎？』

杜甫《遺悶》詩：『家家養烏鬼。』《漫叟詩話》：『川人家家養豬，每呼豬爲「烏鬼」聲，故謂之烏鬼。』《夢溪筆談》：『《夔州圖經》稱峽中人皆養鸕鷀，以繩繫頸，使捕魚，得則倒提出之，謂之烏鬼。』元微之《江陵》詩：『病賽烏稱鬼。』自註：『南人染病，競賽烏鬼。』

孫季昭《示兒編》：『黽，蛙屬。蛙黽之行，勉强自力，故曰黽勉。如猶之爲獸，其行趦趄，故曰猶豫。』

《晉書·朱伺傳》：『江夏太守楊珉每請督將議距賊之計，伺獨不言。珉曰：「朱將軍何以不言？」伺答曰：「諸人以舌擊賊，伺獨以力耳。」』

《傳燈録》：『參禪有二病，一是騎驢覓驢，一是騎驢不肯下。』

元稹《送客遊嶺南》詩：『島夷徐市種，廟覡趙佗神。』

『言同百舌，膽若鼷鼠。』梁武帝責元慶和語。見《魏書》。

《南史》：『柳津字元舉，或勸之聚書，津曰：「吾嘗請道士上章驅鬼，安用此鬼名耶？」』

《諸事音考》：『宋宣和二年，有臣上疏設牙牌三十二扇，共記二百二十七點，以按星辰布列之位。譬「天牌」二扇二十四點，象天之二十四氣；「地牌」二扇四點，象地東南西北；「人牌」二扇十六點，象人之仁義禮智，發而爲惻隱羞惡、辭讓是非；「和牌」二扇八點，象太和元氣流行於八節之間。其他牌名，類皆合倫理庶物器用。表上，貯於御庫，疑繁未行。至宋高宗時，始詔如式頒行天下。』

《左·昭十九年》郯子言雲、龍、水、火名官。服虔因撰出雲龍配五色、水火配四時之號。孔疏斥其虛而不經，是也。董含《三岡識略》言闖賊建設僞官衣服，以雲爲級，一品一雲，至九品爲九雲。服說幾類是。

温公《通鑑》始於周威烈王二十三年命三晉爲諸侯，以爲天子自壞其紀綱，特著篇首，爲後世戒。宋樓鑰獨謂此書之作，實繼《左氏傳》，温公不敢顯言之爾。《左傳》以三晉事終，《通鑑》以三晉事始。攻媿此論甚確。見本集。

錢廣伯云：『趙臺卿《孟子注》未嘗認告子即浩生不害，因别爲一人也，僞《疏》疑浩生不害爲告子耳。諫庵謂趙氏兩注元有牴牾，未免臆斷。又孟子曰「告子先我不動心」，則是孟子弟子，而年亞於孟子。可知孟子於弟子稱「子」。顧亭林曾言之。若以孟子稱曰「告子」疑非弟子，則「樂正子二之中」又何説？』

《晉・藝術傳》：『佛圖澄令一童子絜齋七日，取麻油合臙脂，躬自研於掌中，舉手示童子，粲然有輝。童子驚曰：「有軍馬甚衆，見一人長大白皙，以朱絲縛其肘。」澄曰：「此即曜也。」』錢詹事云：今俗傳圓光之術，蓋出於此。

唐德宗取順宗之子諒爲第六子。案，五代閩陳洪進以子文顯之子爲子，名文頊，與父並行。劉貢父《内殿崇班康君墓志銘》：『君生二歲失父，育於大父。大父育爲己子。君念父甚至，及身登朝，求改正昭穆，未報。』皆以孫爲子者。唐宋之制，尚主者陞行，與諸父等。此何爲乎？《御覽》：『《董卓别傳》：卓孫年七歲，愛爲己子。』

《明史・嚴嵩傳》：『嵩惟一子世蕃。』吕稼莘嘗言：昔遊分宜，見《嚴氏家譜》。世蕃有兄名世藍，家居不仕，睦鄰惇族，鄉里稱爲善人。今之子孫，皆其苗裔。史佚之也。梁處素紀之以詩，有云：『兄豈難爲非競爽，子能不肖始稱賢。』《池北偶談》謂《江右齒録》分宜子孫中式者，不列其高祖名爵，殆耻爲嵩後，并没世藍耳。録之以補史缺。

晁補之詩：『淮南【一】楊柳春千里，尚有多情憶小勝。』注：『南都留守使雙鬟勸酒，「小勝」其字也。』

校按：

【一】『南』，《雞肋集》中作『山』。

乾隆四十二年八月，上諭：『《金史·世紀》稱金之先出靺鞨部，古肅慎地。本朝肇興東土，疆域與金同，舊稱滿珠，所屬曰珠申，後改稱滿珠。而漢字相沿，譌爲「滿洲」。其實即古肅慎，爲「珠申」之轉音也。』又《御製全韻詩》注：『滿洲，清字本作「滿珠」。我國家肇基於東，故西藏每歲獻丹書，皆稱「曼珠師利大皇帝」。今漢【二】字作「滿洲」者，蓋因洲字義近地名，假借用之。遂相沿從俗云。』

校按：

【一】『漢』原作『滿』，據《欽定滿洲源流考》卷一改。

官衙驅使之僕謂之長隨，蓋本前明內官之名。秦徵蘭《天啟宫詞》：『長隨齎到鏤金盤。』自注：『答應、長隨，内官之賤者，職掌召對、欽賜諸項奔走之役。』鄭曉《今言》：『司禮璫范亨爲逆瑾所忌，遣長隨王成等殺之。』杭董浦太史有《長隨》七律四首，摹繪最工。

杭諺：『九月十三晴，釘鞾挂斷繩。』馮夢禎《快雪堂日記》載之。案，占書亦謂是日晴主冬晴柴賤，故有『釘鞾生日』之語。毘陵胡芋莊香昊有《釘鞾生日》詩。又，明沈榜《宛署雜記》：『燕市賣鞾人以九月朔日爲鞾生日，供具祭之。以其陰晴卜一冬寒燠，極驗。』

國書右行，造字者曰薩海，亦作達海，沈宫詹荃嘗疏請崇祀。見程哲《蓉槎蠡説》。朱竹垞《韓公菼墓碑》云：『祭酒阿理瑚請以故大學士達海從祀孔廟，公以爲造國書一藝爾，不可從祀。』韓議見《有懷堂集》。案，本朝制字者有二人，一曰達海，一曰額爾德宜，皆謚文成。全祖望《國書賦》云：『惟兩文成，不亞朱襄；或作或述，接武擅場。』又，考遼契丹字，太祖阿保機製，突吕不、耶律魯不古贊成之。見《遼史》本紀、本傳。金女直字，完顏希尹撰。本名谷神，《章宗·明昌五年紀》稱『葉魯谷神』。依倉頡立廟盩厔例，祠於上京納里渾莊。見史本傳。元初用漢楷及畏吾兒國字。至元二十五年，勅中書省，奏目及文册皆不許用畏吾字，並用蒙古書。乃帝師八思巴撰，郡縣建廟通祀。《元史·釋老傳》。

宋何光逢代人充試取貲，即後世槍替之類，其後罹大禍。見《宋史·蘇易簡傳》。

任昉《述異記》：『梓樹之精，化爲青羊，五百年而紅。』天運百年中變，五百年大變，所謂劫也。唐殷堯藩詩『太平從此銷兵甲，記取紅羊换劫年』，當本此。又歲在丁未曰紅羊，猶以乙酉爲白雞。殷堯藩詩題作《李節度平虜》，蓋述文宗太和元年丁未，李寰討李同捷事。敬宗無道。文宗初立，盡革秕政，是换劫也。宋高宗建炎元年亦值丁未，故皆有紅羊語。

岳鄂王恢復中原，一日奉十二金字牌班師，所得州縣盡失。辛棄疾規畫飛虎軍，降御前金字牌，俾日下住罷。棄疾受而藏之，責期一月，營栅成，開陳本末，繪圖繳進。二者孰是？曰皆是也。岳王措置甚大，非旦夕可塞讒慝之口；忠敏經度湖南一路，事易集而謗易弭。所處不同也。

小説稱楊老令婆曰佘太君，不知何本。案，畢尚書沅《關中金石記》：『楊業妻，折德扆之女，世以爲折太君。』

楊椒山公有《王勃然變乎色》文，《隆萬文》刻本皆選之。尤成述《述祖頌》言此文乃其先世尤鈿字洵美所作，因感時事，借名楊公耳。又衛壯謀輯明人文行集，有楊公會墨『禹思天下有溺者』一節文，乃嘉靖丁未科，公在三十八名。

品服用補子起於何時，汪韓門《綴學》攷之最詳。謂服之花樣，定於洪武二十四年，而以本等花樣爲補子，自嘉靖七年始，仍用至今。若劉若愚《蕪史》稱宮眷内臣臘月二十四祭竈後穿葫蘆景補子，上元燈景補子，五月朔五毒艾虎補子，七月七鵲橋補子，九月四日重陽景菊花補子，冬至陽生補子，則又在品服之外隨時戲爲之耳。今輿夫用海馬補子，取善走也。迎春東郊，有一人扮春官，穿菜補子，取生意也，當亦有所始。

李卓吾《精騎録》云，『人有被横逆而欲報復者，問於予。予應之曰：「天方助桀，胡可與爭？人[二]自吠堯，吾則何與？爭[三]而擊之，在我多費博浪之椎；徐以制之，在渠自有烏江之劍。況彼之叫跳，有識者已鄙其狂；而我以安閒，無知者亦服其量。使丙夜而深思，彼之含羞，其將何解？即終身而不報，我之得勝，亦已多矣。」此雖一時曉解之語，可以消世人許多不平之氣。』

校按：

【一】『人』，葉秉敬《書肆説鈴》『解報復語』條作『犬』。

【二】『爭』，葉秉敬《書肆説鈴》『解報復語』條作『急』。

一失腳爲千古恨，再回頭是百年身。莫放過了合做親切底工夫，莫虛度了難得少壯底時日。

唐裴炎之序猩猩也，曰：『與之酒，兼與之屐。醉酒穿屐，則擒而刺血，隨所問而得。否則甯死，含血不與。』夫身死矣，而猶靳於血，獸之愚若此。人之靈於物，而其愚有類是者。今夫財色名利之溺人也，其猩猩之於酒乎？爵賞禄位之羈人也，其猩猩之於屐乎？饕餮致禍、重利忘身，至死而無悔者，其猩猩之甯死含血乎？

馬之性善驚，故『驚』『駭』字從馬；女之性善妬，故『嫉』『妬』字從女。此制字之精察也。

《宋書·孝義傳》：『郭世道，會稽永興人。』世傳郭巨埋兒即世道事。《南史》作『世通』。

蘇東坡《初到黄州》詩云：『只慚無補絲毫事，尚費官家壓酒囊。』自注云：『檢校官例折支，多得退酒袋。』按《文獻通考》：『文臣料錢，一分見錢，二分折支。』陸錫熊曰：『自注所云折支者，謂以他物代錢也；退酒袋者，官法酒用餘之廢袋也。蓋宋時俸料每以他物折抵，退酒袋即折抵之物耳。』又《通考》載楊億言：『半俸三分之内，其二分以他物給之，鬻於市廛，十裁得其一二。』今先生云檢校例折支，并一分見錢，亦不得也。

《孟子》：『知好色則慕少艾。』注：『艾，美好之貌。』考經文、字書，『艾』字並無訓美好者。孫履齋曰，當如《荀子》『妻子具則孝衰於親』之義。『少』字上聲；『艾』如『夜未艾』『艾』字，止也。謂人知好色，則慕親之心少止也。又《程氏考古》亦曰：『「艾」當如「乂」；「慕少艾」云者，慕差減於孺慕之時也。』此解殊勝。

《論語·公冶長》：『雖在縲絏之中，非其罪也。』案《五倫書》注：季康子弑嫡子連及公冶長，故以在縲絏爲非罪。《留青日札》載，長通鳥語，因語得死羊，被人以偷訟，魯君繫獄。後復以鳥語得釋，仍厚賜之。此俗傳鄙俚之説，今《四書人物考》悉載之，而不及弑嫡本事，或亦未及見也。

《禽經》：『雉上有丈，鷃上有赤。』赤與尺同。雉上飛能丈，故計丈曰雉，《左傳》『都城百雉』

是也。鶡之上能尺，故云『有赤』。字又作『斥』，《莊子》云『斥鶡』是也。

《左傳》：『周子有兄而無慧。』注：『不慧，世所謂白癡。』

馮止園《塞外雜記》：『瀚海有數十百里者，有千餘里者，但有沙石而無水泉。石中明亮，多山川人物之奇形、五彩雲霞之變色，光華燦爛，莫可名狀。蓋無形之水，皆藏於石中也。曾於御史某處見瀚海石朝珠一串，中多水草魚蝦之屬，無不酷肖其形。◎甯古墖北犬多於衆畜，且大而有力。冬春之際，冰雪載道，凡薪米之物，皆用冰牀裝載，縛犬數十拉運。長鞭以驅，犬行疾而冰更滑，日馳數百里。◎自烏蘇里以北，家家使鹿，亦猶三姓之使犬也。不特駕車，亦可乘騎。昔有扶南國以鹿駕車，今信然。◎北海人多數百齡者。百歲而死，便爲殀矣。其冬三時亦如平人，惟冬至之日，一家男女老幼，閉藏密室，共爲長夜之寢。至來春雷響則起，如蟲入蟄然。◎哈石馬即水雞也。在石隙中，皮黑，而油珠滿腹。以香糟製之，則油不化，鮮而且肥。關東口外有之。』

燕說

自序

余嘗讀揚子《方言》，知委巷之談，動關訓典，習焉不察，遂忘其祖。吾鄉爲幽燕舊壤，輔弼王畿，土風所操，豈煩象譯。然辨物稱名之際、傳聲寫貌之間，往往有蕘童竈妾習其語，而學士大夫不能舉其字者，余心歉焉。居平涉獵群書，凡遇載籍中有與鄉音里諺、璅語卮辭相發明者，輒截小赫蹏記之。積久成編，釐爲四卷。或據前言，或參臆見。古今不無異字，秦越亦有同音。以雅詁俗，以彼證此。斯真韓非子所謂郢書而燕説者矣，因名之《燕説》云。同治六年歲次丁卯小陽月止園主人香厓氏自識於左右脩竹之軒

燕説卷一

敏爽曰䚋利。俗作伶利。《冐絮録》云：『使性曰䚋利。』元曲有『伶牙利齒』語。或作靈利，又作伶俐。按，『俐』字諸書不載。

狡黠曰尖𥗽。𥗽音纘，矛戟柄底鋭鐵也。言人之狡黠如之。

慧黠曰乖覺。或作乖角。按，韓昌黎詩『親朋頓乖角』、羅隱詩『祖龍算事渾乖角』，皆舛謬之謂，且『乖』字非所以稱人。揚子《方言》：『凡兒多詐而獪，或謂之姡。』姡音括。『乖』殆『姡』之轉也。明周芝山《錫元亭閒話》云：『俗人不識字，稱人子弟曰「乖」、曰「兇」則喜。其意蓋以爲美談耳，不知正相反。』

捷疾曰疾𧼯。𧼯音暫；《説文》：『進也。』《玉篇》作蹔，超〔二〕忽而騰疾也。

校按：

【一】『超』原作『越』，據《玉篇》改。

人性輕俏曰鯽溜，又曰鯽令。盧仝《送伯齡過江》詩『不唧溜鈍漢』，劉貢父引之作『即溜』。《五燈會元》作『唧嚁』。《宋景文筆記》：『反切語本出俚俗常言，如「就」曰「鯽溜」，「精」曰「鯽令」之類。』《容齋三筆》作『即零』。《武林舊事》有善雜劇人，號『唧伶頭』。按，此則鯽溜、唧溜、即溜、唧嚁、鯽令、即零、唧伶，用字各異，可見音發字無一定也。

爽健曰僂儸。僂有樓、縷、慮三音，今北音多作縷、慮二音。《五代史·劉銖傳》：『諸君可謂僂儸兒。』

美貌曰標致。蓋爲『風標姿致』之意。

長曰媌條。《客座贅語》：『南都言人物之長曰媌條。』

細長曰蹽䠷、蹽駣。音了掉。

短矮曰矬。矬，七禾切。《北史・宋世景傳》：『道璵從孫孝王，形貌矬陋，而好臧否人物。』通作遳。《唐書・王伾傳》：『形容遳陋。』

形貌醜曰䐪腄。䐪，倫追切，音纍。又魯水切，音壘。《集韻》：『皮起也。』腄音推。

癡曰僋倸。僋，他紺切，探去聲。倸，蘇紺切，靸去聲。《集韻》：『僋倸，癡貌。』

狀貌寒陋曰猥挼。《傳燈録》：『形裁猥挼。』

人粗獷曰⿱艹⿰者者槎。《冐繁録》云：『不謹愿曰⿱艹⿰者者槎。』上力瓦切。一作『⿱艹⿰者者蒫』。《鶴林玉露》：『安子文出蜀，自贊，有「面目鄒搜，行步⿱艹⿰者者蒫」句。』

自大曰奓夸。奓，陟加切，音吒；張也，開也。《唐書・陸贄傳》：『奓言無驗。』奓言猶夸言也。夸音誇；又區遇切，音姁。今俗稱自大者謂爲夸奓，亦爲奓夸。夸字在上則讀爲誇，在下則讀爲㚥。

麄率曰孟浪。《莊子·齊物論》：『夫子以爲孟浪之言，而我以爲妙道之〔一〕行也。』崔氏曰：『孟浪，不精要之貌。』按，《集韻》謂向秀讀『孟』爲『莽』，今幽燕方言亦或作『莽浪』之音。

校按：

【一】『之』字原缺，據《莊子》通行本補。

恚呼曰吒嚗。吒，黑角切，音熇。嚗，北角切，音剥；《玉篇》：『怒聲。』《集韻》：『嚗，或作䶂。』又薄報切，音暴；『嚗喿，多聲。』『喿，先到切。《説文》：「鳥群鳴也。」』

言急曰喝喇。喇，音辣。《集韻》：『喝喇，言急。』

大言曰哃嘕。音同唐。《玉篇》：『妄語也。』《廣韻》：『哃嘕，大言。』

志輕曰怟㦖。怟，的協切，音喋。㦖，悉協切，音燮。《集韻》：『怟㦖，志輕也。』又《類篇》：

『𢡺[一]㤜，輕薄貌』𢡺，力協切，音列。

校按：

【一】『𢡺』汲古閣影宋鈔本《類篇》作『𢤜』。

亂語曰䛌譄。䛌音袍。《類篇》：『䛌譄，亂語也。』

不謹曰落度。《三國志·楊儀傳》：『甯當落度如此。』按，度音鐸。世謂不拘謹修飾曰落度，一作落托，又作樂託。《世説》：『謝中郎曰：「王修載樂托之性，出自門風。」』又作落拓。《北史·楊素傳》：『少落拓有大志，不拘小節。』

乖忤曰劣厥。一作奊𡘍。蔡邕《短人賦》云：『其餘尫公，劣厥僂窶。嘖嘖怒語，與人相拒。衆人患忌，難以爲侶。』今俗稱乖忤爲劣厥，疑當用此二字。黃山谷《論俗呼字》云：『奊𡘍，多節目也。其胸次不坦夷，舉事畫計，務出獨見，以乖忤爲賢者也。』奊音烈，𡘍音挈。

好弄排場曰好廓。《方言》：『張小使大謂之廓。』

使乖曰放鵰。《朱子大全集》多見之，猶言使乖也。今俗用『刁』字，非。按，《史記・貨殖傳》註：『雕捍，言如雕性之捷捍也。』

窘迫人曰刁難。按，元楊瑀《山居新語》有『刁蹬』二字，即刁難意。

不曉事曰褦襶。音耐戴，俗轉其音爲『來歹』。

不開脱曰滯泥。《陸子語録》：『凡事莫如此滯滯泥泥。』

迷亂曰懵懂。《廣韻》：『懵懂，心亂也。』亦曰㦡𤸫。𤸫，孤等切，音緪。《集韻》：『㦡𤸫【一】，癡也。』亦曰懵憕。憕，徒登切，音騰。《集韻》：『懵憕，迷亂也。』

校按：

【一】『𤸫』原誤作『緪』。述古堂影宋鈔本《集韻》：『㦡𤸫，癡也。』

不順理曰背悔。元曲有『老背悔』語。

不決曰冘豫。一作猶與。《曲禮》疏：『猶、與，二獸，皆進退多疑。人多疑惑者似之，故謂之猶與。』

媿䛨曰眠娗。《列子·力命篇》：『眠娗、諈諉。』張注云：『眠，莫典切；娗，徒典切。瑟縮不正之貌。』洪容齋云：『世謂中心有媿，見之顔色曰緬覥。』即此《五燈會元》『得恁腼腼覥覥』，蓋即當用『眠娗』，而不知其字，漫以音發之也。

言語煩複曰絮叨。《兩鈔摘腴》：『方言以濡滯不決絶曰絮，猶絮之柔韌牽連無邊【一】幅也。』今俗以言語煩瑣爲『絮絮叨叨』，蓋本此。

校按：

【一】『邊』字原缺。據文淵閣《四庫全書》本《説郛》所收《兩鈔摘腴》補。

寬緩曰儴，虚大曰泡，合言之曰儴泡。儴，囊去聲。顧鄰初《客座贅語》：『物寬緩不帖帖者曰儴。』泡音庖，《方言》：『盛也，江淮之間曰泡。』注：『肥，洪張貌。』

不堅實曰溓𥦗。《方言》：康【一】之爲言空也。注：『溓𥦗，空貌。』亦邱墟之空無也。《莊子》『曷胡視其𥦗』【二】亦指墟墓，言可證。今黴江有魚，滇人呼爲溓𥦗魚，其魚亦乾而中空。𥦗音郎，又音朗、音浪，義同。《玉篇》：屋𥦗也。【三】

校按：

【一】『康』，《方言》通行本作『溓』。

【二】『曷』原誤刻爲『蜀』。『曷胡視其𥦗』，楊慎《升菴集》卷八十一『溓𥦗魚』條原引如此，《莊子》通行本作『闔胡嘗視其良』。

【三】《玉篇·宀部》：『㝗，屋康㝗也。』

物大而無當曰郎康。按，《玉篇》有云『躴躿，身長貌』，讀若郎康，疑即此字。

不潔曰腌臢。臢，兹三切，音籫。《肎綮録》云：『腌臢，音菴匝，平聲。』《正字通》：『俗呼物不潔白曰腌臢。焦竑《刊誤》載「雜字」：不淨曰婄贜。』【一】

校按：

【一】《康熙字典》原引《正字通》如此。清康熙清畏堂本《正字通·肉部》：『𦠆，俗呼物不潔曰腌𦠆。按，焦竑《刊誤》載「雜字」：不淨曰䁹臢。』

不整潔曰邋遢。《廣韻》：『邋遢，不謹事也。』《七修類稿》：『鄙猥糊塗之意。』《明史》有張邋遢，徐禎卿《異林》載其事，作剌達；《青溪暇筆》作張剌闒；《今言》作張儠傝。《方輿勝覽》載項安世【一】《釣臺》詩『辣闒山頭破草亭』，其字又別。蓋形容字例以音發，不必深泥也。又《玉篇》：『驣騔，馬行不進也。』他如衣敝曰衲褡、曰衲褳、曰襤褡、曰𦅻𦄶，音義俱相近。

校按：

【一】『項安世』原誤作『項世安』。據《方輿勝覽》（中華書局二〇〇三年版，施和金點校）卷五改。

穢雜曰拉颯。《晉書·五行志》：『太元末，京口謠曰：「黃雌雞，莫作雄父啼。一旦去毛衣，衣被拉颯棲。」』拉颯，言穢雜也。按，二字所出最先，餘皆後變字。《廣韻》：『剌㓹，不淨也。』音如辣撈。《集韻》：『脑臘，肉雜也。』『擸㩼，和攪也。』音俱如拉雜。《黃山谷集》：『傝㒓，物不䊗也。』

事物散亂曰零落。『零』亦作『菱』。菱角最易落，故諺曰『七菱八落』。前人有對以『十榛九空』者，工切無比。

事物煩積曰磊𦞦。《説文》：『𦞦，丁罪切。磊𦞦，重聚也。』趙宧光《長箋》：『今吴中方言有之。凡事物煩積而無條理曰磊𦞦。』按，今俗多誤作『累贅』。

物不相合曰庌厊。庌，側下切，音鮓。厊，語下切，音雅。《集韻》：『庌厊，不相合也。』【二】

校按：

【二】《集韻·馬韻》：『庌厊，不相合。』

罵人曰倸倯。音竻松。揚子《方言》：『倸倯，罵也。燕之北郊曰倸倯。』《玉篇》：『謂形小可憎之貌。』

短小曰㸒短。㸒，部買切，牌上聲；又音杷。短，音亞。《集韻》：『㸒短，短也。』按，今俗呼犬之小者曰㸒短狗，當亦以其短小也。

形貌瘦寬曰㑀䶀。㑀，德合切，音答；《玉篇》：『皮寬也。』䶀，德盍切，擔入聲。《玉篇》：『䶘䶀，皮瘦寬貌。』䶘，力盍切，音臘；亦作皵。又，大耳曰耷。耷亦德合切，通作䐊。

言語不明曰咕噥。噥，音農；《集韻》：『語不明也。』『咕』字不見字書，惟元曲有『咕噥』語。

作事無恒曰伄儅。《玉篇》：『伄儅，不常也。』伄音弔。

人性寬緩曰顢頇。音瞞寒。《廣韻》：『大面也。』

瑣屑曰虀糟。沈周《客座新聞》載顧成章俚語詩，有『姑姑嫂嫂會虀糟』句，虀糟，喻瑣屑也。

煩不可耐曰鏖糟。按，《漢書·霍去病傳》：『鏖皋蘭下。』注：『世俗謂盡死殺人爲鏖糟。』與今語義别。

事㗇力曰勈㔓。上音兩，下强上聲。《廣韻》：『力拒也。』

鹵莽曰稜睜。湖北有妖神曰稜睜鬼，見《夷堅志》。

言不相副曰矛盾。《韓非子·難一篇》：『楚人譽其盾之堅，曰：「物莫能陷也。」又譽其矛之利，曰：「物無不陷也。」或曰：「以子之矛，陷子之盾，何如？」其人弗能應。』此矛盾之説也。

與人幹事曰張羅。取設法搜索之義。《戰國策》：『譬之如張羅者，張於無鳥之所，則終日無所得矣。張於多鳥處，則又駭鳥矣。必張於有鳥無鳥之際，然後能多得鳥矣。』當本此。

勸人曰慫恿。音悚甬。

誘人曰攛掇。朱子《答陳同甫書》：『告老兄且莫相攛掇。』俗作竄掇。

事之已經料理者曰摞理。《集韻》：摞音螺，理也。平、去二音，義同。

以權勢迫人曰恐喝。《戰國策》：『以秦權恐喝諸侯，以求割地。』喝又作猲。《漢書・王子侯表》：『坐縛家吏恐猲受賕，棄市。』

約略曰辜較。《孝經疏》云：『蓋者，辜較之辭。辜較，猶梗概也。言舉其大略也。』

養曰將養。《詩》：『不遑將父。』《傳》：『將，養也。』《淮南・原道訓》：『聖人將養其神。』

習曰熟脱。《吹景録・法華文句第一》云：『但成佛時而熟脱之。』吾里謂熟習者曰熟脱，本此。

託人曰訣文。《通雅》：『以言託人曰訣，一作呹。』今俗作『央』。

奔波曰巴急。張國彬《合汗衫》曲有『空急空巴』語。按，『巴』似『波』音轉。

以手捫物曰摸㨨。㨨一作索。《南史》：『暗中摸索。』《增韻》又載『摸𢱤』，𢱤音蘇。

裝飾曰打扮。扮，班去聲；《中原雅音》：『裝扮也。今俗以裝飾爲打扮。』

割裂曰撏撦。撏音尋；《集韻》：『取也。』又音蠶，義同。撦，昌者切，車上聲；《集韻》：『裂開也。』【一】《劉克莊題跋》：『温李諸人，困於撏撦。』撦俗作『扯』。

校按：

【一】《集韻》：『撦，裂也。』《五音集韻》：『撦，裂開。』

觸突人曰㨃撞。㨃同敦，除莖切，音橙；《集韻》：『撞也，觸也。』【二】《類篇》：『或作敦。』

校按：

【二】此條釋文見於《廣韻》，不見於《集韻》。

言事不直捷曰囉唆。康熙初，紳士頌朱州守士華里排歌有云：『不差胥，少囉唆。』

更易曰掉換。掉，杜弔切。《通俗編》作『嬥換』。嬥，音窕；《集韻》：『嬥嬥，往來貌。』

移置曰騰挪。唐王建《貧居詩》『蠹生騰藥篋，字脱换書籤』，蓋用此。

取物曰摟揪。揪，先侯切，湫平聲。《字林》：『摟揪，取也。』或作捒。

振物去塵垢曰抖擻。或作抖藪。按，《公羊》疏：『無垢加功曰漱，若里語曰「斗漱」。』『斗漱』即抖擻意。

手披物曰撥攋。攋，郎達切，音辣。《集韻》：『撥攋，手披也。』或作揦。

以手量輕重曰敁敠。敁，丁兼切；敠，都活切。《集韻》：『以手稱物曰敁掇。』亦曰敁敠，或曰顛篤，音義同也。今各處口談尚有此語。又以一心權事之是否亦用此二字。『敁』俗改作『掂』，無攷。按，《莊子·知北遊》篇『大馬之捶鉤者』，郭象注曰：『捶，丁果反，謂玷垂鉤之輕重。』則『敁掇』本作『玷捶』。朱子與吴宜之簡有云『點掇』者，則又借字用之。

勸人努力曰釛𠢕。釛音謀；《集韻》：『北燕之外相勸努力謂之釛。』【二】釛或作侔。揚子《方言》：『侔莫，强也。北燕之外郊言努力謂之侔莫。』按，今俗又有『釛𠢕』『使𠢕』語。《集韻》：𠢕，巨禁切，音噤；用力也。

校按：

【一】述古堂影宋鈔本《集韻》：『釛，北燕之外相勉努力謂之釛。』

按物水中曰揾抐。《集韻》：『揾抐，按物水中也。』【二】揾，烏困切，温去聲；《説文》：『没也。』抐，奴骨切，音訥；又奴困切，音嫩。義同。《字林》：『揾抐，没也。』

校按：

【一】此條釋文見於《廣韻》，不見於《集韻》。

滌污曰挼莎。《詩》：『薄污我私。』《箋》云：『汙，煩撋之。』《釋文》云：『猶挼莎也。』挼，音諾何切。

物相擊曰搕揼。搕，克盍切，音榼。揼，蒲孟切，彭去聲。《字彙》：『搕揼，撞也。』

動而不已曰轂轂。上音谷，下音速。《廣韻》：『轂[一]轂，動物也。』《説文》：『轂，小豚也。』

小豚性喜動，故謂動物不已者曰轂轂。

校按：

【一】『轂』張氏澤存堂影宋本《廣韻·屋韻》作『轂』。

體驚戰曰獨涑。獨音獨，涑音速。《廣韻》：獨涑，頭動也。[一]孟郊《送淡公》詩：『腳踏小船頭，獨速舞短蓑。』韓偓《經硤石縣》詩：『驚狐尾纛簌。』按，獨速、纛簌，俱與獨涑通。

校按：

【一】《廣韻》：『獨涑，動皃。』《玉篇》：『獨涑，動頭皃。』

物垂下曰陫䬞。《冐綮録》云：『上音蕾，下都罪切。』

衣物不舒展曰緎縩。緎、縩俱側六切，音䜨。《集韻》：緅文也。〔一〕按，《類篇》：「衣不伸謂之裝。」裝，爭義切，音胔；《玉篇》：「襦緅也。」又將支切，音貲。

校按：

【一】述古堂影宋鈔本《集韻·屋韻》：「緎，縮也。一曰繒文。」又：「緎，側六切，聚文也。或作縩、緅。」

物下垂曰簏簌。唐李賀詩：「挼絲團金懸簏簌。」注：「下垂貌。」李郢詩：「釵垂簏簌抱香懷。」

摩戛聲曰揩扴。揩平聲；《博雅》：「摩拭也。」〔二〕扴，訖黠切，音戛；《說文》：「刮也。」《廣韻》：「揩扴物也。」韓愈《征蜀聯句》：「室晏絲曉扴。」註：「機杼揩扴聲。」

校按：

【二】《廣雅·釋詁三》：「揩，磨也。」《廣韻·皆韻》：「揩，摩拭。」

落地聲曰拔刺。刺音辣。張衡《思玄賦》：「彎威弧之拔刺兮。」注：張弓聲。謝靈運《山居賦》：「魚水深而拔刺。」注：「魚躍聲。」或引作撥刺。

振翼聲曰撲漉。《冷齋夜話》載龍女詞云：『數點雪花亂委，撲漉沙鷗驚起。』

旋轉曰骨鹿。《樂府雜録》：『有骨鹿舞，於小毬子上，縱横騰踏。』以其旋轉之捷，因以名之也。一作骨碌。《嶺表録異》：『報溪澗，有石鱗次，可躡之而過。或乘牛過者，牛皆促斂四蹄跳躍。或失，則隨流而下。彶入諺云：「跳磵牛骨碌。」』

物相擊聲曰砯砰。砯音跰，從冰。砰音烹。

孔穴曰窟窿。一作庫露。唐皮日休詩：『襄陽作髹器，中有庫露真。』玲瓏空虚，故曰庫露。今諺呼書格曰『亘露格』是也。

相距遠曰踔遠。《史記·貨殖傳》：『上谷至遼東，地踔遠。』索隱：『踔，音敕教反。』《衛將軍傳》：『逴行殊遠，而糧不繼。』逴與踔同，《説文》作趠，今譌作窵。按，窵爲窅深，非遠也。《元典章》：『大德間奏過，受了宣勑，嫌地遠窵不赴任的，後不敘用。』已如今誤。

空廓曰曠蕩。《後漢書·馬融傳》：『恢昭曠蕩。』亦作盪。

牢曰把穩。《晉書·姚萇載記》：『陛下將牢太過耳。』註：『將牢，猶俗言把穩。』按，今又有『把滑』語，亦把穩之意。

悮曰躭悮。《金史·五行志》：『興定童謡曰：「青山轉，轉山青。躭悮盡，少年人。」』

言物相似曰活脱。《輟耕録》：搏丸之伎，一名活脱，謂塑工也。

辱詈曰謑落。《荀子·非十二子篇》『無廉耻而任謑落』【一】，謂詈辱也。元曲有『奚落』語，『奚』蓋『謑』誤。

校按：

【一】『無廉耻而任謑落』通行本作『無廉耻而忍謑詢』。

恨人曰謈怨。焦竑《字學》：『俗以恨人陷害曰謈怨。』按，《漢書·東方朔傳》：武帝令倡【二】監榜郭舍人，舍人不勝，呼謈。注：『謈，自冤痛之聲也。』

校按：

【一】『倡』原誤爲『倉』。

讒人自誇曰賣弄。《後漢書·朱浮傳》：『浮代竇融爲大司空，坐賣弄國恩免。』

以虚語搪塞人曰支吾。本作枝梧。《史記·項羽傳》：『諸將慴服，莫敢枝梧。』如淳曰：『梧音悟。枝梧，猶枝捍也。』瓚曰：『小柱爲枝，邪柱爲梧。今屋梧邪柱是也。』按，《史記》『枝梧』乃『支持』意，與今人以搪塞爲枝梧者，音同而義異矣。

侵陵曰欺負。《史記·高祖紀》註：索隱曰：『紿，欺負也。』按，此則二字與侵陵少異。

被侵漁曰遭獺。《南唐近事》：張崇帥廬州，索錢無厭。嘗因宴會，一人假爲死者，被遣作水族，冥司判曰：『焦湖百里，一任作獺。』今俗謂侵漁曰作獺，被侵漁曰遭獺，其字當如此。宋人詩有云『作撻』者，似未足據。

慚耻曰嗀羞。嗀，苦大切，音慨。《廣雅》：嗀，羞也。

驚遽聲曰嚄嚇。《史記·外戚世家》：『褚先生云：武帝下車泣曰：「嚄，大姊何藏之深也！」』正義云：『嚄責，失聲驚愕貌。』猶今人吆喝之喝，一作嚇。《莊子·秋水》：『於是鴟得腐鼠，鵷雛過之，仰而視之曰：「嚇！」』注云：『嚇，怒其聲，恐其奪之也。』《詩箋》云：『以口拒人曰嚇。』

詑其多曰夥夥。夥，烏禾切，音窩。夥，胡果切，音火。《集韻》：『燕人謂多曰夥【一】。』

校按：

【一】『夥』《集韻》作『夥』。

無端曰平白。《中州集·邊元鼎詩》：『君居淄右妾河陽，平白相逢惹斷腸。』

泛論事曰海概。按，唐孫棨《北里志》卷首有『海論三曲中事』一條，海論猶言總論也。宋趙升

《朝野類要》：『勅令格式謂之海行，蓋天下可行之義。』海概二字當本此。

把穩曰把滑。按，《水東日記》已有『前人失腳，後人把滑』語，知此語由來已久。

事物成總曰躉。躉，東本切，敦上聲。《俗字》：『零躉也。』

燕説卷二

呆坐而候人曰餧。宋趙叔向《肎綮録》云：『久坐曰餧，音堆。』毛西河曰：『餧有重音，如曰餧餧坐。餧餧，望類。』

兀坐曰尯。尯，在果切；《玉篇》：『兀坐也。』

久立曰站。《篇海》：『站，坐立不動貌。俗言獨立也。』

直前曰盪。盪音湯。《宋書·顔師伯傳》：『單騎出盪。』隋時童謡：『上山喫鹿獐，下山喫牛羊。忽聞官軍至，提刀向前盪。』按，《字典》：『俗有盪風冒雪之語。』

藏避曰躲，亦曰閃。《增韻》：『閃，𨌥避也。』

潛逃曰瀏。馬致遠《岳陽樓劇》有『瀏了』語。按，瀏，風疾貌。潛去者若風之無蹤，以之爲喻，亦當。字本留、柳二音，今俗讀乃如柳平聲。

低頭疾行曰趛。趛，牛錦切，音僸；《説文》：『低頭疾行也。』

身前探曰欽。李翊《俗呼小録》：『按謂之欽。欽，去聲。』王琚《射經》：『欽身微由，注目視的。』又：『開弓發矢，要欽身弝外，分明認帖。』

温習曰⿰目恩。《篇海類編》：『⿰目恩，良秀切，音溜。凡書生重玩温故曰⿰目恩。』按，今俗養馬養鳥者亦有『⿰目恩』語，疑即此字。

延緩曰捱。捱，宜佳切，音厓。

守候曰等。唐路德延《孩兒詩》云：『等雀潛籬畔，聽蛩伏砌邊。』是唐時已有此語。

以手析物曰斯。《説文》注：『斯，析也。』《爾雅》注：『斯，離也。』《詩》曰『斧以斯之』，即析薪之義。《吕氏春秋·報更篇》：『趙宣孟見骫桑下餓人，與之脯一朐，曰：「斯食之。」』今人以手裂物曰斯，當用此字。俗作撕，非。又，甕破爲甊，音斯。

器物破聲曰矿。矿，普八切，攀入聲；《集韻》：『石破聲也。』

物半破曰華。《禮·曲禮》：『爲國君削瓜者華之。』華音花，謂半破也。今人於物有『華開』語，本此。

裂聲曰𢺅。《集韻》：『簪摑切，裂聲。』

破物曰𨷻。𨷻，忽麥切，音𢺅，開也。又，《字彙》：『破物也。』

器物壞棄曰扔。扔音仍，摧也。《後漢書》馬融《廣成頌》：『竄伏扔輪。』註：『言爲輪所摧也。』

拆裂曰另。另，補買切。《玉篇》：『别也。』《集韻》作𤗪，裂也。燕、齊間以拆裂爲另開。《字

典》『另』下從『刀』，與『另』異

展物令長曰抻。申去聲。《莊子》：『猿[一]經鳥申。』申亦讀抻，謂鳥延頸令長耳。

校按：

【一】『猿』通行本作『熊』。

以手擘物曰扒。扒，布拔切，音八。《博雅》：『擘也。』《集韻》：『破也。或作捌。』又，筆別切，讀若分别之别，剖分也。按，《廣韻》有『𣲖』字，音拍，破物也。𣲖與扒，蓋音之轉。扒與拜通。王應麟《詩攷》：『「勿翦勿扒」，亦作拜。』

兩手相切摩曰挼。挼音儺；《説文》：『摧也。一曰兩手相切摩也。』或作挼。《廣韻》通作挪，訓曰『搓挪也』。

揄取曰扚。扚，丁了切，音鳥；《説文》：『疾擊也。』揚子《方言》：『揄取曰扚。』

消耗曰抏。抏，吾官切，音岏；挫也。《史記·平準書》：『百姓抏敝以巧法。』註：『抏，消耗之名。』《集韻》：抏同园，圓削也。

刮摩曰捖。捖，胡官切，音完。

高舉曰擡。擡，音臺；俗作抬，非。抬，超之切，同笞；擊也。

來去擁引曰挏。挏，杜孔切；《説文》：『攡引也。』《漢書·禮樂志》：『給百【一】官挏馬酒。』註：『以馬乳爲酒，撞挏乃成也。』《淮南子·俶真訓》：『撢掞挺挏，世之風俗。』註：『擁引來去不定也。』

校按：

【一】『百』通行本作『大』。

邀人同行曰拉。拉，音近臘；《正韻》：『招也。』

以手著物曰拊。拊，方遇切，音付；或作捬。

以手相推曰搓。搓，與搜同；《集韻》：『損動切，上聲；推也。』

營謀曰鑽。案，班固《答賓戲》：『商鞅挾三術以鑽孝公。』註：『鑽者，取必入之意。』

騙人曰拐。拐，乖上聲；《正字通》：『俗謂拐騙。』

擔荷曰揁。揁，虎項切，音傋。或作扛，通作傋。俗從大力，作夯。

揮斥曰搯。搯，音轟；《集韻》：『揮也。』或作挏。

以指深入曰挎。挎，音枯。《儀禮·鄉飲酒禮》：『左荷瑟，後首，挎越，内弦。』疏：『瑟底有孔越，以指深入謂之挎也。』又，虛侯切，音彄；與摳同。

强進曰挨；相近亦曰挨。挨，平、上二音。揚子《方言》：『强進曰挨。』《正字通》：『今俗凡物相近謂之挨。』

堅持曰抳。抳，的協切，讀若墊，入聲；《説文》：『拈也。』《六書故》：『抳者，攝之固也。俗作捻。』

攜帶曰捎。按，《説文》『自關以西，凡取物之上者爲撟捎』，揚子《方言》『撟捎，選也』，無捎帶義。

來往相摩曰擦。擦，初戛切，音察；《篇海》：『摩之急也。』【一】貫休詩：『搔窗擦簷數枝雪。』或作𢶍。《集韻》：『𢶍，足動草聲。』【二】又，摩也。顧況《水牛》詩：『淺草平田𢶍過時。』按，《南齊書》張融《海賦》：『來往相辛。』注云：『辛，麤合切。』亦似相摩意，而諸字書不收。

校按：

【一】《四聲篇海》：『擦，取也。』《正字通》：『擦，摩之急也。』

【二】此條釋文見於《廣韻》，不見於《集韻》。

以手持物曰挌。挌，音客；《集韻》：『手把著也。』【一】本作抲。抲，又丘加切，髂平聲；扼也。

校按：

【一】此條釋文見於《廣韻》，不見於《集韻》。

以手掩物曰揞。烏感切，庵上聲；《集韻》：藏也；手覆也。【一】又去聲，義同。

校按：

【一】《廣韻》：『揞，手覆。』《集韻》：『揞，《博雅》：藏也。』

手持曰捽。捽，昨没切，存入聲；《説文》：『持頭髮也。』《廣韻》：『手捽也。』【一】《漢書·金日磾傳》：『捽胡投何羅殿下。』注：『胡，頸也。捽其頸而投殿下也。』《淮南子·氾論訓》：『溺則捽其髮而拯。』

校按：

【一】張氏澤存堂影宋本《廣韻》：『捽，手捽也。』

擊撞曰摴。摴，覩猥切，音腤；《集韻》：『排也。』

取出曰掐。掐，音叨。韓愈《孟郊墓誌》：『鉤章棘句，掐擢胃腎。』《説文》：『掐者，拔兵刀以習擊刺。《詩》：「左旋右掐。」』按，今《詩》作『抽』。《集韻》：『或作搯。』按，《字彙補》有『仐』字，通刀切，音叨；取也。疑即『掐』之俗字。

持物相著曰掫。掫，側九切，鄒上聲。

手斂物曰揪。揪，酒平聲；同揫。

手舉曰搝。搝，去久切，音糗；《集韻》：『手舉也。』【一】

校按：

【一】《集韻·有韻》：『搝，搝揭，手舉。』

手滿持曰搤。搤音厄；《説文》：『捉也。』《史記·封禪書》註：『滿手曰搤。』或作搹。

以手拈物曰撚。撚，年上聲；《説文》：『執也。』《廣韻》：『以手【二】撚物也。』

校按：

【二】『手』通行本作『指』。

手揪曰扭。扭，女九切，音紐；《佩觿集》：『手轉貌。』今俗謂手揪爲扭。一曰按也。

棄物於地曰摔。摔，朔律切，音率。《集韻》諸書不載。《正字通》云：『俗字。』

撐拒曰擋。擋，音唐；《博雅》：『距也。』

手挑物曰旋。旋，隨戀切，音璇；《集韻》：『手挑物也。』

取物水中曰撈。撈，音勞。《集韻》：『沈取曰撈。』言没入水中取物也。

放手曰撒。撒，桑葛切，音薩；散之也，一曰放也。《正字通》：『今俗云撒手、撒潑，皆用撒。』

拭物曰搌。搌，音展，又展去聲；《集韻》：『捲也，拭也。』按，今俗呼拭物之布曰搌布。

以手推止曰摚。摚，他郎切，音湯。

以指捻物曰撮。撮，麤括切，竄入聲；《説文》：『兩指撮也。』《玉篇》：『三指取也。』

手進物曰擩。擩，而主切，音乳。

聚物而擇之曰攣。攣，盧丸切，音鸞；《集韻》：『聚也，擇也。』

手把曰攥。攥，鑽入聲。

推排曰擠。擠，子計切，音霽；又子禮切，音濟，義同。《史記·項羽紀》：『漢軍卻，爲楚所擠。』

扶病曰彊。彊，渠良切，音强；《集韻》：『扶持貌。』

研物曰擂。擂，力堆切，音雷。《集韻》作『攂』。

疾裂衣物曰攞。攞，郎可切，羅上聲；《集韻》：『裂也。』

舉物曰揵；不克舉則曰揵不起。揵音虔。《廣韻》：『舉也。』《集韻》：『以肩舉物也。』【一】又上聲，義同。

校按：

【一】《集韻》：『揵，舉也。』《字彙》：『揵，舉也，以肩舉物也。』

以手攏取物曰摣。摣，以加切。揚子《方言》：『抯、摣，取也。南楚之間，凡取物溝泥中謂之扭，亦謂之摣。』劉熙《釋名》：『摣，叉也，五指俱往也。』《文選·西京賦》：『摣狒猬。』摣通作𢪏。《集韻》：『以指按也。』【一】《玉篇》：『取也。』

校按：

【一】《廣韻》：『𢪏，以指按也。』《集韻》：『𢪏，指按謂之𢪏。』

擊刺曰戳。戳，敕角切；《廣韻》：『刺也。』《五燈會元》有『曾把虛空一戳破』句。俗作戳。

手按曰拏。拏，欽去聲。《南齊·高帝紀》：『人有罪，輒付桓康拏殺之。』拏字諸字書不載。《集韻》作『搇』，注『按也。』

手拗轉曰捩。捩，戾入聲；又與戾通。韓昌黎《送窮文》：『捩手翻羹。』王安石《彭蠡詩》：『東西捩柁萬舟回。』

手堅握曰捘。《左傳·定公八年》：『涉佗捘衛侯之手，及捥。』《方言》：以掌握之曰捘。【二】捘音如尊。《集韻》音尊去聲，與北音正合。

校按：

【一】此條釋文不見於傳本揚雄《方言》。《正字通》：『捘，推也，掐也。又，方言以掌握之曰捘。』

兩手轉物曰搓。《集韻》：『搓，挪也。』蘇詩：『手香新喜緑橙搓。』

手捉物曰搲。搲，烏瓜切，又烏瓦切。《類篇》：『吴俗謂手爬物曰搲。』

爪按曰掐。掐音恰；《説文》：『爪刺也。』《晉書·郭舒傳》：『掐鼻灸眉頭。』

以手搔癢曰抓。抓，莊交切；《博雅》：『搔也。』今言搔者，皆只言抓或言撓，置搔音不道矣。《集韻》：『撓，尼交切，抓也。』抓與『㧓』異。今俗呼抓作㧓音者，字宜用『爬』。爬，蒲巴切；《廣韻》亦訓搔。㧓，引也，擊也；無搔義。

以手拒人曰搡。搡，音顙；《集韻》：搷也。【二】又去聲，摚也。

校按：

【一】《集韻》：『搡，填也。』

遮遏曰攩。攩，坦朗切，音帑；《集韻》：『擊也。』今俗用爲抵攩字。又以物平推曰攩，攩讀作盪，以齒耙推田曰攩稻。見《方言》註。

以拳擊人曰撉。撉，都昆切。《集韻》：『俗謂以拳觸人曰搋，亦曰撉。』【二】搋與扠同，攄佳切，以拳加物也。按，今北音呼撉作上聲。《集韻》有『㨃』字，惕得切，音忒；拳打也。

校按：

【一】此條釋文見於《正字通》，不見於《集韻》。

以夏楚撲人曰搧。搧，音褊，又音辮，又音鞭；《唐韻》：『擊也。』按，北音於此字平、上爲多。

擊人曰打。打，本音頂；《説文》：『擊也。』《字典》云：『打與撻同義。楊慎曰：「《尚書》『撻』音入聲，又轉上聲。俗用打爲撻，然從撻[一]轉音，亦未合。今讀德馬切、答上聲爲正。」』又曰：『㨆，力錦切，音廩；《方言》註：「關西人呼打爲㨆。」』按，今畿東亦有此語。又曰揘。揘音横；《集韻》：『擊也。』又曰撆。撆音撇；《説文》：『擊也。』又曰擈。擈，弼角切，音雹，或作㱿。又曰皷，皮教切。按，《歸田録》云：『世俗語訛，君子小人同其謬者，惟打字。其義本爲考擊，故人相毆、以物相擊，皆謂之打。而工造金銀器亦謂之打，可矣，蓋有槌擊之義也。至於造舟車曰打船、打車，網魚曰打魚，汲水爲打水，役夫餉飯曰打飯，兵士給衣糧曰打衣糧，執繖曰打繖，以糊粘紙曰打粘，以丈尺量地曰打量，徧撿字書，無此字音丁雅者。其義主考擊之打，自音謫耿。以字學言之，打字從手從丁，丁又擊物之聲，故音謫耿爲是。不知因何轉爲丁雅也。』

校按：

【一】『撻』原作『打』，據《康熙字典》改。

以掌擊人曰搧，曰抓。搧音羶；《集韻》：『批也。』本作挻，掌擊也。抓音掌；《集韻》：『批擊也。』字從反爪。

掌打曰耳摑。【一】摑音國，批也，打也；又掌耳也。與摵同。

校按：

【一】此句似應作『掌打耳曰摑』。

收束曰攏。攏，魯孔切，聾上聲。今以泊船爲攏，小理髮亦爲攏。丁仙芝詩：『知郎舊時意，且請攏船頭。』韓偓詩：『睡髻休頻攏。』其來已久。古人亦有借用『籠』字者。

以羽毛布帛去塵曰担。担音亶，與笪同；《廣雅》：『擊也。』《玉篇》：『拂也。』俗以通擔負之擔，謬。《禮·内則》：『桃曰膽之。』注：『桃多毛，拭治去毛，令青滑如膽也。』並可與担字通用。

陳列曰擺。《釋名》：『兩旁引翣曰披。披，擺也。各於一旁引擺之，備攲傾也。』今以排列儀仗曰擺，因此。張衡《西京賦》：『置互擺牲。』今謂陳設牲饌曰擺，因此。

補不足曰找。找，本胡瓜切，音華，與划同；《正韻》：『撥進船也。』俗音爪。按，今有『找補』之語。

並力曰勠。勠音六；《説文》：『並力也。』通作戮。

放置曰安。陳澔《禮記》『崇坫康圭』注：『康，安也。凡物置之得所，則無危墜之憂，故爲坫以安之。』則以置物爲安，甚有理。

庋置曰閣。《三國典略》：『王粲才既高，鍾繇、王郎等皆閣筆。』俗『擔閣』字作『擱』，非。字書無『擱』字，《集韻》或作『挌』。

依附曰靠。《説文》：『靠，相違也。』《集韻》：又音牿，相連也。《正字通》云：『今俗依附曰依靠。』蓋爲明人方言。

舉物曰夯。夯，呼講切，近壑上聲；人用力以堅舉物。《禪林寶訓》：『黄龍南和尚曰：昔同文悦遊湖南，見衲子擔籠行腳者，悦呵曰：「自家闉閣中物，不肯放下，反累及他人擔夯。」』一曰北音讀如抗。

負物曰馱。《說文》：『佗，負何也。』《集韻》分作三字：佗，負荷；駝，馬負物；【一】䡐，馬上連囊。並徒何切。按，《漢書·趙充國傳》註：『師古曰：凡以畜産載負物者皆爲佗。』則佗、駝不必以人馬分也。馬上囊舊以馱讀去聲。貫休《長安道》詩：『千車萬馱，半宿關月。』今歌韻馱、駝並載，駝遂專作獸名用。

校按：

【一】述古堂影宋鈔本《集韻》：『駝，橐駝，匈奴寄畜。馱，馬負物。』

支物不平曰𧯷。《廣韻》：𧯷，徒念切，音磹；支也。

不平曰䯪。䯪，丘召切，音趬。《玉篇》：『䯪䫇，不安也。』又詰弔切，音竅；高也。故高起亦曰䯪。

手探穴曰穵。穵，烏八切，音欱；《集韻》：『手探穴也。』【二】亦作挖。

校按：

【一】述古堂影宋鈔本《集韻・黠韻》：「穵，探穴也。」

物擊曰⿰口皮。⿰口皮，許我切，音歌；《博雅》：「擊也。」

懸挂曰⿰糸鳥。⿰糸鳥，丁了切；《玉篇》：「懸物也。」俗借用「弔」字。

去滓汁曰潷，又曰⿰扌聿。潷音筆，《博雅》：「盉也。」盉與漉通。今云潷飯汁、潷藥滓皆是。⿰扌聿音律，《集韻》：「去滓汁曰⿰扌聿。」

以手逼物出汁曰⿱罒齊。⿱罒齊，子禮切，音濟；《集韻》：「手搦酒也。」【二】《玉篇》：「手出其汁。」通作泲。

校按：

【一】此條釋文見於《廣韻》，不見於《集韻》。

以口取汁曰呞。呞，音與帀同。《風俗通》：『入口曰呞。』【一】《洞冥記》：垂露鴨惟呞葉上露。

校按：

【一】此條釋文不見於今本《風俗通》；明刊本《四聲篇海》原引如此。《一切經音義》卷六引《通俗文》曰：『入口曰呞。』

吸煙曰吥。吥，普溝切，音捊；《玉篇》：『吸吥也。』

以湯漬飯曰滮。滮，披教切；《集韻》：『漬也。』《清波雜志》：『高宗自相州渡河，荒野中借半破瓮盂，温湯滮飯，茅簷下與汪伯彦同食。』

泡茶曰沏。沏，千結切，音切；又測乙切，音䣛。水聲；一曰水流疾貌。

以勺取水曰舀。舀，以沼切，遥上聲；《説文》：『抒臼也。』挹彼注此謂之舀。舀亦作抭。

以慢火爛煮肉物曰鑣。鑣，於刀切，音鏖；《説文》：『温器也。』《六書故》：『今人以慢火爛煮肉物爲鑣。』或作熝，《廣韻》：『埋物灰中令熟。』别作爊。《漢書・楊惲傳》注：『炰毛炙肉也，即今所謂爊也。』按，此則與《六書故》所解熝字異。

火爆曰炧。炧音乍；《玉篇》：『火焱也。』

以湯除毛曰煺。煺與燵同，通回切，音推；《集韻》：『以湯除毛。』或作㩧。

物以火焙乾曰焅。焅，蒲昧切，音佩；《集韻》：『煏也。』按，揚子《方言》：關西隴冀以往，謂火乾爲㷶。㷶，弼力切，音愎；本作煏。

以熱水温酒曰湯。湯，他浪切，音儻；熱水沃也。《禮・月令》：『如以熱湯。』湯讀去聲。李翊《俗呼小録》：『熱酒謂之鍚。』以湯作鍚，誤。《小録》又云：『瀉酒謂之篩。』今亦有此稱。然謂以火温酒，非謂瀉酒也。

肉蔬用椒鹽糁之令縮曰煞。煞音鎩，《白虎通》：『金味所以辛何？西方煞傷成物，辛所以煞傷之也，猶五味得辛乃委煞也。』

火煨曰煻。煻音唐，《集韻》：『熱灰謂之煻煨。』按，今俗作燙，非。燙音宕，《篇海》：『滌盪也。』〔一〕

校按：

〔一〕明刊本《篇海類編·天文類·火部》：『燙，滌燙也。』

熾火急然曰燂。燂，直教切，音棹；《集韻》：『爨急也。』

火燒物曰燎。燎音了。《説文》本作燎；俗作『燎』，誤。

以食物納油中及湯中，一沸而出，曰煠。煠，士洽切；《廣雅》：『淪也。』蘇軾《十二時偈》：『百滾油鐺裏，恣把心肝煠。』

烘火曰熇。熇音考，《廣韻》：『火乾也。』或省作熇。

以火伸物曰熅。熅，於問切。宋孫奕《示兒編》云：『呼熨斗爲熅，當用此字。李濟翁《資暇録》謂之誤談，非也。』

以火曲物曰撟。撟音考。《考工記》：『工人撟幹，欲孰於人而無贏；【一】撟角，欲孰於火而無燂。』劉昌宗曰：『撟，以火由物也。』《漢書·諸侯王表》：『撟枉過其正。』注云：『正曲曰撟。』按，直者撟使曲，曲者撟使直，今人仍兩用之。

校按：

【一】『工人撟幹，欲孰於人而無贏』，通本作『弓人撟幹，欲孰於火而無贏』。

抻麪曰擀。擀，干上聲；《集韻》：『以手伸物也。』《北夢瑣言》：『趙雄武能造大餅，每三斗麪擀一枚。』

偎暖曰焐。元雜劇有『焐腳』及『溼衣焐乾』語，而字書未收此字，世俗率以『熩』當之。熩音户，光也；與『偎暖』意無涉。

微曬曰晾。吴志伊《字彙補》：『音亮，曬暴也。』《方輿紀要》有晾鷹臺，元時遊獵之所。

以物相和合曰扮。《史記·貨殖傳》註：『大官常以十月作沸湯，燖羊胃，以椒薑扮之訖，曝使燥，謂之脯。』按，《集韻》『扮』音憤，音粉，又音班去聲。字書惟『打扮』之扮音博幻切，餘皆否。按，今北音椒薑之扮亦當讀班之去聲。《漢書·貨殖傳》作『坋』。【二】《集韻》別有『秚』字，音伴，物相合也；俗作『拌』，誤。拌訓捐棄。唐張賁《青餵飯》詩『應宜仙子胡麻拌』，亦係誤用。

校按：

【一】《漢書·貨殖傳》顔師古注引晉灼曰：『今太官常以十月作沸湯，燖羊胃，以末椒薑坋之，暴使燥是也。』

物淆和曰羼。羼音鏟，羊相厠也。《顔氏家訓》：『典籍錯亂，皆由後人所羼。』

散粲曰糝。《莊子》：『藜羹不糝。』《毛晃韻》：『米粒和羹也。』又有作散、撒義者，如云『糝鹽』『糝沙』。杜詩『糝徑楊花鋪白氈』是也。

以錢送禮曰折。《南齊・東昏侯紀》：『京邑酒租皆折使輸金。』此折字所出。

以詐僞取人財物曰賺。賺，直陷切。《集韻》：『賣也。一曰市物失實。』按，揚子《方言》：『秦晉之間凡取物而逆謂之篹。』音饌。取物而逆，當即市物失實之意。《集韻》有『攥』字，初患切，與『篹』同，逆而奪取也。

得利曰䝎。䝎，户管切，耑去聲，音『驛傳』之『傳』。《玉篇》：『䝡䝎，小有財也。』【一】

校按：

【一】《玉篇》：『䝡䝎，小財皃。』《廣韻》：『䝡䝎，小有財也。』

失利曰賠。按，古無此字。俗音裴，作『賠補』之字。《正字通》『備』字註：『賠，本作備。楊慎曰：備音賠，義同。昔高歡立法，盜私家十備五，官物十備三。後周詔盜官物雖經赦免，徵賠如法。備，賠補也，俗用賠。』

買物而不即時給值曰賒。賒音奢；《說文》『貰買也。』

小有積聚曰儹。儹，即産切，贊上聲；《廣韻》：積儹也。【一】《俗書刊誤》：『聚錢穀由少至多曰儹。』按，元楊景賢《劉行首劇》作『積趲』，誤。

校按：

【一】張氏澤存堂影宋本《廣韻·緩韵》：『儹，聚也。』

互市曰㑽。㑽音對；《説文》：『市也。』或曰互市必與人對，故從對人。俗讀若兑，因借用兑字，誤。按，丁仙芝詩：『十千兑得餘杭酒。』知借用自唐已然。

出錢借物曰賃。《史記·范雎傳》：『臣爲人傭賃。』賃始見此。

傭工曰雇。雇，本音户，鳥名；又音顧。《廣韻》：相承借曰『雇賃』字。

假人力曰掅。掅，青去聲，通作倩。陳琳《爲曹洪與魏文帝書》：『怪乃輕其家丘，謂爲倩人。』

今俗凡假貸及暫雇使令，皆曰倩。

手持物以對人曰仅。仅同付。

滿足曰夠。夠音遘；《廣韻》：聚也；多也。【一】《升菴外集》：『今人謂多曰夠，少曰不夠是也。』俗或借作『彀』。彀，弓持滿也。

校按：

【一】《廣韻》：『夠，多也。』《集韻》『夠，多也；聚也。』

稱無曰靡。《爾雅·釋言》：『靡，無也。』按，《佩觿集》：『河朔謂無曰毛。』今俗讀靡爲平聲，亦與毛音近。

數無奇零曰整。《蜀志·諸葛武侯傳》：『亮以建興五年抗表北伐，自傾覆至此，整二十年。』【一】

校按：

【一】此處引文出自《三國志·蜀書·諸葛亮傳》裴松之注。

失物曰丟，拋棄亦曰丟。丟，丁羞切；揚子《方言》：一去不還也。【一】

校按：

【一】此條釋文不見於傳本揚雄《方言》，《康熙字典·子集上》「一部」釋「丟」字時引如此。《正字通·一部》：「丟，方言一去不還也。」

私藏物曰囚。囚，昵立切，音淰；《説文》：「私【一】取物，縮藏之。從口，從又。」

校按：

【一】「私」通行本作「下」。

誣人曰賴，欺人亦曰賴。《餘冬序録》：「蘇州以醜惡曰潑賴。潑音如派。雲南夷俗，諜言誣陷人曰「毕賴之事」，蓋亦潑賴之轉。」《雞肋編》：「渭州潘源諱言賴。太祖微時，至潘源，與人博，大勝。邑人欺其客也，毆而奪之。及即位，幾欲遷發此縣。故以賴爲耻。」按，今俗借貸不還與不認前言者，皆曰賴。蘇老泉《謚法辨論》中有曰「賴」者，注謂「不悔前過曰賴」，即此字。

得力曰虧。虧本爲欠缺之義，俗謂效力者反曰虧。按，吕雲孚《六書音義辨正》載成祖謂仁孝后曰：『媳婦兒好，他日我家事，虧他撑持。』則此言明初已然。蓋盡力者不無虧傷也。

寫録曰抄，遮取亦曰抄。

以言詐人曰倂。倂，百猛切，祊上聲；《集韻》：『詐僞也。』按，今北人多呼作平聲。

胡説曰謅。謅，楚鳩切，音搊。《類篇》：『謅誎，陰私小言也。』【一】

言輕浮曰謤。謤，紕招切；《類篇》：『言輕也。』

喧嘵曰吵。抄上聲。

校按：

【一】此條釋文見於《廣韻》。《類篇》：『謅誎，私語。』

多言曰嘮。嘮音勞，同譊。

以言難人曰嗌。嗌，蒲官切，音盤。或作嚂。

以大言冒人曰奅。奅，披教切，音炮。見揚子《方言》。【一】

校按：

【一】此條釋文不見於傳本揚雄《方言》。《正字通·大部》：「《方言》以大言冒人曰奅。」

詞不屈曰譽。譽音絳；《集韻》：「詞不屈也。」

罵人曰浖。浖，婆去聲；《集韻》：「燕代謂喜言人惡爲浖。」按，今俗有「波口大罵」之語。

耳中作聲曰聬。聬音翁。

語言虚妄曰趙。《戒菴漫筆》：『今人以虚妄不實斥之曰趙。《爾雅》：「休，無實李。」註云：「一名趙李。」蓋無實者虚也。疑即此趙字。』按，《類篇》『謶』字訓『欺也』，職略切，音灼。今俗有『撒誑拉謶』語，疑亦可用此字。

直戆曰䟘。䟘，胡朗切；《説文》：『直項莽䟘貌。』

狡黠曰鬼。《方言》：『趙魏之間謂之黠，亦謂之鬼。』

婦容美好曰俏。

藏匿曰貌。貌，獸名。昔洵纓國獻一獸，名貌，吴大帝時尚有見者。其獸善遁入人室中，竊食已，大叫。人覓之，即不見矣。故至今吴俗以空拳戲小兒曰：『吾啖汝。』已而開拳，曰：『貌。』見《異物彙編》。今謂藏匿爲貌，當是此字。俗讀平聲。

不精采曰倯。倯音松。揚子《方言》：『庸謂之倯。』又：『傑倯，罵也。燕之北郊曰傑倯。』郭璞註：『羸小可憎之名。』傑，渠凶切，音筇。

不慧曰傻。傻，數瓦切，沙上聲；《集韻》：『輕慧貌。』又音灑。《韻會》：『傻俏，不仁。』今俗每稱不慧之人爲傻子。

稱人良懦曰僢。僢，忍善切，音橪；《説文》：『意膬也。』徐曰：『膬耎易破也。』《六書故》：『今人亦以和易無他者爲僢。』又音扇上聲，義同。

彼此誑惑曰傜。傜音姚。《説文長箋》：『方俗以彼比此曰傜。』轉用㩰。又，彼此誑惑曰兩邊傜。

冷面對人曰顫。顫，旨善切，音膳；《説文》：『倨視人也。』

性情執拗曰牛。案，李翊《俗呼小録》：『駡農甿之稱曰牛。』亦是此意。

相鬭曰鬫。鬫音繽；《説文》：『鬭也。』

音信曰託。託，虚到切，音秏；信也。别作秏，非。

甚曰哏。《元典章》有『哏不便當』語。按，字書無哏字，而其辭則至今承之，如『哏好』『哏是』之類。俗以『很』字當之，非。

呼人曰喡。喡音胃，輕之之辭也。

隱身嚇人曰閄。閄，和馘切，音或；《字彙補》：『隱身忽出驚人之聲也。』

痛聲曰倄。倄音肴；《説文》：『刺也。一曰痛聲。』《顔氏家訓》：『《倉頡篇》「倄」字，《訓詁》云「痛而呼也」，音羽罪反，今北人痛則呼之。《聲類》音于來反，今南人痛或呼之。此二音隨其鄉俗，並可行也。』

歎恨聲曰唉。唉，呼來切，音咍；《説文》：『可惡之詞也。』【二】《史記·項羽紀》：『亞父受玉斗，置之地，拔劍撞而破之，曰：「唉！豎子不可與謀。」』

校按：

【一】《説文》訓『唉』爲『譍也』，訓『誒』爲『可惡之辭』。

呼聲曰𡄯。𡄯，姑回切，音傀。

應聲曰阿。《老子》：『唯之與阿。』則阿爲應聲。

使犬聲曰嗾。《玉篇》：『《方言》：秦晉冀隴謂使犬曰嗾。』《左傳·宣二年》：『公嗾夫獒焉。』《釋文》：『嗾，素口反。』或作㖩，同嗾。

犬食曰𠯗。𠯗，他合切，音塔。

燕説卷三

電曰霍閃。唐顧雲詩：『金蛇飛狀霍閃過，白日倒挂金繩長。』按，《太玄經》：『明復睒天，中獨爛。』王劭注云：『忽雷𥊅睒，今謂電也。』霍閃與𥊅睒通。

虹曰絳。《爾雅釋文》：『虹，胡公反，一古巷反。郭音講，俗亦呼爲青絳。』按，虹字今韻平、去並收。

日初出曰昒。昒，呼骨切，音忽：《篇海》：『日出未甚明也。』按，今俗有『日頭昒嘴』語，疑即此字，而讀作卯之去聲。

流急曰洞。洞，徒弄切，音恫；《説文》：『急〔二〕流也。』又徒孔切，義同。燕人多讀上聲。

校按：

【一】『急』通行本作『疾』。

停水曰汪。《左傳》：『周氏之汪。』服虔注：『停水曰汪。』《集韻》轉作去聲，亦訓停水。今俗謂飲水過多曰『汪住水』、謂水少而定曰『一汪兒水』是也。

水直流曰灢。灢，底朗切。《類篇》：『漭灢，水貌。』《俗呼小録》『流謂之倘』似不足據。水部別有『淌』字，大波也；尺亮切，音唱。

水上涌曰湄。湄音冒；《集韻》：『水漲也。』

土高起曰埨。埨，倫上聲；《集韻》：『壟土也。』

堰埭曰壩。壩音霸，通作垻。

塵起曰𡍣。𡍣音蓬。

穴土行曰窾。窾，古孔切，聲同礦；㓷土也。亦作劚。

填塞曰㙍。㙍，動五切，音杜。或作敷，今俗多借用『堵』。

㓷刻曰𠞊。𠞊，恪侯切；《博雅》：『㓷也。』按，流俗應用𠞊處，每誤作『摳』。摳訓搵、挈，無㓷刻義。

金銀器鐫花曰鏨。鏨音暫；《說文》：『小鑿也。』

以鐵縛物曰鋦。鋦，拘玉切，音葷。古文作𨰉。

錮金器曰銲。銲同釬，音翰；《廣韻》：『銲金銀器令相著。』【二】《集韻》：『固金鐵藥。』杜牧《南亭子記》：『不一銲錮，侵敗不休。』

校按：

【一】張氏澤存堂影宋本《廣韻·翰韻》：『釬，釬金銀令相著。亦作銲。』

鏤金飾馬首曰鋄。鋄音減，鐵質金文也。《西京賦》：『金鋄鏤鍚。』馬融《廣成頌》：『金鋄玉瓖。』今名馬鞍曰『鋄銀事件』，當用此鋄字。婦飾『瓖嵌生活』當用此瓖字，俗作『廂』，非。

刀屈曰錈。錈音捲；《集韻》：『屈金也。』《吕氏春秋》：『柔則錈，堅則折。』

燒刃令堅曰焵。焵，古浪切，音掆；《字彙》：『堅刃也。凡兵器經燒則堅，故今鐵工燒刃曰焵。』

磨消曰鋊。鋊，本俞玉切，音欲。楊慎《丹鉛録》云：『音裕。或問：「牙牌磨鋊字如何寫？」予舉此答之。』按，《漢書·食貨志》：『或盜磨錢質以取鋊。』臣瓚曰：『鋊，銅屑也。』師古曰：『音浴。』並未有如楊氏之説。今北音讀玉如裕，故於鋊亦爾。

去瓜果皮曰雪。《廣韻》：『雪，拭也。』《家語》：以黍雪桃。

切草曰鏩。鏩，查轄切。《集韻》作鑕，斷草刀也。亦作劕，音札。

刈草曰㓤。㓤，所鑒切，衫去聲；《玉篇》：『刀㓤。』

刀割曰㓡。㓡，音瓜；《玉篇》：『割也。』

斫剉曰㓧。㓧，多去聲。

削平曰劖。劖音鑱。《戰國策》：『劖而類破吾家。』

傷皮曰𠞩。𠞩，楚兩切，音愴；《集韻》：『皮傷也。』

輕削曰𠟈。𠟈，匹蔑切，音撇；削也。

拔草曰薅。薅，呼毛切。《周頌》：『以薅荼蓼。』《説文》：拔田草也，或作茠。《廣雅》作㧌。方以智曰：『人皆知拔草爲薅，及見薅字，反讀爲耨。亦讀書之浮也。』

冬耕曰㮶。㮶音漢；《廣韻》：『冬耕也。』《集韻》：『耕暴田。』按，今俗讀如煞。

插地起土器曰鍫。鍫，千遥切，亦書作鍬。揚子《方言》：『臿，鍫也。江淮南楚間謂之臿。』

塗泥器曰鏝。鏝，謨官切，音瞞；《説文》：『鐵杇也。』與槾同。

耕田兩刃臿曰鋘。鋘音華，《説文》本作苿。或作鏵。

大鎌曰釤。釤，所覽切，音彡。《抱朴子·逸民卷》：『推黄鉞以適釤鎌之持。』

木臿曰杴。杴，虚巖切，音葴；《玉篇》：『鍬屬。』《溪蠻叢笑》：骨浪猺狫有舞杴，以長柄木杴跳舞，亦有音節。

平木曰鉋。《釋名》：鉋鐁，言鐁彌之使平也。元稹詩：『巨礎荆山采，方椽郢匠鉋。』鉋音庖。而《集韻》有皮教一切，云治木具、搔馬器皆謂之鉋。此蓋以動靜異義用，以鐁刷正讀平聲，指其物乃轉讀爲去聲耳。鐁音斯，《玉篇》本作鋖。俗稱平木器曰『推鉋』，『推』當是『鋖』字之譌。

粗平木曰錛。錛音奔。

木頭箭曰骲頭。《爾雅·釋器》：『金鏃剪羽謂之鍭【一】，骨鏃不剪羽謂之志。』註：『鏃，今之錍箭；志，今之骨骲。』案，《北史·齊本紀》作『雹箭』。【二】

校按：

【一】『鍭』原誤爲『鏃』，據通行本改。

【二】『雹箭』之稱不見於今本《北史·齊本紀》，見於《南史·齊本紀》。

展履使大曰楥。楥，所券切；《説文》：『履法也。』《朝野僉載》：『唐楊炯呼朝士爲麒麟楥。』今鞋工木胎曰『楥頭』。俗作楦。

削木相入曰榫卯。《集韻》：榫音筍，剡木相入。《程子語録》：『枘鑿者，榫卯也。榫卯圓則圓，榫卯方則方。』榫與筍同。按，以盈入虚謂之筍，以虚受盈謂之卯。故俗有『筍頭卯眼』之説。

筍卯中復加尖細之木令其堅密者曰楔。楔，九結切，音屑；《説文》：『櫼也。』徐曰：『櫼即尖字。』案，《唐書·酷吏傳》：『索元禮作鐵籠㲈囚首，加以楔，至腦裂死。』

車輪内鐵曰釧。釧，昌緣切，音穿。

車軸鐵曰鐗。鐗，居諫切。《釋名》：『鐗，閒也，閒釭軸之間使不相摩也。』

温器曰鏇。鏇，辭戀切，音淀；《六書故》：『温器也。旋之湯中以温酒。』或曰今之銅錫盤曰鏇，取旋轉爲用也。按，今樂器中有似鉦而小、面凸起者，亦曰鏇。

錢背曰幕。案，平而無文曰幕。幕，莫半切，音縵。《前漢·西域傳》：『罽賓國錢爲騎馬，幕爲人面。』註：『韋昭曰：幕，錢背也。』

錫曰鑞。鑞音臘；《玉篇》：『錫鑞也。』《集韻》本作鑶。

鐵臭曰鉎。鉎音星；《集韻》：『鐵衣也。』亦作鍟。

金薄曰鉑。鉑音泊。《正字通》：『金鉑，薄金也。』

截禾穗刃器曰把鋻。鋻，古賢切。元王禎《農書》作『粟鋻』。其刃長寸許，上帶圓銎，穿之食指，刃向手內。農人收穫之際，用摘禾穗。與銍形制不同而名亦異，然其用則一，此特加便捷耳。

以油塗器曰釉。釉音誘；《類篇》：『物有光也。』今窑器所云『釉水』是也。

表畫曰幀。幀，猪孟切，爭去聲；開張畫繒〔一〕也。

校按：

〔一〕『繒』原誤作『繪』，據《廣韻》改。

酒器曰㿄。㿄音海，今借作海。

瓦盞曰盔。《集韻》：『盂器。』【二】

校按：

【一】《集韻》：『盔，器名。』《字彙》：『盔，盂器。』

箸曰篕。篕音快，竹箭也，可以爲箸。俗作快。《儼山外集》：『舟行諱「住」，以箸爲「快兒」。』

漉器曰笊籬。笊音兆；籬音力。《杜陽雜編》：『同昌公主鏤金爲笊籬。』

板倉曰鹿囷。《吳語》：『囷鹿空虛。』註：『先儒以圓爲囷，方曰鹿。囷，聚也，亦散也。鹿善聚善散，故囷謂鹿，俗作簏。』

糞箒曰馬子。《雲麓漫鈔》：『漢人目溷器爲虎子。鄭司農註《周禮》有是言。唐諱虎字，改爲馬。』至今因而不改。

繩繫木爲坐具曰榪子。榪音罵。《韻會》引《曾子》『輿機』疏：『機以木爲之，如牀。先用以繩繫兩頭，謂之榪。』【一】《正字通》：『俗謂木片鬬定器物曰榪子。』

校按：

【一】《康熙字典》原引如此。《韻會》：『榪，牀端横木也。』又《曾子問》「輿機而往」注疏云：「機以木爲之，如牀，先用一繩繫兩頭之榪。」』

兑架曰天平，法馬曰乏子。乏者，法字之訛也。《湧幢小品》云：『吴中有天平山，山石林立，皆劍拔，甚鋭而匀。范長白得之築園，夫妻時遊其間。妻徐氏，能詩而妬，范遂無子。蘇州人爲之語曰：「范長白夫妻上天平，乏子。」聞者大笑。』

以皮爲交牀曰馬閘子。官長多以自隨，以便於取挈也。按，《清異録》：唐明皇時，從臣作逍遥座，遠行攜之，如摺疊倚。蓋即此物之權輿乎？

釣絲之半繫以荻梗曰浮子。視其没，則知魚之中鉤。韓退之《釣魚》詩云：『羽沈知食駃。』則唐世蓋浮以羽也。

鎖曰鏈子。鏈音連；《六書故》：『今人以鋃鐺之屬相連屬者爲鏈。』

鐃鈸曰草子。鈸，蒲撥切，音跋；《玉篇》：『鈴也。』《正字通》：『亦謂之銅盤。司馬承禎製《玄真道曲》《大羅天曲》，有鐃鈸，蓋其小者。今亦用之以節樂，或謂之草子，或謂之鋪鈸。』按，《爾雅·釋樂》：『大笙謂之巢。』疏：『巢，高也。言其聲高也。』今云『草子』，似不如作『巢子』爲雅。

吹器義觜曰㰶子。㰶，古弔切，音叫；《說文》：『所謼也。』《正字通》：『今樂器壎、篪之屬有㰶子，俗稱叫枽。本作嘂。』

號筒曰喇叭。叭，普八切，音汃。又普活切，音鱍。《正字通》：讀若霸。喇叭，軍中吹器，俗呼號筒。見戚繼光《新書·號令篇》。

起兵軍器曰哱囉。哱，普没切，音葧；《廣韻》：『吹氣聲。』《正字通》：哱囉，軍器。見戚繼光《新書·號令篇》。

喇叭之大者曰嗩吶。或作鎖吶。《在閣知新録》：『近樂器中有鎖吶，正德時詞曲作「唆哪」。蓋後起之名，故字體隨人書也。』按，字書無『嗩』字。

杖曰拐。拐與枴同，亦作柺；老人杖也。《五代史》：『後漢遣王峻奉表契丹，耶律賜一木拐。峻持歸，鹵望見避道。』

棺木曰材。《南史·齊宗室傳》：『命辦數十具棺材。』又《張敬兒傳》：『逃賣棺材中。』按，棺材本謂中爲棺之材木，而世以呼已成之棺。據二事，則齊梁時已然。

物件曰家火。見《大明會典》。俗作傢伙，譌。案，『傢伙』二字，不見字書。惟《篇海》有『傢』字，云音象。

墟市曰集。商賈貨物輻凑處，古謂之務，今謂之集，南人多謂之墟。

石讀爲旦。凡官府糧册及民間穀米賬，皆以石音擔。云有點爲山石，音同十；無點爲斗石，音同旦。攷之字書，無音旦者。《漢書》：『無儋石之儲。』儋音旦。今以石作儋，漢人不應疊音矣。然相沿已久，必有所自來也。

趁船曰舤。舤音答。《五音集韻》：『舤，舟名。』又，就舟也。

具舟曰䑴。䑴音駕，俗作駕。

修船曰艌。宋元字書無艌字，惟宋濂《篇海》有之，注：奴店切，艌船。《正字通》：『挽舟索謂之䉒。今葺理舊船讀若念者，有音無義，方俗語也。』

帆上風曰搶。搶，此亮切，鏘上聲。今舟人曰『掉搶』。庾闡《揚都賦》：『艇子搶風，榜人逸浪。』

打樁曰汎。汎音闖。吴志伊《字彙補》：『植木定船謂之汎。』

船上鐵貓曰錨。錨音苗。焦竑《俗書刊誤》：『船上鐵猫曰錨。』【二】或曰錨、錨同，即今船首尾四角叉，用鐵索貫之，投水中，使船不動摇者。俗讀爲茅，茅、苗音别，其用一也。

校按：

【二】《俗書刊誤》卷十一『俗用雜字』：『船上拏泥鐵器曰錨。』

捍船木曰㦸。㦸，色絳切，淙上聲，《廣韻》：『捍船木也。』

屋壁曰山。《通雅》：『椶，所監切。今以屋東西榮柱外之宇爲椶。嘗見工匠謂屋兩頭爲山，猶其遺聲，實是椶字。』按，韓退之《寄盧仝》詩『每騎屋山下窺瞯』，王安石詩『落木回飈動屋山』，范成大詩『稻堆高出屋山頭』，並用山字，則亦不必泥矣。

屋梁曰栿。《北史·隋齊王暕傳》：『聽事栿中折。』栿，房六切，音伏；梁栿也。《正字通》：『以小木附大木上爲栿。』

階磴曰礓䃰。礓音薑，礫石也。䃰，七煞切，音擦。姜䃰石，出《大内規制記》。李翊《俗呼小録》作『僵礤』，殊不足據。

屋上横木曰檁。檁音凛。

門上窗曰㦗。㦗音靈。今俗呼作『眼籠』，當是㦗字之誤。

煖牀曰炕。炕音抗。《正字通》：『北地煖牀曰炕。』

關門機曰櫰。櫰，數還切；《玉篇》：『木櫰。』出《通俗文》。櫰通作拴，俗作閂。

門關曰閈。閈，他鼎切，音珽；門上關也。

關門曰掩。韓愈詩：『獨宿門不掩。』

鎖鈕曰鏂鈘。《正字通》：『鏂鈘一【二】作屈膝、屈戌。李賀《宮娃歌》：「屈膝金鋪鎖。」陸友仁曰：「金鋪爲門飾。屈膝蓋鉸鍊，上二乘者爲鏂，下三衡爲鈘。」李商隱詩：「鎖香金屈戌。」張伯雨有一器，是香爐蓋有鎖者。屈戌乃受鎖之搭連卷口也。』

校按：

【一】『一』字原缺。據《正字通》補。

門上鈕鼻曰了鳥。李商隱詩：『鎖門金了鳥，展障玉鴉叉。』按，周櫟園《書影》云：『余鄉人呼門鈕鉸具有勾者爲繚掉，無勾者爲屈戌。屈戌二字，自是宛轉之意。繚，纏也，繞也。掉，摇動也，顫也。皆與環近。』了鳥、繚掉，當是一物。

巷道曰衚衕。衚，平去二音。或作衙衕。衕音統。《南齊書》：蕭鸞弑其君昭於西弄。注：『弄，巷也。』南方曰弄，北曰衙衕。弄之反切爲衙衕也，蓋方言耳。今俗省作胡同。

几案曰棹。案，棹同櫂，又直角切；《正字通》：『倚卓也。』楊億《談苑》：『咸平、景德中，主家造檀香倚卓。』

覆屋曰苫。苫，讀如扇。《廣韻》『苫』有平去二音，俱訓草覆屋。《正字通》分『苫次』爲平聲，

『苫覆』爲去聲。

架棚曰搭。《集韻》：『搭，挂也，附也。』【一】唐韓偓詩：『夜深斜搭秋千索。』

校按：

【一】此條訓釋不見於《集韻》。《正字通·手部》：『搭，掛也，附也。亦作搭。』

屋攲側用木撐正曰牮。牮，作甸切，音薦。梅氏《字彙》云：『屋斜用牮。』

築土曰打夯。夯，本呼講切，近壑上聲。呂雲孚《六書辨正》云：『夯音烘。北人以大木丈餘，平其兩端，中鑿數十孔，衆手舉以實土曰夯。今俗築基釘樁，作兒郎偉聲曰打夯。樓攻媿云：兒郎偉，猶言兒郎懣。言夯聲者，蓋爲力未用而先發聲之意。』

以碎麻和灰土曰麻擣。按，《唐六典》：『京兆歲送麻擣二萬斤。』《夢溪筆談》：『韓王治第，麻擣錢一千二百餘貫。』知其名由來已久。

寺觀所懸圖畫曰弔挂。案，小宋《太一宫》詩：『瑞木千尋聳，仙圖幾弔開。』『弔』乃『卷』字，古作弓，《真誥》作弔，非『釣』音之弔。今僧道畫圖懸挂者皆曰弔挂，字似本之此，而讀作『釣』音則誤。

磚未燒曰墼。墼，古歷切，音激；俗作坯。

以釘釘物曰釘。釘，平聲；以釘釘物，去聲。《晉書·王獻之傳》：『魏時陵雲殿榜未題，而匠者誤釘之，不可下。乃使韋仲將懸橙書之。』

漬麻曰漚，氣鬱不伸曰漚，草伏火中未然曰漚，衣物漊爛曰漚。漚，於候切，音謳去聲。

打油曰榨。《唐韻》：『打油具也。醡，壓酒具也。』[一]皆側嫁切。《集韻》有『笮』字，注云酒器。[二]蘇舜欽有《笮酒聲》詩，則笮亦壓酒具，與醡通。

校按：

【一】此條釋文見於《廣韻》。

【二】《集韻》：『醡，酒盪也，或作笮。』

蒙鼓曰鞔。鞔，莫官切。《酉陽雜俎》：『甯王嘗夏中揮汗鞔鼓。』按，今人猶謂作鞋底曰鞔底，釘鼓皮曰鞔鼓。或借作漫。蘇子瞻《寄劉孝叔》詩：『東海取鼉鞔戰鼓。』

擊鑼曰篩。《雲麓漫鈔》：『中原人以擊鑼爲篩鑼。東南亦有言之者。』

衣襠曰紁。紁，叉去聲；《篇海》：『衣襠也。』通作衩。《博雅》：『袖、袺、衽謂之褸衩。』

袴曰衷衣。《説文》：『衷，裏褻衣也。』《左傳·宣九年》：『陳靈公與孔甯、儀行父通於夏姬，皆衷其衵服。』通作衶，直勇切，音重；袴也。

鞾頸曰靿。靿，於教切，音袎。《隋書·禮儀志》：『長靿靴，畋獵豫遊則服之。』

履墻曰幫。幫，逋旁切，同幇。宋蔣捷詞：『裾鬆翠褶，鞋膩紅幫。』

衣曲處曰褍。褍，音淵，又音鋗；《集韻》：衣襟袖曲處。

卷袖出臂曰揎。揎音宣；《集韻》：『手發衣也。』《六書故》：『鉤袂出臂也。』蘇軾詩：『玉腕半揎雲碧袖。』今俗有『裸袖揎拳』之語。

披衣不帶曰裮。裮音昌；《玉篇》：『披衣不帶也。』

衣擺寬曰袏。袏音乍；《集韻》：『寬也。』

連綴衣物曰襀。襀，丘愧切，音饋；《集韻》：『紐也。』《增韻》：『衣系也。』今俗以縫綴約束衣物爲襀，𥚃是借用此字。

布帛有刺曰毴。毴音毳；《廣韻》：『絹帛毴起如刺也。』

粗紬曰紨。紨音敷；《説文》：『布也。一曰粗紬。』按，今俗稱紬有『紨薄』之語。

裁餘曰帵。帵，一丸切，音剜。《廣韻》：『帵子，裁餘也。』《正字通》：『今采帛鋪謂剪截之餘曰帵子。』

開衣領令大曰袥。袥音託；《説文》：『衣衸也。』《廣韻》：『開衣領也。』《升菴外集》：『今云「袥肩」。』即此袥。亦作袺。

衣系曰襻。襻，普患切。《漢書·賈誼傳》註：『偏諸，若今之織成以爲腰襻者也。』《集韻》：衣系曰襻；器系曰鋬。鋬亦普患切。

衣紐曰釦。釦音寇。《正字通》：『俗謂衣紐曰釦。』

絲束曰紒。紒音結；《類篇》：『絲束。』

縷縈曰絗。絗，胡骨切，音搰；《類篇》：『縷縈也。』

卷絲爲緯曰繐。繐音歲；《類篇》：『卷絲爲緯也。』案，今俗作穗，誤。

絲縷曰綹。《説文》：『緯十縷爲綹。』音略如柳。沈佺期《曝衣篇》：『上有仙人長命綹。』王渙《惆悵詩》：『青絲一綹墮雲鬟。』

貫縷提之以織者曰綜。綜音縱；《玉篇》：『持絲交。』《列女傳》：『推而往、引而來者，綜也。』

紡絲鐵幹曰筳子。《説文》：『䈅絲管也。』《正字通》：『䈅，著絲於筟車也。今紡絲銼曰筳子。』

衣物略用鍼綫曰斁。斁，了彫切。《書·費誓》：『善斁乃甲胄。』《疏》引鄭氏云：『斁，穿徹也。謂甲繩有斷絶，當使斁理穿治之。』按，今謂麤略治衣曰『斁幾針』是也。

縫衣曰縕。縕音隱；《廣韻》：『縫衣相著也。』杜詩：『褥縕繡芙蓉。』而字借『隱』。

疎縷相聚不均曰纙。纙，郎佐切，音螺去聲，讀如懦。凡布帛不密緻者，或經浣洗則縷聚成綹，故謂之纙。《説文》：『不均也。』[一]

校按：

【一】《説文》（大徐本及段注本）：『䌯，不均也。』

繒破曰㪲。㪲，匹夷切；與紕同，《集韻》：『繒欲壞也。』又音䛟。《玉篇》：『器破也。』揚子《方言》：『南楚之間器破而未離謂之㪲。』《集韻》：楚謂璺曰㪲，或作𤿺。

首飾曰頭面。見李翊《俗呼小録》。

臂釧曰鐲。鐲音濁。按，《説文》：『鉦也。』古無『釧』義。

被巾曰帍。《廣韻》：『帍、裱，被巾也。』【二】音户。揚子《方言》：『帍裱，謂之被巾。』郭註：『婦人領巾也。』左太沖《嬌女詩》：『衣被皆重池。』今人被頭前施帛爲緣者，蓋即被池，俗稱『被帍頭』。古之帍兼用之衣，味左詩可見。

校按：

【一】此條釋文見於《廣雅》，不見於《廣韻》。

抛足之戲具曰毽。毽音建。謡曰：『楊柳兒青，放空鐘。楊柳兒死，踢毽子。』見《帝京景物略》。

酒家望子曰旝。旝音慌，亦作旙。

皮衣無袖便於輿中披坐者曰褡䙨。今語謂皮衣之長者曰褡䙨，頗合。郭一經曰：『褡䙨，半臂衫也。起於箭時，内官服之。』與比名同而實異。鄭思肖詩：『椶笠氊靴褡䙨衣，金牌駿馬走如飛。』自注：『褡䙨，元衣名。』

皮鞵曰烏臘。《事物原始》：『遼東軍人著靴名曰護臘。』護臘，當即烏臘。今奉天出烏臘草，用以薦履，最煖。

衣敝曰襤褸。褸音縷。揚子《方言》：『南楚凡人貧衣被醜弊謂之褸裂，或謂之襤褸。』《綱目集覽》『藍縷』『襤褸』通。又或曰裉褬，音朗顙。《集韻》：『裉褬，衣敝也。』

補綻曰補靪。靪音頂；《集韻》：『《博雅》：補也。』或借作頂。元楊瑀《山居新話》：『頭繡上有補頂，可謂至貧。』

女工作鞋剪樣，用布褙紙令硬曰圪泊。案，《武林舊事·小經紀》有賣『圪泊紙』者，此二字。

以服物助嫁裝曰添箱。《癸辛雜識》載：『周漢國公主下降，諸閫及權貴各獻添房之物，如珠領寶花、金銀器之類。』按，此即世俗添箱之禮。

婦人冠子曰提地。《野獲編》：『京師稱婦人所帶冠爲提地，蓋鬏髻二字，俱入聲。北音無入聲者，遂譌至此。』

鞍下薦曰屜。屜音替。《本草注》：『凡鞍下薦、韉下氊皆曰屜，可以代替也。』《集韻》『屜』但訓履薦，其馬鞁具別有『韘』字，亦音替。按，庾信《鏡賦》：『暫設裝匳，還抽鏡屜。』蓋凡器用之通替，皆可書屜。馬屜亦作『韂』。

馬障泥曰韂。韂，昌豔切，亦作韂。

騾驢後木曰紂棍。《説文》：『紂，馬緧也。』揚子《方言》：『緻，車紂。自關而西謂之紂，自關而東謂之緻。』

不鞍而騎曰驏。驏，初限切。令狐楚《少年行》：『驏騎蕃馬射黄羊。』《升菴外集》：『元制：婦人妬者，乘驏牛徇部中。』按，《遼史》作『韅馬』。韅，馬帶也。似不如驏字爲確。

馬加鞍轡曰韉。《花間集》薛昭藴[二]詞云：『寶馬曉韉雕鞍。』

以長繩繫牲畜曰繸。繸，隨戀切，旋去聲；《説文》：『以長繩繫牛。』

校按：

【二】『薛昭藴』原誤爲『韓昭藴』，據《花間集》正。

駕車曰套車。之所以駕馬者亦曰套。《宋史·輿服志》『金輅』有金鍍銅套。【一】套俗作套。

校按：

【一】《正字通·大部》：『凡物重沓者爲套。《宋志》「金輅」有金鍍銅套筒。』

文書藁曰底。《春明退朝録》：『公家文書稿，中書謂之草，樞密院謂之底，三司謂之檢。秘府有梁朝宣底二卷，即貞明中崇政院書也。』《詔書別録》：『唐故事，中書舍人掌詔誥，皆寫兩本，一爲底，一爲宣。在中書可檢覆，謂之正宣。』

翻書曰枕。枕，虛嚴切。皮曰休詩云：『掣釣隨心動，抽書任意枕。』

錢糧收帖曰串票。串與券通，别作賗。《文字指歸》：『支取貨物之契曰賗。今官司倉庫收帖曰串子。』

以減筆總記算數曰畫馬。《禮·投壺》：『爲勝者立馬。』註：『立馬者，取算以爲馬，表其勝之數也。』今銀錢帳簿有畫馬之稱，蓋即本此。

謌字曰白字。本作别字。《漢書·儒林傳》：『近鄙别字。』《日知録》：『今人謂之白字，乃别字之轉。』按，宋《程子語録》《朱子語類》已有作『白字』者。

燈謎曰燈虎。按，明郎瑛《七修類稿》載《千文虎序》云：『金章宗好謎，選蜀人楊圃祥爲魁。有《百斛珠》刊行。』據此，則謎之名虎，其來已久。

計簿曰帳。《北魏書·釋老志》：『元象元年秋，詔曰：城中舊寺及宅，皆有定帳。』今人出入之籍曰帳目，始此。俗謌作賬。

燕説卷四

頭曰腦帶。周祈《名義考》：『中州人謂頭爲腦帶。』

胸前曰脯。脯，蓬逋切；《類篇》：『雉膺肉。』《松漠紀聞》有『殺雞炙股烹脯』語。《暖姝由筆》：『脯謂雞胸下白肉也。』按，俗亦呼人之胸曰胸脯，蓋通借。

乳曰奶。鐘鼎文有『乃』字，謂乳。今人呼乳爲奶，乳娘爲奶娘，亦有所自。按，《集韻》：嬭，女蟹切，音疓，乳也；古作㚷，或作妳。【一】《博雅》：楚人呼母爲嬭。【二】

校按：

【一】《廣韻·蟹韻》：『嬭，乳也。』《集韻·蟹韻》：『嬭，女蟹切；《博雅》：母也。或作妳，古作㚷。』

【二】《廣雅·釋親》：『嬭，母也。』《廣韻·薺韻》：『嬭，楚人呼母。』

齒大曰齗牙。齗，五板切，音嵃；《説文》：『齒見貌。』

齒枝出曰齙牙。齙，蒲交切，音庖；《玉篇》：『齒露也。』

牙垢曰牙矢。矢，俗作屎。

面圓曰顐。顐，户衮切，音混；《説文》：『面色顐顐貌。』《集韻》：『面首俱圓謂之顐。』

脣缺曰火。火，叶虎何切。《莊子·外物篇》：『利害相摩，生火實多。衆人焚和，月固不勝火。』《韻會小補》：『今人謂兔歧脣曰火，蓋古音也。』

指紋曰螺。蘇文：『齊安江上[二]美石，其紋如指上螺。』螺本作腡；《廣韻》：『手指紋也。』

校按：

【一】『齊安江上』原誤作『齊安王几上』。據蘇軾《前怪石供》改。

綰髮爲髻曰鬢。鬢，子罕切，音纘；《玉篇》：『髮光澤也。』

偏髮曰髫。髫音毛。《北齊書》：『女官偏髫髻。』注云：『少女之飾。』《正字通》：『丫髻謂之偏髫。』按，今留小兒女髮，或左或右，俗稱𠂢毛，當用此髫字。𠂢，苦哇反，不正也，即今歪斜字。

多鬚曰鬞腮。鬞音鬧；《類篇》：『多須貌。』

僧頭剔髮曰鉻。《梵書》：『鬚髮自鉻。』通作落。

肉起曰疒。疒音鳩。《類篇》：『疒瘤，肉起貌。』

疣之細者曰瘊。毛西河曰：『瘊是結肉。此北方音，越亦有之。』

腮腫曰痄。痄，側下切，音鮓。《朱氏集驗方》：『宋仁宗患痄腮，道士贊甯用赤小豆七粒爲末傅之，立愈。』

手足趼胝曰皵子。皵音藺，皮起也；通作藺。今俗呼訛爲『蔣』音。

目深曰䁗瞘。音兜歐；《集韻》：『深目貌。』

面凹曰𩕄頭。𩕄音謳。頭，奴兜切，音獳。《玉篇》：『𩕄頭，面折。』頭一作頸。頸音兜。又或曰頠頭。頠，數瓦切；《集韻》：『面醜也。』按，《玉篇》有𩑛字，音坳；頭凹也。《集韻》：『大首深目貌。』

高鼻曰頜。頜音鴿；《廣韻》：『鼻高貌。』

轉舌曰啅。啅，昌約切，音綽；《篇海》：『轉舌呼。』

直視曰盯。盯，除庚切，音棖；《廣韻》：直視也。【一】

校按：

【一】《廣韻·庚韻》：『盯，䁅盯，視皃。』《集韻·庚韻》：『瞠，直視也。或作盯。』

目略一過曰覭。覭，闢了切；《説文》：目有所察省貌。又作瞟。

目半合曰矙。矙，民卑切，音彌；眇目也。今俗有『矙縫眼睛』之語。

看視曰瞧。瞧音樵；《字彙》：『偷視貌。』嵇康《難自然好學論》：『覩文籍則目瞧。』

悶視曰瞀。瞀，鋤救切，音驟；又驟平聲，義同。今俗誤作瞅，讀爲上聲。

凝視曰矖。矖音灑。《後漢》馬融《廣成頌》：『目矖鼎俎。』

以目玩人曰昭。昭，超上聲；《玉篇》：『目弄人也。』《類篇》：『以目玩人謂之昭。』

遠見曰覭，曰覛。覭，邵上聲。覛音荒。今俗有『覭著』『覛著』之語。

短視曰近睬。睬音砌。《説文》：『察也。』《集韻》：『衺視也。』或作�，俗作覷。蘇籀記《欒城遺言》云：『歐陽公讀書，五行俱下，但近覰耳。』

眼小一縫曰罝斜。《字彙》：『罝，彌邪切，音哶；目小也。』或作乜。《元曲》有『醉眼乜斜』句。

眼困曰麻嗏。《戒庵漫筆》：『唐李涉詩：「趁愁得醉[一]眼麻嗏。」今人欲睡而眼將合縫曰麻嗏，蓋如此寫。』按，宋陳造亦有『病眼正麻嗏』句。

校按：

【一】『醉』原誤作『病』，據《戒庵漫筆》及《全唐詩》改。

眵淚曰眵模糊。眵，叱支切；《廣韻》：『目汁凝也。』韓退之《短檠歌》：『兩目眵昏頭雪白。』眵模糊亦即眵昏之意。

胔脹曰胍肫。《宋景文筆記》：『關中人以腹大爲胍肫。胍音孤，肫音都。俗因謂杖頭大者爲胍肫，後訛爲骨朵。』按，宋鹵簿中有『骨朵』，乃長樣手撾之類。今凡納悶而氣脹於脣頰之間，俗誚之曰胔胍肒。《元曲》或作『觜骨都』。

污面曰𥉌。𥉌，民卑切，音彌；《集韻》：『污面謂之𥉌。』或作𥈊。今俗有『打畫墨』之語，當是此字之譌。

合脣曰脗。脗音泯。《莊子·齊物論》：『爲其脗合。』郭象云：『脗然，無波際之貌。』司馬彪曰：『若兩脣之相合也。』按，今俗作呡，非。『呡』與『吻』同，口邊也。

理髮曰律。《荀子·禮論篇》：『不沐，則濡櫛，三律而已。』

納頭水中曰㴇。㴇，烏没切，見《隋韻》。皮日休詩：『學海正狂瀾，予頭向水㴇。』

口吸物曰嗽。嗽，所角切。《漢書·鄧通傳》：『文帝病癰，通爲上吮之。』俗謂吸取曰嗽，本此。《説文》作『欶』，注『吮也』。《昌黎聯句》：『酒醪欣共欶。』旁從『欠』，與『戒敕』『咳嗽』字從『攴』者别。

飲水曰哈。哈，色洽切，音唼。本作歃；《玉篇》：『以口歃飲。』《淮南子·氾論訓》：『嘗一哈水而甘苦知矣。』又音合。

手捻鼻膿曰擤。焦竑《俗用雜字》：『音省。』

鼻就物曰齅。《説文》：齅，以鼻就物也。以救切。【一】《漢書·敘傳》：『不齅驕君之餌。』師古注：『古嗅字。』《集韻》亦作嚊。【二】

校按：

【一】大徐本《説文》：『齅，以鼻就臭也。許救切。』

【二】《集韻》無『嚊』字。《龍龕手鑑·口部》『嗅、齅、嚊，三俗，正作齅字。』

貪食曰饕。饕，都昆切，音敦；《集韻》：『貪食也。』今俗呼作敦之上聲。

口取食曰嚃呷。嚃，託合切，音踏。《禮·曲禮》：『無嚃羹。』孔疏謂：『不嚼菜，含而歠吞之，其欲速而多，又有聲，不敬，傷廉也。』《廣韻》亦作嗒，注云『舐嗒』。蘇子瞻《九日黄樓》詩云：

謁。

『把酒對花容一呷。』趙凡夫《長箋》云：『吸而飲曰呷。』今俗稱口取食音如『他拉』，疑是此二字之

味鹹傷口曰蜇。蜇音哲；《玉篇》：『蟲螫也。』《列子》：『蜇於口，慘於腹。』俗謂味惡傷口曰

蜇，蓋言如蟲之傷吻也。

聲破曰嗄。嗄，沙去聲；《玉篇》：『聲破也。』《道德經》：『終日號而嗌不嗄。』

音變曰㗊。㗊，桑割切，音薩。又所邁切，音曬。義同。

唾人曰啡。啡，坏、配二音；《廣韻》：『出唾聲。』或作呸。呸音丕，相爭之聲；俗字。

吹氣曰哱。哱，普没切。又曰哹。哹音浮。

口吮曰嗍。嗍，色角切，音朔。《集韻》：吮也；本作欶，或作嗽、㖩。

以舌取物曰舔。舔音忝。

食物用口不用箸曰餔。餔，南上聲。宋何光遠《鑑戒録》載陳裕詩云：『不聞吟秀句，只會餔胡麻。』案，字書無餔字。

睡熟曰𥨊。𥨊音米；《説文》：『寐而未厭也。』

暫睡而覺曰寣。寣音忽；《説文》：『卧驚也。』《玉篇》：『小兒啼寣寣也。』今俗有『忽驚忽覺』語，當用此寣。若拍小兒令睡，輒曰『睡寣寣』，則又一義矣。《五燈會元》云：『長伸兩脚眠一寣，起來天地還依舊。』

睡曰困。慧海禪師有『饑來喫飯困來眠』之語，尤西堂用作『睏』。按，字書無睏字。

卧曰躺。躺音儻；《集韻》：『申足伏卧也。』按，趙甌北《簷曝雜記》云『俗語卧曰黨』，疑誤。

以足蹂踐物曰蹨。蹨音撚；《玉篇》：蹂也。【一】或作跈。

校按：

【一】張氏澤存堂翻刻宋本《玉篇·足部》：「蹨，蹀跡也。」《廣韻·銑韻》：「蹨，蹂蹨。」

足所蹈曰跐。跐音此。左思《吴都賦》：「將抗足而跐之。」跐，蹋也。

足踏曰躣。躣，所蟹切，釵上聲。《大明會典》：「光禄寺躣造細麴。」俗作踹，非。踹，都管切，音短，足踼也；又音煅，足跟也。

一足行曰躩。躩音卿，又音磬；《玉篇》：「一足行也。」《左傳》：「剕林雍之足，躩而乘於他車。」俗譌作蹔。梅聖俞詩：「竹存帝女啼，夔學林雍躩。」

屈足坐曰盤。盤音槃；《類篇》：「屈足也。」今通作盤。

跳行曰蹩。蹩，蒲孟切，烹去聲；《集韻》：「蹸蹩，蹋地聲。」蹸，皮孕切，音凭。蹩或作甏。

𠆾𠆿曰跁。跁音爬。《正字通》：『今俗謂小兒𠆾𠆿曰跁。』

逸走曰蹝。蹝，子禮切；《玉篇》：『走貌。』

疾行曰蹬。蹬，徒等切，又徒登切。《集韻》：『蹬蹬，行貌。』

奔赴曰䟫。䟫，奔去聲。

遠望曰張。李翊《俗呼小録》：『視謂之張，看謂之望。』羅取鳥獸亦曰張。《周禮·秋官》：『冥氏掌設弧張。』註：『弧張，罿罦之屬。』《後漢書·王喬傳》：『自縣詣臺朝，輒有雙鳧。舉羅張之，但得一隻舄焉。』

急跳曰迸。迸，并去聲；《説文》：『散走也【二】。』

校按：

【一】「散走也」原作「走散也」。據大徐本《説文解字》正。

疾行過人曰䢢。䢢，七浪切，音滄；《集韻》：「過也。」

身體疼曰痠。音酸；《廣韻》：「痠痛也。」

疲困曰疺。疺音乏；《正字通》：「疲也。」明《永樂北征録》：「駕發鳴轂鎮，天氣清爽，人馬不渴。若喧熱，人皆疺矣。」』

感寒體戰曰㾕。㾕音莘；《説文》：「寒病。」又森上聲。韓偓詩云：「噤㾕餘寒酒半醒。」

衣薄而寒曰赤瘩瘩。瘩，德合切，音荅；《玉篇》：「病寒也。」《五音集韻》云「寒瘩瘩」。

皮膚不細潤曰皸。皸，拘雲切。《類篇》：「皸，皴也，皵也。又手足拆裂也。」《漢書·趙充國傳》：『將軍士寒，手足皸瘃。』《金壷字攷》：『皸瘃，凍瘡也。』皵，七約切，音鵲。《集韻》：皮皴也；又木皮甲錯也。《廣韻》：『皮細起也。』鄒浩《四柏賦》：『皮皴皵以龍驚。』今京東俗以言羞辱人曰皴皵，疑是此字。

皮起曰皾。皾或作暴，墳起也。暴，北角切，音剥。或作瀑、皰，同。

肥脂曰臕。臕音標；《六書故》：『肥盛也。』

赤子陰曰峻。峻，音樵。《道德經》：『赤子未知牝牡之合而峻作，精之至也。』《廣韻》：臧回切，同朘。《集韻》：津垂切，音厜；臧戈切，音侳；祖誄切，音濢，義並同。或作屡。

便旋曰出恭。《會典》：『監規：每班給與出恭入敬牌一面。』

兩男成姦曰要。要音飢。《楊氏正韻箋》：『律有要姦罪條，將男作女。』

猪脂中堅者曰脏。脏音移；俗作胰，非。胰，脊肉也。

雞鴨臟肚曰事件。《夢粱録》：『御街早市賣羊鵝事件。食次名件，有十色事件，糟鵝事件。其猪羊頭蹄肝肺則稱四件，酒肆賣攛四件。』按，今京都酒飯館仍沿是稱，鄉中多呼作『雜碎』。

禽卵曰彈。《大明會典》：『上林雞鵝鴨彈若干。』皆用彈字，言卵形之圓如彈也。俗用『蛋』字，非。字書無蛋字，想因『蜑』字訛爲蛋字耳。蜑，南方蠻也；漁蜑取魚，蠔蜑取蠔，木蜑取木。

卵中黄曰瑴。瑴，胡光切，音黄。

抱卵曰孵。陸績曰：『自孵而瑴。』孵音孚，化也，育也。通作孚；《説文》：『卵孚也。』徐鍇曰：『鳥之孚【一】卵，皆如其期，不失信也。』揚子《方言》：『雞伏卵而未孚。』

校按：

【一】『孚』原作『乳』。據大徐本《説文解字》改。

犬吐曰吣。吣，七鴆切，音沁；亦作唚。

小腸曰⿱此子腸。⿱此子音子。

尾曰已巴。已音以。凡尾亦曰已，如馬尾曰馬已，狗尾曰狗已之類。

尾短曰𡲶。𡲶音掘，短尾鳥也。《正字通》云『同𡲶省』。《説文》『屈』本作𡲶，从尾出聲。凡物之短尾者皆可曰𡲶，必分訓𡲶爲短尾鳥、⿸尸蚤爲短尾犬，亦泥。

舉尾走曰趉。趉音掘；從『子』，不從『子』。

牝馬曰課馬。《唐六典》：『凡牝四游而課，羊則當年而課之。』課謂歲課駒犢。見《孔氏雜説》。

牝驢曰騲驢。騲音草；《玉篇》：牝畜之通稱。【二】通作草。陸游詩：『平頭奴馭草驢歸。』

校按：

【一】張氏澤存堂翻刻宋本《玉篇·馬部》：『騲，牝馬也。』《正字通·馬部》：『騲，牝畜之通稱。本作草。』

促織曰趨趨。《野獲編》：『北音無入聲。呼促織爲趨趨，亦入聲之誤。』

蝦蟆曰疥蚵蚾。蚵，寒歌切，音何。蚾，補火切，音播。《集韻》：『蟾蜍也。』

同事者曰夥䕸。《史記·陳勝傳》：『客曰：「夥頤，涉之爲王沈沈者。」』。注：『楚人謂多爲夥。』又言：『頤，助聲之辭也。』按，字書有䕸字，音氣，又音溪，亦楚人謂多也。今凡同事經營者皆相呼『夥䕸』。『頤』必䕸字轉訛，而謂助聲者誤。又，俗謂同資本合謀商販者曰『夥計』。

呼伴曰火。《唐書·兵志》：『府兵十人爲火，火有長。彍騎十人爲火，五火爲團。』《通典》：『兵制：五人爲烈，烈有頭目。二烈爲火，立火子。五火爲隊。』《司馬法》：『人人正正辭辭火火。』註：『言一火與一火，猶人人殊之人人也，即俗謂火伴。』《古木蘭詩》：『出門看火伴。』

姻家爲親家。親，去聲。韻書並載其字。

女曰妞兒。本音紐，今京師人呼作『紐』之平聲。

新婦曰新⿰亻軍。其凡相呼則曰⿰亻軍，稍年長者曰老⿰亻軍。毛西河曰：『字書「⿰亻軍」音魂，非正音；僅註曰姓，亦非正義。惟《廣韻》註曰「女字」，則正指女人稱耳。』

婢女曰丫頭。劉賓客《寄贈小樊》詩云：『前面丫頭十二三。』【一】

校按：

【一】『前面丫頭十二三』通行本作『花面丫頭十三四』。

生産曰分娩。娩音勉；《說文》：『生子免身也。』

初生子曰頭首兒。《玉篇》：⿰首頁音首，人初産子也。今稱『頭首』當用『⿰首頁』字。

京師人誚鄉老曰老奤。奤，本普伴切；《集韻》：面大曰奤。《字彙補》作胎上聲。《菽園雜記》云：『南人詈北人爲奤子。』

人不務正曰無賴。《史記·高祖紀》：『大人常以臣無賴。』註：『賴，利也，無利於家也。或曰江淮之間謂小兒多詐狡猾爲無賴。』

貧而無業者曰窮棒子。長白鐵尚書保有《窮棒子說》，謂吉林産參，士人稱參爲棒棰，稱刨夫爲棒子。又高麗稱其窮賤者爲棒子。棒子而窮，故稱【一】之云爾。其文甚長。吾鄉俗稱貧而無業者，當亦因此。

校按：

【一】『稱』原作『窮』。據《惟清齋全集》改。

船家曰家長。案，杜詩稱船家曰『長年三老』，亦蜀方言也。

滿洲家人曰苦獨力。韓宗伯菼《德州避敗兵》詩：『死灰不復今將軍，餘焰猶假苦獨力。』自註：『苦獨力，滿洲家人之名。』按，苦獨力或作『苦特勒』。《唐書·突厥傳》：『其別部典兵者曰設，子弟曰特勒。』顧氏《金石文字記》歷引史傳中稱『特勒』者甚多。

道士有室家者曰火居道。案，唐鄭熊《番禺雜記》載廣中僧之有妻者名火宅僧，當即火居道之所本。

俗謂不慧者曰呆大木。按，《輟耕録》『院本名目』有《呆木大》，疑即此語，而字有倒置耳。

詈人幼小曰崽子。崽音宰。《水經注》：『娈童丱女，弱年崽子。』崽通作囝。閩人呼子爲囝，讀若宰。

穩婆曰老娘；女巫曰師婆。見《輟耕録》。

巫家曰堂子。《周禮·春官》：『男巫冬堂贈無方無算。』註：『冬歲之窮，設祭於堂，贈送萬鬼也。』按，今俗稱巫家爲堂子，當以此。

資斧曰盤纏。《元典章》户部例有『長行馬斟酌盤纏』條，刑部例有『侵使軍人盤纏』條。按，二字元以前未見用者。方回《聽航頭〔二〕船歌》『三日盤纏無一錢』，亦是降元後作。

校按：

【一】『頭』字疑衍。

私利曰梯己。《心史》：『元人謂自己物則曰梯己物。』《元典章》『押馬人員於中夾帶梯己馬匹』、出使『經過州縣，中間要作梯己人情』，如此類甚多。元楊瑀《山居新話》：『余嘗見周草【一】窗家徽宗在五國城寫御批數十紙，中間有云「可付體己人」者，即今之所謂「梯己人」。』按，『梯己』二字，初不知所起。後閱《遼史》，梯里己，官名，掌皇族之政教，以宗姓爲之，似即今宗人府之官，所以別內外親疏也。或即梯己之意歟？梯里己但呼曰梯己，二合音也。【二】

校按：

【一】『草』原作『子』。據《知不足齋叢書》本《山居新話》改。

【二】此條按語出自周亮工《書影》。

釀錢作食曰打瓶夥。三字見《四友齋叢説》。

嬉遊曰頑。宋陳造《田家謡》：『小婦初嫁當少寬，令伴阿姑頑過日。』自注：『房俗以嬉爲頑。』

以時乞人財物曰打抽豐，亦曰打秋風。案，《暖姝由筆》載一靖江知縣詩云：『馬馱沙上縣新開，城郭民稀半草萊。寄語江南諸子弟，秋風切莫過江來。』蓋即指此。

閒遊曰逛。逛，光去聲；《玉篇》：『走也。』

遊寺院曰隨喜。杜詩『隨喜給孤園』，即此意。

新曰斬新。杜甫詩：『斬新花蕊未應飛。』註：禪家有『斬新日月』之語。

黑甚曰漆黑。蘇子瞻《贈潘谷》詩：『布衫漆黑手如龜。』

純紅曰通紅。蘇子膽《書雙竹湛師房》詩：『白灰旋撥通紅火。』

紫面曰紫糖色。《肎綮録》：『人面色紫曰糖。』糖音唐，赤色。楊升菴曰：『紫檀木出交趾，畫家用以浸水合燕脂，名燕檀，俗名紫檀色。今譌爲「紫棠色」。』

顏色鮮明曰翠。駱賓王文：『縟翠蕚於詞林，綷鮮花於筆苑。』東坡詩：『兩朵妖紅翠欲流。』以翠對鮮，既曰紅又曰翠，皆謂鮮明之貌。《文選·琴賦》：『新衣翠粲。』李周翰注：『翠粲，鮮色。』按此，則以鮮明爲翠乃古語。

黑色曰青。青與黑殊色，今北人往往謂黑爲青。按，《戴記·郊特牲》：『或素或青，夏造殷因。』此蓋青字之所昉。又《禹貢》：『厥土青黎。』王肅云：『青，黑色。』【一】

校按：

【一】此條目釋語引録自梁紹壬《兩般秋雨盦隨筆》卷七。『或素或青，夏造殷因』，出自《禮記·禮器》。

物久色敗曰黴。黴音眉；《說文》：『物中久雨青黑。』《博雅》：『敗也。』《古雋略》『黃梅雨之梅當爲黴。因雨當梅熟之時，遂訛爲梅雨』，《臞仙肘後經》『芒種逢丙入黴，小暑逢未出黴』，用此字。又通作霉。

物因乾枯而縮者曰癟。癟，蒲結切；《玉篇》：『枯病也。』《七修類稿》：張士誠在姑蘇，專用黄敬夫、蔡彦夫、葉得新三人。民間作十七字詩云：『丞相作事業，專用黄蔡葉。一夜西風起，乾癟。』楊儀《壠起雜事》、徐禎卿《翦勝野聞》各載此事，作『乾鼈』，《明史》因之。其實郎氏所用字爲正也。侯甸《西樵野記》作『乾别』，更不可通。

湯水不冷不熱者曰温暾。案，《致虚雜俎》云：『今人以人性不爽利者曰温暾湯，蓋言不冷不熱也。温暾二字，唐詩常用之。』今北音作『烏杜』，殆温暾之譌也。

器破有痕曰璺。璺音問；《廣韻》：裂也。【二】揚子《方言》：『秦晉器破而未離謂之璺。』按，《集韻》又有舋字，音舋，器裂也。

校按：

【一】《廣雅・釋詁》：『璺，裂也。』《廣韻・問韻》：『璺，破璺。』

物溼蒸變白曰白⿰日菐；氣變曰⿰坴菐臭。⿰日菐、⿰坴菐俱音僕。

脂膏久曰膱。《考工記·弓人》註：『樴，如脂膏膱敗之膱。膱亦黏也。』疏云：『若今人頭髮有脂膏者，謂之膱。』音職。《廣韻》【一】作昵，又作膱，音同。《説文》：『殖，脂膏久殖也。』徐曰：『脂膏久則浸潤。』據此則油膱亦可作殖。

校按：

【一】此處《廣韻》應爲《集韻》之誤。《集韻·職韻》：『昵，粘也。或作膱、㶡，通作膱。』

飯壞爲餿。《肎綮録》云：『飯不中曰餿。』

散米曰粲。粲音撒；《説文》：『糂粲，散之也。』

飯粗曰糲。糲，郎達切，音辣。《集韻》：『粗飯曰糲。』【一】

校按：

【一】此條釋文不見於《集韻》。《玉篇·米部》：『糲，粗飯曰糲飯。』

米粗曰糙。糙音造；《集韻》：『粗米未舂。或作𥻘。』

粥稠曰黏粰。粰音胡，亦作糊。

麪漿曰糨。凡表背、漿衣裳皆曰糨。糨音絳，與𥻘同。

豆碎曰䜺。䜺，側革切，音策；磨豆也。《唐書·張孝忠傳》：『孝忠與其下同麤淡，日膳裁豆䜺而已。』

以鐵牀壓麪成條曰河洛。案，《盧氏雜説》：『明皇射鹿，取血煎酪，謂之熱洛河。』今麪食有河洛之名，或本此。

以火煨米令剥裂曰爆花。案，《戒菴漫筆》載《爆孛婁》詩云：『東入吴門十萬家，家家爆穀卜年華。就鍋抛下黄金粟，轉手翻成白玉花。紅粉佳人占喜事，白頭老叟問生涯。曉來粧飾諸兒女，數片梅花插鬢斜。』蓋即謂此。然燕俗固未嘗以之卜也。

禾蔬傷肥傷旱而局縮者曰穮。穮音籠；《廣韻》：『禾病也。』

禾小積曰穜。穜音惰。

禾聚曰穳。穳音攢。

一夥人曰一把子。《北齊書·高阿那肱傳》：『一把子賊，馬上刺取，一擲汾河中。』《南史·陳武帝紀》：『一把子人，何足可打？』

一周曰一僧。揚子《方言》：一周曰一僧。【二】今俗作遭。

校按：

【二】此條釋文不見於傳本揚雄《方言》，《康熙字典·子集中》『人部』釋『僧』字時引如此。《正字通·人部》：『僧，方言一周曰一僧。俗通用遭。』

一番曰一出。《世説》：林公答人云：『今日與謝孝劇談一出來。』

一事曰一宗。《遊覧志餘》載嘲杭州諺云：『好和歹，立一宗。』《通俗編》云：一宗，猶左思《吴都賦》所謂『宗生高岡』之宗，言其叢聚也。

一食曰一頓。《文字解詁》：『續食曰頓。』《世説》：『羅友少時，嘗伺人祠，曰：「欲乞一頓食。」』《隋煬帝紀》：『每之一所，輒數道置頓。』

一件曰一槖。《篇海》：槖，防教切，音鉋。出《免疑韻》。俗謂四十斤爲槖。按，今則以銀十兩爲一槖，又繭十斤爲一槖。

一株曰一科。羅隱《南園》詩用之，曰『科圓早薤齊』。

數錢以五文爲一花。見《俗呼小録》。按，凡花五出者多，故云。今數錢有誤，又有『花數一五』之説。又，用錢曰花錢。

丈物以兩腕舒平爲一庹。庹音託。《字彙補》云：『兩腕引長謂之庹。』北人讀作『討』音。

呼三作開口聲曰薩。《北史》：『李業興使梁，武帝問其宗門多少，答曰「薩四十家。」』正與此同。

不知而問曰拾没。俗譌爲『什麼』。見《字典》。

稱此箇曰這箇。本當作『者箇』，俗用『這』字。這，乃魚戰切，迎也。

稱自己曰咱。咱，子葛切，音咂。《中州音韻》：兹沙切，音查。義同。

彼此相謂曰我們、你們。按，字書『們』音悶；們渾，肥滿貌。宜用『每』字爲是。

無用曰不中用。《史記·秦始皇紀》：『吾前收天下書，不中用者盡去之。』註：中，去聲。今多呼作平聲。又《左傳·成二年》：『郤子曰：「克於先大夫，無能爲役。」』杜預註：『不中爲之役使。』

哀恤人曰可憐見。按，三字見《元史》英宗〔一〕赦書。

校按：

〔一〕「英宗」應爲「泰定帝」之誤。

不禮曰不倸保。《北齊書》：「後主穆后，名舍利，母名輕霄。後入宫，幸於後主，更不倸保霄。」蓋南北朝已有此語。或作倸睬。

有疾曰不快。《後漢·華陀傳》：「體有不快。」

受人籠絡曰落套；簡略持趨曰脱套。套，滔去聲。

牽纏不休曰死纏活纏。《欒城遺言》云：「公讀《新義》，曰：『乾纏了溼纏，做殺也不好。』」按，乾纏溼纏，猶今所謂死纏活纏也。

計數多寡曰若干。案，若干二字，出古禮《鄉射》《大射》，數射算云「若干純」「若干奇」。若，如也；干，求也。言事本不定，常如此求之。又《曲禮》：『問天子之年，聞之始服衣若干尺矣。』《前漢·食貨志》顔註云：『設數之言也。干，猶個也，謂當如個數也。』亦曰『如干』。《文選·任彦升竟陵王狀》：『食邑如干户。』註云：『如干户，即若干户也。』然又爲覆姓。後周有若干鳳，及右將軍若干惠。若，音人者反。《釋文》云『以國爲姓』，然則若干又國名也。

慶弔以錢物往來曰人情，或曰人事。案，唐白樂天《奏于頔裴均欲入朝事宜狀》云：『上須進奉，下須人事。』其來已久。《昌黎集》亦有《奏韓弘人事物狀》。

泛稱某物曰東西。蓋取『東作西成』之意。猶作史稱『春秋』，不稱『冬夏』也。一云南方火也，北方水也，此二物不便持取。若東木西金，皆可手取，故泛號物名曰東西。

附录

《樂亭四書文鈔》序

常守方

昔歐陽文忠公謂羅浮、天台、衡嶽、廬阜、洞庭之廣，三峽之險，號爲東南奇偉秀絶者，乃皆在乎下州小邑。此窮山水登臨之美者所以必之乎寬閒之野、寂寞之鄉也。然必登山臨水，親歷夫山石之嵯峨、水波之譎詭，乃得盡其奇偉秀絶。若指山之一石、水之一波，以爲美盡於是，則大不可。吾樂僻處海隅，自國初迄今二百餘年，文風日盛。其間藏稿試牘，名作如林。是猶羅浮、天台、衡嶽、廬阜、洞庭、三峽之在下州小邑也。而鄉塾子弟，率多舍其精詣，上取膚淺易剽竊者，轉相傳抄。則無異指一石一波，謂可窮山水之奇偉秀絶。彼山水其許我哉？丁未秋，予與香厓史君送試郡邸，偶於生徒案頭，見有抄陳濟周先生制義一册。其精深博大之作，十不居一。因歎息，謂先輩之文抄不勝抄，但不抄其所可抄，轉失作者真面。顧安所得獨具深識，不惜重貲，爬羅剔抉，付諸剞劂，以垂永久耶？香厓慨然曰：『此余之願也。』翼日，偏示同志，搜求散佚。不數月，得文三千餘篇。香厓終日操鉛槧，自辰至午，五七十藝，黜陟悉當。每夕聚談，輒誦其佳者，歷歷不錯一字。間有所乙，猶必反覆展閲，恐爲滄海之遺。予深服其心精力果、樂善不倦也。課徒之暇，與王君顯文，取其已經入選者，共相參校。葛裘再易，共得文若干首。雖視向之轉相傳抄者，取舍不無異同，然亦云務拔其尤矣。斯夫勝境藏於僻壤，未遇名人之賞識，而其美不彰；淳意發爲高文，不經有識之品評，而其傳難久。斯文之不没於後，固先輩諸公之幸。要豈獨先輩諸公之幸哉？香厓幼穎悟，工書法，性寬博沈毅。藏書數萬卷，淹雅無與倫比。所著有《爾爾書屋詩草》八卷、《硯農試律》四卷、《全史宫詞》一千首，俱有成帙，未暇付梓。獨不惜重貲，表一邑先輩之遺文，以勵後進。覽是鈔者，可以想見其爲人。時道光庚戌十月上澣，同硯弟常守方頓首拜撰。

《硯農制義》序

秦焕

史香厓先生，欒亭名孝廉。焕久耳其名，以未得誦其著作爲憾。歲己巳，與其哲嗣安溪農部同差京銅局。公餘之夕，樽酒論文，甚相得也。因得讀先生所著《全史宫詞》及《疊雅》諸書。見其才大學博，不禁望洋興歎。今安溪又出其《硯農制義》一册示予，文衹數十篇，而無美不備，得未曾有。竊謂文章視乎人品。天下偏才多，全才少；清才易，奇才難。偏才之文工於此而拙於彼，全才則兼焉。清才之文潔於貌而局於神，奇才則化焉。所可怪者，文品已超凡入聖，而猶見遺於有司，不得染翰鳳池，操玉尺以量當代之才。何以爲先生解哉？予謂是無可怪也。使其早出而衡人之文，則己之文必不能工至於此。文工至於此而不得操衡文之權，是天下以文求售之不幸，而非先生之不幸也，而非先生之文之不幸也。雖然，天下以文求售者，既不得邀先生之知，而復不得讀先生之文。返諸先生與人爲善之心，或有未安者乎？予故亟勸安溪不得私爲異聞，速付手民以公同好。庶爲制義中之慈航寶筏歟？必謂先生不出而衡文遂不克轉移文運也，夫豈其然？同治庚午孟冬，世愚姪秦焕頓首拜序。

《硯農制義》跋

孫孝先

憶道光丙申，家君客樂亭，先隨侍左右。當其時，即聞史香厓先生以詩古文詞知名，恒思得一識荆爲快而未果。越二十餘年，始於都門晤哲嗣安溪農部。安溪敦交誼，重氣節，遇朋友有患難緩急，雖死生無異視。而性磊落傲岸，避俗若浼，於人不輕許可。獨與先一見如舊識，結契甚深，因得於過從。時盡讀先生所著《全史宫詞》及《疊雅》等書。先生才大學博，冠絶今古。而《宫詞》一書，尤嘖嘖人口。至先生制藝，則未之見也。歲戊辰，曾滌生相國駐節保陽，闢招賢館，飭所屬舉有德有才有學之士。邑大令以先生名薦，相國亦夙聞先生名，敦促就道。先生辭不獲已，於己巳冬謁相國於保陽。便道過都門，先始以子姪之禮拜先生於寓所。先生儀度端偉，言論風采，粹然先正典型，益嘆向之所傾慕於先生者非虚。先生舉庚子鄉闈，應禮部試，屢膺卓薦。薦且中，爲總裁某黜落。遂絶意仕進，奉太夫人家居，杜門著書以自怡悦。計所著《宫詞》《疊雅》諸書外，復手訂《樂亭文鈔》，輯《永平詩存》，搜訪遺逸，網羅散失。其零章斷句，有可采者，則附見於《止園詩話》。吾鄉之文獻賴以不墜者，先生之功爲鉅。先生固不僅以制義名也。今春，安溪手《硯農制義》一册出以相示，先受而卒讀。竊謂伊古以來，詩之可傳者不在多，即文亦何獨不然？今先生文雖不多，只三十首，而思議之警快、筆力之矯健、格局之老當，理精法密，毫髮無憾，直入名大家之室。視先生同邑張快亭先輩《紹聞堂稿》，有過之無不及也。雖然，先何足以知先生文哉？第先於先生，聞名甚早，覿面甚遲，而受知則又甚深。蓋十餘年來，以詩就正而能不惜教之誨之復爲之序以獎勵之者，林潁叔方伯外，先生一人而已。今先生是編，安溪請付諸梓以公同好，先因歷述其梗槪如此。俾讀先生文者，知先𠆤著述之富，不僅以制義名；即以制義論，亦自有卓然必傳者在。固非先之阿所好，敢貢諛爲也。同治辛未春分日，世愚姪湎陽孫孝先頓首謹跋。

皇清誥授通議大夫四品京卿史公神道碑銘

王樹枏

賜同進士出身光禄大夫前新疆布政使新城王樹枏撰
誥授榮禄大夫內閣閣丞天津華世奎書
賜同進士出身資政大夫候補四品京堂南皮張權篆額

同治己巳，湘鄉曾文正公督直隸，開禮賢館，延聘畿輔鴻文碩學之士。吾先祖竹溪公與樂亭史先生同時應徵。及直督李文忠公創修《畿輔通志》，而定州王君文泉又有校刊《畿輔叢書》之舉，皆禮聘先生，均以母老辭。時樹枏從事志局，竊以不獲一識先生爲憾。辛亥之秋，樹枏返自新疆，日與康侯侍御相過從，始盡得先生之書讀之。益歎其學之博、道德之懿，亹亹乎可謂敦行不怠君子者已。先生性嗜學，淡於榮利。自道光庚子舉於鄉，五試春官不第。以史館謄録議敘選授朝城知縣，力辭不赴。築别墅於碣石山，名曰『止園』，奉母教子，以著述自娱。先生於書靡所不通，而持躬履世一以宋儒爲歸，無朱陸異同之見。其治經也，溝合漢、宋，不拘守一家之學。嘗深慨國家取士域於朱注而束書不觀，於是博採古今諸儒之説，旁參互證，爲《論語翼注駢枝》二卷。又以通經必先訓詁，古書多假借，如明明、勉勉聲轉字也，顯顯、憲憲同音字也，學者不達假借之用而望文生義、同字異詁，遂失經旨；於是刺取經史子集中之疊字爲《爾雅》《廣雅》所未備者，爲《疊雅》十三卷。其治史也，博觀而約取之，咀其菁英而吐其糟魄，於是爲《史肪》八卷。又以諸書之言氏族者，柴虒不齊，舛牾相踵，於是爲《氏族考異》四卷。又以歷代地志因革建制之迹，其疆域名號參錯紛紜，多失統紀，於是爲《輿地韻編》二百卷。又以古今治亂興亡之故，多肇於宫闈而暨於天下，於是採掇諸史，上起黄帝，下訖元明，爲《全史宫詞》二十卷。又以里諺衢謡可以覘民俗之醇漓、國政之得失，於是取楊升菴《古今風謡》《古今諺》二書，重加訂正，爲《古今謡諺補注》二卷；又輯楊書所未録者，爲《古今風謡拾遺》四卷、《古今諺拾遺》六卷。又以人之有别號，群籍所載，往往而是，指事類行，有美有刺，實寓勸懲之意焉；於是取史傳志乘所載，彙而録之，爲《異號類編》二十卷。先生爲詩，抒寫性靈，不事雕琢；文則下筆輒數千言。然非係世道人心而周於用者，不苟爲也。於是輯平生所删存，爲《爾爾書屋詩草》八卷、《文鈔》二卷。先生喜表彰先哲，發潛闡幽，不遺餘力。嘗刊佘一元、楊開基、倪上述、王好問諸鄉先生遺書十餘種。而手纂《四朝詩史》及《永平詩存》《畿輔藝文考》諸書又數百卷。烏虖！何其勤也！先生奉母家居，足不出里閈，而聲名溢海内。桐城吴摯甫汝綸、方存之宗誠，新化游子代智開，及吾貴筑師黄子壽先生，皆慕與之交。庚寅之歲，直隸學使周德潤奏加四品卿銜；逾八年，學使徐會澧復以碩學耆儒疏請加國子監祭酒銜。其爲當時推重如是，是可以知先生矣。

先生諱夢蘭，字香厓，號硯農，世爲樂亭巨族。曾祖考諱秉德，邑庠生；祖考諱成獲，太學生；考諱紀瑞；兼祧父諱紀元，廩貢生，東光縣訓導；曾祖妣臧氏、李氏；祖妣闞氏、陰氏、郭氏；妣王氏；兼祧母安氏，皆以子履晉貴，封贈通議大夫及淑人。王太淑人以節孝旌，並以五世同堂表其閭。配氏倪，繼配氏田。或者謂先生生六月而孤，其學行蓋成於母教也。子男三人：長履泰，廩貢生，户部員外郎，先卒；次履升，光緒乙亥舉人，内閣中書，先生殁，以毁卒；三履晉，即康侯也，光緒庚寅進士，改刑部主事，累官監察御史。孫男四人：亦儁，附貢生，布政司經歷；亦傑，附監生，四川南部知縣；亦侃，監生，候選巡檢；亦儼。曾孫七：應桂，監生，江蘇巡檢；應桐，監生，山東穆陵關巡檢；應椿；應棠；應榕；應棣，監生，海軍部科員；應棨。元孫十一：炯、煦、燦、燾、勲、煊、焜、熇、焯、炘、烜。先生之生，以嘉慶十八年四月二十九日，殁以光緒二十四年十二月二日，享年八十有六，葬於邑西南大港村外先塋之次。既葬之二十五年，康侯以墓道之文來屬，乃爲之銘曰：

有頎一儒北海頭，孝則閔曾文夏游。穿經隧史穴墳丘，等身大著皆千秋。木舌金口萬世遒，身雖隱矣文則彪。名登天府聞諸侯，扶餘越裳爭慕求。齒德之尊世莫逑，子孫蟄蟄傳箕裘。季子白眉尤衆尤，伐石鐫辭表道周，山焦土爛石不流。

（據國家圖書館所藏拓本整理。）

國史館文苑傳稿史夢蘭傳

佚名

史夢蘭字香厓，直隸樂亭人。道光二十年舉人，選山東朝城縣知縣，以母老不赴。築別業於碣石山，名曰『止園』，取《詩》『黄鳥邱隅』之意，奉母其中。藏書數萬卷，日以經史自娱。咸豐十年，英法内犯，僧格林沁督師至樂亭，屬夢蘭募鄉勇團練。事平，獎五品銜。大學士曾國藩總督直隸，手書招致，與論古今圖史及地方利病，深器之。幕中桐城方宗誠、吴汝綸，新化游智開，皆折節與交，於智開尤契。國藩留主講蓮池書院，辭歸。後總督李鴻章復延修《畿輔通志》，夢蘭爲之删定體例；又與定州王灝參纂《畿輔藝文考》。光緒十七年，順天學政周德潤以學行薦，特賞四品卿銜。二十四年卒，年八十六。夢蘭少孤力學，於書無所不窺，尤長於史。每縱談歷代盛衰之故與天下山川險要之區，瞭若指掌。嘗著《輿地韻編》二百卷。又輯唐宋元明逮國朝宫詞，作《全史宫詞》二十卷，書成，朝鮮、越南使臣爭購致歸其國。生平著述甚富，解經、論史之文及讀書雜記，俱該洽古義，折衷於漢宋諸儒。其學以躬行爲本。嘗謂近世講學家尊程朱、詆陸王，同室操戈，甚無謂；高明沉潛，剛柔互克，何有門户之分？學者亦惟得其性之所近，去其性之所偏而已。尤喜獎掖後進，性和易樂善，然不可干以私。好遊，以母故，亦不遠遊也。詩文抒寫性靈，不拘格調。著有《爾爾書屋詩草》八卷、《文鈔》二卷、《疊雅》十三卷、《異號類編》二十卷、《古今謠諺補注》二卷、《古今風謠拾遺》四卷、《古今諺拾遺》六卷、《燕説》四卷、《雙名録》一卷、《筆談》八卷。

（據國史館文苑傳稿本整理。）

《大清畿輔先哲傳》卷二十六『史夢蘭』條

徐世昌

史夢蘭，字香厓，號硯農，樂亭人。生六月而失父，幼受母王氏教，端謹如成人。家故富饒藏書數萬卷，肆力流覽，凡群經諸史百家之説，靡不淹通。而尤嗜宋明儒者之書，一言一動，奉爲師法。道光二十年舉於鄉。選山東朝城知縣，以母老不赴。築别業於碣石山，名曰『止園』，以奉母著書爲樂。同治八年，湘鄉曾國藩總督直隸，設禮賢館，遍徵畿南北通儒碩士。一再招之，不應；迫於敦促，始一往見。爲論古今學術得失及地方利病大端，益爲國藩所器。一時幕僚，如方宗誠、吴汝綸、游智開，皆慕與之交。國藩欲留以主講蓮池書院，卒以母老辭不就。合肥李鴻章繼督直隸，開《畿輔通志》局於保定之蓮池，延貴筑黄彭年主其事，復手書招致。夢蘭仍以家居奉母爲辭，僅爲之删定志例而已。定州王灝爲刊刻《畿輔叢書》之舉，以《古今藝文考》相屬；游智開守永平，以纂修府志相屬，皆設局於其家，往返函商，其見重如此。夢蘭學無偏倚，嘗病近世學者於程朱、陸王過分門户，非孔門四科之旨。解經無漢、宋之見，訓詁、義理必折中於一是。四部之籍，手自丹黄，無晷刻閑。

平生著述甚富，不名一家。嘗以名物之稱，中多複字，形容之妙，每用重言，《爾雅》、《廣雅》釋訓之中，偶一及之，未能詳備；於是集經史子集及諸家注疏之用疊字者，搜羅疏證，爲《疊雅》十三卷。又以方言土語動關訓典，學士文人有習其語而不能舉其字者；於是採載籍中與鄉音里諺相發明之語，掇集而參訂之，爲《燕説》四卷。又以士子讀書，束於功令，專攻朱注，然先儒異説皆所以廣見聞、翼經傳也，於是旁採衆義，爲《論語翼注駢枝》二卷。又以群史地名沿革不一，於是依韻編次，以便檢稽，爲《輿地韻編》二百卷。又以古今興亡治忽之原，每肇於宫闈而及於天下；自唐王建作《宫詞》百首，歷宋元明，代有作者，然偶然託興，只見一斑，於是上起黄帝，下逮有明，正統偏安，僭竊割據，凡正史、雜史、載記、小説及歷代詩文所載有關宫闈風化之事，無不廣搜博採，形之詠歌，爲《全史宫詞》二十卷。又以鬼谷、鶡冠，别號之稱，始於周秦之際，自後競相標尚，又有出於别號之外，爲當世所指目者，緣事類行，有美有刺，足寓勸懲之意；於是取史傳志乘所載，彙而録之，爲《異號類編》二十卷。又以楊慎所輯《古今風謡》及《古今諺》二書，可以參考天人之故，然隨手摘録，重出與脱譌之處不一而足，於是重加釐正，爲《古今謡諺補注》二卷；並取群書所載、爲楊所未備者，爲《古今謡諺拾遺》十卷。又以永平一郡二百餘年人文迭出，名流逸士滅没牖下、姓字翳如者不可枚數；於是廣爲搜訪，吉光片羽，悉入吟筒，或以人存詩，或以詩存人，各就其所長者録之，爲《永平詩存》二十四卷、《續編》四卷。又以雜事異聞足以資勸懲、廣見聞者，輒筆記之，爲《止園筆談》八卷。至其詩文，以抒寫性靈爲主，不拘拘於格調，著有《爾爾書屋詩草》八卷、《文鈔》二卷。

其他所著，尚有《圖書便覽》《氏族考異》《四朝詩史》《史防》《雙名録》《青衣小名録》《遼詩話》《樂亭縣志》《遷安縣志》諸書。光緒十七年，順天學政周德潤以篤學耆儒薦於朝，賞四品卿銜。二十三年，學政徐會澧復以學行薦。年八十六卒。夢蘭性至孝，老而彌篤。自奉儉約而喜施與；里人有相訟者，得其一言可以不爭。見義勇爲，輒先人倡。咸豐十年，英法内犯，僧格林沁督師至樂亭，屬夢蘭募鄉勇以備，皆出私財養之。尤以獎掖後進、表彰先達爲急務。嘗爲刻佘一元、楊開基、倪上述遺稿，爲《永平三子遺書》。又刊行王好問、高繼珩、史一經、畢梅、陰振猷諸人著作以公諸世。其視人才如性命，率此類也。夢蘭書法鍾、王；亦工繪事，然不輕爲人作。詩名噪一時。朝鮮進士任慶準、越南使臣阮荷亭爭購其《全史宫詞》，攜之歸國，人比之雞林賈人之於白樂天云。子履升，字旭東，讀書能世其業。仁和夏同善督學順天，以經史試全省高材生詩百首，履升冠其曹。中光緒元年舉人，官内閣中書。遭父喪，以毁卒。著有《放言百首箋注》及《有所不爲齋詞》行世。

誥授中議大夫特賞四品卿銜顯考香厓府君行述

史履晉

府君姓史氏，諱夢蘭，字香厓，號硯農，直隸樂亭人，道光庚子恩科舉人，國史館謄録官，議敘即選知縣。生於嘉慶癸酉年四月廿九日，光緒戊戌年十二月初二日以無疾終，壽八十有六。曾祖諱秉德，字性生，邑庠生。祖諱成獲，字麟徵，太學生。父諱紀瑞，字輯五。兼祧父諱紀元，字書莽，廩貢生，原任東光縣訓導。曾祖母臧氏、李氏，祖母闞氏、陰氏、郭氏。母王氏，旌表節孝五世同堂。兼祧母安氏。配倪氏，繼配田氏。

府君生六月而孤，五歲始能言。偶出門，聞村童相詈語，不知其非禮也，入而加之僕婢，母王太淑人立批其頰。自是終身不肯以暴慢怠忽之容加人。生平學行，蓋得母教爲多焉。

道光庚寅，入邑庠，旋食廩餼。辛卯、己亥鄉試，兩挑謄録，效功史館。庚子舉於鄉，五上公車，俱薦而不售。庚戌，闈卷已入彀，因本房朱久香先生與總裁某相國以選刻闈墨言語構釁，内監試某又媒蘖其間，怒而撤去之。榜後適以史館議敘，當得山左朝城令。將謁選，母王太淑人召而諭之曰：

『人生窮達有命，不必强求。汝承先人餘業，衣食粗足；吾年逾六十，汝亦年近四十，但得母子常相團聚，勝禄養多矣。』遂絶意進取，晨夕侍側。奉母之暇，以著述自娱。築别業於碣石山，種松三萬株，他花木稱是，名之曰『止園』，取『黄鳥邱隅』之意也。

咸豐庚辰，英法内犯，僧忠親王至樂亭查視海防，邀府君出辦團練。招民兵百數十人，出私財以助餉。晝夜巡邏，盜賊斂跡，鄉里賴以安堵。尋以和約成，海防解嚴，保加五品銜。

同治己巳，湘鄉相國曾文正公總督畿輔，開禮賢館，以敷求部下德行才學之士。邑令以學行薦，相國降手書招之。府君以侍母辭不至。敦促再三，乃上謁。既見，論古今圖史及地方利病、守令賢否，坐移晷。相國深加器重，欲留主蓮池書院講席，且爲館中諸人率。府君以母老固辭。相國知不可强留，瀕行，手書『德侔歐母』四字額爲王太淑人壽，蓋以歐陽文忠母相況也。維時相國幕僚，如桐城方存之先生宗誠、吴摯甫先生汝綸，新化游子代先生智開，聞府君賢，皆折節與交。存之先生爲理學名儒，常勸府君講學，且論諸儒宗派。府君曰：『近世講學家分爲兩途，尊程朱者至詆陸王爲異端，同室操戈，以末流之歧咎源流之誤，甚無謂也。孔門四科，愚魯辟喭，俱受裁成。曾子之學近於漸，顔子之學近於頓，使洛閩諸賢與象山、姚江同時執經於洙泗之上，當必與顔淵同鑄。過者俯而就，不及者仰而企，高明沉潛，剛柔互克。後世議從祀大典，並當在四配十哲之列。何有門户之可分哉？學者亦惟得其性之所近，去其性之所偏，斯可矣。』存之先生以爲名言。嘗爲王太淑人壽序曰：『樂亭史君香厓，北方之賢者也。觀其貌，聽其言，讀其所著書，朴重而温恭，博雅而有典。』則其傾倒可謂至矣。

游子代先生守永平，單車過訪，道義之交益深。延府君纂修府志，恐以母老辭，遂即家設局焉。嘗巡行至邑城，不顧地方之供應，乘夜訪府君。車行廿餘里，天尚未明，口占一詩曰：『我來訪高賢，曉月猶未墮。恐驚先生眠，繞村走一過。』黎明，叩門而入，相與大笑。每春秋佳日，邀府君攜志局諸名士遊覽永郡山海諸勝，題詠殆遍。又率闔郡寮屬登堂爲王太淑人壽。及陞任川、廣，猶時以詩文贈答，音問不絕。嘗贈楹帖曰：漢世推孔鄭管並稱北海，到於今當屬先生。其見有如此者。

貴筑黄子壽先生彭年，應合肥相國李文忠公聘，修畿輔通志，博求大雅宏達之儒，冀資考訂。請於相國，奉書迓府君出爲襄助。府君仍以母老辭，僅爲之删定體例，作書復之。子壽先生爲王太淑人壽序曰：『京師之東有賢人焉，曰史先生香厓。隱居樂道，於學無所不窺，而尤長於史。所著書流播燕趙間，見者詫爲貢父、荆川復生，非近代著述。其弟子秩秩有師法，稱先則古，不問而知出於史氏之門也。』

定州王文泉先生灝選刻《畿輔叢書》，作書抵府君，參證商榷。爲作《畿輔藝文考》。

府君性節儉，無他嗜好。家舊藏書萬餘卷，手自丹黄。又廣搜博採，得三萬餘卷，四部之籍略備，昕夕攻苦，無晷刻閑。晚歲雖不讀他書，猶日手所著書，孜孜改訂。至手顫不能作楷，輒乞孫輩截赫蹄記之。其好學不倦，老而彌篤。

解經不拘漢宋，惟求其是，要以國朝諸先儒爲歸。嘗以名物之稱，中多複字，形容之妙，每用重言，《爾雅》《廣雅》釋訓中偶或及之，止寥寥數則，未克詳備；因於經史子集及諸家注疏之用疊字者，搜羅疏證，成《疊雅》十三卷。又因方言土風，動關訓典，往往有蕘童灶妾習其語，而學士大夫不能舉其字者，遇載籍中有與鄉音里諺相發明者，或據前言，或參臆見，編《燕説》四卷。又以功令取士，必遵朱注，士子遂束書不觀；别解異聞，未嘗不可羽翼經傳，輯《論語翼注駢枝》二卷。

喜讀史，尤留心輿地之學，作《輿地韻編》二百卷。嘗慨古今興亡治忽之原，每起自宫闈之微，而及乎天下之大；自唐王仲初作宫詞百首，歷宋元明以逮國朝，代有作者，然皆即事陳詞，或偶然託興，未能全備，作《全史宫詞》二十卷。又以鬼谷、鶡冠，别號之興，始於周秦之際，自後通人慕之，競相標尚，又有出於别號之外，爲當世所指目，如俗所謂混號者，指事類行，頗具微詞，有美有刺，足寓勸懲之意；取史傳志乘所載，彙而録之，成《異號類編》二十卷。

又以里諺童謡，可覘風俗，可考興亡；楊升菴曾輯《古今風謡》《古今諺》各一卷，然其中事有亶出，注多脱漏，前後體例未能畫一，蓋當生未成之書；因重加釐正，爲《古今謡諺補注》二卷。並取經史子集中所載，爲楊書所未備者，爲《古今謡諺拾遺》十卷。

詩文不立宗派，不談格調，而抒寫性靈，陳言務去，正人心、扶世教，以適用爲本。所作甚夥，顧不自意，僅删存《爾爾書屋詩草》八卷、《文鈔》二卷。

書法不拘一格，碑版帖刻，無不臨摹。楷法則鍾、王、歐陽兼而有之，行草則近似米、董。有索書者，必立應。繪事得訓導公家法，而絶不爲人作畫，以其妨讀書功也。有《家藏書畫記》刻集中，略見梗概。

咸豐戊午，刻《全史宫詞》成，朝鮮進士任慶準於書肆見之，稱讚不已。翌年貢使來，購數十部歸其國。光緒初年，越南使臣阮荷亭介津門梅小樹先生寶璐，以彼國親公《倉山集》見遺，索《宫詞》諸刻數部而去。

府君性和易，接人以禮，而凜然不可干以私。府縣官莅任，每先施來見；詢及風土人情及地方利弊，必詳告之。遇公事義舉，必身先以爲人倡，而未嘗以私事干謁公門。鄉里有爭競就質者，每爲之排解；饑寒疾病，必周以衣食、拯以藥餌，終身無倦容。

平生不立崖岸，尤喜奬掖後進，遠近知名士執弟子禮者數十人。

居鄉以發潛闡幽爲己任。嘗選刻佘潛滄、楊復莽、倪損齋遺稿，爲《永平三子遺書》。三先生皆吾鄉理學名家也。又刻《永平詩存》廿八卷、《樂亭四書文鈔》六册，及王好問《春煦軒殘稿》，高繼珩《寄泉類稿》，史一經《洮漁遺詩》，畢梅《論語説》，倪上述《孝經刊誤辯説》，陰振猷《庭訓筆記》《前型紀略》諸書。

性好遊覽，畿輔名山，屐齒殆遍。初以母老，不肯遠遊。光緒戊寅，王太淑人棄養。喪葬畢，遂命駕出遊，欲登東嶽、泛西湖。至濟南，因病嗽而返，未能如願，然猶徘徊大明湖上。歸途又遊東西淀及西山潭柘、戒臺諸勝。吟嘯跌盪於湖光山色間，望之若神仙中人。

光緒己丑年，七十七歲，得見玄孫。李文忠公以五世同堂奏請旌閭。先是，同治辛未，王太淑人曾以節孝五世同堂得旌，一門兩代人咸榮之。是歲，據星命家所推數，當考終，卒無恙。因仿袁隨園例作《告存詩》，海内名流賡和數百首，一時傳爲佳話。庚寅春，重遊泮宫，學使周生霖先生德潤爲書『申公宿學』額。辛卯七月，復以學行疏聞於朝，奉硃批賞加四品卿銜。

府君體素健，又善衛生，故年登耄耋，腰腳强固，神明不衰。不孝履晉觀政秋曹，每歲必驅車來京小住月餘，間行道上，見者不知爲八十以上人也。

所著書如《全史宫詞》、《疊雅》、《異號類編》、《爾爾書屋詩草》《文鈔》、《燕説》、《古今謡諺補注》《拾遺》及《雙名録》一卷、《止園筆談》八卷、《硯農制藝》《梧風竹月書巢試帖》均刊板行世。《論語翼注駢枝》、《輿地韻編》、《畿輔藝文考》及《圖書便覽》一百五十册、《氏族考異》四卷、《史舫》八卷、《青衣小名録》二卷、《四朝詩史》九十卷、《遼詩話》一卷藏於家。所修官書，則有《永平府志》，樂亭、撫甯、遷安各縣志。

子三：長履泰，廩貢生，原任户部浙江司員外郎；次履升，光緒乙亥恩科舉人，内閣中書；次履晉，光緒己丑恩科舉人，庚寅恩科進士，現官刑部山西司員外郎，記名御史。孫四：長亦儁，邑庠生，候選布政司經歷；次亦傑，附監生，光緒辛卯科挑取謄録，四川南部縣知縣；次亦侃，監生，候選巡檢；次亦儼。曾孫七人：應桂、應桐、應椿、應棠、應榕、應棣、應棨。玄孫十人。

甲辰春，畿輔同鄉人士公奉府君入祀先哲祠。

晉生也晚，府君之嘉言懿行，不盡記憶。伯兄早世，府君見背後，仲兄又以哀毁卒，無從質問。

僅掇拾大略，遺漏在所不免。重以文筆譾陋，不克表揚先德於萬一。伏望當代大人先生賜之志傳銘誄，以光泉壤，不孝世世子孫感且不朽。

不孝男履晉謹述。

門下晚學生馮恕填諱。

（據國家圖書館所藏史履晉手稿整理。）

史夢蘭先生年譜簡編

石向騫

按：本譜以年號—甲子—年齡格式依次編排，日期均爲農曆，年號後的括弧内標注公元紀年。人名首次出現時一般於名後括弧内標注字號。

嘉慶十八年（一八一三），癸酉，一歲。

四月二十九日生於直隸樂亭縣大港村，村距縣城西南二十五里。先生姓史，名夢蘭，字香厓，號硯農，又自號竹素園丁。祖上自明代遷居樂亭。曾祖父史秉德（性生），庠生。祖父史成獲（麟徵），太學生。祖母闞氏、陰氏、郭氏。父親史紀瑞（輯五）。兼祧父史紀元（書莽），廩貢生。母親王氏，直隸灤州倴城鎮廩膳生王化成次女。

十月，父喪。自此靠母親和祖父養育。

嘉慶二十二年（一八一七），丁丑，五歲。

始能言。偶出門，聞村童相互詬罵，不解何意，回家後即將所學穢語加之於婢僕。母親王氏聞之，立批其頰。祖母陰氏、郭氏聞夢蘭號哭，趕來勸慰，相對哽咽。自此不敢以穢語加人。

嘉慶二十四年（一八一九），己卯，七歲。

入鄉塾讀書；母親嚴加督課。

道光七年（一八二七），丁亥，十五歲。

應童子試，名列前茅；蒙欒亭知縣張霖（雲岩）賞識，被喚入内堂，賜以茶果。

道光十年（一八三〇），庚寅，十八歲。

通過童子試，入縣學爲生員，不久成爲廪生。

道光十一年（一八三一），辛卯，十九歲。

從灤州畢梅（雪莊）①先生遊，師生交誼深厚。秋，進京應順天鄉試，不第；被選爲國史館謄録。

道光十二年（一八三二），壬辰，二十歲。

秋，進京應壬辰恩科鄉試，不第。

是年，縣令張霖離任，贈夢蘭七律四首以志别。

道光十四年（一八三四），甲午，二十二歲。

秋，進京應順天鄉試，不第。

道光十五年（一八三五），乙未，二十三歲。

秋，進京應乙未恩科鄉試，不第。是科順天鄉試發生科場弊案。

是年，畢梅離開史家。

道光十六年（一八三六），丙申，二十四歲。

開始創作《全史宫詞》。

道光十七年（一八三七），丁酉，二十五歲。

秋，進京應順天鄉試，不第。

是年，天津梅成棟（樹君）任永平府學訓導。

道光十八年（一八三八），戊戌，二十六歲。

梅寶璐（小樹）②來永平隨侍其父梅成棟，因與史夢蘭結識。

道光十九年（一八三九），己亥，二十七歲。

秋，進京應順天鄉試，不第；被選爲國史館謄録。

道光二十年（一八四〇），庚子，二十八歲。

秋，進京應順天鄉試，與昌黎才宇和（霽堂）③同寓南柳巷永興禪院。中式第一百六十九名。之後到史紀元東光縣訓導任上省親。史紀元乃夢蘭伯父，無子，以夢蘭兼祧兩房。本科鄉試齒録中所列業師爲：倪積和，庠生；王質强，字秉剛，歲貢生；陳秀峰，廩膳生；温琢，字精齋，歲貢生；杜闓，字清垣，廩膳生；畢梅，恩貢生；勞崇光，字辛階，壬辰科進士。所列課師爲：表伯陰振猷，字子翼，嘉慶丙子科舉人；外舅倪耀，字德甫，嘉慶戊辰恩科舉人；堂舅王一晉，字鶴山，貢生。所列恩師爲：張霖，前任樂亭縣知縣；沈維鐈，字鼎甫，提督直隸全省學政，考取入泮補廩；張日章，字漈堂，辛卯恩科薦卷房師，後受業；胡正仁，字心蓮，己亥科薦卷房師，後受業；孫右章，永平府學教授；梅成棟，永平府學訓導。

道光二十一年（一八四一），辛丑，二十九歲。

春，進京，寓直隸會館，與楊在汶（魯田）④同住。先在圓明園正大光明殿參加鄉試覆試，中第二等第三名，總第五名。後初應會試，獲房薦堂備，但最終未被取中。

道光二十二年（一八四二），壬寅，三十歲。

是年，灤州張燦（啟明）⑤與樂亭倪垣（啟藩）⑥爲史夢蘭作《松陰讀史圖》。

是年，聘遷安田氏爲箆室，並委以家務。先是，嫡妻倪氏生長子履泰（安溪）後，忽患頭疾，百藥不效，雙目因之失明。

是年，母王氏以節孝受旌表。

道光二十四年（一八四四），甲辰，三十二歲。

春，進京參加會試，獲房薦堂備，不第。

年末，留京度歲，準備明春參加會試。

道光二十五年（一八四五），乙巳，三十三歲。

春，參加恩科會試，獲房薦堂備，不第。

道光二十六年（一八四六），丙午，三十四歲。

永年舉人武澄清（秋瀛）⑦任樂亭教諭，與史夢蘭一見傾心。

道光二十七年（一八四七），丁未，三十五歲。

春，進京參加會試，獲房薦堂備，不第。

秋，與常守方（職卿）⑧送生徒赴府城盧龍應試。與守方商定選編家鄉先輩四書遺文；之後，課徒之餘，與家中所聘塾師王宗謨（顯文）共相參校，汰擇篇目。

道光二十八年（一八四八），戊申，三十六歲。

五月初九日，陰振猷卒於平山訓導任上。史夢蘭作《哭陰子翼先生》七律二首。

七月十五日，陰浴德將赴翠昌做幕僚，史夢蘭在自家宅東花園設餞，並邀常守方、楊在汶同來賦詩贈別。

是年，灤州旗籍學童李希珍（穉園）因家貧不克延師，史夢蘭垂憐招至，與常守方共同負責教讀。

道光三十年（一八五〇），庚戌，三十八歲。

春，進京參加會試。已擬中數日，因本房考官朱蘭（久香）爲選刻闈墨之事與總裁某發生爭執，內監試曹某又媒蘖其間，總裁遂發怒，將擬取中的本房所薦之卷，留一撤四，夢蘭之卷適在被撤之列。落第後以舉人身份應挑，以史館謄録議敘選授山東朝城知縣，但在母親的建議下未就任。自此絶意進取。在闈中曾得晤同年臨榆魏式曾（鏡余）。

秋，編成《樂亭四書文鈔》六册，並出資刊刻。

是年，在盧龍結識四川新都舉人、盧龍知縣謝子澄（雲航）。

至是年，已編撰成《爾爾書屋詩草》八卷、《硯農試律》四卷、《全史宮詞》一千首，尚未付梓。

咸豐元年（一八五一），辛亥，三十九歲。

夏，閲邸報有感，作七律五首寄贈業師勞崇光（時任廣西布政使）。時太平天國事起。

是年，在盧龍與臨榆郭長清（廉夫）⑨訂采詩之約，著手編輯《永平詩存》。

是年，次子履升（旭東）生，田氏出。

咸豐二年（一八五二），壬子，四十歲。

武澄清改官知縣，離樂亭；史夢蘭手録汪輝祖《佐治藥言》《學治臆説》二書相贈。

咸豐三年（一八五三），癸丑，四十一歲。

春，偕常守方、楊在汶、張堂（肅亭）⑩進京參加會試。聞太平軍氣氛甚熾，未及終場即與常、楊出都，遊盤山而歸。

冬，時任天津知縣的謝子澄在靜海阻擊太平軍，戰死；史夢蘭倡議賦詩挽懷，自作《津門健令行》，和者十餘人。

咸豐四年（一八五四），甲寅，四十二歲。

十二月，楊在汶出任邢臺教諭，賦詩贈别。

是年，山西高平舉人祁之鏢（季聞）署任樂亭知縣，溧陽史一經（研餘）隨之任幕佐，夢蘭因之與二人結交。

咸豐五年（一八五五），乙卯，四十三歲。

立夏日，祁之鏻以龔自珍（易簡）手書《龔易簡詩册》相示；史夢蘭讀後作《書龔易簡詩册後》並題。

十月朔，長洲陶梁（鳧薌）爲《全史宫詞》題辭。

冬，常職卿自遼東歸樂亭，攜鐵嶺魏燮均（子亭）《九梅村詩集》抄本相示；史夢蘭爲題七絶四首。

咸豐六年（一八五六），丙辰，四十四歲。

春，進京參加會試，不第。至此，共應鄉、會試一十四次。

秋，開始雕版刊刻《全史宫詞》。

咸豐七年（一八五七），丁巳，四十五歲。

春正月，史一經將南行，由保定而棗强，史夢蘭枉道灤州送别。

是年春，以督剞劂事客都門；由同年正定王蔭昌（五橋）介紹，拜訪因謁選至京的高繼珩（寄泉）[11]，與之訂忘年交。

咸豐八年（一八五八），戊午，四十六歲。

正月十五日，鄰村演劇，戚黨來家中燕集。夢蘭素不善飲，尤不喜博，乃檢滇黔閩粵諸志乘，採其新奇可詠之事，作竹枝詞八十八首，一爲破寂，一爲避喧。是月，刊刻《全史宮詞》成。朝鮮進士任慶準於書坊見之，稱讚不已；因贈與一部。任隨後來函致謝，並以丸藥、摺扇等物回贈。

秋，史履泰入都應京兆試，攜《全史宮詞》請於錢塘許乃普（季鴻）。中秋，許乃普爲《全史宮詞》作序。

咸豐九年（一八五九），己未，四十七歲。

朝鮮貢使購《全史宮詞》數十部歸其國。

咸豐十年（一八六〇），庚申，四十八歲。

二月，爲遏阻英法内犯，僧格林沁至樂亭查視海防，邀史夢蘭出辦團練。夢蘭出私財募練鄉勇一百數十人，晝夜巡邏，鄉里賴以安居。

六月二十一日，季子履晉（康侯）[12]生，田氏出。

咸豐十一年（一八六一），辛酉，四十九歲。

楊在汶卒於邢臺教諭任上，哭之以詩。

同治元年（一八六二），壬戌，五十歲。

九月九日，登昌黎縣城北之碣石山。

十一月十三日，於碣石山仙人臺下購山田百畝，擬邀常守方一同前往相度。次日，守方病，派人囑夢蘭代爲延醫診治；及醫至，守方氣絶。守方臨終，檢出自己所著詩文數册，呼家人交夢蘭删訂。

同治二年（一八六三），癸亥，五十一歲。

春，於所買山田建正房五間、廂房五間，種松三萬株、雜果數百株，築成别業一所，名曰『止園』。

三月十九日，立夏，吴郡葉道芬（香士）爲《全史宫詞》題辭。時道芬客居樂亭。

三月二十八日，作《止園記》。

九月九日，遊碣石山水岩寺，醉後作詩一首。

是年，葉道芬爲作《止園圖》小横幅。

同治三年（一八六四），甲子，五十二歲。

從北京一個勳舊世家購得一部完整的《古今圖書集成》，裝滿兩大車運回家中，鑿壁藏之，護以紗櫥。

同治四年（一八六五），乙丑，五十三歲。

春，將《永平詩存》初稿寄郭長清參訂。

夏，與郭長清相會於盧龍，面商《永平詩存》付梓事宜。撫甯增貢生王立柱（砥山）至客邸來訪。

秋，高繼珩自粤東引疾歸故里遷安，史夢蘭往見，與之暢談兩日，又索觀其女高順貞（德華）所作《翠微軒詩稿》，爲之點定。不久，高去世，其子銘鼎（小泉）攜繼珩詩文稿來，囑夢蘭代爲甄録。

是年，出資刊刻其所撰《異號類編》二十卷。

同治五年（一八六六），丙寅，五十四歲。

史母七十五歲；夢蘭發啟向海内名流徵集贈言爲母親慶壽。

同治六年（一八六七），丁卯，五十五歲。

正月，原聘長孫婦周氏于歸前去世。一月後繼聘周氏同宗姊妹，作《告原聘長孫婦周氏墓文》。

春，應樂亭知縣蔡志修（少川）之囑纂修《樂亭縣志》，樂亭增貢生李潤霖（蔭香）助之，八個月後完成初稿。此稿乃私家撰述，並非由官府設局撥款纂修，所需費用均出自史、李兩家私財。

十月，出資刊刻所撰《燕説》四卷。

是年，出資刊成所撰《疊雅》十三卷、《雙名録》一卷。

是年，輯前明南京户部尚書樂亭王好問詩文，編成《春煦軒殘稿文集》六卷詩集二卷，並出資刊刻。

同治七年（一八六八），戊辰，五十六歲。

四月，瀘州楊廷熙（挺生）以詩集相示；夢蘭閲後，賦詩七絶六首贈楊。

九月十五日，有流星自東向西飛過，煙飛聲震；作詩記之。

同治八年（一八六九），己巳，五十七歲。

三月，直隸總督曾國藩（滌生）擬定《清訟事宜》十條，最後一條飭各州縣舉薦人才，分才、德、學三科。樂亭知縣蔡志修以史夢蘭薦，夢蘭作《辭蔡邑侯薦舉德學科啟》請辭。

五月八日，所著各種書以公牘遞到直隸總督署，曾國藩略一翻閱。

十一月，應曾國藩之邀，赴保定與之相見。先是，曾國藩於保定蓮池設禮賢館，徵招畿輔德行才學之士，特首聘史夢蘭，並寓手書再三敦請。初到蓮池，李傳黻（佛笙）出面接待，稱：『我們天天盼，中堂亦天天盼。』十三日見，曾國藩覺史夢蘭學問淹博，與之座談甚久。十八日，又見。二人縱論古今學術得失及地方利病大端，並互贈各自所刻圖書。曾氏極爲賞識史氏所著《全史宫詞》與《疊雅》，並面許作序；對史氏所修《樂亭縣志》，則有『釐正舊例，體裁尤雅』之褒。二人相見時，史夢蘭還曾向曾國藩介紹撫甯王立柱、昌黎崔樹賓（子玉）、樂亭張山（亦仙）[13]、樂亭闞潤章等永平籍賢才。國藩欲留聘夢蘭主持蓮池書院講席，且爲禮賢館中諸人表率，夢蘭以奉養老母爲由力辭。臨别，國藩手書堂額『德侔歐母』爲史母壽。此行在保定住八日，期間又與曾幕中之方宗誠（存之）、吴汝綸（摯甫）、游智開（子代）、陳蘭彬（荔秋）、蕭世本（廉甫）、薛福成（叔耘）等人結識。方宗誠多次徒步過訪，贈予其師友所著書九種，囑夢蘭作序，並索要夢蘭所著書；陳蘭彬挽留尤爲懇切。隨後由保定過安肅入都，晤豐潤貢生孫孝先（鐵珊），與之清談竟日。别後孫氏以所著《横雲山館詩鈔》寄示，乞爲删定。二十八日返里。

十二月十四日，曾國藩奏請獎勵永平府屬舉辦團防尤爲出力官紳，擬請賞加史夢蘭五品銜。

是年，應吴汝綸之請，爲其父母六十雙壽賦壽言三十八韻。

同治九年（一八七〇），庚午，五十八歲。

初春，致信已調署高陽知縣的蔡志修，敘去冬在省城與曾國藩談話内容，稱曾國藩曾詢及蔡在樂亭的爲政情況。信中史夢蘭又勉勵蔡志修云：『從此益豎起脊骨，立定腳跟，凡事當爲即爲，不當爲即不爲，雖漢之循良，何難媲美？一切細人姑息之言，諒不至熒其聰聽也。』

三月，爲孫孝先《横雲山館詩鈔》作序。

春末夏初，致信曾國藩，請求送還去冬所呈《樂亭縣志》稿數本，及爲李傳黻索觀並上呈的古近體詩二册、試律二册、制藝一册；又言及永平春旱，麥秋無望，兼因關外歉收、海上無糧船，以故諸色糧價日見昂貴等事。

六月二十一日，與友人在李潤霖新築成的清音園雅集，賞蓮賦詩。恰傳來天津教案發生的消息，衆人震驚。史氏記述當天聚會情景云：『時洋人在天津滋事，津民激怒，殺其通事官豐大業，並毁其洋樓數處，掠其財物。通商大臣崇奏聞，津門守令俱獲譴。旨派侯相曾公赴津查辦，撫夷安民，大費調停。是日，余與座客蒿目時艱，並讀曾相答夷使威妥瑪書，不勝詫歎。』[14]

是年，致信方宗誠並寄去所著書二種。信中談讀書體會，並詢問方氏出處局面。方宗誠覆信，以『由博返約』規之並勸史夢蘭講學。

約於是年，編成《輿地韻編》二百卷。

約於是年，撰《粵匪始末》，又名《粵匪紀略》；終因『聞見未確』，在方宗誠的建議下擱筆。

同治十年（一八七一），辛未，五十九歲。

正月，曾孫蟾桂生。

四月八日，史母八十正壽；親友來賀，欲招優伶助興，夢蘭請示，被史母以戒浮文制止。

夏，樂亭孫國禎（輔臣）[15]始登堂受教。

十二月，編定《永平詩存》二十四卷並出資刊刻。

是年，直隸總督李鴻章委黃彭年（子壽）修《畿輔通志》，開局於蓮池書院；冬，派任信成、恩福二位觀察遞書至樂亭，聘史夢蘭前往志局襄助，並索要《樂亭縣志》稿以備採擇。夢蘭以母老婉辭；托任信成贈送黃彭年新刊《永平詩存》一部，因此書與地方文獻相關。

是年，門人及兒輩主持刊刻《梧風竹月書巢試帖》，收史夢蘭往日所作試帖詩一百首。長子史履泰又主持刊刻《硯農制義》，收史夢蘭昔日所撰四書文三十篇。

同治十一年（一八七二），壬申，六十歲。

夏，游智開由灤州知州陞任永平知府，重修敬勝書院。夢蘭爲作《重修永平府敬勝書院記》，直陳科舉取士之弊。

八月初六日，直隸總督李鴻章題請旌表史母王氏五世同堂。

秋，游智開巡方至樂亭，不顧地方接待，乘夜過訪史夢蘭。車行至大港村，天尚未明，竟不敢進村，盤桓村外，口占一詩曰：『我來訪高賢，曉月猶未墮。恐驚先生眠，繞村走一過。』黎明，叩門而入，相與大笑。智開囑爲灤州李茂春（蔭圃）編校其遺詩。夢蘭爲之甄録，得二百餘首，從游智開之意，改原名《沁香吟館詩草》爲《蔭圃遺詩》。

是年，黄彭年來信，以所擬《畿輔通志》體例相商，並索要史氏所刻别種圖書。夢蘭回信，並寄上所刻《全史宫詞》《疊雅》《異號類編》各一部。

是年，應遷安知縣韓耀光（仲弢）之聘，纂修《遷安縣志》。

是年，倪夫人去世。史母命夢蘭與田氏重行合巹禮，以爲繼室。

同治十二年（一八七三），癸酉，六十一歲。

春仲，撰成並出資刊刻《古今謡諺補注》二卷、《古今謡諺拾遺》十卷。

十月，纂成《遷安縣志》十八卷。

十一月，應高繼珩從子高兆鼎（宗禹）之請，將高繼珩詩文稿編次爲詩十二卷、詩餘一卷、古文一卷、駢體文二卷，總名曰《寄泉類稿》，爲之作序並與兆鼎謀劃刊刻。

是年，出資爲史一經刊刻其所著《洮漁遺詩》四卷。

是年，長子履泰去世。

約於是年，編成《四朝詩史》九十卷。

同治十三年（一八七四），甲戌，六十二歲。

是年，代樂亭知縣陳以培（序東）作《樂亭新建尊道書院記》，論講學之法。該書院由樂亭知縣王霖（斗坪）於同治十二年主持創建。又爲陳以培之父陳雲章（亦昭）所著《劫灰集》作序，論詩與史之關係。

約於是年，爲尊道書院擬定《書院條規》。

光緒元年（一八七五），乙亥，六十三歲。

三月一日，撰成《家藏書畫記》一卷。

三月下旬，編成《圖書便覽》一百五十六卷，並開始雇畫工摹圖，雕版刊成圖版，文字部分則請人於圖版留空處以工楷謄抄。此書至少抄成一部，圖文並茂。

秋，次子史履升中舉。

冬，黄彭年寄來通志局所刊圖書數種；史夢蘭回信，向黄通報修志情況。

是年，作《公舉孝廉方正呈》上於有司，舉薦樂亭縣西南鄉黑崖子社民石奉元。

是年，助定州王灝（文泉）校刊《畿輔叢書》，爲其採搜、編校永平地方文獻。

是年，開始刊刻所撰《爾爾書屋詩草》。

光緒二年（一八七六），丙子，六十四歲。

春，應游智開之聘，纂修《永平府志》。游智開恐夢蘭以母老辭，命於其家分設志局。

四月初八日，史母八十五壽誕，永平知府游智開率寮屬至大港村來賀。

秋，出資刊刻《論語説》上、下兩卷。該書爲畢梅著，史夢蘭箋注並作序。

十月上旬，輯母親前後所得壽言，成《萱庭壽言》一册，並雇工刊刻。

是年，游智開將《樂亭縣志》稿自《畿輔通志》局取回，從府志經費中撥款付梓。

是年，應撫甯知縣張上龢（子純）之聘，纂修《撫寧縣志》。

光緒三年（一八七七），丁丑，六十五歲。

五月，纂成《撫寧縣志》十六卷。

七月十八日，於府城太公祠（永平府志局設於此）小住，應游智開之邀，與張山、郝錫章（晉三）、韓來賀（筱坡）等志局同仁登清風臺。

十月，以修志小住府城；游智開邀遊角山並登澄海樓觀海；又約王立柱等人同遊懸陽洞。是月，

《樂亭縣志》十五卷刊成，《永平府志》七十二卷亦纂成。

是年，應撫寧教諭豐潤魯松（香泉）之請，爲其祖父魯克恭（伯敬）《野鶴山人詩鈔》作序。

光緒四年（一八七八），戊寅，六十六歲。

二月，撰成《止園筆談》八卷並出資刊刻。

三月二十日，史母王氏無疾而終，享年八十七歲。

冬，以志書事宜至撫甯，張上龢以其父張之杲（東甫）所著《初日山房詩集》相示；後夢蘭爲之作序，有『詩與政通』之論。

是年，史履升爲史夢蘭《放言百首》作箋，撰成《放言百首箋注》一卷。

光緒五年（一八七九），己卯，六十七歲。

年初，覆信黄彭年，敘南遊計畫；擬於母喪一周年後出行，登泰山，謁孔林，由齊魯進覽吴越江山之勝，小住明聖湖邊，登南北高峰，步裏外六橋，訪白居易、蘇軾及林逋遺跡，再渡錢塘江，謁禹陵，上蘭亭，大暑前回棹上海，乘輪船而歸。

二月，編校並出資刊刻《永平三子遺書》，收佘一元《佘潛滄四書解》一卷、楊開基《復庵遺書》一卷、倪上述《損齋遺書》二卷。

三月末，與王立柱結伴，攜次子履升、三子履晉出遊。從蘆臺買舟南下。途中尋訪神交已久的薊州鹽運分使王鍾霖（雨生），到其所司之地，王氏已去世兩月。又繞道棗强見方宗誠。宗誠留之信宿，並致書南中諸友，如彭玉麟（雪岑）、孫依言（琴西）、應寶時（敏齋）、甘紹盤（愚亭）、孫雲錦（海岑）、張裕釗（廉卿）、王士鐸（梅邨），囑爲照顧。至德州，陸行。至濟南，解裝於山東鹽運使盧龍傅觀海（星源）署中也可園之桐陰話雨軒。時已入夏十餘日。至濟南後第二日，德州馬葛邨由馬遞寄到長歌一首，係送史夢蘭登泰山、遊西湖即以贈别之作。至濟南時，又有樂亭舉人宋森蔭（豫堂）⑯爲之接風。

閏三月十八日，與王立柱、張益堂、史履升、史履晉及居停主人傅竹安、傅壽山遊大明湖，作《大明湖棹歌十二首》。繼遊趵突泉、厲山；時連日大風。之後魏清鳳（仲儀）招飲於大明湖匯泉寺；是日身體小有不適。又遊華不注山。時天方亢旱，滿路沙塵，因而感患熱嗽，在也可園中靜養數日方愈。再欲買車南下，居停主人及同行之人亟力勸阻，遂怏怏而歸。此行在濟南停留半月，途中撰日記一卷，詩三十餘首。

五月，《永平府志》刊成。

臘月，接到武澄清長子武用章來信，信中爲其父徵求八十壽言；史夢蘭爲作《武秋瀛明府八旬壽詩一百韻》。

光緒六年（一八八〇），庚辰，六十八歲。

正月十三日，收到由永平府署遞來的方宗誠書信三封、《棘津詩册》一本及其他著作六本。方宗誠擬南遊，邀與同行。夢蘭因年内家中有婚嫁之事謝絶；爲作《題方存之棘津詩册》五古一首。

三月二十四日，進京；在次子履升處遇遷安李昌時（雨薌）；李攜所撰詩稿四卷來訪，求爲點定。時值會試。

三月二十八日，自京動身去保定會見黄彭年。至保定後宿於古蓮池之君子長生館，與黄氏面商修志事宜。住五日後返回。

四月初八日，自保定歸至長辛店；翌日至潭柘寺、戒臺寺遊覽。

十月，次女孫出嫁；因其父母俱亡，一切奩具瑣碎之事，夢蘭不得不身任之。

是年，郭長清病逝於刑部郎中任上；史夢蘭致信郭長清長子之楨（弼廷、嘯琴）索要長清遺稿，郭之楨以其父所著《性理淺説》《小學淺説》《種樹軒文集》《種樹軒詩草》抄寄。

光緒八年（一八八二），壬午，七十歲。

四月十五日，攜三子履晉及王立柱至臨榆海陽鎮訪郝喬齡（晉年），因同遊首山、五泉山。後作《遊首山五泉山記》；郝喬齡之戚、傅家店張奕揚見之，欣慕不已，呼石工刻於山壁。

四月二十九日，七十歲生日。邀白頭弟子十人聚慶，如張山（時年六十歲）、楊兆琦（符韓）、趙建邦（維藩）[17]、張燦、李潤霖、王立柱等。張燦畫喬松一幀爲壽。

四月下旬，爲臨榆王樸（守愚）《知白齋詩草》作序。

七月二十一日，收到由永定河道署遞來的方宗誠書信。夢蘭回信，再次表達南遊之願，稱『一息尚存，此志不懈』。

八月，攜兒孫進京參加鄉試；會見永定河道游智開。

九月朔，還里；寄梅寶璐《全史宫詞》四部及舊所刻圖書數種，此前梅氏來信索要。

至是年，已爲王灝所纂《畿輔叢書》採搜編輯永平文獻十餘種。其中有從臨榆田蓮舫處訪得的清初山海衛人李集鳳（翽升）所著《春秋輯傳辨疑》八函五十本，反復校閲，酌爲删節，改分爲七十二卷。又爲編輯《畿輔叢書》起見撰《畿輔藝文考》十二卷。

光緒九年（一八八三），癸未，七十一歲。

春，家中舊藏五百羅漢圖石刻十册不翼而飛，不知所向。

六月，盧龍文廟遭水淹坍塌。

是年，越南使臣阮述（荷亭）介天津梅寶璐索要《全史宫詞》諸書，並以其國親公《倉山詩集》相贈。

光緒十一年（一八八五），乙酉，七十三歲。

春，送游智開陞任四川按察使。梅寶璐囑爲其父梅成棟甄録古文。

秋，作《乙酉鄉闈報罷口占八截句以勖兒孫之試京兆者》，其一稱：『旺毦情懷我慣經，顯揚豈獨在科名。安知利器加盤錯，不是天工玉汝成。』

是年，梅寶璐以《中秋對月後五日爲七十初度感成二律》寄示，詞多悽楚，因和贈二律以寬慰之。

是年，盧龍文廟重修竣工；代作《重修盧龍文廟碑記》，針對中外異端紛至遝來的局面，表達了對儒學前途的憂慮。

是年，山西興縣人康少茗自開封寄到王譽昌《崇禎宫詞》一帙；史夢蘭因此開始補作宫詞。

光緒十二年（一八八六），丙戌，七十四歲。

春初，致信梅寶璐，有『欲訪名山，過津，快釋積忱』之語。

中秋，新被委任爲山東樂安知縣的孫國楨寄來書信，詢以爲官之道。次日回復，指出樂安鹽務既歸官辦，難免用人太多，積弊宜防。

九月十五日，梅寶璐作《九月十五日對月有懷樂亭史香厓卻寄》詩相寄，史夢蘭和作並回寄。

是年，致信王灝，索要《畿輔藝文考》謄抄本，商討《畿輔叢書》收書問題，又言及明年春或赴定州王家造訪，與之面商編纂事宜。此前史夢蘭將《畿輔藝文考》草稿寄給王灝以作參考；王灝將書稿留置案頭，請求割愛移贈，因别無副本，應許代抄一份送給史夢蘭。

是年，應方宗誠之子守彝之請，爲作《方存之七十壽序》。

是年末，游智開自四川來信招遊，盛讚蜀都山水名勝，夢蘭讀罷不禁神往。

是年冬，寒天獨坐，追憶舊聞，參以閱歷，偶有所觸，輒以韻語寫之，共得詩三十餘首。

光緒十三年（一八八七），丁亥，七十五歲。

閏四月，動身去定州訪王灝。由胥各莊河頭乘船西南行。時中國第一條標準軌距鐵路——唐山至胥各莊河頭的運煤鐵路修通至蘆臺並向天津延伸，史夢蘭途中作《東西淀舟行雜詠》，其中有詩詠及鐵路、煤船。八日，過天津，欲訪梅寶璐，適值梅氏犯喘，不能見。至保定，天氣漸熱，前往定州又不通水路，遂流連白洋淀數日而還。作《赴定州王文泉之約中道而返卻寄》。十六日，歸途中再回天津探訪梅寶璐，得見；其子梅元捷（子駿）在側。又至紫竹林，探訪在津襄辦廣仁堂事宜的王晉之（竹舫）⑱，並參觀西洋機器及義大利馬戲。又結識廣仁堂董事王屋（景符）。王屋以其父王炳燮（烔齋）《毋自欺室文集》相贈，史夢蘭評此書『學問經濟，俱非泛常可比；所論之事，對症下藥，皆可見諸施行』。又有獻縣諸生牛林（萼峰）、江蘇監生張師榮（午亭）以求詩到津門舟次造訪。此行得詩四十餘首。

九月初，接到桂林倪鴻（雲臞、耘劬）由臺灣寄來的信函，回復，並作《讀倪雲臞近作賦此寄贈》七律一首。

九月十日，爲梅寶璐《聞妙香館詩存稿》作跋。

至是年九月，於原刻《全史宫詞》之外，補作宫詞四百七十九首。

是年，作《和楊香吟見贈原韻》七律二首贈天津楊光儀（香吟）。

是年，因年老力衰，以家務分付兒孫。

光緒十四年（一八八八），戊子，七十六歲。

芒種前三日，讀武秋瀛自記年譜，爲題七絶四首。

十月二十九日，玄孫喜兒生；作詩一首、文一篇，戒後人勿以遊惰廢學，命曾長孫史應桂（喜兒之父）懸挂於壁間以當座右銘。

光緒十五年（一八八九），己丑，七十七歲。

二月，梅寶璐以歲暮見懷之作寄示。

秋，三子史履晉應順天鄉試，中舉。

光緒十六年（一八九〇），庚寅，七十八歲。

正月十五日立春，仿袁枚《除夕告存》作告存詩十五首。後海内人士和作數百首。此前，王宗謨喜談星命之學，嘗推夢蘭當在七十七歲壽終；去年夢蘭頗有戒心，而卒無恙，故作此告存詩。

春，河間馮士瑛（曉亭）得讀《全史宫詞》，見搜羅宏富，韻遠格高，不信爲時賢之作。及朋友以史氏新歲告存詩相示，始知作者尚在人間，遂作七絶六首以和。

夏初，依例重遊泮宫。時按臨永平的順天學政周德潤（生霖）手書『申公宿學』四字以贈。在永平府城又與敬勝書院山長鹽山崔澄寰（竺西）相見。

冬十月，《放言百首箋注》刊出。

是年，史履晉連捷登進士第。史夢蘭作《示三兒履晉時以榜下用主事分刑部》，勉勵兒子須『慎刑』，須『仕學相資』。

是年，爲豐潤旗籍舉人逍廷溥（博如）之母周氏所著《歲寒堂詩鈔》題七絶四首。

光緒十七年（一八九一），辛卯，七十九歲。

七月十六日，經周德潤以學行疏薦，清廷朱批賞加史夢蘭四品卿銜。

秋，作《辛卯秋闈次孫亦傑挑取謄録戲占》，注稱：『余道光辛卯初試京兆，試卷内詩以書手誤脱二字，抑置謄録。』

十月，刊刻所撰《爾爾書屋文鈔》上下卷。

十一月上旬，爲天津徐士鑾（苑卿、沅青）《宋豔》題辭七絶六首。

十二月，樂亭知縣駱孝先（慕韶）離任，作《留别樂亭士庶率成四律敬乞斧正》，史夢蘭和作四律贈别。

是年冬，至天津。訪徐士鑾，贈與所刻圖書數部。又訪楊光儀。

是年，因重遇五世同堂，同人援例請旌。樂亭諸生嚴應麒（聖徵、聲錚）代草稟稿。

約於是年，《爾爾書屋詩草》八卷刊刻完畢。

約於是年，編定《永平詩存》續編四卷。

光緒十八年（一八九二），壬辰，八十歲。

三月初二日，直隸總督李鴻章題爲史夢蘭五世同堂請旌。

冬，聘樂亭諸生石桂芬（芳圃）入家塾課孫。

光緒十九年（一八九三），癸巳，八十一歲。

夏，史履晉主持重刻《全史宫詞》二十卷，收入補遺之作。史夢蘭再傳弟子大興馮恕（公度）參與校讐。

冬，留京度歲；與甯河高賡恩（熙亭）、臨榆李桂林（子丹）、駱孝先等人過從甚密。高賡恩曾贈以家鄉海産銀魚、紫蟹，李桂林曾贈以蓮子扁豆百合山藥粉，駱孝先屢邀觀劇。

是年，集前後所得壽言，刊成《樗壽贈言》六卷。

光緒二十年（一八九四），甲午，八十二歲。

正月，和贈高賡恩七律二首，和贈李桂林長律一首。遊琉璃廠光廠（燈市）。

冬至前四日，應徐士鑾之請，爲其所刊張霔（笨山）《欸乃書屋詩集》作序。

光緒二十三年（一八九七），丁酉，八十五歲。

冬，作《冬暮遣懷》七律一首。

是年，季孫亦儼（畏之）生，履晉出。

是年，學政徐會澧（東甫）又以碩學耆儒疏請加史夢蘭國子監祭酒銜。

光緒二十四年（一八九八），戊戌，八十六歲。

十二月二日，卒。

光緒三十年（一九〇四），甲辰。

春，入祀畿輔先哲祠。

【注釋】

①畢梅，字雪莊。原名夢梅，後去『夢』字，故又號夢餘。直隸灤州人，道光乙未恩貢生。一生博覽群書，詩酒放浪，然潦倒名場，以在外授徒爲業。著有《論語説》《夢餘詩草》。

②梅寶璐（一八一六—一八九一），字小樹，天津人，梅成棟次子，諸生。早年遊幕，晚年回天津里居。以詩名，曾續起梅花詩社，與當時文人廣泛交往，津門清晚期碑文楹聯多出其手。朝鮮貢使閔種默、越南星使阮述來華時均與其訂交。著有《聞妙香館詩鈔》。

③才宇和，字霽堂，原名連會，直隸昌黎人，青年時期與史夢蘭爲課友。道光乙酉科拔貢，曾充國史館謄録，除安徽泗州州判，歷署鳳陽、懷遠、績溪等縣，皆以循吏稱。陞靈璧縣令，又以與太平軍、撚軍作戰有功，陞潁州知府。

④楊在汶，字魯田，直隸樂亭人，道光甲午舉人，曾任邢臺教諭，年四十八卒於任上。身體素羸弱，有痼疾，時發時愈。與史夢蘭交往密切，著有《鋤經草堂詩草》。

⑤張燦，字啟明、東谷，直隸灤州張海莊子（今屬唐海縣）人，青年時期從師於史夢蘭。曾任同文館教習，河南候補知縣。能詩善畫，擅長山水，尤工花鳥。

⑥倪垣，字啟藩，直隸樂亭人，候選縣丞。少從史夢蘭學詩，又工繪事。著有《軒軒草軒詩》。

⑦武澄清（一八〇〇—一八八四），字霽宇，號秋瀛，直隸永年人，爲武式太極拳創始人武河清長兄。道光甲午舉人，曾任樂亭教諭六年。後中進士，授河南舞陽知縣，又以軍功賞戴藍翎並加同知銜，以告養歸。精通天文算學。生來體質較弱，但善於養生，讀書爲文，暇則習武，故年逾八秩，鶴髮童顏，精神矍鑠。

③常守方，字職卿，號半禪，樂亭詩人，道光甲辰舉人，與史夢蘭相處最久，唱和亦最多。諳音律，尤工橫吹。著有《半禪初草》《臨溟遊草》《臨溟續遊草》《昌圖遊草》。

⑨郭長清（一八一三—一八八〇），字廉夫、懌琴，臨榆人。咸豐丙辰進士，官至刑部郎中。早年博覽書史，期望治有用之學。任提牢廳主事時，上《恤囚十事》，堂官奏爲定章。今有《種樹軒文集》《種樹軒詩草》存世。

⑩張堂，字肅亭，灤州人，徙居昌黎，道光甲辰舉人，咸豐癸丑以大挑一等需次陝西，未補缺卒。有書癖，常典當以還書債。性豪邁，工吟詠，曾手録詩稿請史夢蘭點評。著有《鳴春堂詩文集》。

⑪高繼珩（一七九七—一八六五），字寄泉，原籍遷安，幼孤，寄籍寶坻。嘉慶戊寅舉人，由大名教諭軍功保薦知縣，借補廣東博茂場鹽大使。以詩文名世，與邊浴禮、華長卿稱『畿南三子』。曾與梅成棟、崔旭等在天津結成『梅花詩社』，又窮二十年之力，輯成《國朝畿輔詩傳》。擅繪畫，工墨蘭。晚年歸遷安故里。著有《培根堂詩鈔》《養淵堂古文》《蝶階外史》等。

⑫史履晉（一八六〇—一九二七），字進之、康侯，號恂叔、叔魚、稚農，光緒庚寅進士，初任刑部主事，後陞任監察御史，以伉直敢言著稱。清末官制改革，史履晉擁護立憲，認爲中國『非立憲無以自存』，但又明確反對奕劻、袁世凱主導的先行設立責任内閣，認爲憲政必須從先行設立議院、實行地方自治入手。宣統元年被任命爲憲政編查館諮議官，宣統三年參加憲政實進會。辛亥革命爆發後，又率先奏請啟用袁世凱和岑春煊。光緒三十四年，史履晉與嚴修、劉若曾等京官十餘人組成一個自治團體——直隸同鄉會，凡遇地方公益應商之事，則集議之，酌量實行。（比如他們上奏朝廷，並發佈公啟，爲保全灤州煤礦地方礦權發揮了積極作用。）史履晉亦爲中國近代實業救國的先驅，致力於實業惠民。光緒三十一年，他與蔣式瑆、馮恕以『挽中國之利權，杜外人之覬覦』爲宗旨，共同創立了服務於公用民生的『京師華商電燈股份有限公司』，是爲中國民族電業之始。入民國後，史履晉又曾任直隸實業司司長。有《史履晉詩文稿》存世，係其青年時期的作品。

⑬張山（一八二三—？），字亦仙、景君，樂亭詩人張九鼎之子，歲貢生。不喜舉業，師從史夢蘭，著有《退學齋詩文集》。在衆多門人當中，張山之詩最爲史夢蘭所稱賞。其妻宋氏（樂亭宋森蔭之姊）亦能詩，著有《宜堂詩草》。

⑭見《爾爾書屋詩草》卷八《蔭香訂於六月二十日會飲清音園爲雨所阻翌日補之即席賦詩分得二十二養全韻共百六字》詩中自注。收入《止園叢書》，清道光至光緒年間樂亭史氏止園刻本。

⑮孫國楨（一八三九—？），字輔臣，樂亭人，光緒癸未進士，歷官山東樂安、蒲臺、惠民、滋陽、

曲阜等縣知縣，頗有官聲。史夢蘭晚年著作多由孫國楨作序。著有《愚軒宦學集》。

⑯宋森蔭，字豫堂，樂亭縣城北井家坨村人，舉人出身，與其長兄庭蔭、仲兄廣蔭被稱爲『同胞三孝廉』。曾於同治八年在史夢蘭之後應曾國藩徵聘，隨即需次山東，後歷任郯城知縣、膠州知州、歷城知縣、德州知州。光緒二十六年，袁世凱參劾山東屬吏，宋森蔭因此歸鄉，在家中開設宋家學館。光緒二十七年，李大釗入宋家學館讀書。

⑰趙建邦，字維藩，樂亭諸生，以衡水守城功保舉縣丞。十八歲始從師於史夢蘭，壯年後遊歷南北，以授徒爲業，傳人有大興馮恕、興縣康志儒、樂亭史履升等。著有《浣薇露軒詩草》《衡漳遊草》《汴宋遊草》。

⑱王晉之，字竹舫，薊州人，咸豐乙卯舉人。慕史夢蘭先生之名，東來樂亭從之遊。又歷掌樂亭、永平等處書院。同治十年，卜居薊州城東穿芳峪，辟問青園，講求種樹開田水利之法，與李江、李樹屏合稱『穿芳三隱』。著有《問青園集》。